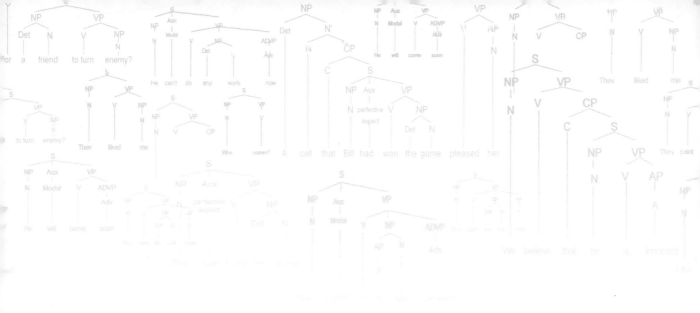

英語樹狀圖句法結構全書

◆吳饗銘 著

前　言

　　句法學是語言學裡探討句子如何建構的一門學科，也是一個極為重要的研究領域。除了分析、研究句子的組成規律及其意義，也進一步研究人類學習與應用語句的過程，語言學家因而得以探究出人類學習語句的奧秘：從我們能夠不斷地產生新句子的能力來看，顯然我們不需要把上萬的句子都先學遍，然後才會使用某種語言。我們是在不自覺中習得了文法，只要根據文法，把字或片語組成句子，就可以創造出無限多的新詞句。這是一種遺傳的能力，也就是我們天生的語言學習能力與創造力。

　　進入二十一世紀，政府把英語教學納入國小正規教學體制後，除了「語言學概論」為英語教師主修專長科目裡的核心課程之外，句法學也是必修科目之一。原因無他，欲成為一位二十一世紀的英語教師，除了須具備優秀的英語聽、說、讀、寫能力之外，還須具備完善的基本語言結構知識。

　　句法學一向採用樹狀圖（tree diagrams）來分析句子的構造。句子透過樹狀圖的解析，不但可以清楚呈現句子的文法結構，也可以說明語意模擬兩可的結構原因。樹狀圖分析方式依教學層級有所不同。本著作耗時兩年，以大學部句法入門級的方向，採用最基本、廣泛使用的樹狀圖分析，把英文基本句型裡的句子，完整呈現，目的是希望透過各種句子的樹狀圖說明，清楚掌握句型並瞭解語言學的句法觀點。讀者對象雖為一般大學生，研究生也適合參考。

　　本書內容分為兩單元。第一單元為樹狀圖句法簡論，第二單元為本書主要內容：英語樹狀圖句構篇，收有八百多幅樹狀圖。由於繪製過程耗時，如有瑕疵，還請讀者包涵。

　　拜秀威資訊科技公司 BOD 出版方式之賜，印製數量不多之本著作方能及時出版，應課堂使用，特別感謝。也同時在此對我的學生林佳瑋辛苦的電腦繪圖製作，致上謝意。讀本中如有任何錯誤，責任完全屬我，並期望同行先進不吝來函賜教，則感激不盡。

　　　　　　　　吳饗銘　西元二○○八年十二月二十九日完稿於臺中市

縮 寫 詞

縮　寫	完　整	中文詞意
A	Adjective	形容詞
A'	A-bar	形容詞中間結構成分
AP	Adjective Phrase	形容詞片語
ADV	Adverb	副詞
ADV'	Adv-bar	副詞中間結構成分
ADVP	Adverb Phrase	副詞片語
ASP	Aspect	時貌
AUX	Auxiliary	助動詞
C	Complementizer	補語化結構
CP	Complementizer phrase	補語化結構片語
DET	Determiner	名詞限定詞
N	Noun	名詞
N'	N-bar	名詞中間結構成分
NP	Noun Phrase	名詞片語
P	Preposition	介系詞
P'	P-bar	介系詞中間結構成分
PP	Prepositional Phrase	介系詞片語
S	Sentence, clause	句子、子句
V	Verb	動詞
V'	V-bar	動詞中間結構成分
VP	Verb Phrase	動詞片語

目　次

前　　言 i

縮寫詞 ii

第一篇　樹狀圖句法簡論 1

　一、句子的構造：樹狀圖觀點 1

　二、結構成分（Constituents） 3

　三、樹狀圖的意義 4

　四、如何建構片語結構樹狀圖 6

　五、One-bar 結構的意義是什麼？ 8

　六、片語的界定 10

　七、句子的中心字是什麼？ 11

　八、子句的文法詞類屬性如何界定 12

　九、樹狀圖與結構上的模擬兩可 12

　十、動態詞的結構（Verbals） 14

　十一、句子的產生及移位關係 14

第二篇　英語樹狀圖句構 17

　一、及物動詞句型 17

　二、不及物動詞句型 250

　三、BE 動詞句型 363

參考文獻 435

第一篇　樹狀圖句法簡論

一、句子的構造：樹狀圖觀點

　　句子是一串有規律的組合結構體。而樹狀圖是解剖句子裡結構成分（contstituent）之間關係的最佳方式：何種結構成分在句子裡有何文法功能，都可以透過樹狀圖清楚的呈現。例如以下樹狀圖：

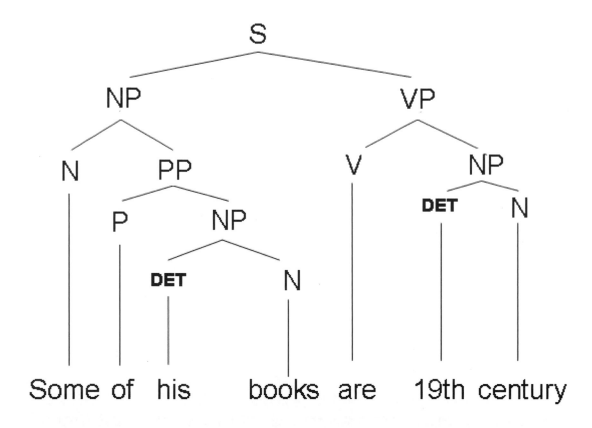

　　在此樹狀圖裡，S（sentence）代表句子；NP（noun phrase）為名詞片語；VP（verb phrase）為動詞片語；N（noun）為名詞；PP（prepositional phrase）為介系詞片語；P（preposition）為介系詞；DET（determiner）為名詞限定詞，例如，冠詞（a, the）、指示代名詞（this, that, these, those, etc）、量詞（many, much, more, few, etc）、所有格（my, his, John's, etc）、數詞（one, first, two, third, etc）；而 V（verb）為動詞。

　　每個字、片語、子句都擁有自己的文法詞類屬性，透過這種文法詞類屬性的使用，可以使結構簡單明瞭。一個結構成分其文法範疇的界定，通常以其所出現的句子位置為原則，而

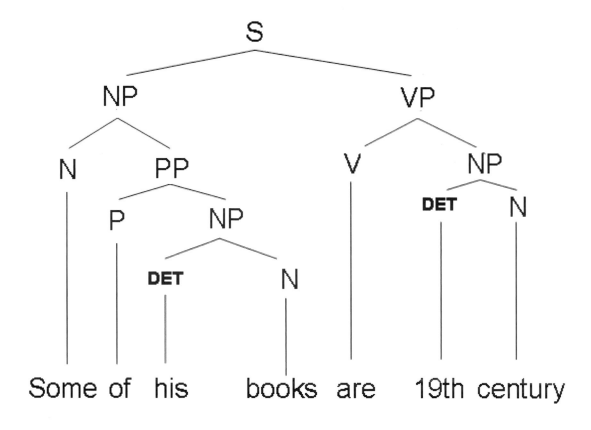

不是以意義來區分。樹狀圖上的每個文法詞類屬性符號,都可以容納無限多的相同結構成分,透過使用文法詞類屬性符號的方式,樹狀圖就可用來描繪各式各樣的句構。這樣的結構剖析在句法學上稱為,片語結構樹狀圖(phrase structure trees)。

透過片語結構樹狀圖的結構剖析,我們便可以清楚的看出

1. 句子由何種結構組成
2. 片語由何種結構組成
3. 主詞和述詞含有那些結構成分
4. 句子裡單字和片語的結構關係
5. 字與字之間左右前後的文法順序關係

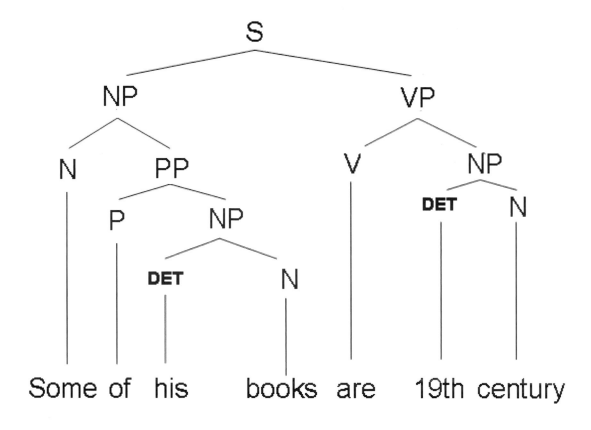

因而,以上述 some of his books are19th century 的樹狀圖結構而言,我們可在此句裡,清楚地看出句子(S)所含有的兩大結構成分:主詞(NP)和述詞(VP)。主詞(NP)由主要中心名詞 some 和修飾 some 的介系詞片語 of his books 組成;述詞(VP)則由動詞 are 和當主詞補語的 NP, 19th century, 組成。在介系詞片語 of his books 裡,也可清楚看出此介系詞片語是由介系詞 P, of, 和當其受詞的 NP, his books, 組成。主詞補語的 NP 則是由名詞限定詞(DET)和此名詞片語的主要中心名詞 century 組成。

二、結構成分（Constituents）

　　什麼是結構成分？一個結構成分就是一個完整語意的句構單位，因而，每個字、片語、句子，通通都是一個結構成分。所以，上面樹狀圖裡的結構符號 S, NP, VP, PP, N, P, Det, V 都各自代表著一個結構成分。根據此定義，我們依據上面的樹狀圖，可以檢視出以下那一組結構是「結構成分」。

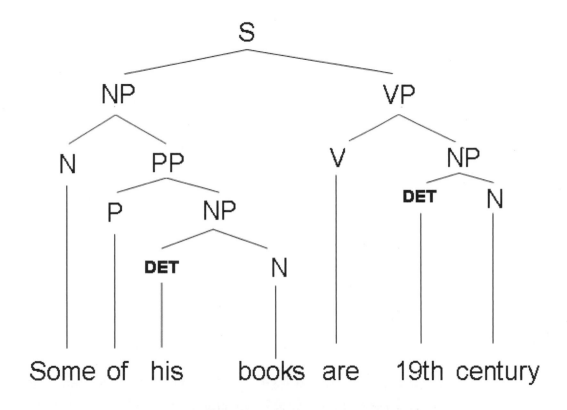

1. S	→	結構成分（本身為一符合文法結構的句子）
2. N + V	→	非結構成分（無法組成完整語意的句構單位）
3. N + PP	→	結構成分（組成更大的完整 NP 句構單位）
4. N + PP + V	→	非結構成分（無法組成完整語意的句構單位）
5. NP + VP	→	結構成分（組成一符合文法結構的句子 S）
6. Det + N	→	結構成分（組成更大的完整 NP 句構單位）
7. P + N	→	非結構成分（無法組成完整語意的句構單位）
8. V + NP	→	結構成分（組成更大的完整 VP 句構單位）

　　由以上解析得知，顯然我們對句子裡的單字及片語的概念，並非只是一串隨意結構而已，事實上，我們在學習語言的時候，是用結構成分的概念來瞭解句子的。

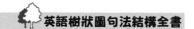

三、樹狀圖的意義

我們如果知道了句子中每個結構成分的文法詞類屬性，我們就可以透過片語結構樹狀圖，把此句的結構表現出來。例如，His explanation is beyond me 這個句子可以透過如下片語結構樹狀圖把此句的結構表現出來：

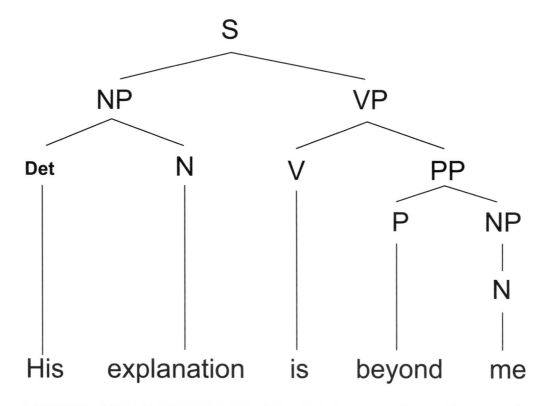

在樹狀圖裡，每個文法詞類屬性的符號都是一個結（node）。例如，S 結（S node），NP 結（NP node）……等等。S 是 NP 結和 VP 結的母結（mother node），NP 結和 VP 結則互為姐妹結（sister nodes），同理，NP 是 Det 結和 N 結的母結，Det 結和 N 結則互為姐妹結。VP 則是 V 結和 PP 結的母結，V 結和 PP 結則互為姐妹結。PP 是 P 結和 NP 結的母結，P 結和 NP 結則互為姐妹結。NP 結為 N 結的母結，但是，N 結在此無姐妹結。

另外，我們也說，S 結支配（dominate）了以下所有的範圍，但只直接地支配（immediately dominate）了 NP 結和 VP 結。在上圖 His explanation is beyond me 這個句子裡，主詞的 NP 結由於只含有 Det 結和 N 結，我們說 NP 結不但支配（dominate）了 Det 結和 N 結，也同時直接地支配（immediately dominate）了 Det 結和 N 結。VP 結構，同理類推，VP 結支配了以下所有的範圍，但只直接地支配了 V 結和 PP 結。PP 結則支配了以下所有的範圍，但只直接地支配了 P 結和 NP 結。

樹狀圖本身其實也說明了句子的文法規則，稱為片語結構規律（phrase structure rules）。例如，以 His explanation is beyond me 的樹狀圖而言，S 是 NP 結和 VP 結的母結的文法規

則就是，S → NP VP（=句子含有一個名詞片語和跟隨其後的動詞片語）；NP 結是 Det 和 N 的母結的文法規則就是，NP → Det N（=名詞片語含有一個名詞限定詞和跟隨其後的名詞）；VP 結是 V 和 PP 的母結的文法規則就是，VP → V PP（=動詞片語含有一個動詞和跟隨其後的介系詞片語）；PP 結是 P 和 NP 的母結的文法規則就是，PP → P NP（=介系詞片語含有一個介系詞和跟隨其後的名詞片語）。當句子含有子句時，結構上則須要有把句子轉變成補語的文法詞類屬性符號 CP（Complementizer Phrase），補語化結構成分片語，來表示。例如：

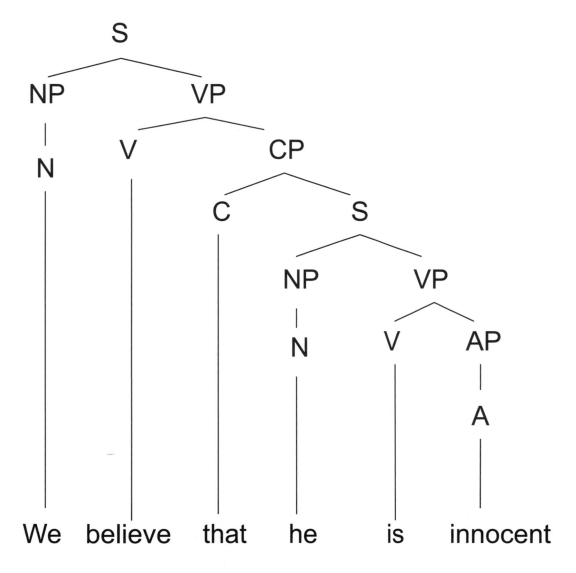

這一句裡的 CP 含有一個把句子 he is innocent 轉變成補語的補語化結構成分 C（omplementizer）及其後的子句 S。所以，CP 結是 C 和 S 的母結的文法規則就是 CP → C S（=「補語化結構成分片語」含有一個補語化結構成分和跟隨其後的句子）。

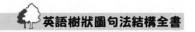

四、如何建構片語結構樹狀圖

　　一般建構片語結構樹狀圖的原則採由上往下的方式（generating），而由下往上的方式（parsing）在複雜結構上容易產生錯誤，較少採用。以上句 We believe that he is innocent 的片語結構樹狀圖建構而言，先由 S 結開始往下一直到句子本身。步驟細分如下：

步驟一、先把 S 是 NP 結和 VP 結的母結的文法規則，S → NP VP，用樹狀圖描繪出來：

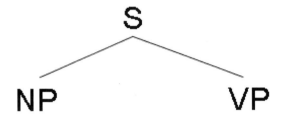

步驟二、再把 NP 結僅由 N 組成的文法規則，NP → N，用樹狀圖描繪出來：

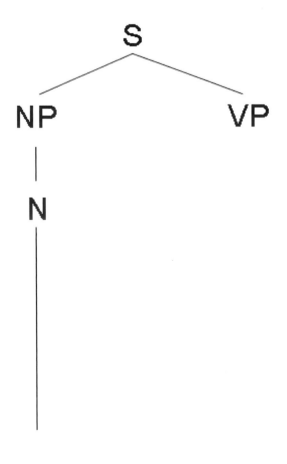

步驟三、繼續把 VP 結是 V 和 CP 的母結的文法規則，VP → V CP，用樹狀圖描繪出來：

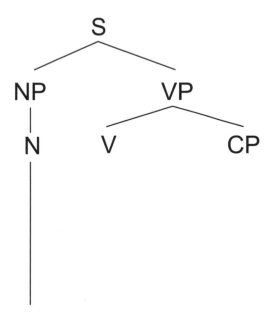

步驟四、把 CP 結是 C 和 S 的母結的文法規則 CP → C S，S → NP VP，及 NP → N 和 VP→ V AP，用樹狀圖描繪出來：

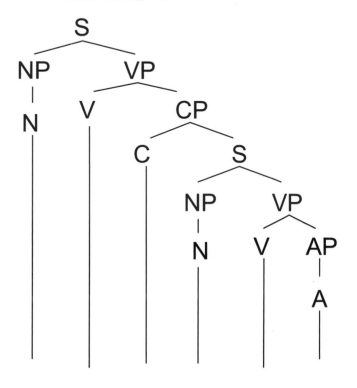

步驟五、最後，依詞彙的文法詞類屬性，把適當的詞彙填入最底層。

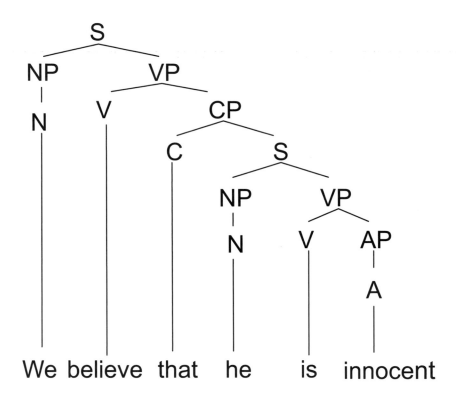

五、One-bar 結構的意義是什麼？

早期的句法觀念對於像 the white cat 這樣一個完整的結構成分，其樹狀圖建構如下：

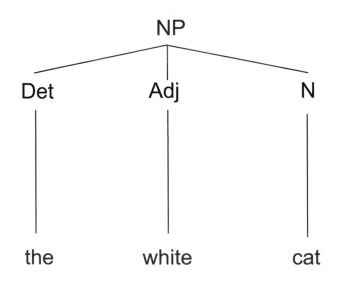

但是這樣的結構被質疑句法的正確性：為何 white cat 不能視為一個完整的結構成分，因為在很多英語結構裡，類似結構是可以單獨存在的。依照一般完整結構成分的判斷標準，可以分為以下三項：（一）、可由代名詞（proform）取代（二）、可單獨存在（stand alone）（三）、可以在句中移動（movement）。例如，在像 The black cat and white cat make an amusing contrast.的句子裡，white cat 明顯為一個完整的結構成分，符合可以 stand alone 的條件。其次，它也符合用代名詞取代的條件。例如，在以下的對話裡，

> **Speaker A: Don't you see the black cat and white cat make an amusing contrast?**
>
> **Speaker B: The black cat and which one make an amusing contrast?**

顯然，代名詞 one 取代了 white cat。所以，white cat 應該視為一個完整的結構成分才是比較正確的結構解釋，因為此結構符合上述（一）、（二）兩項標準。也就是說，the white cat 的樹狀圖結構應該如下：

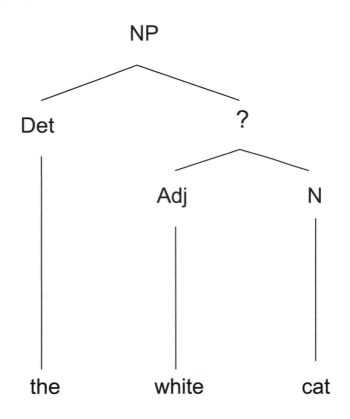

但如果是這樣，white cat 的文法詞類屬性是什麼呢？是 NP 嗎？可是證據顯示 white cat 不是 NP，因為它不能當主詞或受詞用。例如，*White cat is charming 或*The family has white cat 皆不符合文法。如果不是 NP，那會是 N 嗎？可是除非 white cat 是複合字，否則把 white cat 視為一個詞彙範疇並不具說服力。

如果 white cat 不是 NP 也不是 N，那到底應是何種詞類屬性呢？句法學家認為，這種介於片語與單字之間的結構是一種中間成分（intermediate level structure），大量存在英語中。這個結構層次後來就透過 X-bar 句法理論的產生，以 one-bar 的符號方式來表示。也就是說，任何結構如果是用 one-bar 的符號，就表示它是一種非片語、非單字的中間成分，但也是一種完整的結構成分。因而，the white cat 更佳的樹狀圖結構應該如下：

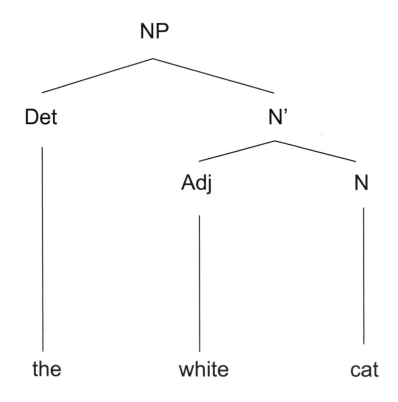

也由於此中間層次結構的增加，我們需要一個表示此現象的片語結構規律：

　　NP → Det N'。

同時，由於此中間層次並非僅在名詞片語出現，其他結構也可能含有，我們也需要一個適用於所有結構的片語結構規律：

　　XP → modifier X'（X 是可變成分，代表任何可能的詞類屬性：N, V, P, ADJ, ADV…）。

六、片語的界定

片語的文法詞類屬性是如何界定的呢？界定片語的文法詞類屬性主要在於建立中心字（head: the main word in a phrase）的觀念。一個片語裡頭最主要的單字即稱為中心字。因而，該片語的文法詞類屬性端視中心單字的詞類屬性而定。有以下種類：

A. 名詞片語：任何片語裡頭其中心單字為名詞的片語。

　　例：the young pretty *girl* from the town, his *reward* to the brave young man, the old *man* who I met in the street, his *torturing* the captives, the *fact* that the earth is round.

B. 動詞片語：含有中心動詞和/或此動詞的任何受詞、補語及副詞語（adverbial（s））的片語。

　　例：Tom <u>*want*</u> me to go with him. We <u>*are*</u> happy to be here.

C. 介系詞片語：含有一個中心介系詞及此介系詞的受詞的片語。英語中心介系詞不一定只含一單詞，in front of, according to, out of...等等，也都被視為中心介系詞。

　　例：I met the boy <u>*in*</u> the library. John fell <u>*out of*</u> the window.

D. 形容詞片語：中心字是形容詞且具形容詞功能的片語。

　　例：That is a <u>*very heavy*</u> bag. The woman is <u>*pretty sick*</u>.

E. 副詞片語：中心字是副詞且具副詞功能的片語。

　　例：He ran <u>*very slowly*</u>.

　　　This is an <u>*extremely well*</u> developed country.

七、句子的中心字是什麼？

　　從語意層面來說，主詞是句子的中心字，因為在意義上，句子裏所有主詞之外的單字、片語和子句結構都是用來描述主詞的情況。如果主詞不存在或非為主要單字，這些結構就失去了存在的意義。例如，在「張三送李四一幅畫」的句子裏，除了主詞之外，述詞的部分「送李四一幅畫」是用來描述、說明主詞「張三」的情況。如果一個句子沒有主詞，只有述詞結構「送李四一幅畫」，便無存在意義。口語上「送李四一幅畫」是可以成立的，但，那是一種語境裡主詞省略的結構：「（張三）送李四一幅畫」，並非沒有主詞。

　　但是，從結構層面來說，助動詞是句子的中心字，因為助動詞是描述句子的時式、語態、語氣、疑問及可能性、義務性、預測性等等之意義的字。以英文而言，助動詞是可以移動的一個結構成分（但是中文的助動詞不可以分離），例如，英文形成疑問句時須把助動詞移至句首，所以句法上，助動詞是句子的中心字。但是句子如果沒有助動詞時，在英文裏，時式（tense）就是句子的中心字/核心結構成分。相對在中文來講，由於中文沒有時式，在缺乏助動詞句子裏，動詞便成為句子的中心字／核心結構成分。因為，在結構上，動詞扮演主要的文法角色：除了動詞之外，所有句子中的結構都與動詞有文法上的關係。例如，在「張三送李四一幅畫」的句子裏，「張三」在文法關係上是動詞「送」的主詞（動作者），「李四」和「一幅畫」則分別是動詞「送」的間接和直接受詞。

八、子句的文法詞類屬性如何界定

子句的文法詞類屬性是如何界定的呢？子句文法詞類屬性的界定主要依出現於句中的位置而定。有以下種類：

A. 名詞子句：子句出現於句中名詞的位置時，此子句在文法上視為扮演名詞功能的子句結構。句子中名詞的位置有主詞、及物動詞的受詞、所有格、介系詞的受詞、同位格。

例：I didn't hear *what he had said*.

Whether we can leave depends on him.

It's the fact *that animals are animate*.

B. 副詞子句：子句出現於句中副詞的位置時，此子句在文法上視為扮演副詞功能的子句結構。句子中副詞的位置有分詞構句、非受詞、形容詞位置的從屬子句。

例：*After we came back*, we went to the hospital.

Eric is smart, *although his grades are not high*.

Having rescued the lady from the sinking boat, Eric won an award.

C. 形容詞子句：子句出現於句中形容詞的位置時，此子句在文法上視為扮演形容詞功能的子句結構。句子中形容詞子句多數為關係子句。

例：The man *who I saw yesterday* came to see me.

This is the place *where we first met*.

九、樹狀圖與結構上的模擬兩可

除了可以清楚的顯示句子內部組成結構之外，我們還可以透過樹狀圖，清楚的看出單句雙語意在結構上的不同，因而瞭解為何句子會有兩個語意。例如，中文「鵝吃了」有以下兩意義結構：

以下都是其他此類語意模稜兩可的中文例句：

1. 我姊姊還找不到人

2. 喝口水

3. 老闆過去被電到

4. 我想買兩杯二十元的奶茶

5. 燈會熱咖啡

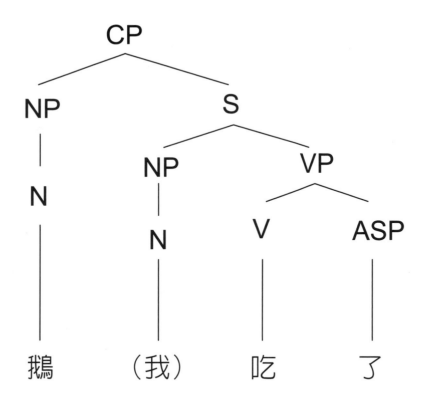

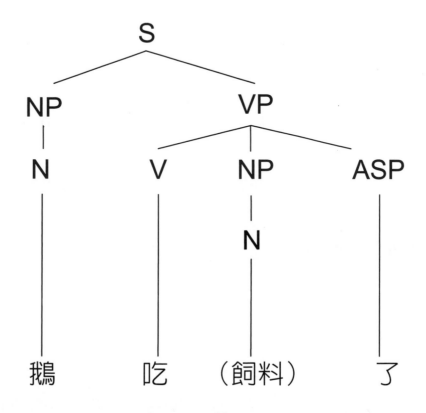

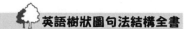
十、動態詞的結構（Verbals）

在句法學裡，涉及動態詞的結構都被視為一種句子。英語有三種動態詞結構：不定詞、分詞、動名詞。以不定詞為例來說，像 We are waiting for you to arrive 裏的不定詞結構 for you to arrive 是一種句子。For 在此不是介系詞，而是補語化結構成分（complementizer），you 是句子的主詞，不定詞 to arrive 是句子的動詞。以下是此不定詞的樹狀圖結構：

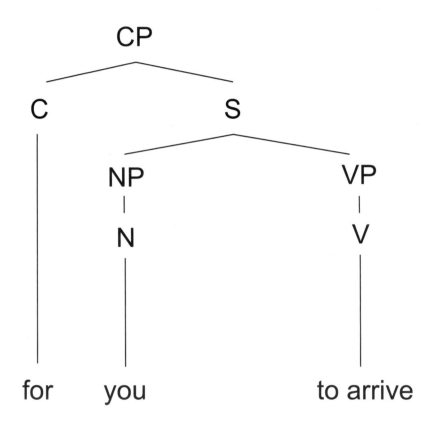

其他分詞和動名詞的樹狀圖結構，都可在本書的第二單元（英語樹狀圖句構篇）裡找到。

十一、句子的產生及移位關係

句法理論上，片語結構規律（phrase structure rules）先產生直述句，也就是所謂的深層結構（deep structure or d-structure），然後，如果必要，移位律（movement/transformational rules）再作移位的變化，產生所謂的表層結構（surface structure or s-structure）。簡單而言，表層結構指的就是我們所聽到、看到的句子。以 Who are they ?為例，Who are they 是表層結構，而 They are who 是深層結構。其樹狀圖解剖如下：

deep structure:

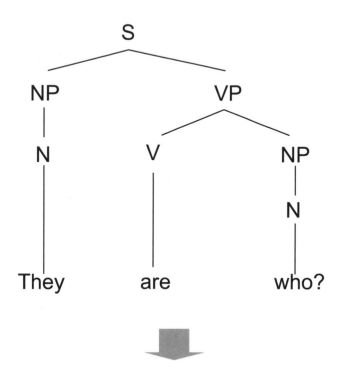

surface structure:

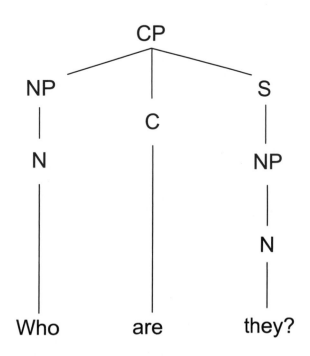

　　整體而言，現代句法學是客觀描述我們所使用的句法規則，並提供句法理論解釋及其所隱含意義的一門語言科學領域。有別於傳統的文法解釋，我們可以在此透過句法學樹狀圖的句構解析方式，進一步瞭解語言學對句子結構的不同解釋。下一單元，我們將透過樹狀圖方式，解析主要英語句型結構。

第二篇　英語樹狀圖句構

英語樹狀圖句構篇為本書第二單元，亦為主要內容。本書把英語結構透過樹狀圖，分為三大句型來解析：及物動詞句型、不及物動詞句型、BE 動詞句型。

一、及物動詞句型

及物動詞句型為本書英語三大基本句型之第一型。基本特徵在於主要動詞為及物，即動詞後須有補語。補語的類型將會在各樹狀圖結構前說明。以下為所有第一型之樹狀圖句法結構剖析。

1-A: VP → V + NP（補語為 NP 句型）

在樹狀圖結構裡，補語為名詞片語句型指的是，主動詞 V node 的 sister node 為 NP 的句型：VP → V + NP。以下樹狀圖將展示這一類型各種英語句型結構。

1-A-1: VP → V + NP（補語為 NP 句型）

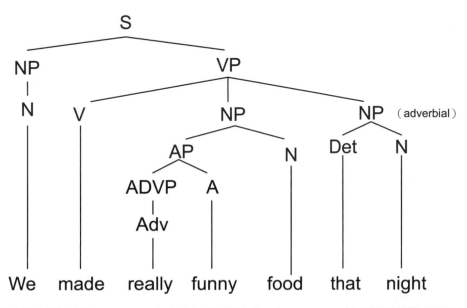

註：表示時間的名詞片語 that night 在文法上具副詞功能，為 adverbial（作副詞功能修飾語用），非為此句基本結構，所以仍為 VP → V + NP 句型。

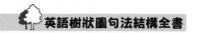

1-A-2: VP → V + NP（補語為 NP 句型）

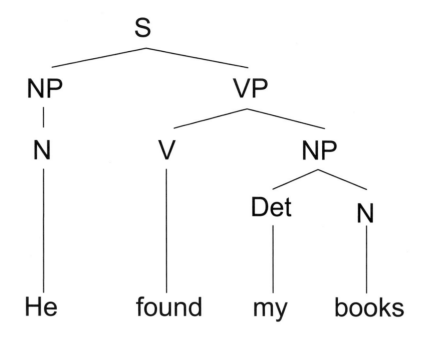

1-A-3: VP → V + NP（補語為 NP 句型）

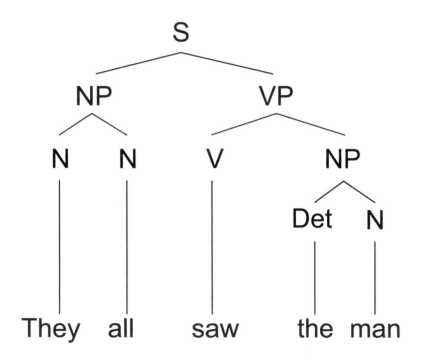

1-A-4: VP → V + NP（補語為 NP 句型）

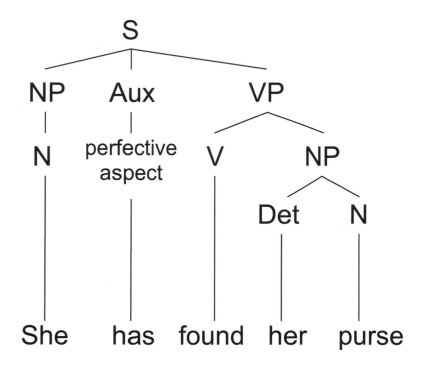

1-A-5: VP → V + NP（補語為 NP 句型）

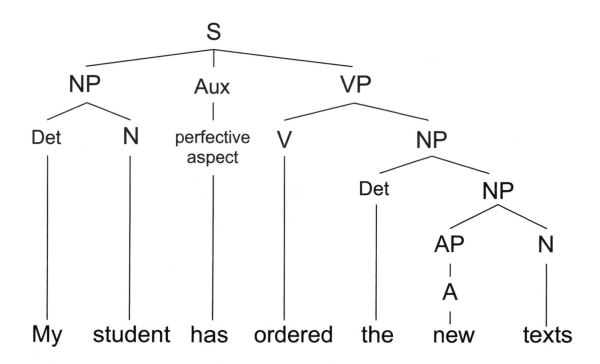

1-A-6: VP → V + NP（補語為 NP 句型）

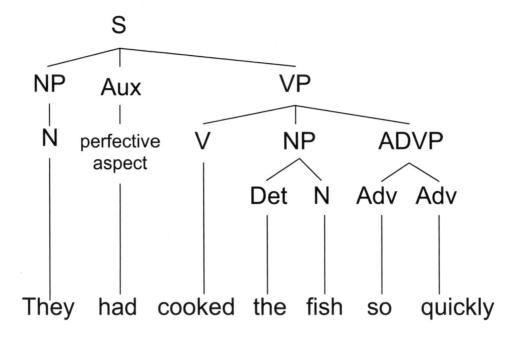

註：副詞片語 so quickly 為修飾功能結構，非為此句基本結構，所以並不是 V + NP + ADVP 句型。

1-A-7: VP → V + NP（補語為 NP 句型）

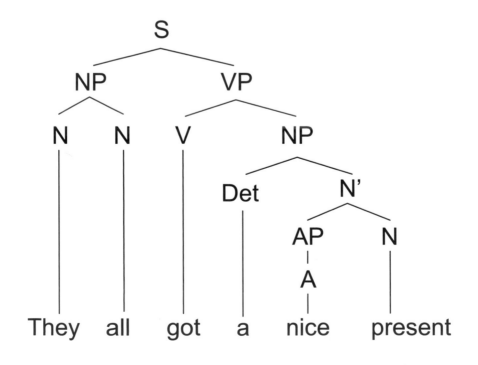

1-A-8: VP → V + NP（補語為 NP 句型）

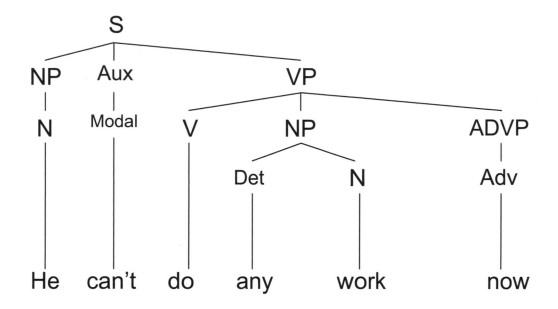

註：副詞片語 now 為修飾功能結構，非為此句基本結構，所以並不是 V + NP + ADVP 句型。

1-A-9: VP → V + NP（補語為 NP 句型）

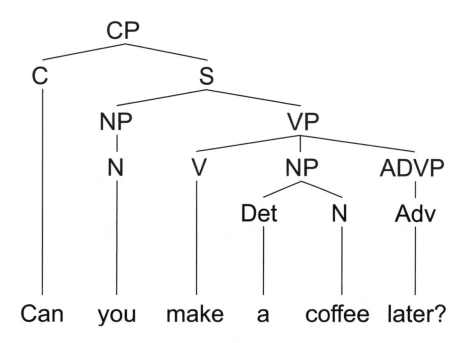

註：副詞片語 later 為修飾功能結構，非為此句基本結構，所以並不是 V + NP + ADVP 句型。

1-A-10: VP → V + NP（補語為 NP 句型）

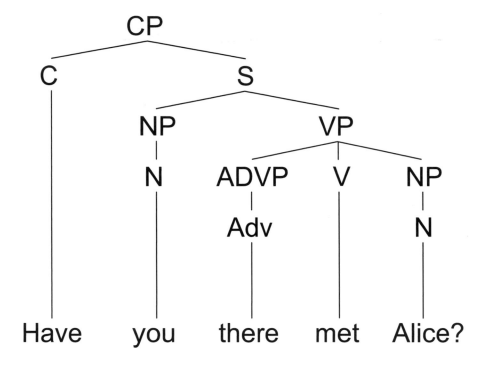

1-A-11: VP → V + NP（補語為 NP 句型）

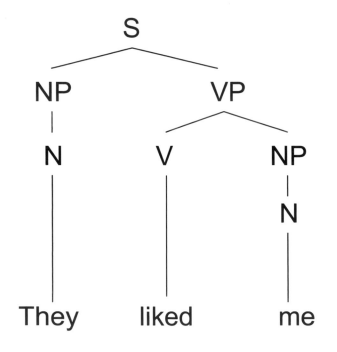

1-A-12: VP → V + NP（補語為 NP 句型）

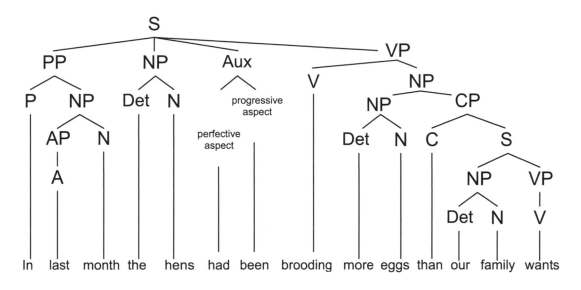

1-A-13: VP → V + NP（補語為 NP 句型）

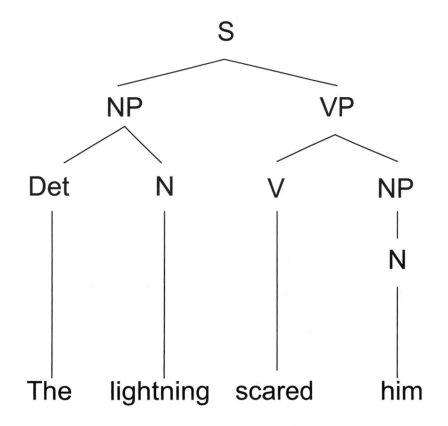

1-A-14: VP → V + NP（補語為 NP 句型）

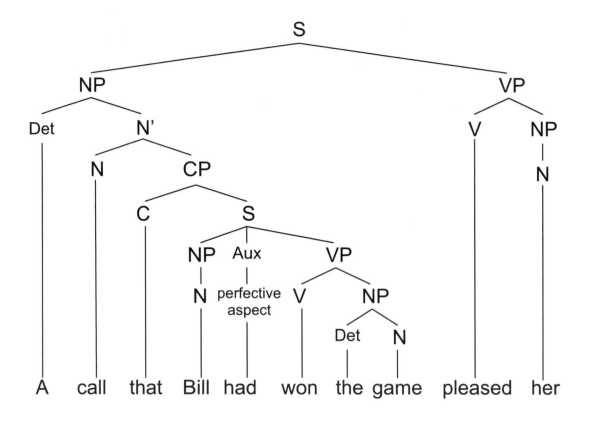

1-A-15: VP → V + NP（補語為 NP 句型）

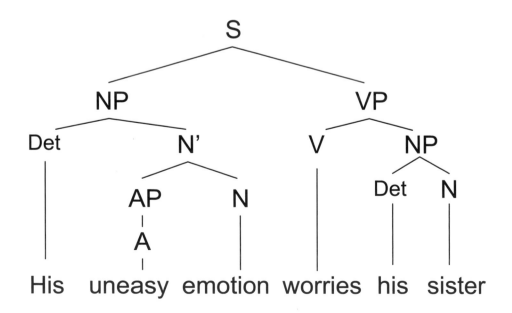

1-A-16: VP → V + NP（補語為 NP 句型）

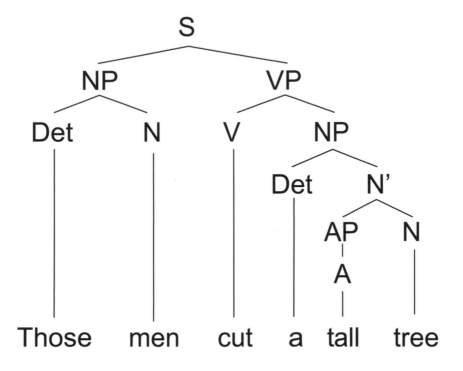

1-A-17: VP → V + NP（補語為 NP 句型）

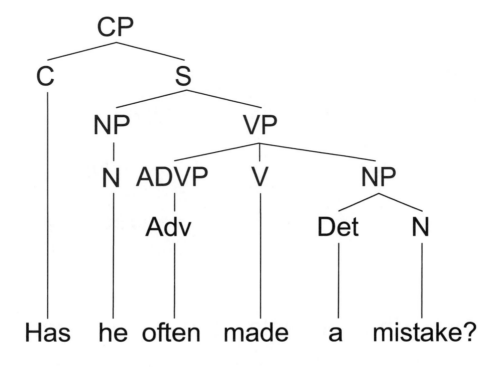

1-A-18: VP → V + NP（補語為 NP 句型）

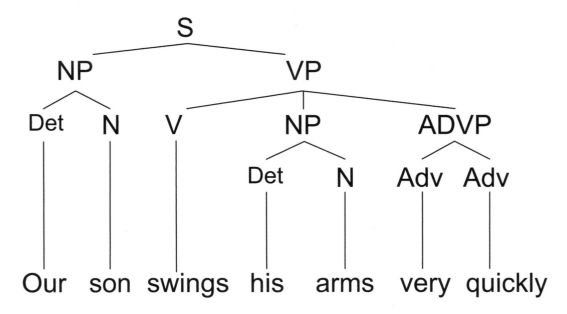

註：副詞片語 very quickly 為修飾功能結構，非為此句基本結構，所以並不是 V + NP + ADVP 句型。

1-A-19: VP → V + NP（補語為 NP 句型）

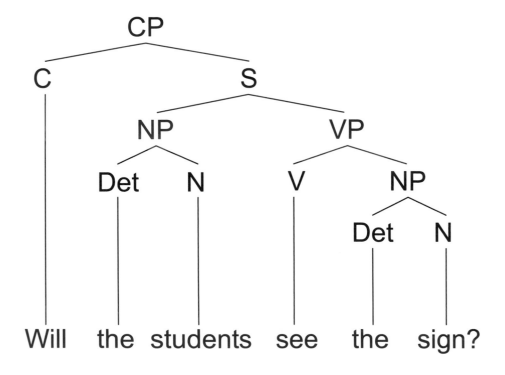

1-A-20: VP → V + NP（補語為 NP 句型）

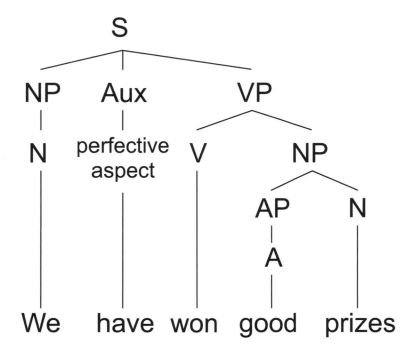

1-A-21: VP → V + NP（補語為 NP 句型）

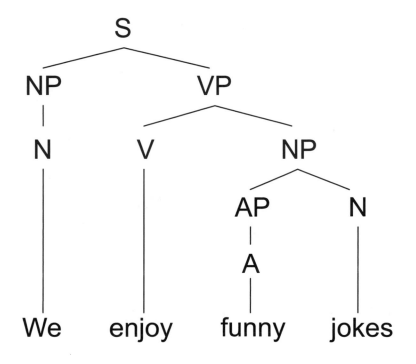

1-A-22: VP → V + NP（補語為 NP 句型）

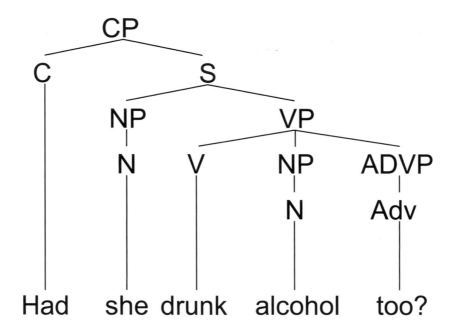

註：副詞片語 too 為修飾功能結構，非為此句基本結構，所以並不是 V + NP + ADVP 句型。

1-A-23: VP → V + NP（補語為 NP 句型）

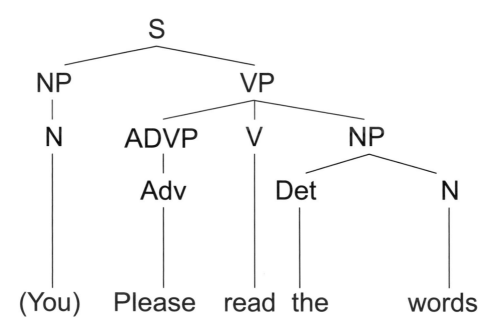

註：You 為祈使句的當然主詞，通常不用，特殊語境下才可能使用。

1-A-24: VP → V + NP（補語為 NP 句型）

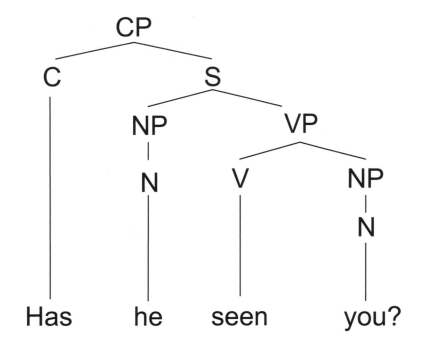

1-A-25: VP → V + NP（補語為 NP 句型）

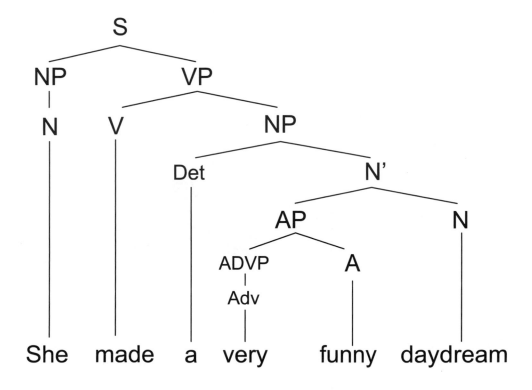

1-A-26: VP → V + NP（補語為 NP 句型）

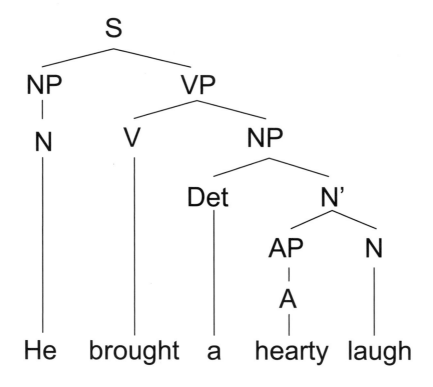

1-A-27: VP → V + NP（補語為 NP 句型）

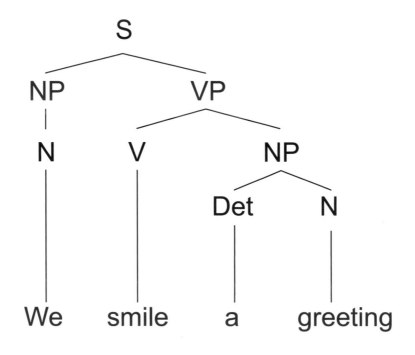

1-A-28: VP → V + NP（補語為 NP 句型）

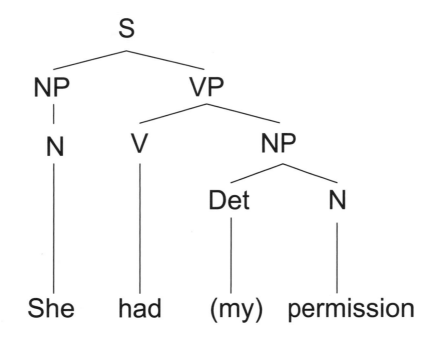

1-A-29: VP → V + NP（補語為 NP 句型）

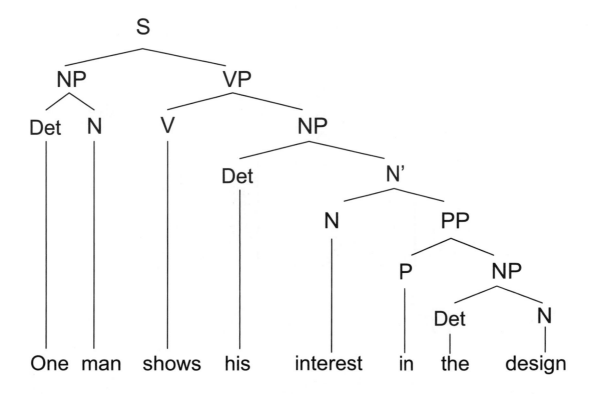

1-B: VP → V + S（補語為動名詞句型）

　　句法學裡，動名詞與其他另二種動態詞（verbals）：不定詞和分詞，都被視為是句子的結構。所以，在這種補語為動名詞的樹狀圖裡，head V 的 sister node 是 S，而不是 NP。而此子句 S 裡的主詞 NP 為空主詞，以 e（mpty）表示，其意義上的主詞即為主句的主詞。如以下樹狀圖裡，動名詞 singing 的主詞是 He。以下樹狀圖將展示這一類型各種英語句型結構。

1-B-1: VP → V + S（補語為動名詞句型）

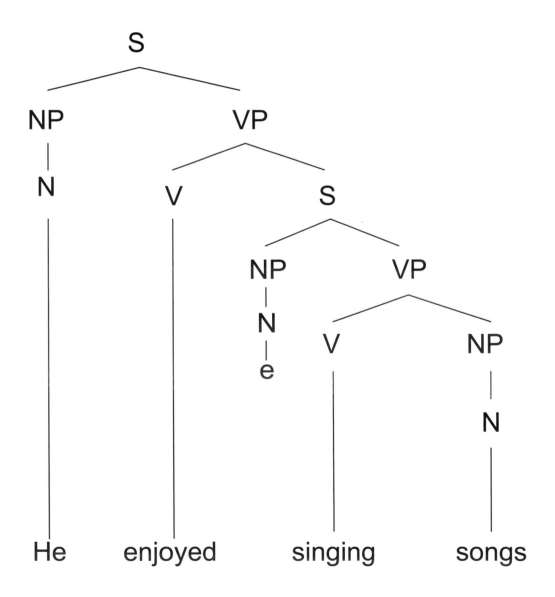

1-B-2: VP → V + S（補語為動名詞句型）

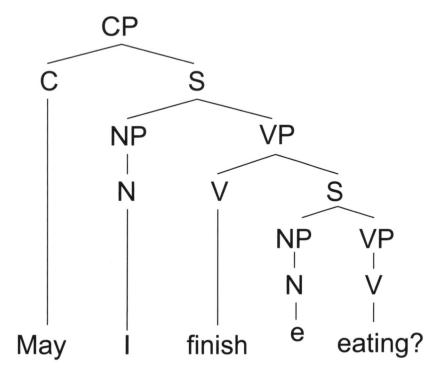

1-B-3: VP → V + S（補語為動名詞句型）

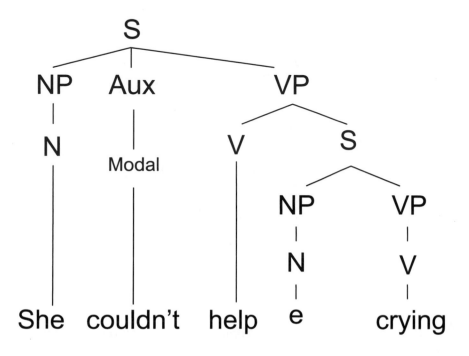

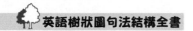

1-B-4: VP → V + S（補語為動名詞句型）

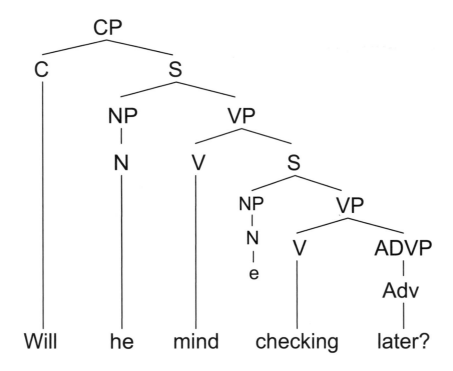

1-B-5: VP → V + S（補語為動名詞句型）

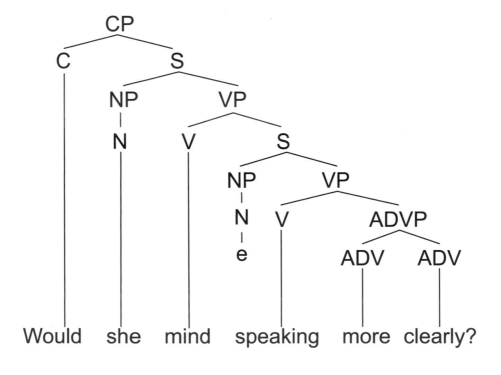

1-B-6: VP → V + S（補語為動名詞句型）

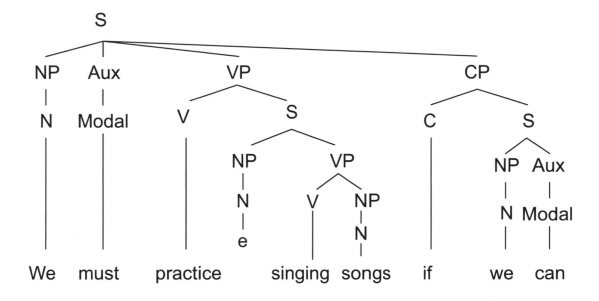

1-B-7: VP → V + S（補語為動名詞句型）

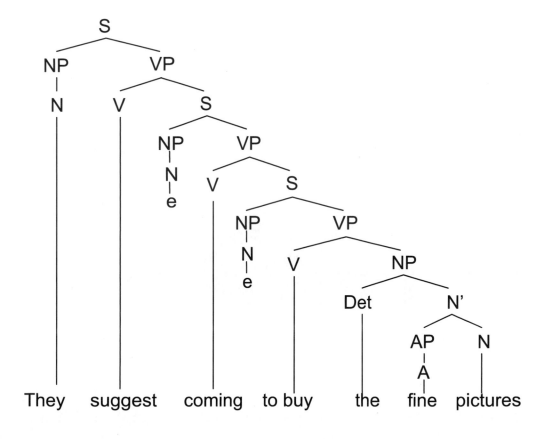

1-B-8: VP → V + S（補語為動名詞句型）

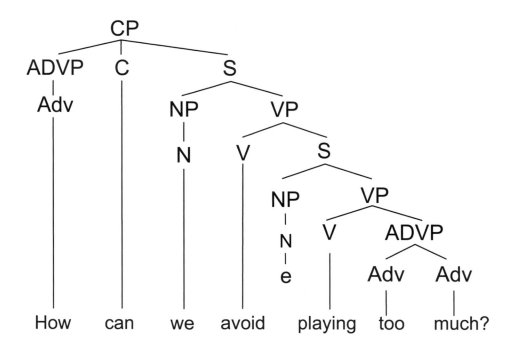

1-B-9: VP → V + S（補語為動名詞句型）

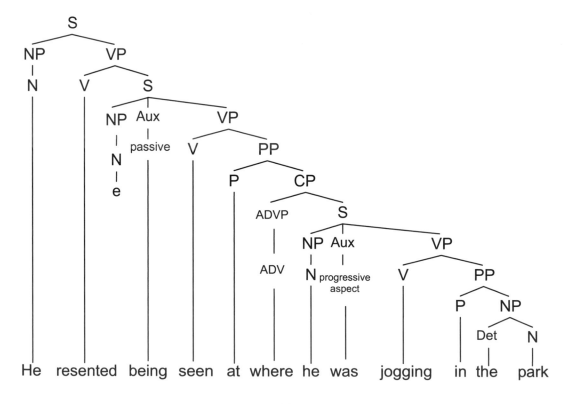

1-B-10: VP → V + S（補語為動名詞句型）

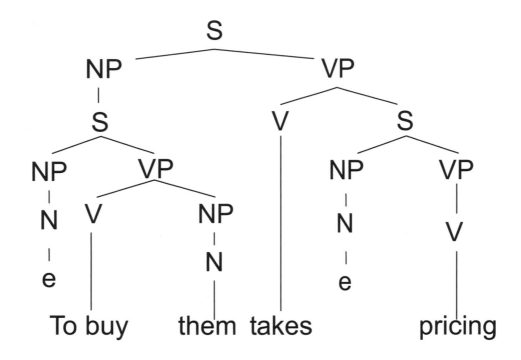

1-B-11: VP → V + S（補語為動名詞句型）

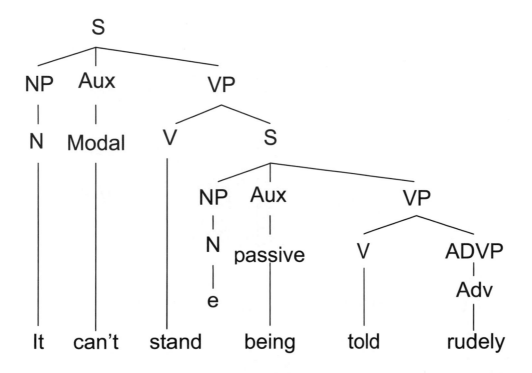

1-B-12: VP → V + S（補語為動名詞句型）

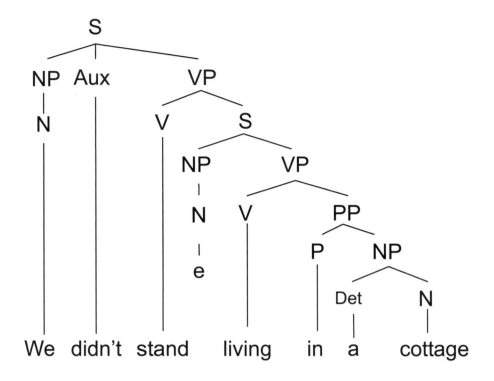

1-B-13: VP → V + S（補語為動名詞句型）

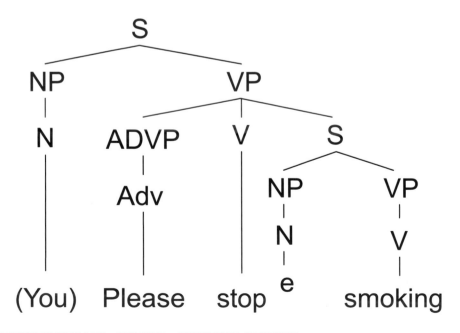

註：You 為祈使句的當然主詞，通常不用，特殊語境下才可能使用。

1-B-14: VP → V + S（補語為動名詞句型）

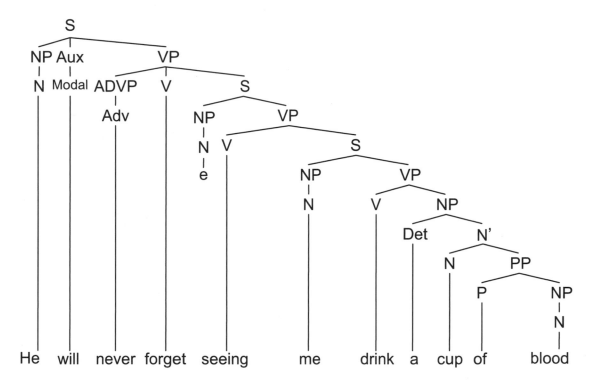

1-B-15: VP → V + S（補語為動名詞句型）

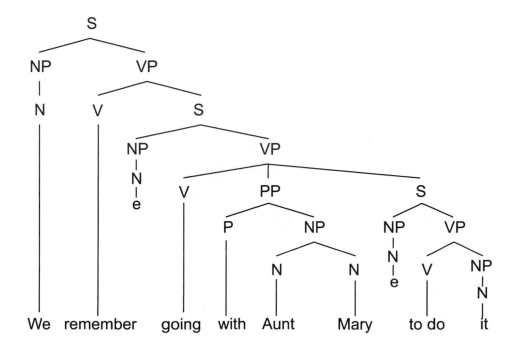

1-B-16: VP → V + S（補語為動名詞句型）

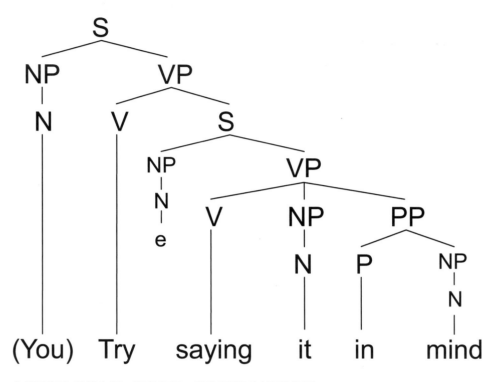

註：You 為祈使句的當然主詞，通常不用，特殊語境下才可能使用。

1-B-17: VP → V + S（補語為動名詞句型）

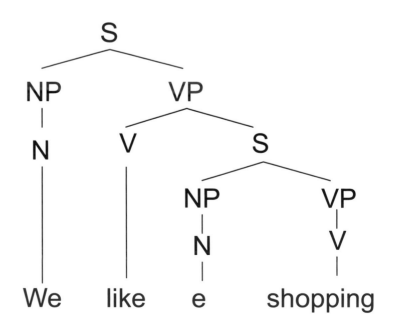

1-B-18: VP → V + S（補語為動名詞句型）

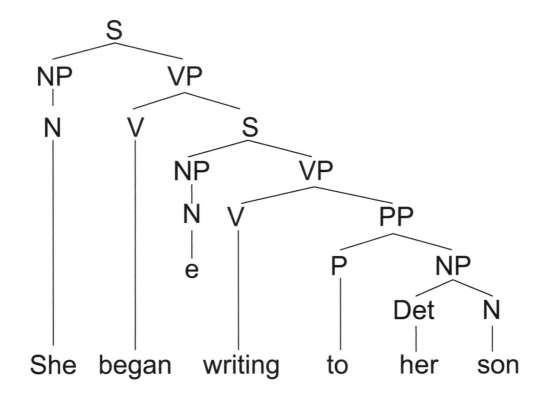

1-B-19: VP → V + S（補語為動名詞句型）

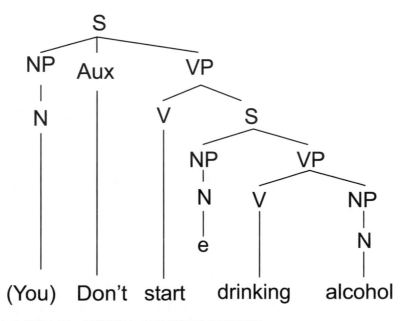

註：**You** 為祈使句的當然主詞，通常不用，特殊語境下才可能使用。

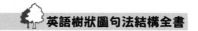

1-B-20: VP → V + S（補語為動名詞句型）

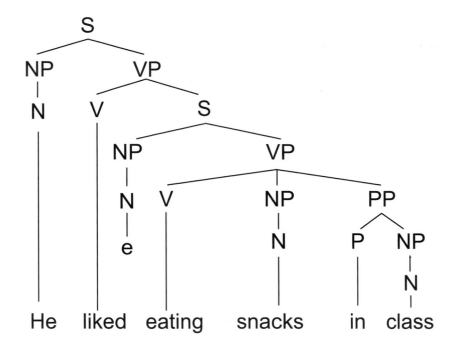

1-B-21: VP → V + S（補語為動名詞句型）

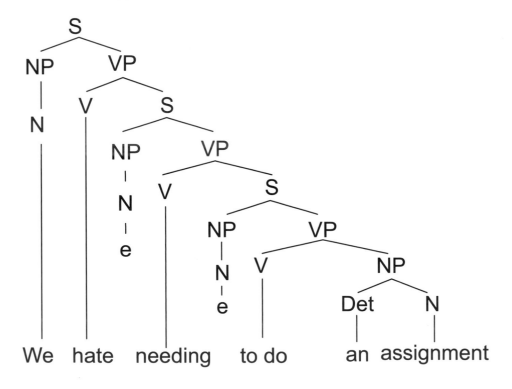

1-B-22: VP → V + S（補語為動名詞句型）

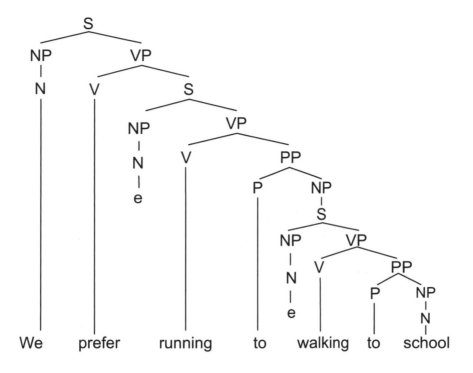

1-B-23: VP → V + S（補語為動名詞句型）

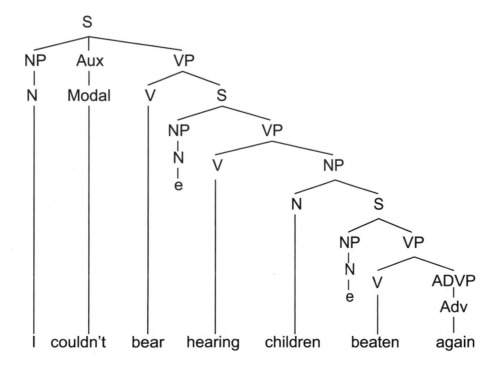

英語樹狀圖句法結構全書

1-B-24: VP → V + S（補語為動名詞句型）

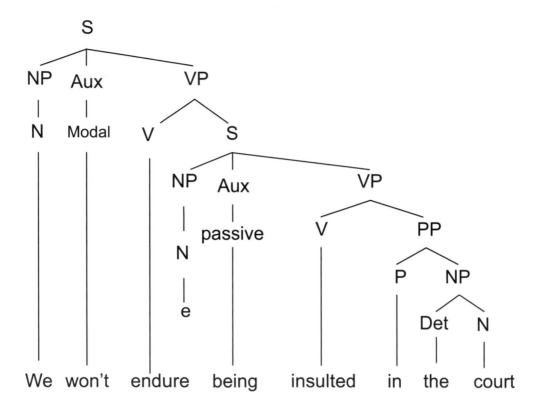

1-B-25: VP → V + S（補語為動名詞句型）

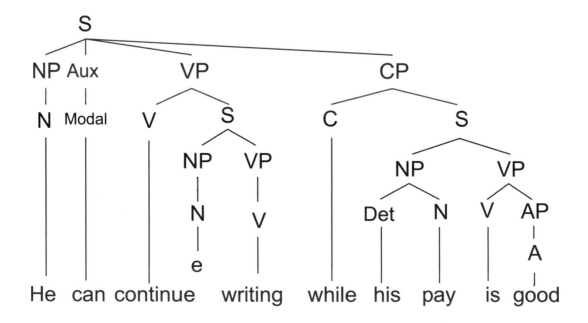

1-B-26: VP → V + S（補語為動名詞句型）

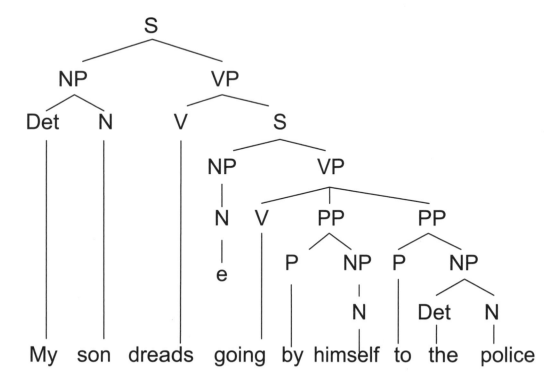

1-B-27: VP → V + S（補語為動名詞句型）

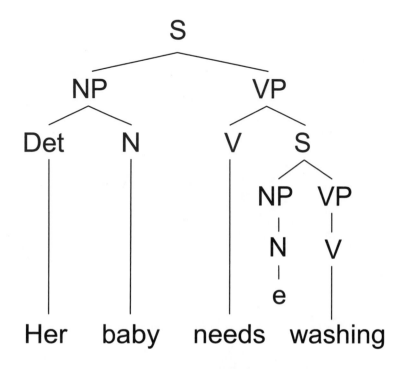

1-B-28: VP → V + S（補語為動名詞句型）

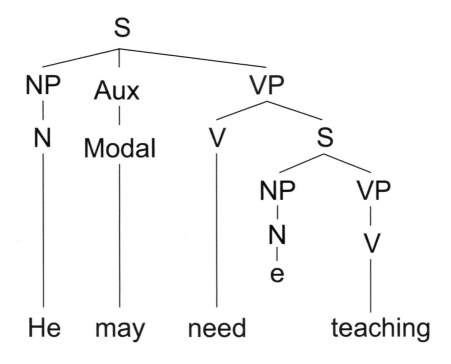

1-B-29: VP → V + S（補語為動名詞句型）

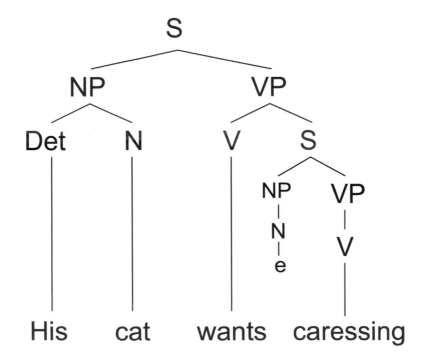

1-B-30: VP → V + S（補語為動名詞句型）

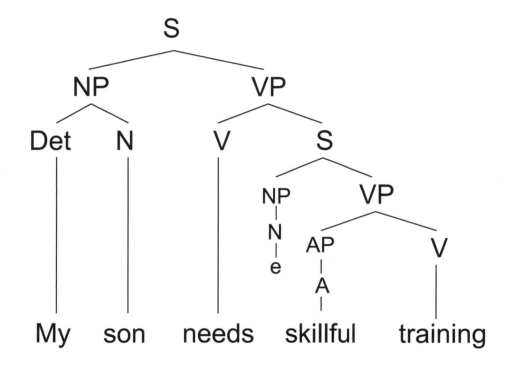

1-B-31: VP → V + S（補語為動名詞句型）

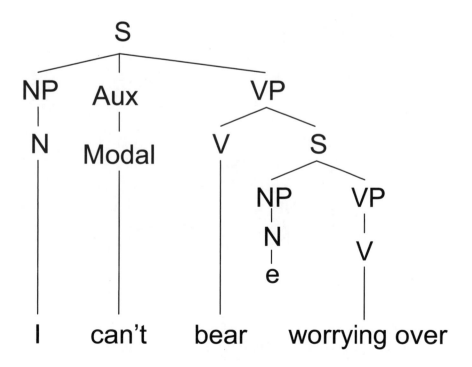

1-B-32: VP → V + S（補語為動名詞句型）

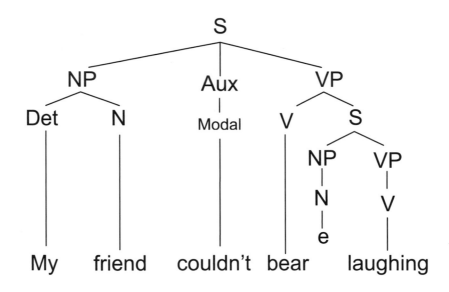

1-C: VP → V + S（補語為不定詞句型）

　　1-C 為補語為動態詞（verbal）：不定詞，的結構，結構與動名詞同為子句結構，也就是，V 的 sister node 是 S 或 CP，即 VP → V + S 或 VP → V + CP。以下樹狀圖將展示這一類型各種英語句型結構。

1-C-1: VP → V + S（補語為不定詞句型）

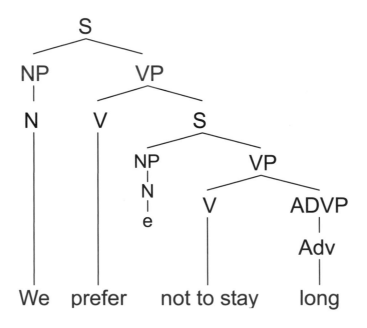

1-C-2: VP → V + S（補語為不定詞句型）

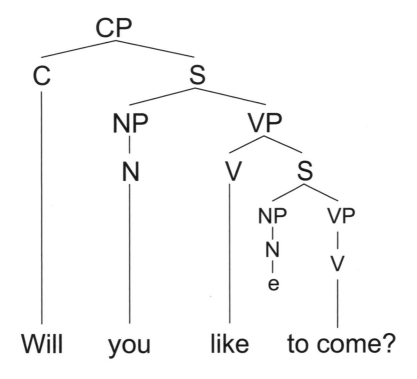

1-C-3: VP → V + S（補語為不定詞句型）

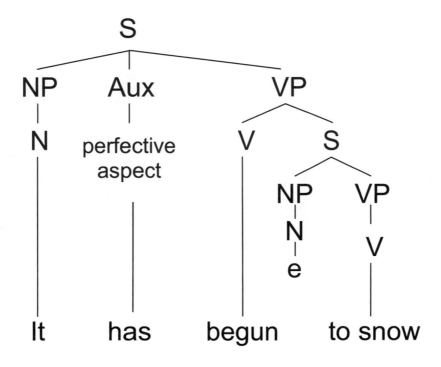

1-C-4: VP → V + S（補語為不定詞句型）

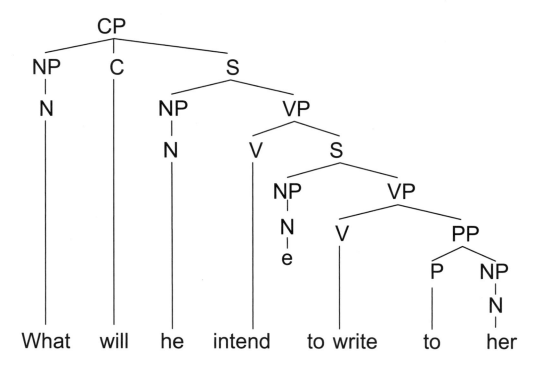

1-C-5: VP → V + S（補語為不定詞句型）

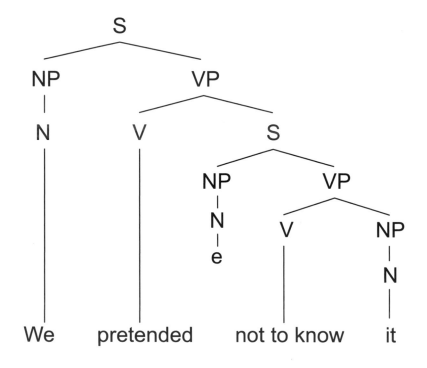

1-C-6: VP → V + S（補語為不定詞句型）

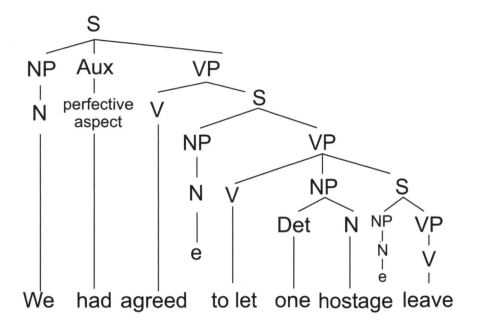

1-C-7: VP → V + S（補語為不定詞句型）

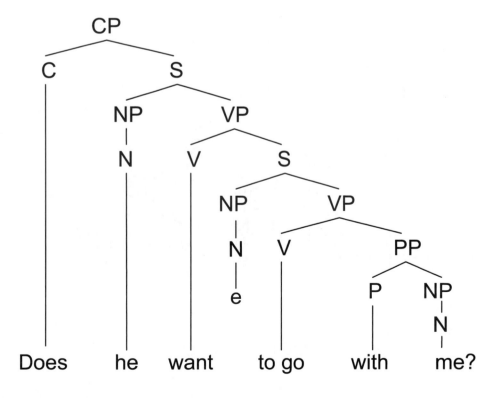

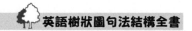
1-C-8: VP → V + S（補語為不定詞句型）

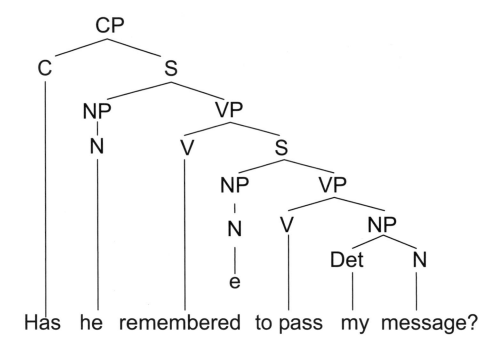

1-C-9: VP → V + S（補語為不定詞句型）

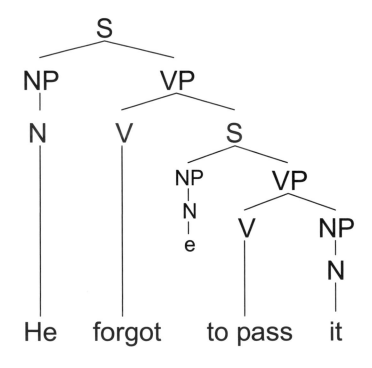

1-C-10: VP → V + S（補語為不定詞句型）

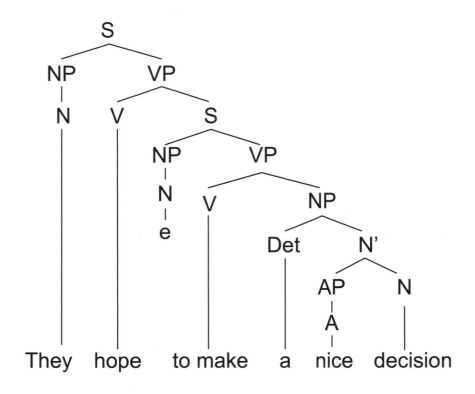

1-C-11: VP → V + S（補語為不定詞句型）

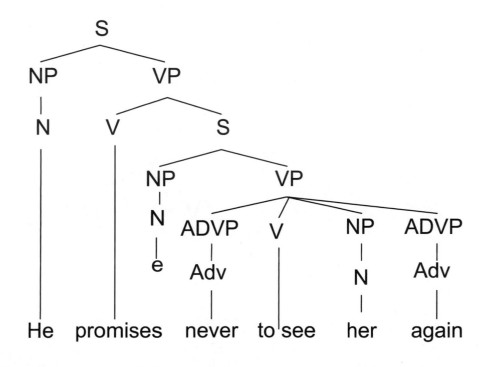

1-C-12: VP → V + S（補語為不定詞句型）

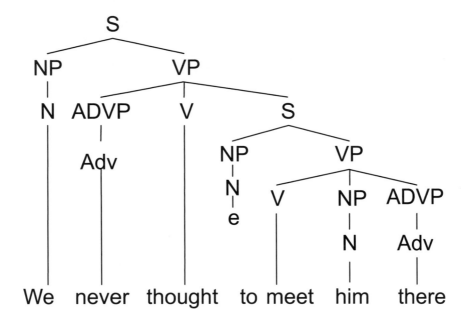

1-C-13: VP → V + S（補語為不定詞句型）

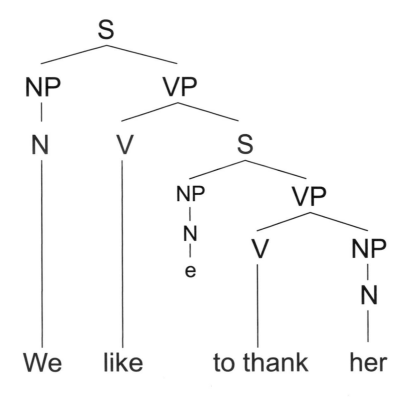

1-C-14: VP → V + S（補語為不定詞句型）

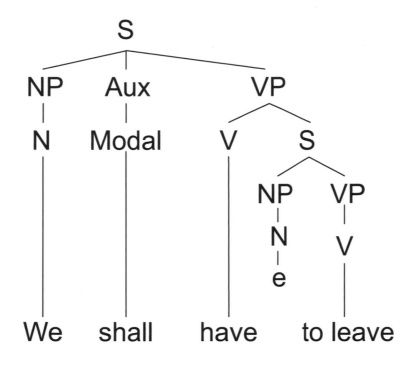

1-C-15: VP → V + S（補語為不定詞句型）

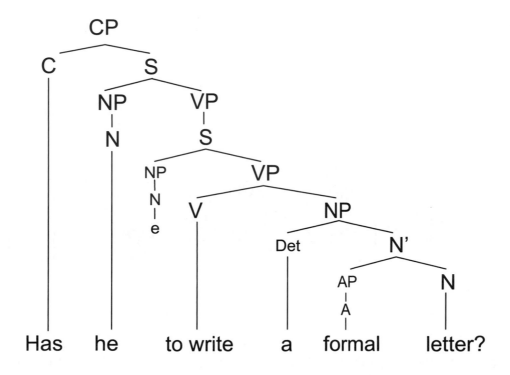

1-C-16: VP → V + S（補語為不定詞句型）

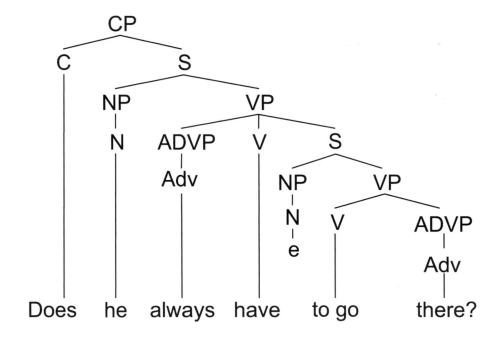

1-C-17: VP → V + S（補語為不定詞句型）

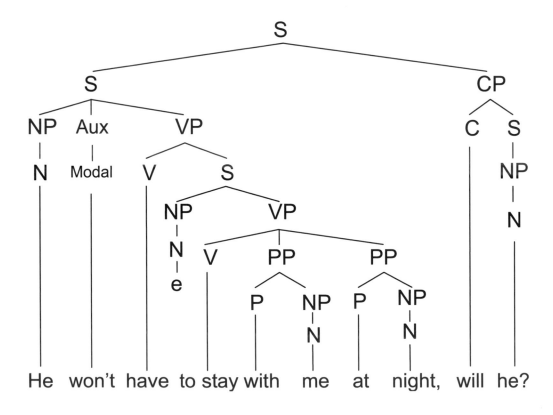

1-C-18: VP → V + CP（補語為不定詞句型）

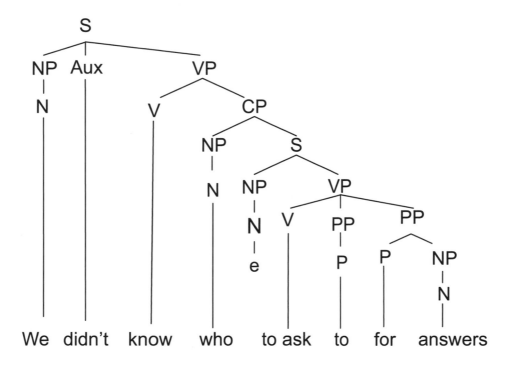

1-C-19: VP → V + CP（補語為不定詞句型）

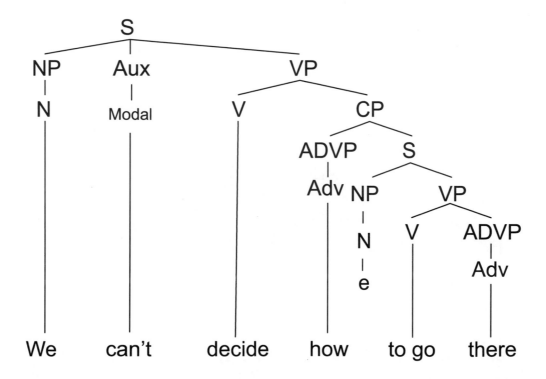

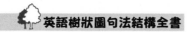

1-C-20: VP → V + CP（補語為不定詞句型）

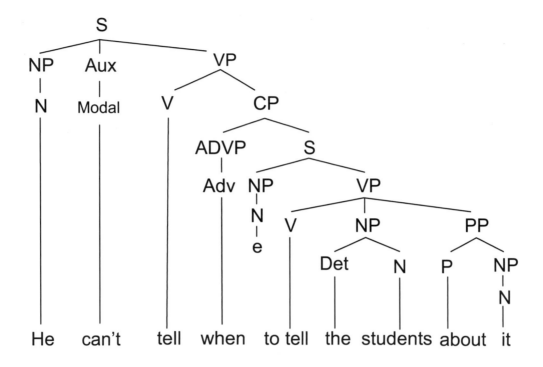

1-C-21: VP → V + CP（補語為不定詞句型）

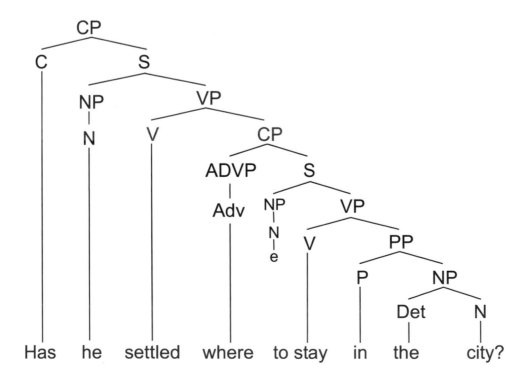

1-C-22: VP → V + CP（補語為不定詞句型）

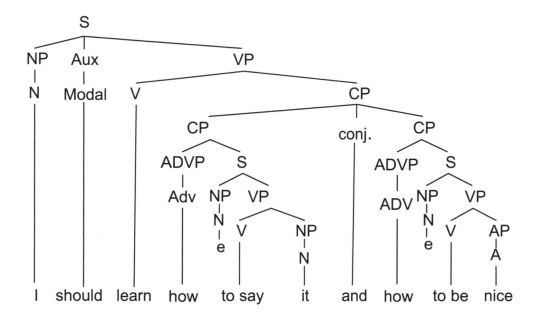

1-C-23: VP → V + CP（補語為不定詞句型）

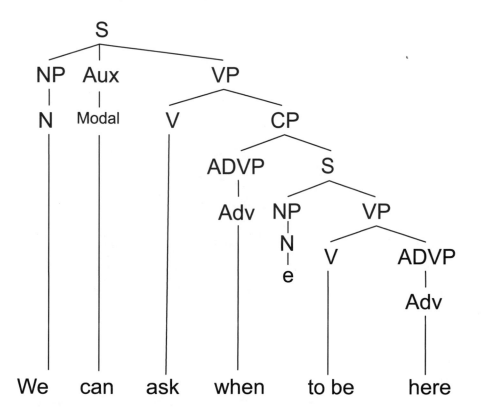

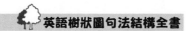
1-C-24: VP → V + CP（補語為不定詞句型）

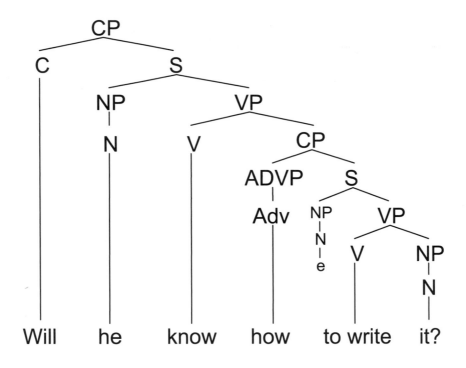

1-C-25: VP → V + CP（補語為不定詞句型）

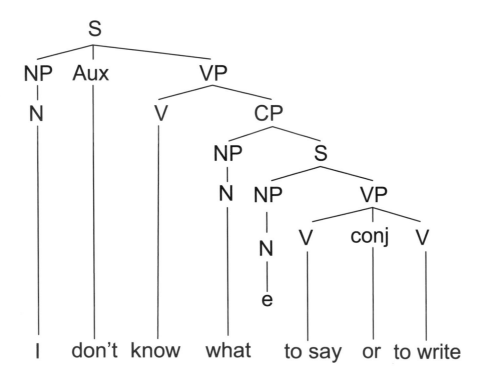

1-C-26: VP → V + CP（補語為不定詞句型）

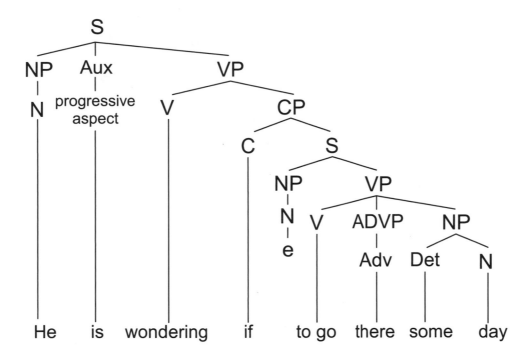

1-C-27: VP → V + CP（補語為不定詞句型）

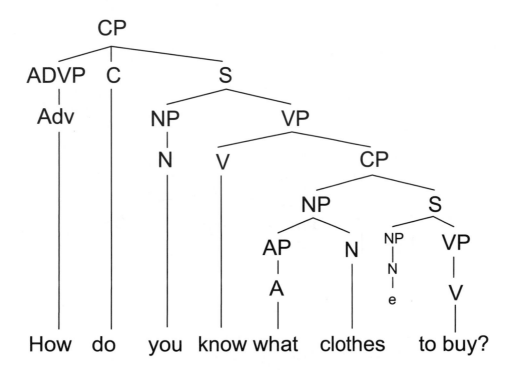

1-D: VP → V + S/CP（補語為由 that 引導的子句句型）

第四個及物動詞句型是，名詞性質的補語為由 that 引導的名詞子句句型。在這種句型的樹狀圖裡，head V 的 sister node 也是 S。但是，S 裡的主詞 NP 為實主詞，並有動詞及補語，是完整的句子結構。在 that 引導的子句句型裡，有些 that 習慣上不用，有些 that 習慣上使用，有些 that 則為選擇性使用。以下樹狀圖將展示這一類型各種英語句型結構。

1-D-1: VP → V + S/CP（補語為由 that 引導的子句句型）

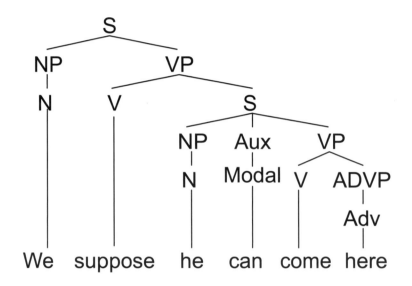

1-D-2: VP → V + S/CP（補語為由 that 引導的子句句型）

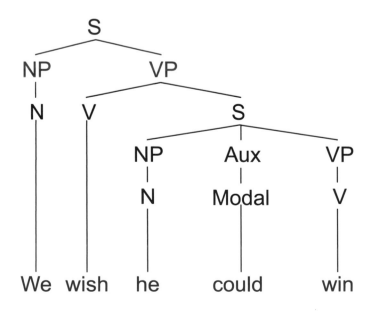

1-D-3: VP → V + S/CP（補語為由 that 引導的子句句型）

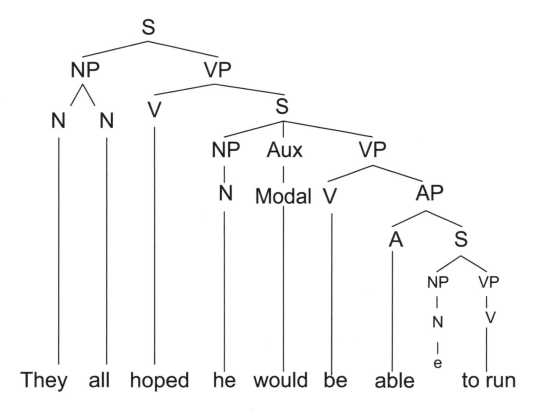

1-D-4: VP → V + S/CP（補語為由 that 引導的子句句型）

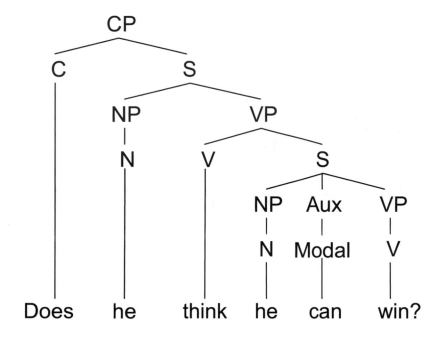

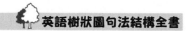
1-D-5: VP → V + S/CP（補語為由 that 引導的子句句型）

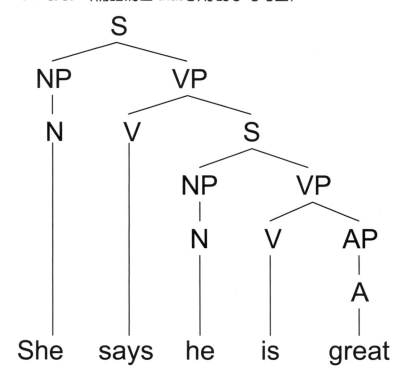

1-D-6: VP → V + S/CP（補語為由 that 引導的子句句型）

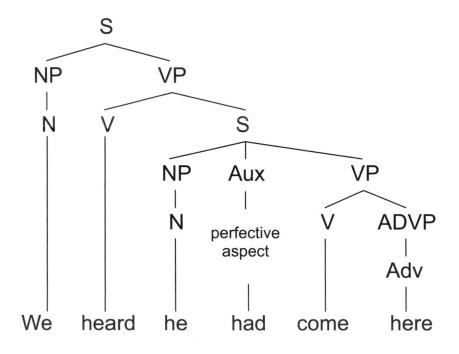

1-D-7: VP → V + S/CP（補語為由 that 引導的子句句型）

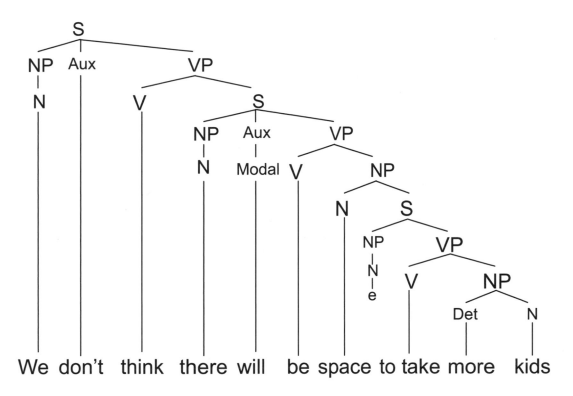

1-D-8: VP → V + S/CP（補語為由 that 引導的子句句型）

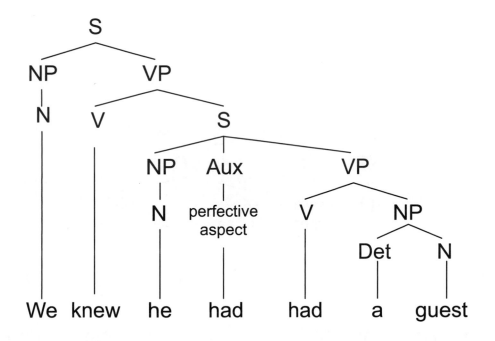

1-D-9: VP → V + S/CP（補語為由 that 引導的子句句型）

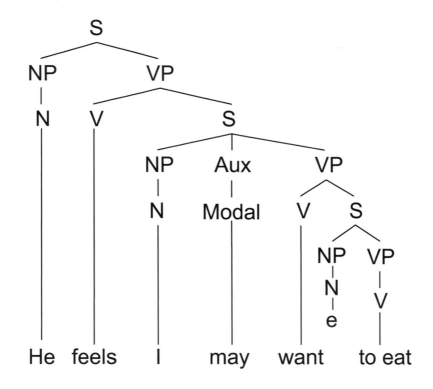

1-D-10: VP → V + S/CP（補語為由 that 引導的子句句型）

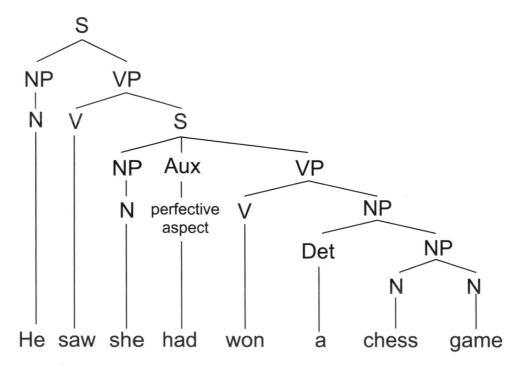

1-D-11: VP → V + S/CP（補語為由 that 引導的子句句型）

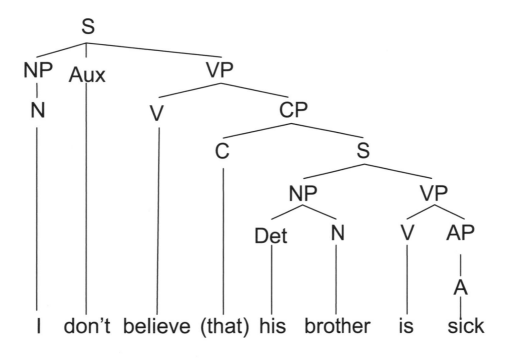

1-D-12: VP → V + S/CP（補語為由 that 引導的子句句型）

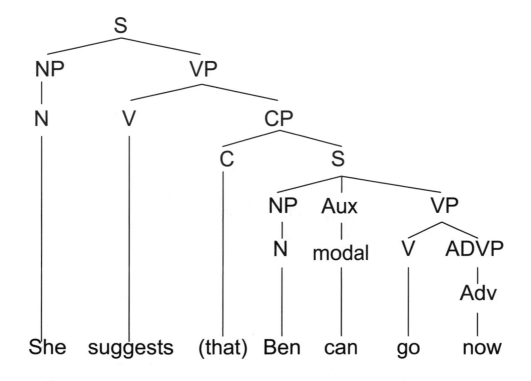

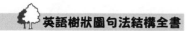

1-D-13: VP → V + S/CP（補語為由 that 引導的子句句型）

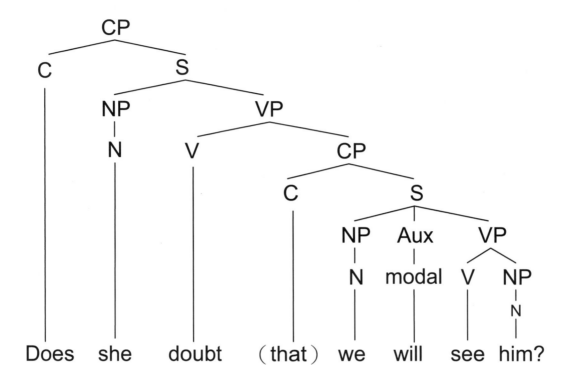

1-D-14: VP → V + S/CP（補語為由 that 引導的子句句型）

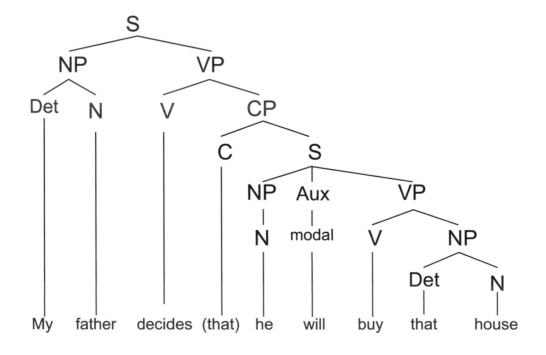

1-D-15: VP → V + S/CP（補語為由 that 引導的子句句型）

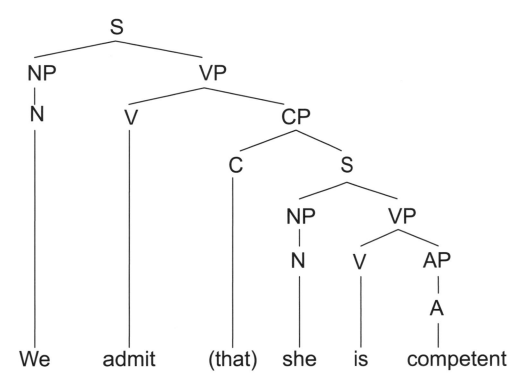

1-D-16: VP → V + S/CP（補語為由 that 引導的子句句型）

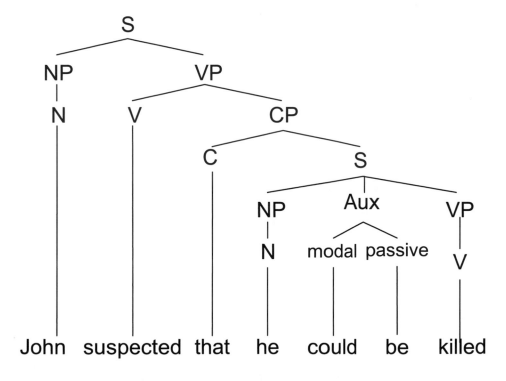

1-D-17: VP → V + S/CP（補語為由 that 引導的子句句型）

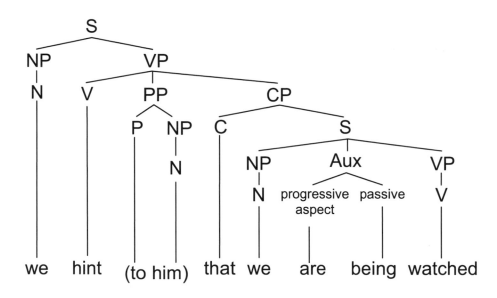

1-E: VP → V + S/CP（補語為由 that 以外的連接詞引介的從屬子句句型）

　　本樹狀圖結構的動詞補語為當名詞用的從屬子句，但是連接詞不是 that，而是疑問代名詞、關係代名詞、關係副詞、或補語化連接詞（complementizer）whether, if, 等等。Head V 的 sister node 為 S 或 CP。以下樹狀圖將展示這一類型各種英語句型結構。

1-E-1: VP → V + S/CP（補語為由 that 以外的連接詞引介的從屬子句句型）

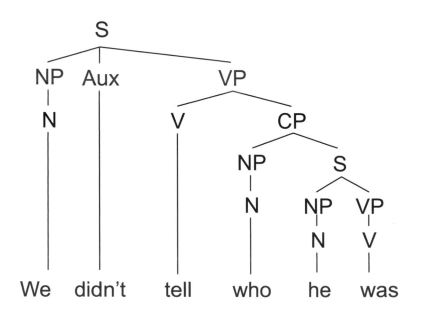

1-E-2: VP → V + S/CP（補語為由 that 以外的連接詞引介的從屬子句句型）

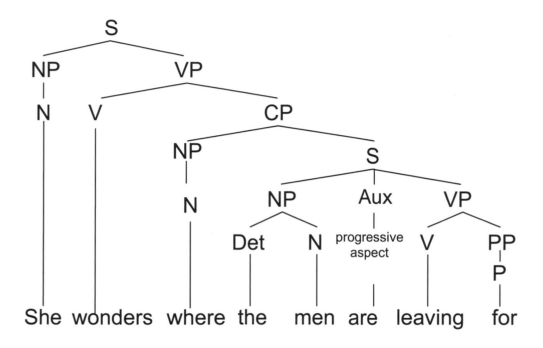

1-E-3: VP → V + S/CP（補語為由 that 以外的連接詞引介的從屬子句句型）

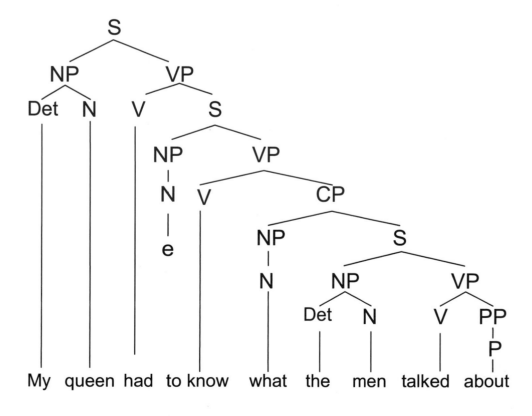

1-E-4: VP → V + S/CP（補語為由 that 以外的連接詞引介的從屬子句句型）

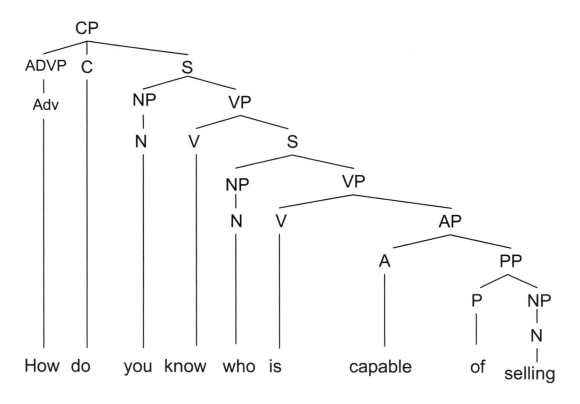

1-E-5: VP → V + S/CP（補語為由 that 以外的連接詞引介的從屬子句句型）

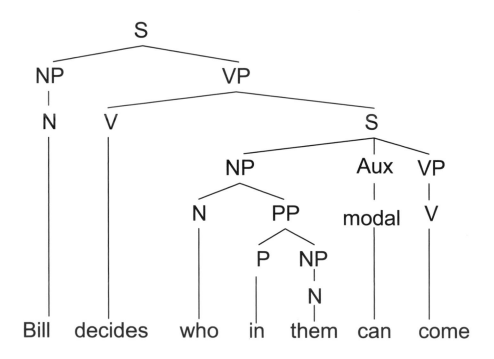

1-E-6: VP → V + S/CP（補語為由 that 以外的連接詞引介的從屬子句句型）

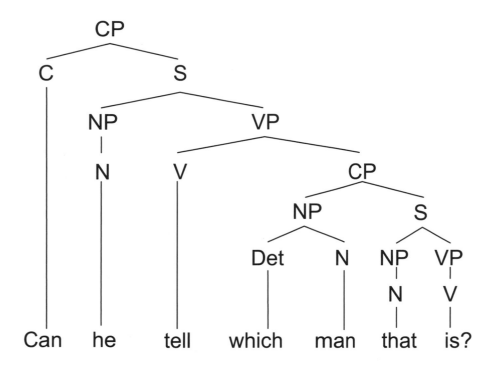

1-E-7: VP → V + S/CP（補語為由 that 以外的連接詞引介的從屬子句句型）

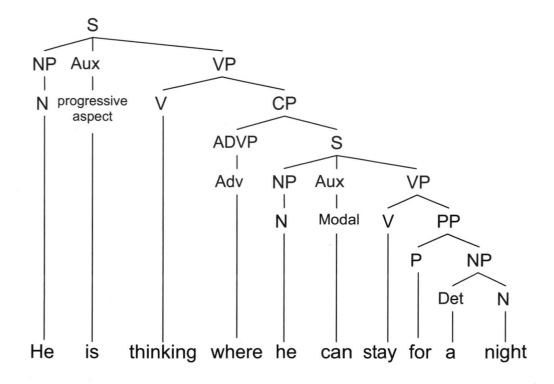

1-E-8: VP →V + S/CP（補語為由 that 以外的連接詞引介的從屬子句句型）

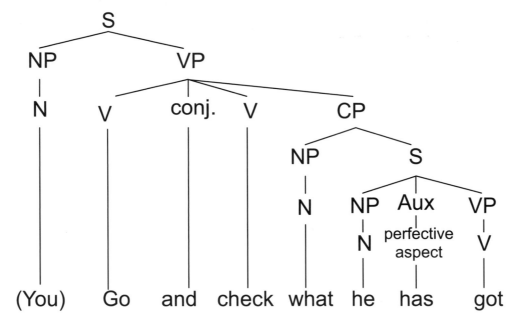

註：You 為祈使句的當然主詞，通常不用，特殊語境下才可能使用。

1-E-9: VP → V + S/CP（補語為由 that 以外的連接詞引介的從屬子句句型）

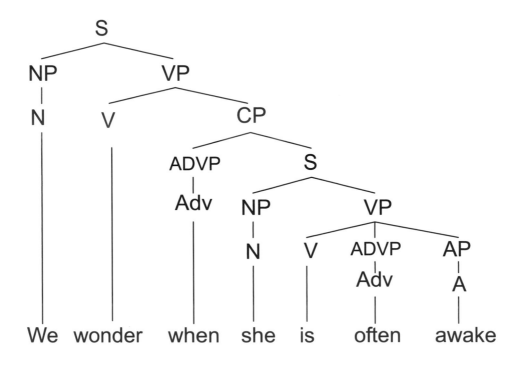

1-E-10: VP → V + S/CP（補語為由 that 以外的連接詞引介的從屬子句句型）

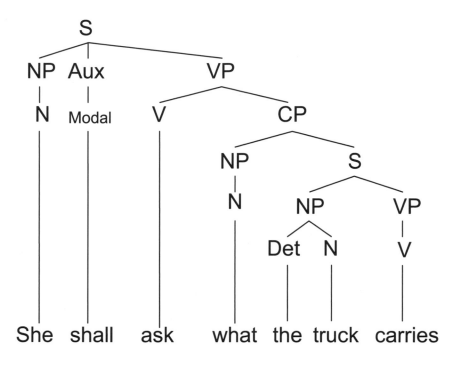

1-E-11: VP → V + S/CP（補語為由 that 以外的連接詞引介的從屬子句句型）

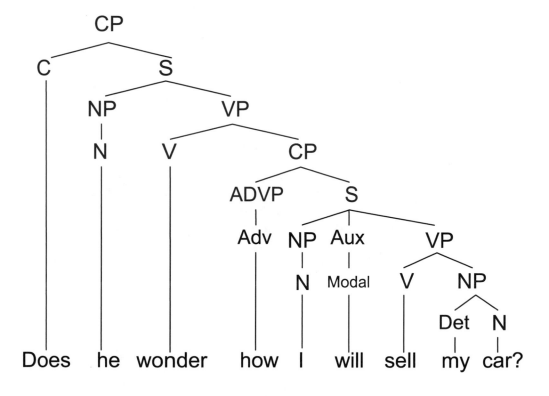

1-E-12: VP → V + S/CP（補語為由 that 以外的連接詞引介的從屬子句句型）

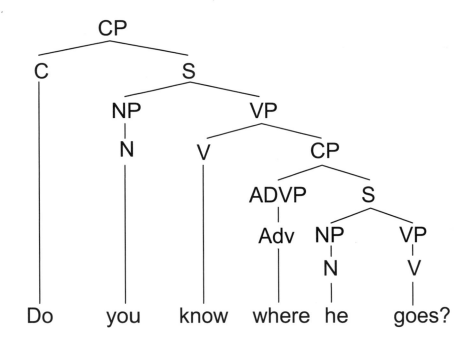

1-E-13: VP → V + S/CP（補語為由 that 以外的連接詞引介的從屬子句句型）

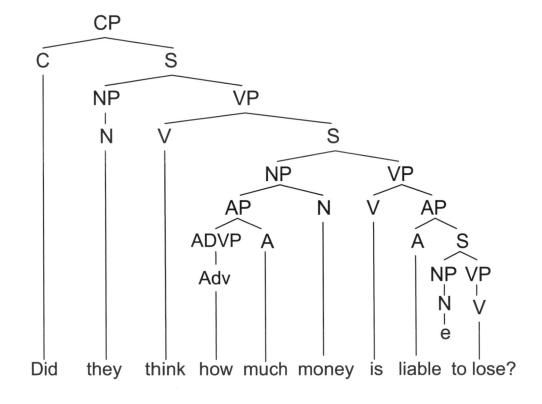

1-E-14: VP → V + S/CP（補語為由 that 以外的連接詞引介的從屬子句句型）

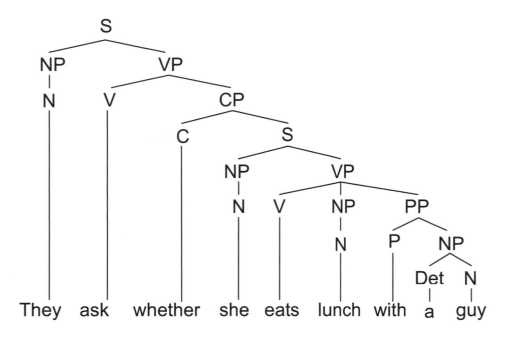

1-E-15: VP → V + S/CP（補語為由 that 以外的連接詞引介的從屬子句句型）

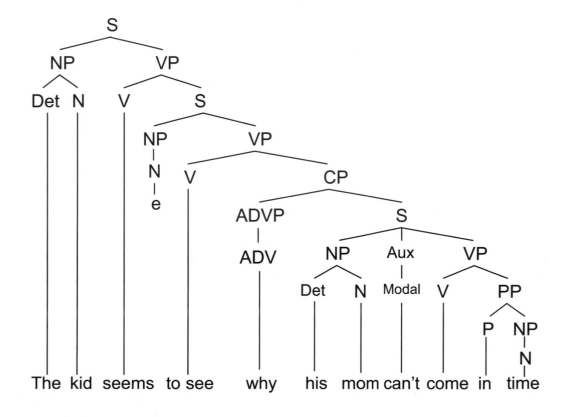

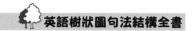
1-E-16: VP → V + S/CP（補語為由 that 以外的連接詞引介的從屬子句句型）

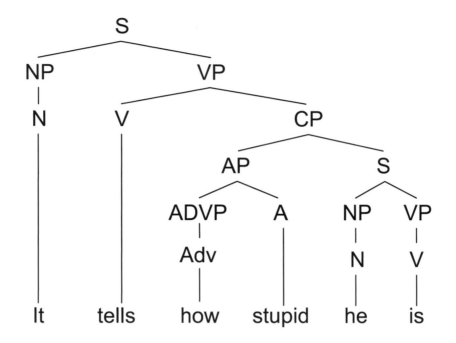

1-E-17: VP → V + S/CP（補語為由 that 以外的連接詞引介的從屬子句句型）

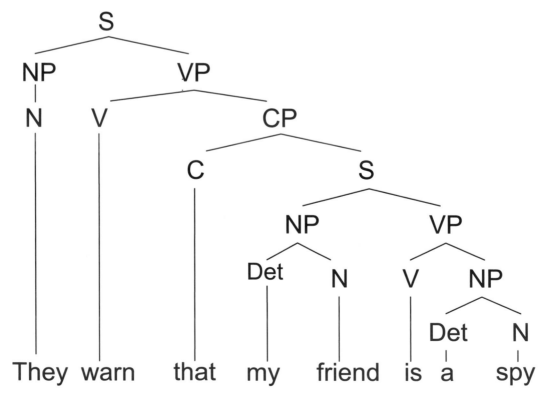

1-F: VP → V + NP + CP（補語為名詞片語和由 that 引介的從屬子句句型）

　　本句型補語為名詞片語和由 that 引介的從屬子句，指的是，主動詞 V node 的 sister nodes 為 NP 和 CP 的句型：V + NP + CP。以下樹狀圖將展示這一類型各種英語句型結構。

1-F-1: VP → V + NP + CP（補語為名詞片語和由 that 引介的從屬子句句型）

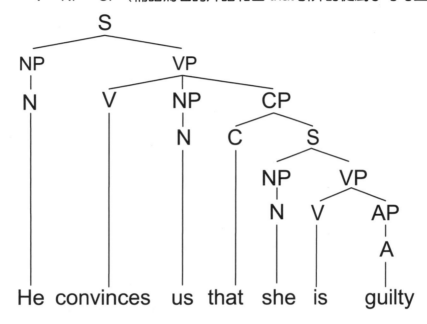

1-F-2: VP → V + NP + CP（補語為名詞片語和由 that 引介的從屬子句句型）

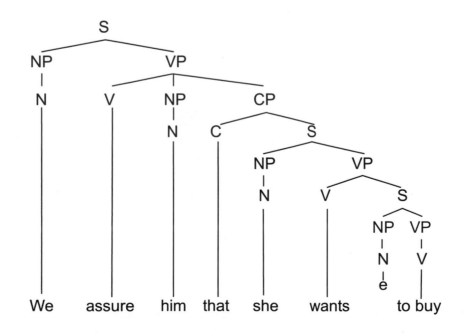

1-F-3: VP → V + NP + CP（補語為名詞片語和由 that 引介的從屬子句句型）

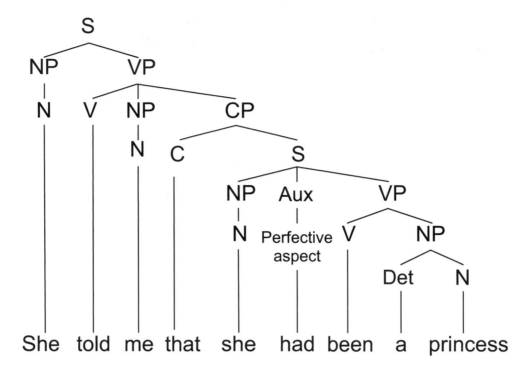

1-F-4: VP → V + NP + CP（補語為名詞片語和由 that 引介的從屬子句句型）

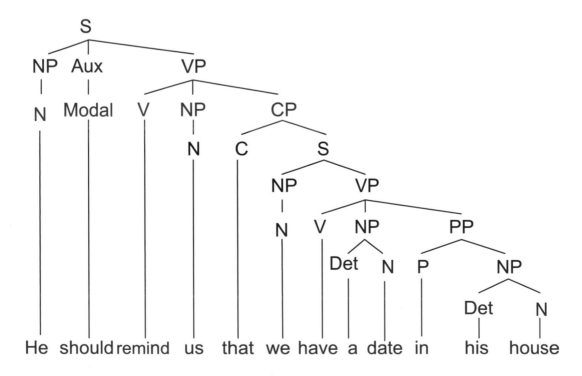

1-F-5: VP → V + NP + CP（補語為名詞片語和由 that 引介的從屬子句句型）

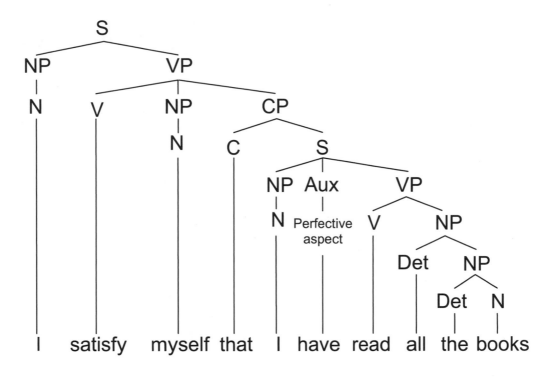

1-F-6: VP → V + NP + CP（補語為名詞片語和由 that 引介的從屬子句句型）

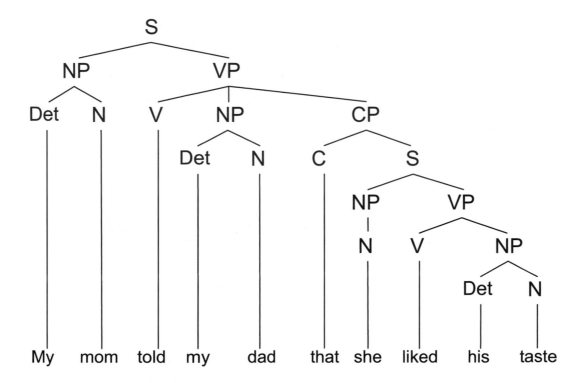

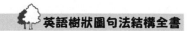
1-G: VP → V + NP + NP（補語為表人與事物的雙名詞片語句型）

本句型為，補語為名詞片語（間接受詞）和名詞片語（直接受詞），指的是，主動詞 V node 的 sister nodes 為 NP 和 NP 的句型：V + NP + NP。以下樹狀圖將展示這一類型各種英語句型結構。

1-G-1: VP → V + NP + NP（補語為表人與事物的雙名詞片語句型）

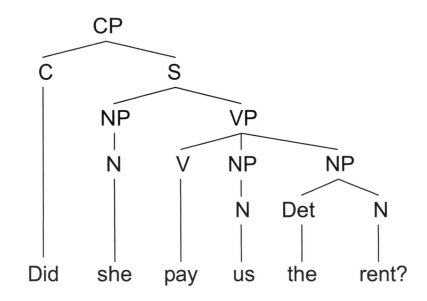

1-G-2: VP → V + NP + NP（補語為表人與事物的雙名詞片語句型）

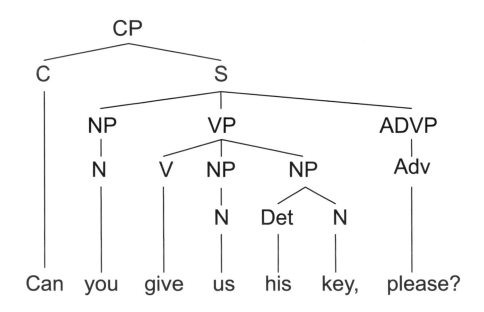

1-G-3: VP →V + NP + NP（補語為表人與事物的雙名詞片語句型）

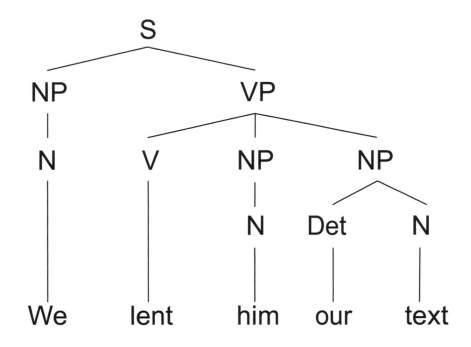

1-G-4: VP → V + NP + NP（補語為表人與事物的雙名詞片語句型）

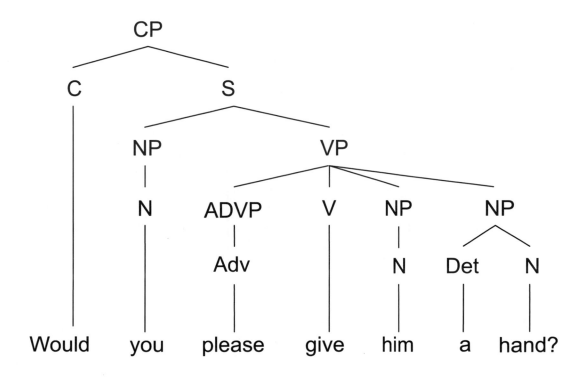

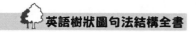
1-G-5: VP → V + NP + NP（補語為表人與事物的雙名詞片語句型）

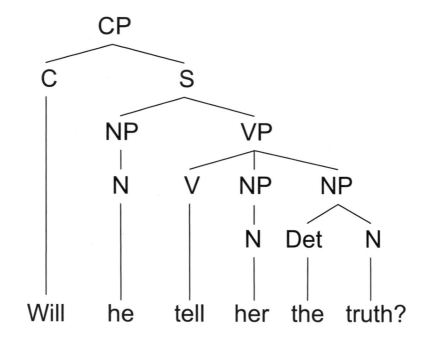

1-G-6: VP → V + NP + NP（補語為表人與事物的雙名詞片語句型）

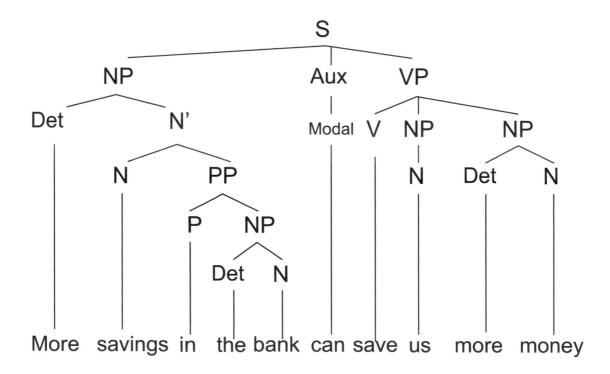

1-G-7: VP → V + NP + NP（補語為表人與事物的雙名詞片語句型）

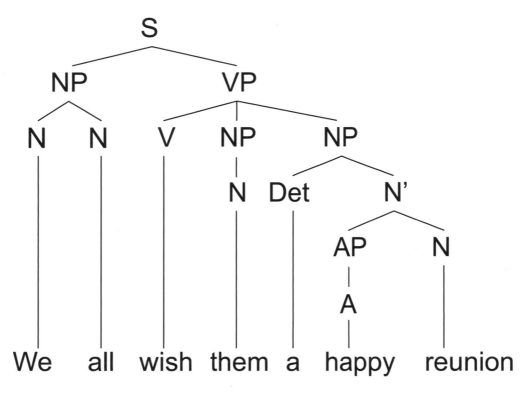

1-G-8: VP → V + NP + NP（補語為表人與事物的雙名詞片語句型）

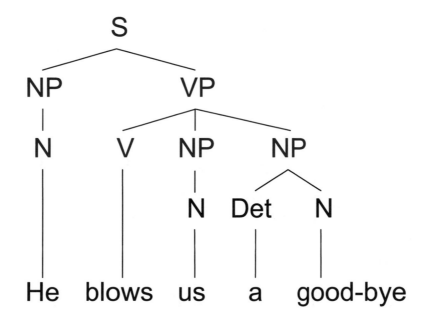

1-G-9: VP → V + NP + NP（補語為表人與事物的雙名詞片語句型）

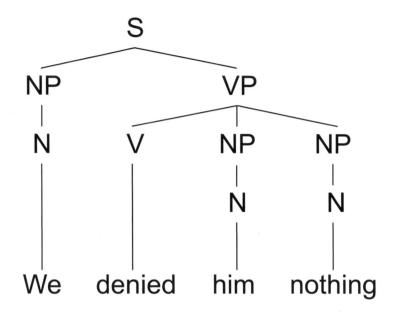

1-G-10: VP → V + NP + NP（補語為表人與事物的雙名詞片語句型）

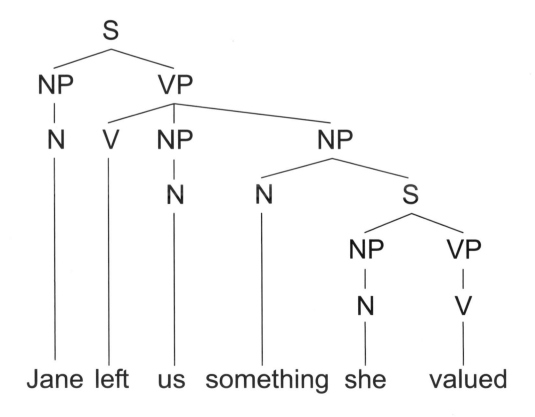

86

1-G-11: VP → V + NP + NP（補語為表人與事物的雙名詞片語句型）

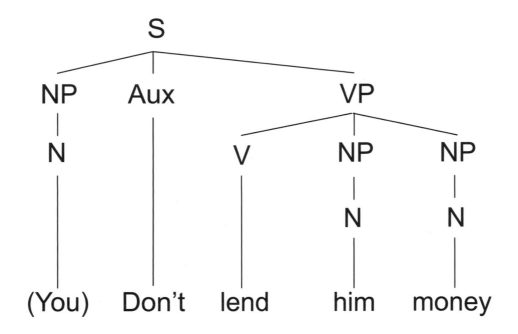

註：You 為祈使句的當然主詞，通常不用，特殊語境下才可能使用。

1-G-12: VP → V + NP + NP（補語為表人與事物的雙名詞片語句型）

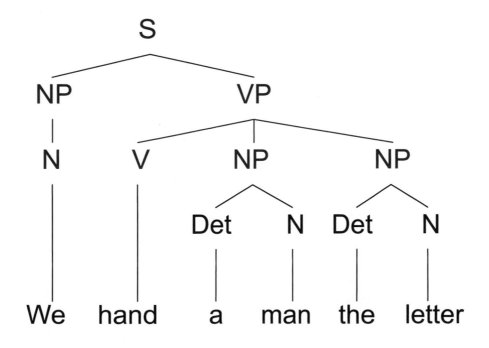

1-G-13: VP → V + NP + NP（補語為表人與事物的雙名詞片語句型）

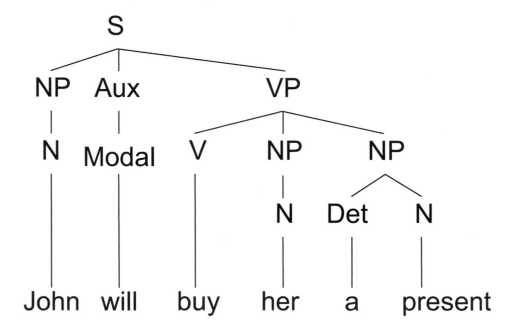

1-G-14: VP → V + NP + NP（補語為表人與事物的雙名詞片語句型）

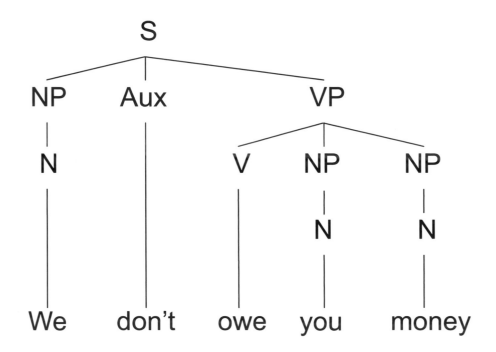

1-G-15: VP → V + NP + NP（補語為表人與事物的雙名詞片語句型）

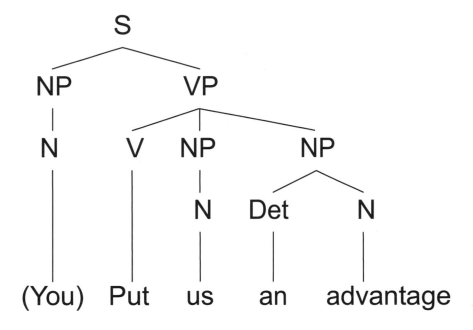

註：You 為祈使句的當然主詞，通常不用，特殊語境下才可能使用。

1-G-16: VP → V + NP + NP（補語為表人與事物的雙名詞片語句型）

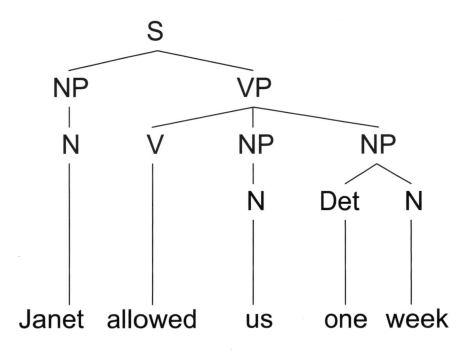

1-G-17: VP → V + NP + NP（補語為表人與事物的雙名詞片語句型）

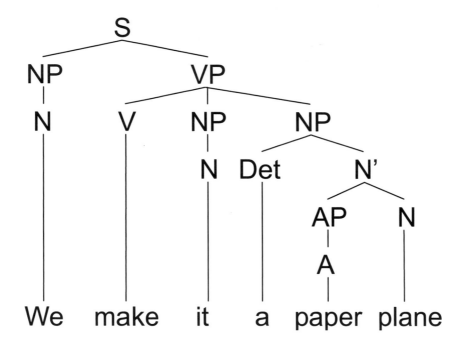

1-G-18: VP → V + NP + NP（補語為表人與事物的雙名詞片語句型）

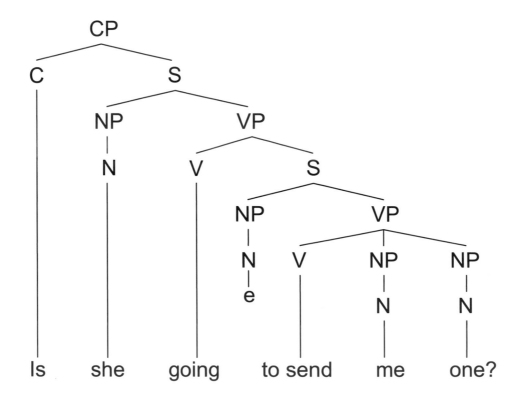

1-G-19: VP → V + NP + NP（補語為表人與事物的雙名詞片語句型）

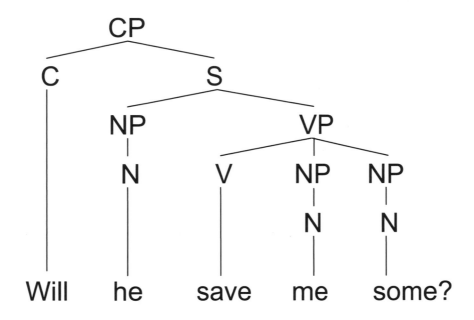

1-G-20: VP → V + NP + NP（補語為表人與事物的雙名詞片語句型）

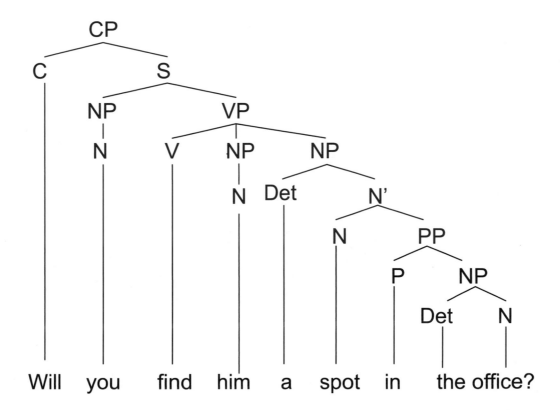

1-G-21: VP → V + NP + NP（補語為表人與事物的雙名詞片語句型）

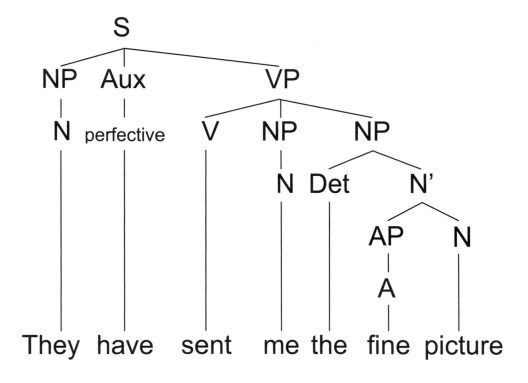

1-G-22: VP → V + NP + NP（補語為表人與事物的雙名詞片語句型）

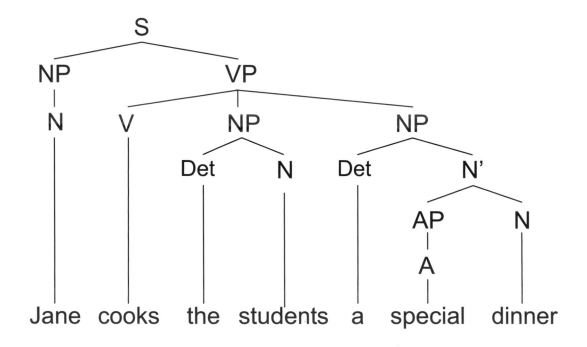

1-G-23: VP → V + NP + NP（補語為表人與事物的雙名詞片語句型）

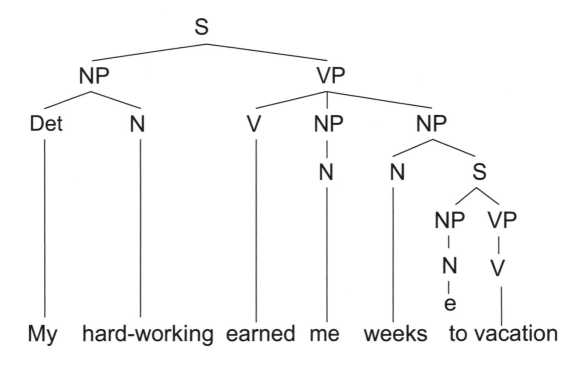

1-G-24: VP → V + NP + NP（補語為表人與事物的雙名詞片語句型）

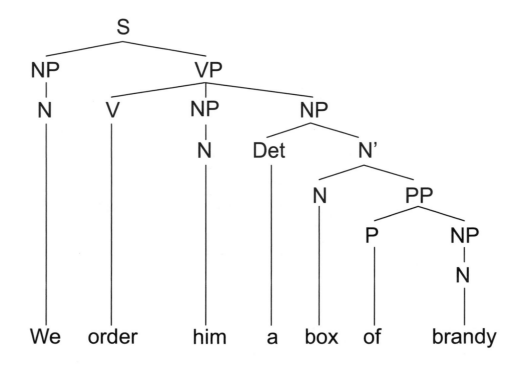

1-G-25: VP → V + NP + NP（補語為表人與事物的雙名詞片語句型）

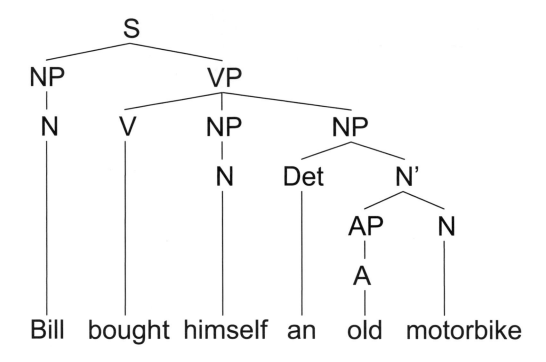

1-G-26: VP → V + NP + NP（補語為表人與事物的雙名詞片語句型）

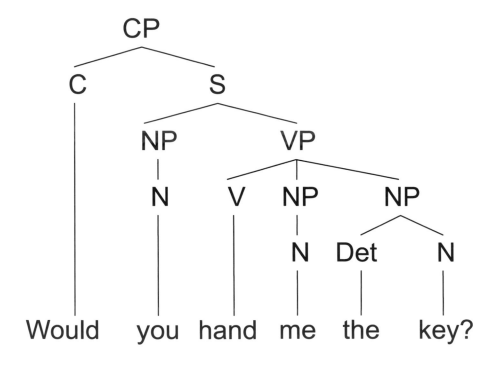

1-G-27: VP → V + NP + NP（補語為表人與事物的雙名詞片語句型）

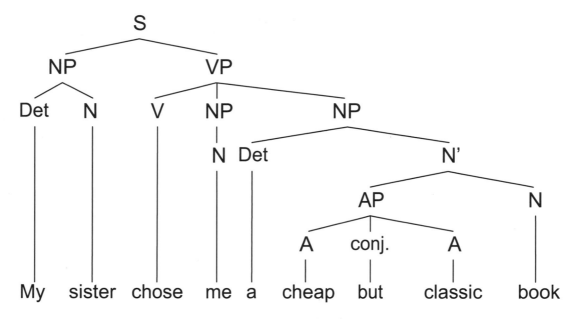

1-G-28: VP → V + NP + NP（補語為表人與事物的雙名詞片語句型）

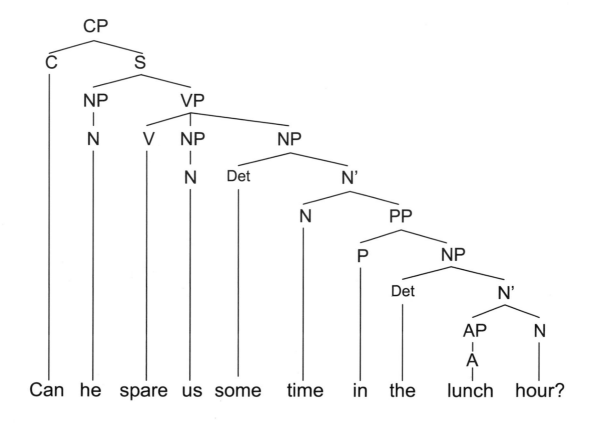

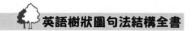
1-G-29: VP → V + NP + NP（補語為表人與事物的雙名詞片語句型）

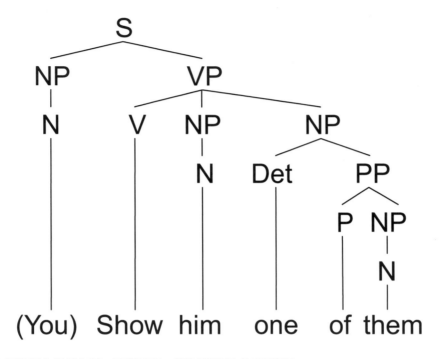

註：You 為祈使句的當然主詞，通常不用，特殊語境下才可能使用。

1-G-30: VP → V + NP + NP（補語為表人與事物的雙名詞片語句型）

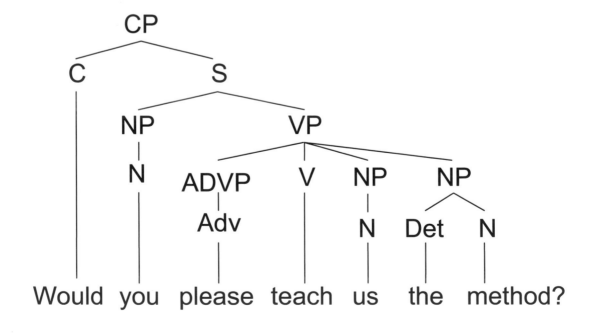

1-H: VP → V + NP + NP（補語為非 IO、DO 雙名詞片語句型）

　　本句型動詞補語為雙名詞片語，但不是間接受詞與直接受詞的文法關係，主動詞 V node 的 sister nodes 仍為 NP 和 NP 的句型：V + NP + NP。以下樹狀圖將展示這一類型各種英語句型結構。

1-H-1: VP → V + NP + NP（補語為非 IO、DO 雙名詞片語句型）

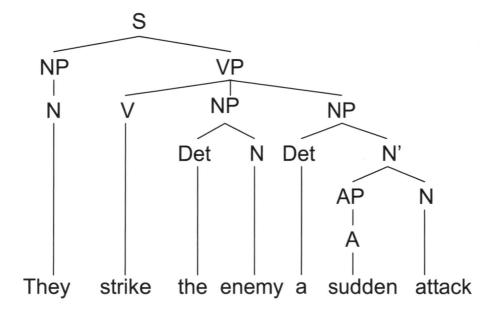

1-H-2: VP → V + NP + NP（補語為非 IO、DO 雙名詞片語句型）

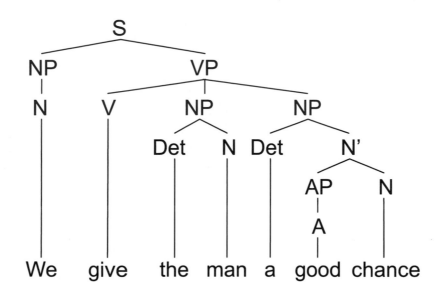

1-H-3: VP → V + NP + NP（補語為非 IO、DO 雙名詞片語句型）

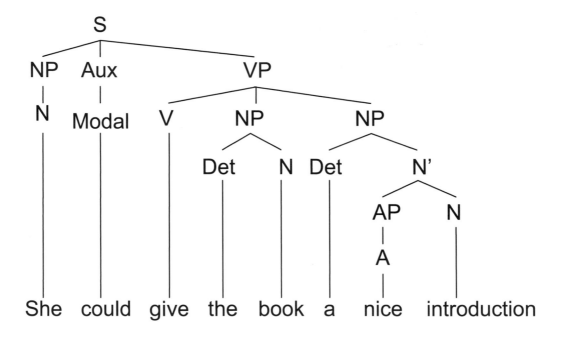

1-H-4: VP → V + NP + NP（補語為非 IO、DO 雙名詞片語句型）

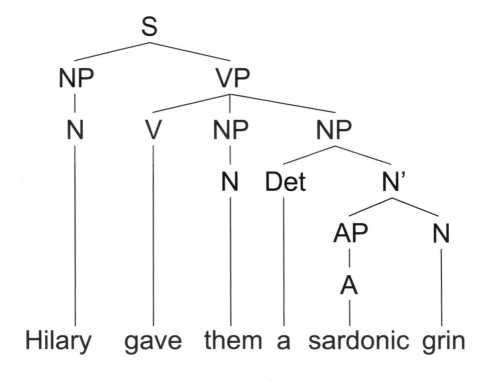

1-H-5: VP → V + NP + NP（補語為非 IO、DO 雙名詞片語句型）

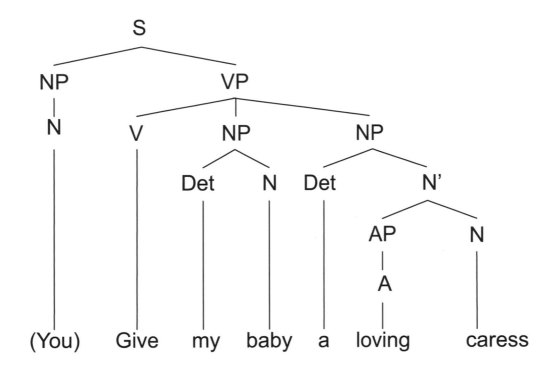

註：**You** 為祈使句的當然主詞，通常不用，特殊語境下才可能使用。

1-H-6: VP → V + NP + NP（補語為非 IO、DO 雙名詞片語句型）

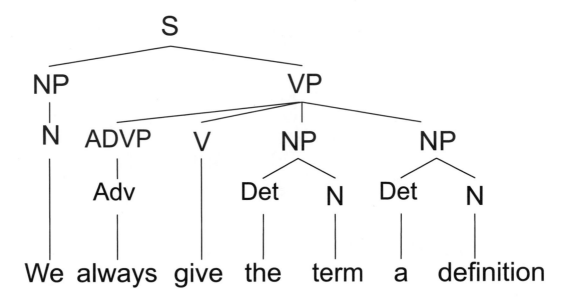

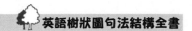

1-H-7: VP → V + NP + NP（補語為非 IO、DO 雙名詞片語句型）

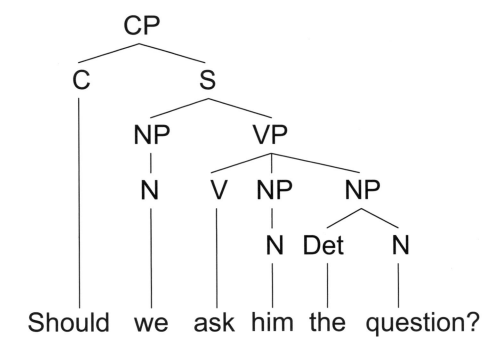

1-H-8: VP → V + NP + NP（補語為非 IO、DO 雙名詞片語句型）

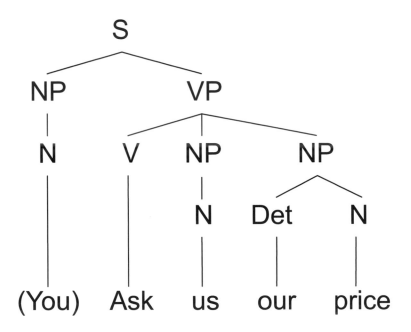

註：You 為祈使句的當然主詞，通常不用，特殊語境下才可能使用。

1-H-9: VP → V + NP + NP（補語為非 IO、DO 雙名詞片語句型）

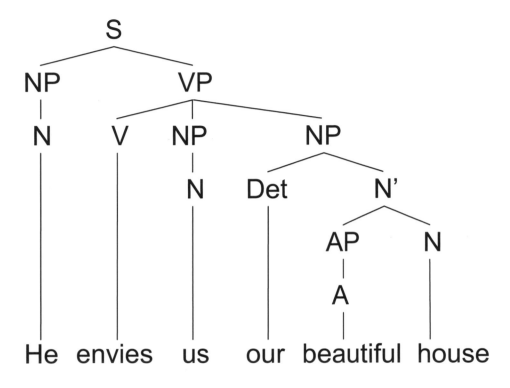

1-H-10: VP → V + NP + NP（補語為非 IO、DO 雙名詞片語句型）

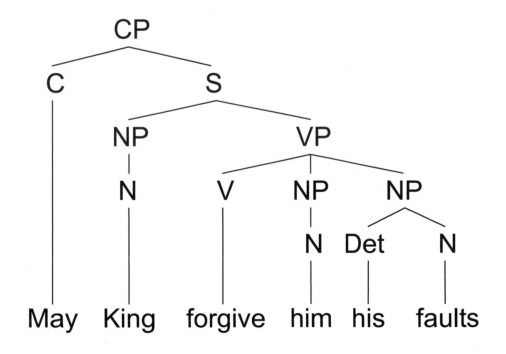

1-H-11: VP → V + NP + NP（補語為非 IO、DO 雙名詞片語句型）

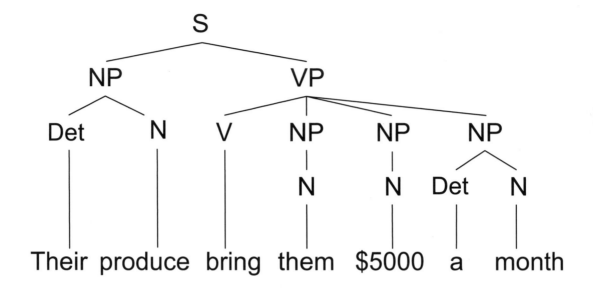

1-H-12: VP → V + NP + NP（補語為非 IO、DO 雙名詞片語句型）

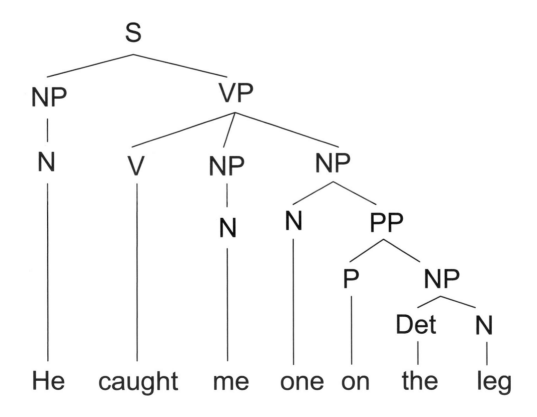

1-H-13: VP → V + NP + NP（補語為非 IO、DO 雙名詞片語句型）

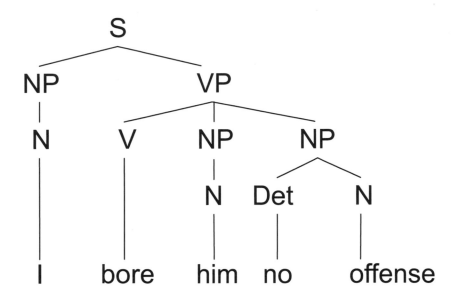

1-H-14: VP → V + NP + NP（補語為非 IO、DO 雙名詞片語句型）

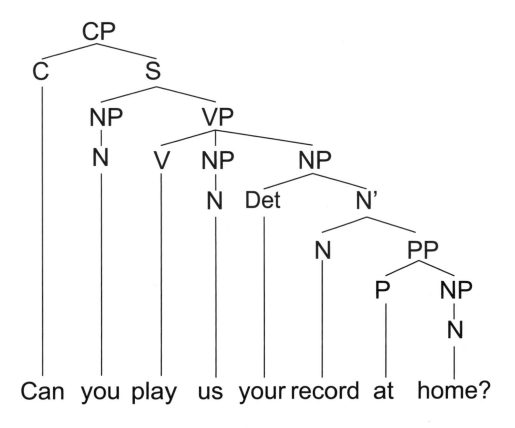

1-H-15: VP → V + NP + NP（補語為非 IO、DO 雙名詞片語句型）

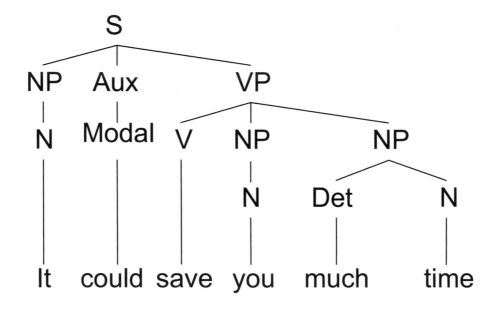

1-H-16: VP → V + NP + NP（補語為非 IO、DO 雙名詞片語句型）

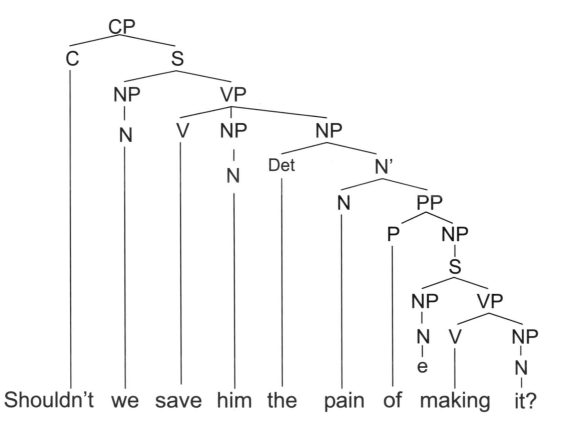

第二篇　英語樹狀圖句構

1-H-17: VP → V + NP + NP（補語為非 IO、DO 雙名詞片語句型）

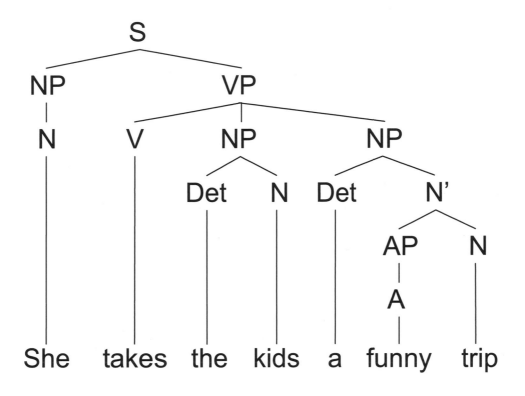

1-H-18: VP → V + NP + NP（補語為非 IO、DO 雙名詞片語句型）

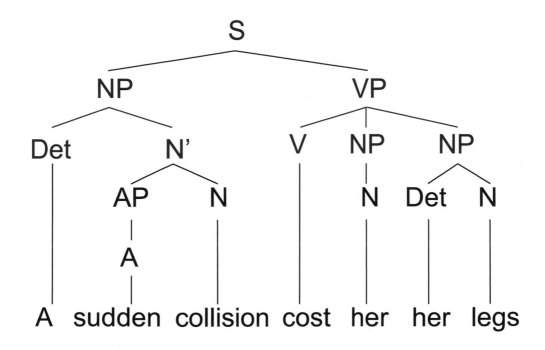

1-J: VP → V + NP + PP（補語為名詞片語和介系詞片語句型）

本句型動詞補語為名詞片語和介系詞片語，也就是主動詞 V node 的 sister nodes 為 NP 和 PP 的句型：V + NP + PP。以下樹狀圖將展示這一類型各種英語句型結構。

1-J-1: VP → V + NP + PP（補語為名詞片語和介系詞片語句型）

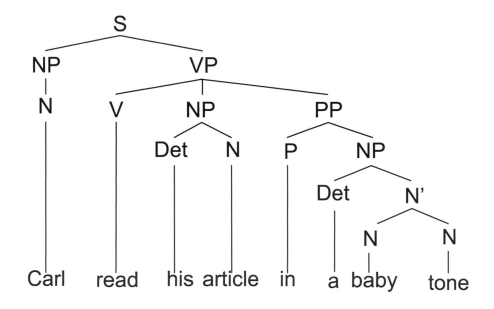

1-J-2: VP → V + NP + PP（補語為名詞片語和介系詞片語句型）

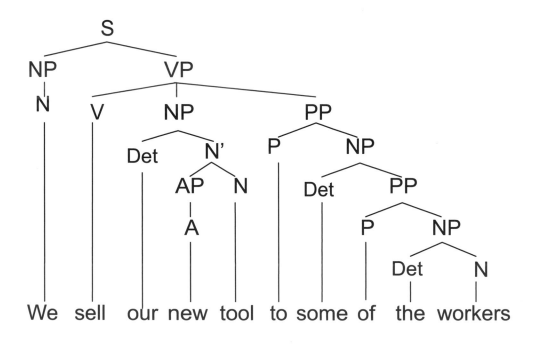

1-J-3: VP → V + NP + PP（補語為名詞片語和介系詞片語句型）

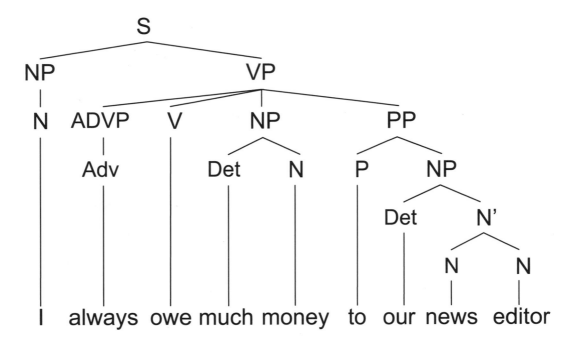

1-J-4: VP → V + NP + PP（補語為名詞片語和介系詞片語句型）

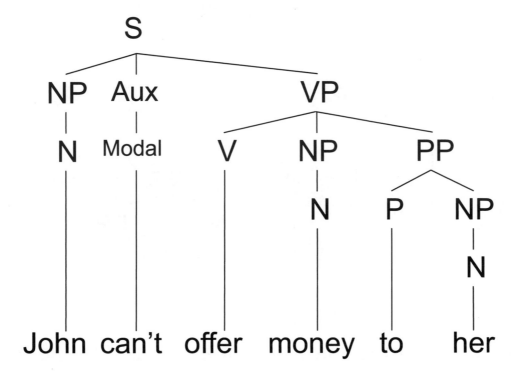

1-J-5: VP → V + NP + PP（補語為名詞片語和介系詞片語句型）

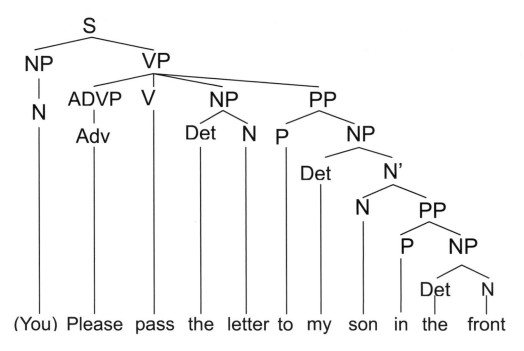

註：You 為祈使句的當然主詞，通常不用，特殊語境下才可能使用。

1-J-6: VP → V + NP + PP（補語為名詞片語和介系詞片語句型）

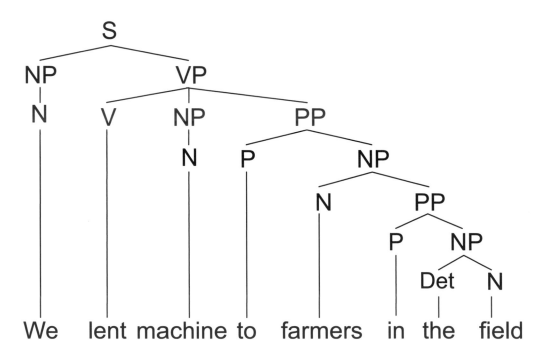

1-J-7: VP → V + NP + PP（補語為名詞片語和介系詞片語句型）

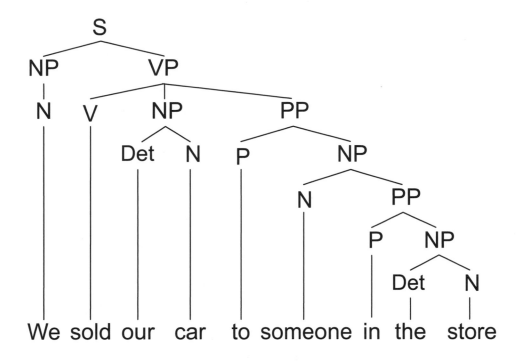

1-J-8: VP → V + NP + PP（補語為名詞片語和介系詞片語句型）

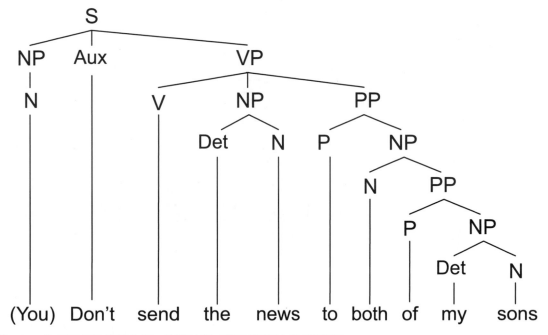

註：**You** 為祈使句的當然主詞，通常不用，特殊語境下才可能使用。

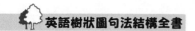

1-J-9: VP → V + NP + PP（補語為名詞片語和介系詞片語句型）

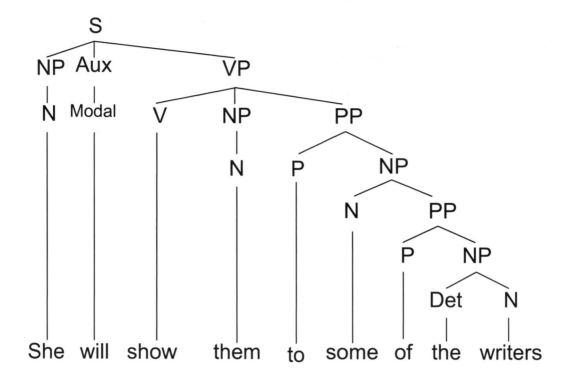

1-J-10: VP → V + NP + PP（補語為名詞片語和介系詞片語句型）

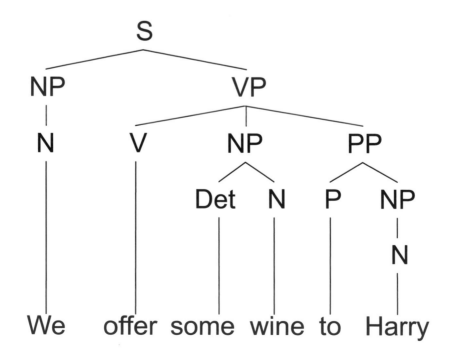

1-J-11: VP → V + NP + PP（補語為名詞片語和介系詞片語句型）

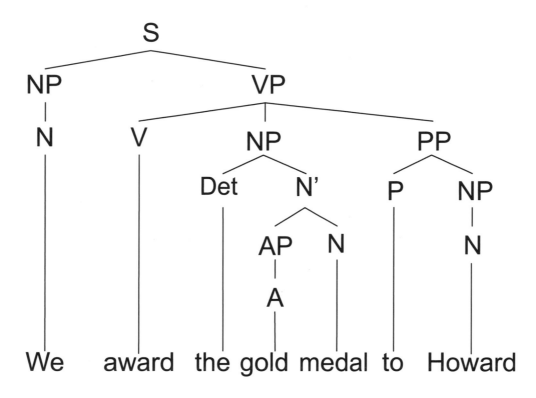

1-J-12: VP → V + NP + PP（補語為名詞片語和介系詞片語句型）

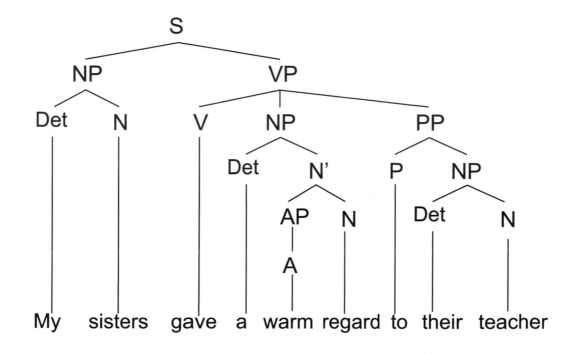

1-J-13: VP → V + NP + PP（補語為名詞片語和介系詞片語句型）

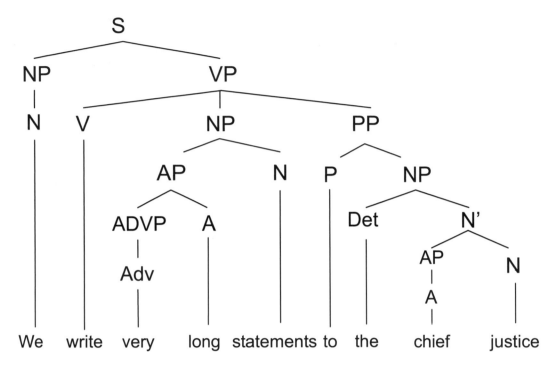

1-J-14: VP → V + NP + PP（補語為名詞片語和介系詞片語句型）

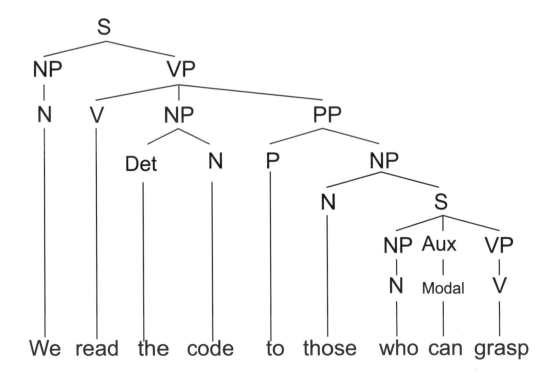

1-J-15: VP → V + NP + PP（補語為名詞片語和介系詞片語句型）

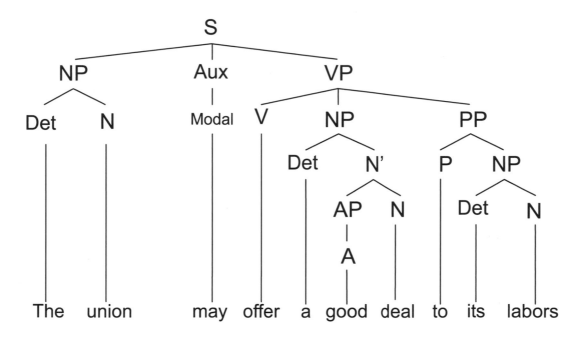

1-J-16: VP → V + NP + PP（補語為名詞片語和介系詞片語句型）

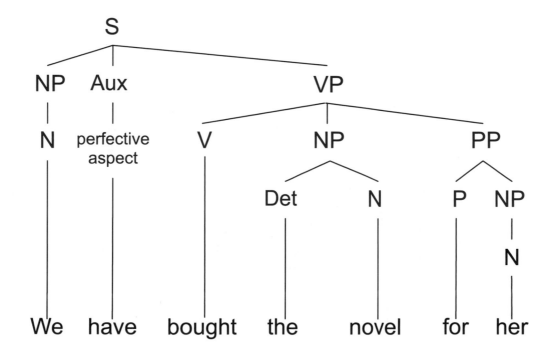

1-J-17: VP → V + NP + PP（補語為名詞片語和介系詞片語句型）

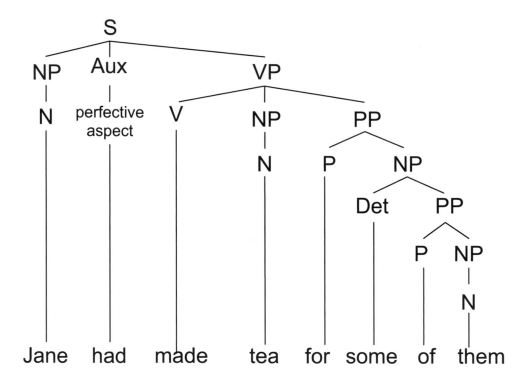

1-J-18: VP → V + NP + PP（補語為名詞片語和介系詞片語句型）

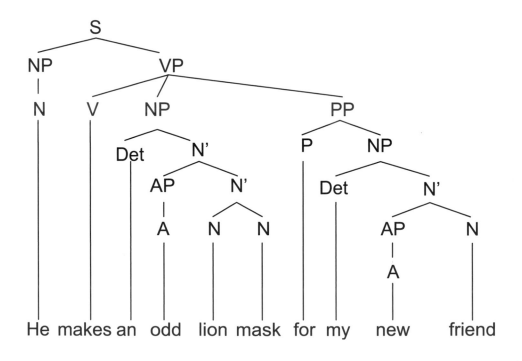

1-J-19: VP → V + NP + PP（補語為名詞片語和介系詞片語句型）

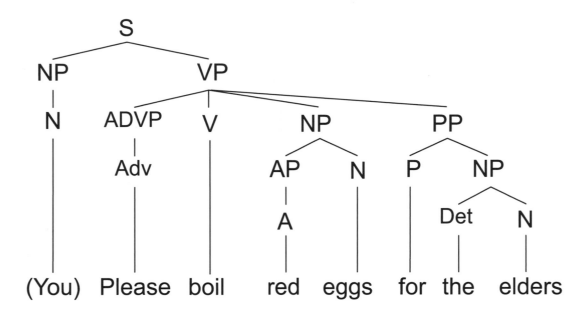

註：You 為祈使句的當然主詞，通常不用，特殊語境下才可能使用。

1-J-20: VP → V + NP + PP（補語為名詞片語和介系詞片語句型）

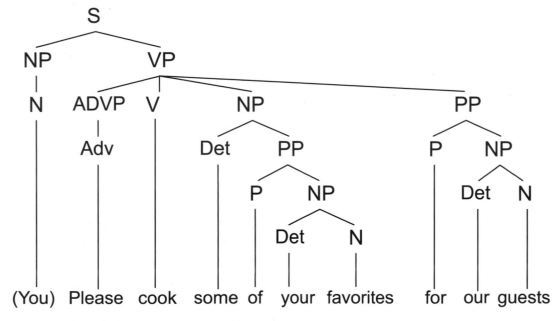

註：You 為祈使句的當然主詞，通常不用，特殊語境下才可能使用。

1-J-21: VP → V + NP + PP（補語為名詞片語和介系詞片語句型）

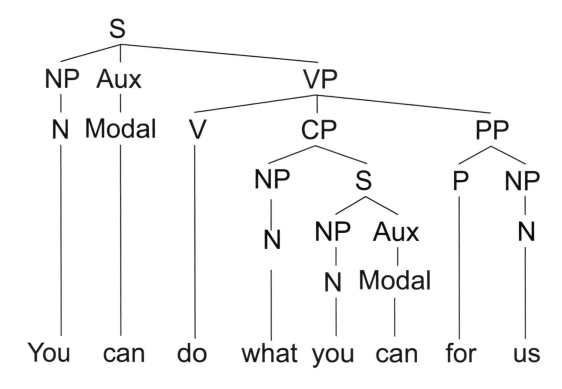

註：what you can 在此句構裡雖為 CP，但由於是動詞 do 的受詞，文法詞性仍為 NP。

1-J-22: VP → V + NP + PP（補語為名詞片語和介系詞片語句型）

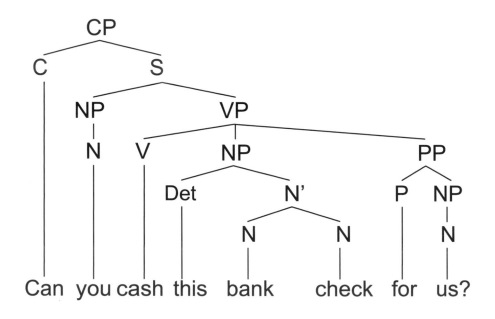

1-J-23: VP → V + NP + PP（補語為名詞片語和介系詞片語句型）

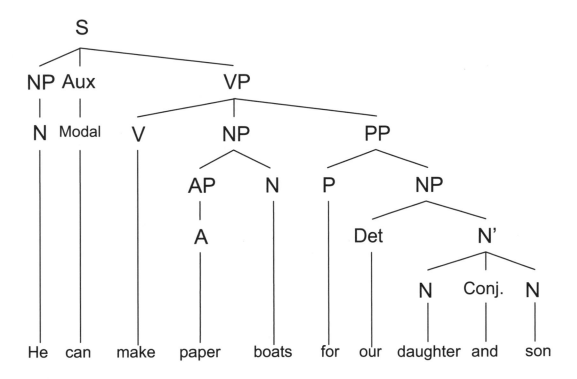

1-J-24: VP → V + NP + PP（補語為名詞片語和介系詞片語句型）

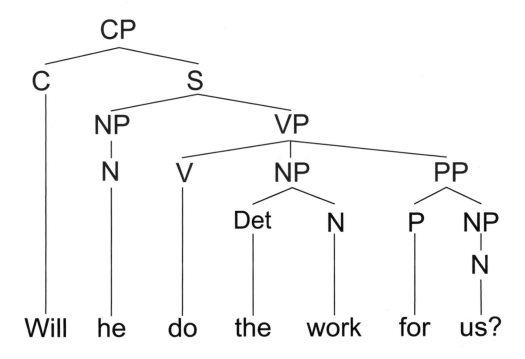

1-J-25: VP → V + NP + PP（補語為名詞片語和介系詞片語句型）

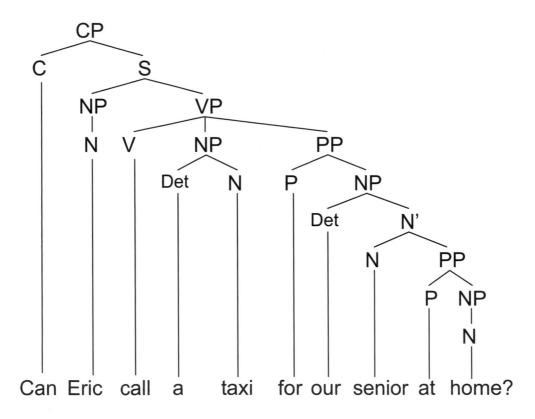

1-J-26: VP → V + NP + PP（補語為名詞片語和介系詞片語句型）

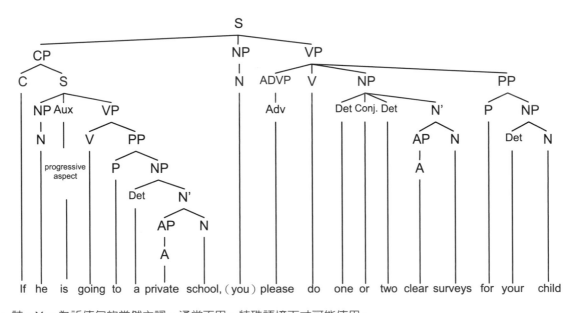

註：**You** 為祈使句的當然主詞，通常不用，特殊語境下才可能使用。

1-J-27: VP → V + NP + PP（補語為名詞片語和介系詞片語句型）

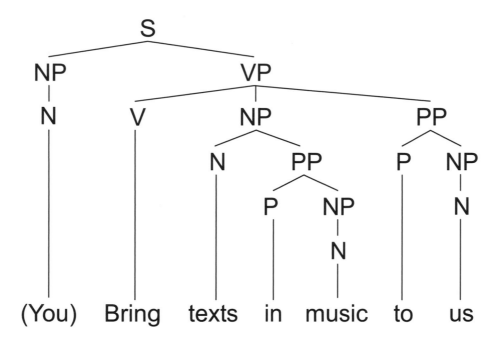

註：You 為祈使句的當然主詞，通常不用，特殊語境下才可能使用。

1-J-28: VP → V + NP + PP（補語為名詞片語和介系詞片語句型）

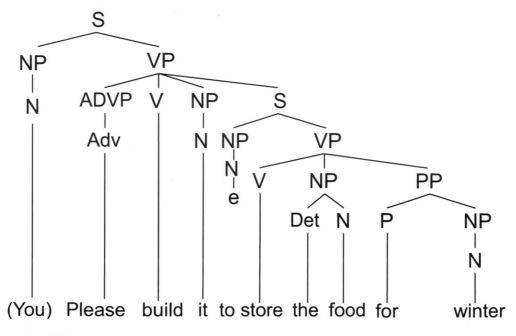

註：You 為祈使句的當然主詞，通常不用，特殊語境下才可能使用。

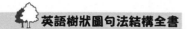
1-J-29: VP → V + NP + PP（補語為名詞片語和介系詞片語句型）

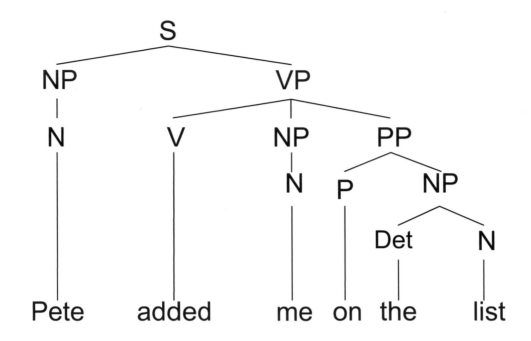

1-J-30: VP → V + NP + PP（補語為名詞片語和介系詞片語句型）

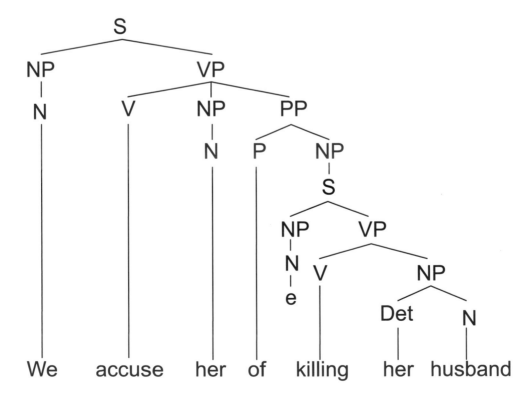

1-J-31: VP → V + NP + PP（補語為名詞片語和介系詞片語句型）

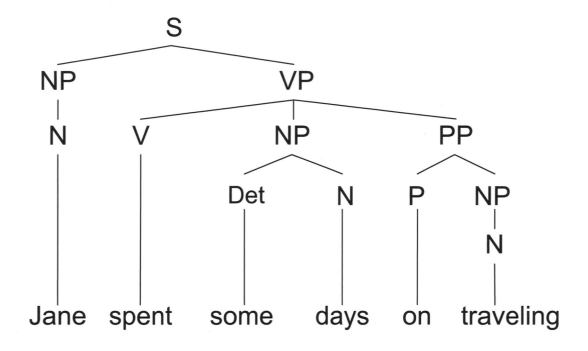

1-J-32: VP → V + NP + PP（補語為名詞片語和介系詞片語句型）

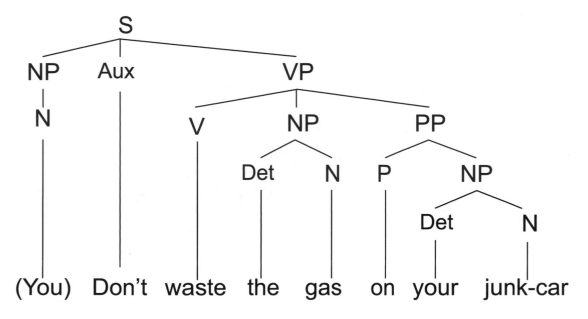

註：**You** 為祈使句的當然主詞，通常不用，特殊語境下才可能使用。

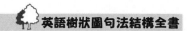

1-J-33: VP → V + NP + PP（補語為名詞片語和介系詞片語句型）

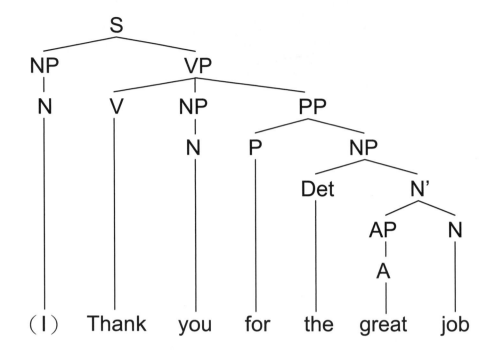

1-J-34: VP → V + NP + PP（補語為名詞片語和介系詞片語句型）

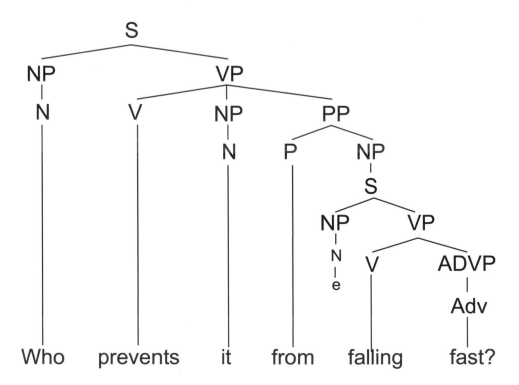

1-J-35: VP → V + NP + PP（補語為名詞片語和介系詞片語句型）

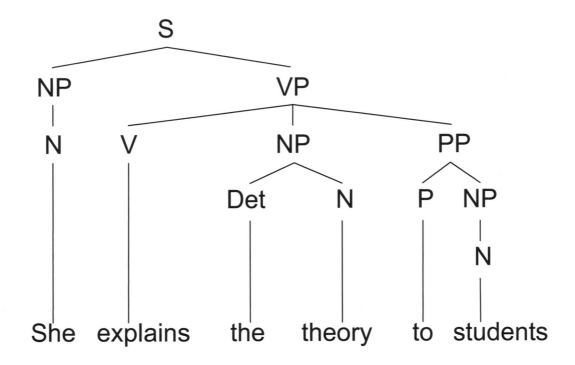

1-J-36: VP → V + NP + PP（補語為名詞片語和介系詞片語句型）

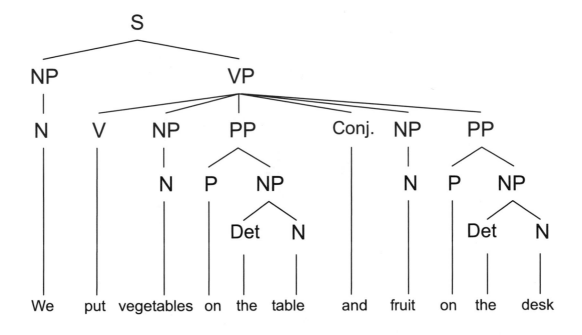

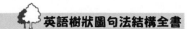

1-J-37: VP → V + NP + PP（補語為名詞片語和介系詞片語句型）

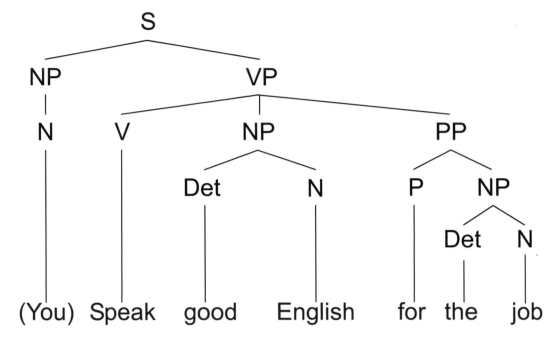

註：You 為祈使句的當然主詞，通常不用，特殊語境下才可能使用。

1-J-38: VP → V + NP + PP（補語為名詞片語和介系詞片語句型）

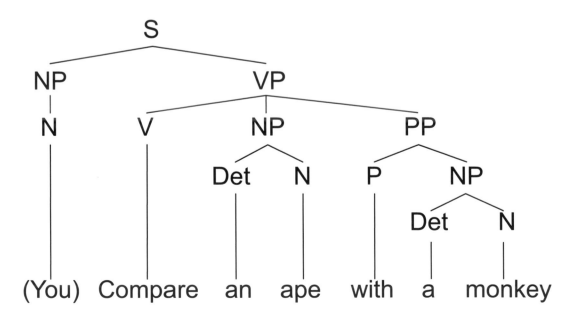

註：You 為祈使句的當然主詞，通常不用，特殊語境下才可能使用。

1-J-39: VP → V + NP + PP（補語為名詞片語和介系詞片語句型）

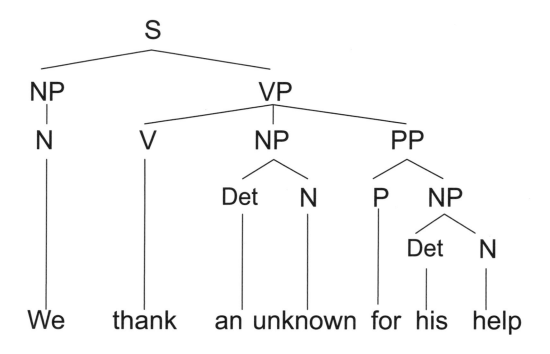

1-J-40: VP → V + NP + PP（補語為名詞片語和介系詞片語句型）

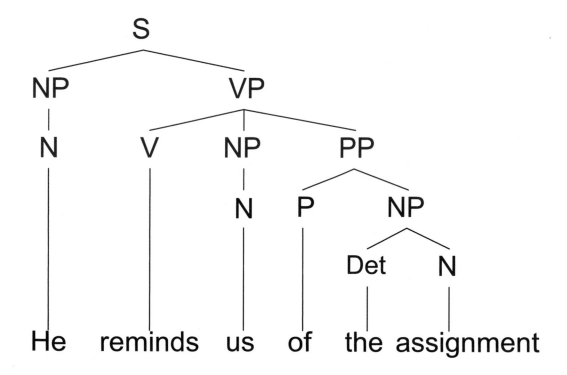

1-J-41: VP → V + NP + PP（補語為名詞片語和介系詞片語句型）

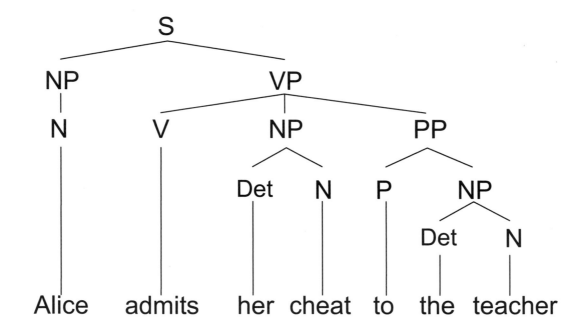

1-J-42: VP → V + NP + PP（補語為名詞片語和介系詞片語句型）

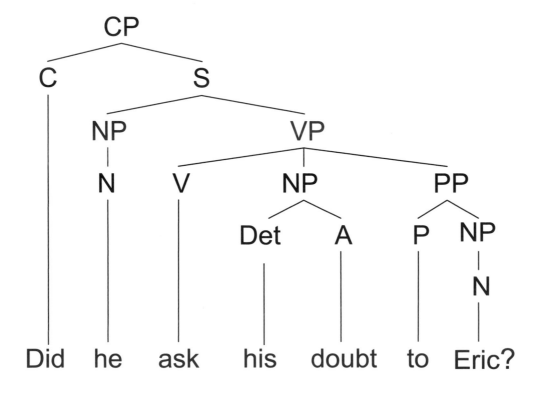

1-J-43: VP → V + NP + PP（補語為名詞片語和介系詞片語句型）

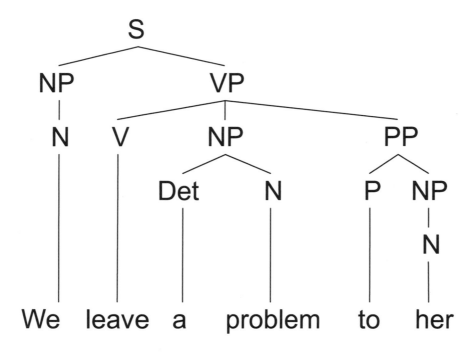

1-J-44: VP → V + NP + PP（補語為名詞片語和介系詞片語句型）

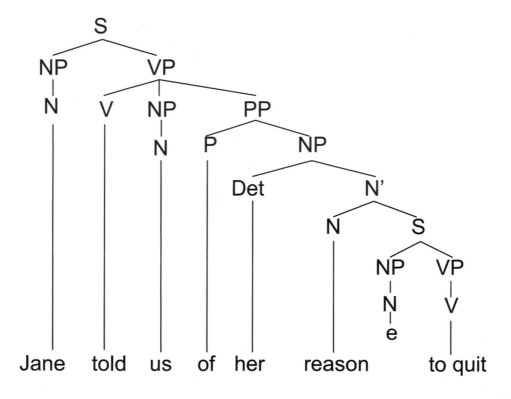

1-J-45: VP → V + NP + PP（補語為名詞片語和介系詞片語句型）

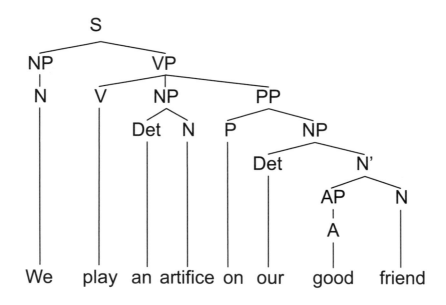

1-K: VP → V + PP + NP/CP（補語為介系詞片語和名詞片語或名詞子句句型）

　　本句型動詞補語為介系詞片語和當直接受詞的名詞片語或名詞子句，主動詞 V node 的 sister nodes 為 PP 和 NP 或 CP 的句型：V + PP + NP/CP。以下樹狀圖將展示這一類型各種英語句型結構。

1-K-1: VP → V + PP + NP/CP（補語為介系詞片語和名詞片語或名詞子句句型）

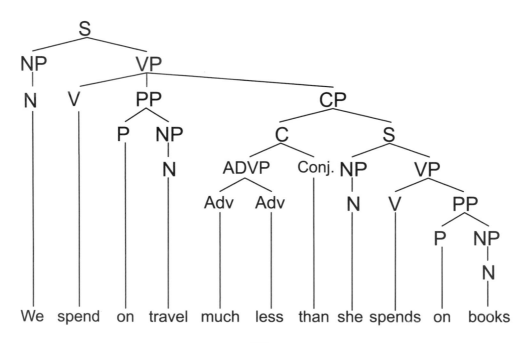

1-K-2: VP → V + PP + NP/CP（補語為介系詞片語和名詞片語或名詞子句句型）

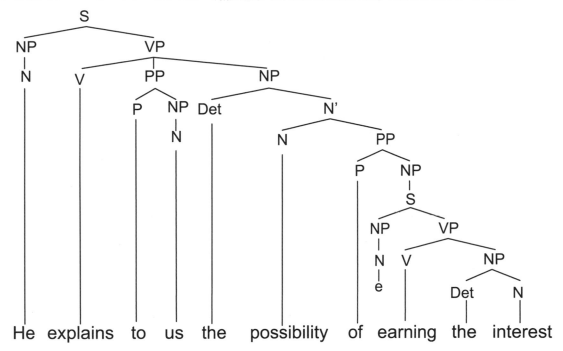

1-K-3: VP → V + PP + NP/CP（補語為介系詞片語和名詞片語或名詞子句句型）

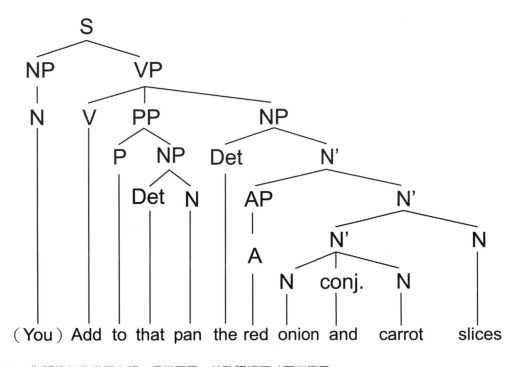

註：You 為祈使句的當然主詞，通常不用，特殊語境下才可能使用。

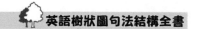
1-K-4: VP → V + PP + NP/CP（補語為介系詞片語和名詞片語或名詞子句句型）

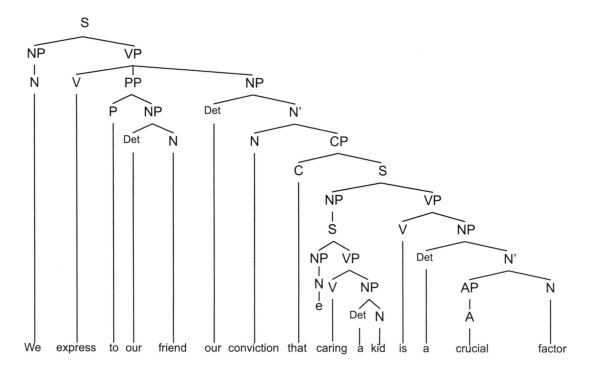

1-K-5: VP → V + PP + NP/CP（補語為介系詞片語和名詞片語或名詞子句句型）

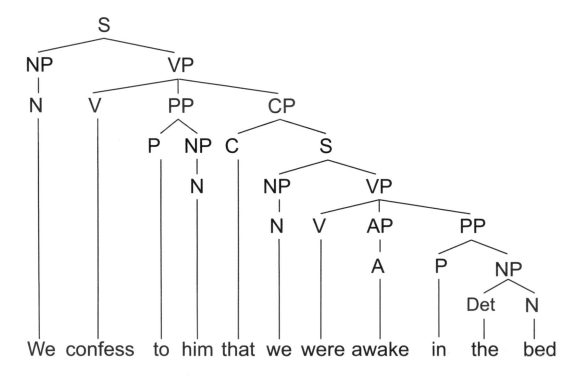

1-K-6: VP → V + PP + NP/CP（補語為介系詞片語和名詞片語或名詞子句句型）

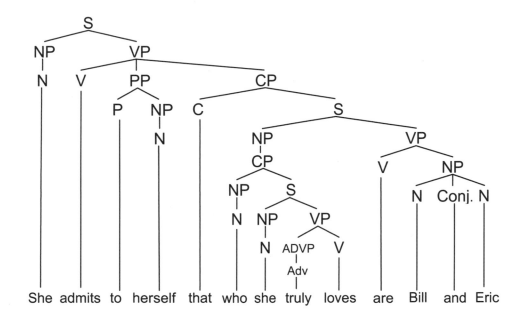

1-L: VP → V + NP（it）＋ PP + S/CP（補語為名詞片語（it）和介系詞片語和子句句型）

　　本句型動詞補語為名詞片語（通常是 it）和介系詞片語和子句，也就是，主動詞 V node 的 sister nodes 為 NP 和 PP 和 S/CP 的句型：V + NP +PP + S/CP。以下樹狀圖將展示這一類型各種英語句型結構。

1-L-1: VP → V + NP（it）+ PP + S/CP（補語為名詞片語（it）和介系詞片語和子句句型）

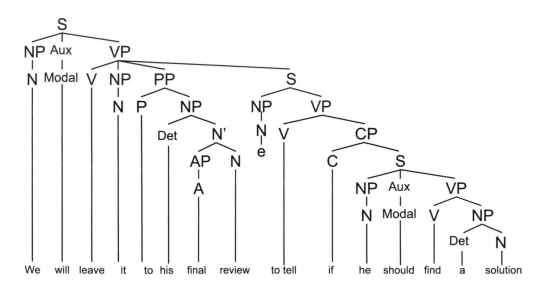

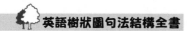

1-L-2: VP → V + NP（it）+ PP + S/CP（補語為名詞片語（it）和介系詞片語和子句句型）

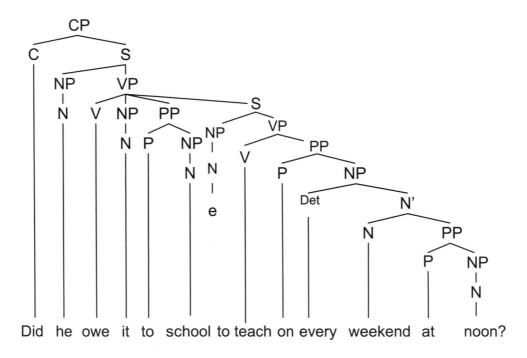

1-L-3: VP → V + NP（it）+ PP + S/CP（補語為名詞片語（it）和介系詞片語和子句句型）

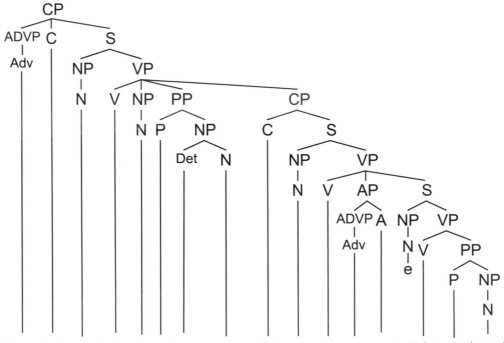

1-L-4: VP → V + NP（it）+ PP + S/CP（補語為名詞片語（it）和介系詞片語和子句句型）

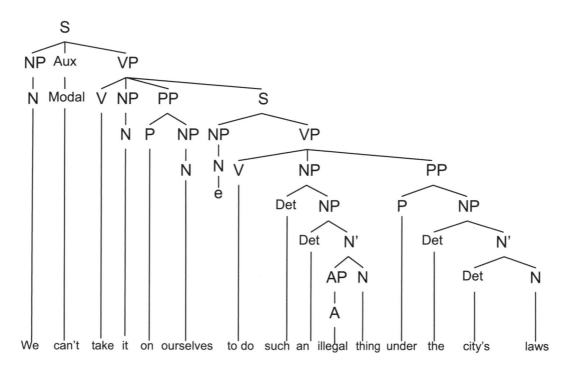

1-L-5: VP → V + NP（it）+ PP + S/CP（補語為名詞片語（it）和介系詞片語和子句句型）

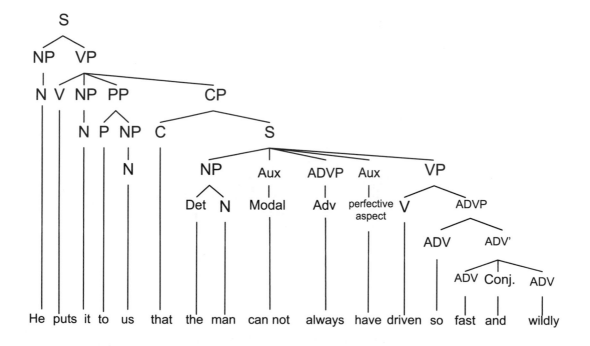

1-M: VP → V + NP + S/XP/Adverbial 句型（補語為名詞片語和子句或名詞片語或介系詞片語或形容詞片語或副詞片語或副詞功能結構句型）

本句型動詞補語為名詞片語和子句或名詞片語或介系詞片語或形容詞片語或副詞片語或副詞功能結構，也就是，主動詞 V node 的 sister nodes 為 NP 和 S 或 CP 或 NP 或 PP 或 AP 或 ADVP 或 Adverbial 的句型：V + NP + S/CP/NP/PP/AP/ADVP/Adverbial。以下樹狀圖將展示這一類型各種英語句型結構。

1-M-1: VP → V + NP + PP 句型（補語為名詞片語和介系詞片語句型）

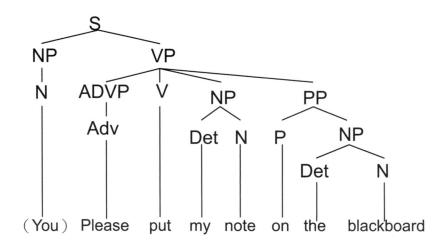

註：You 為祈使句的當然主詞，通常不用，特殊語境下才可能使用。

1-M-2: VP → V + NP + PP 句型（補語為名詞片語和介系詞片語句型）

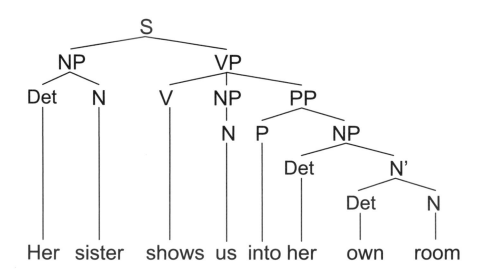

1-M-3: VP → V + NP + PP 句型（補語為名詞片語和介系詞片語句型）

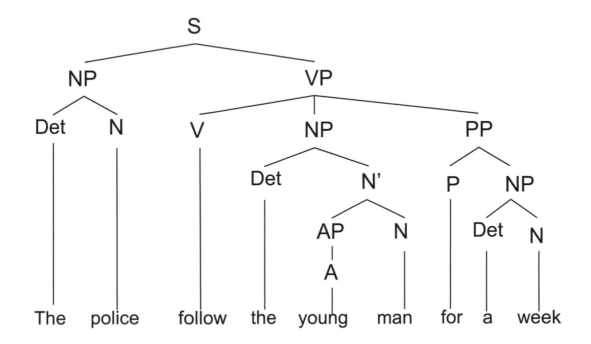

1-M-4: VP → V + NP + PP 句型（補語為名詞片語和介系詞片語句型）

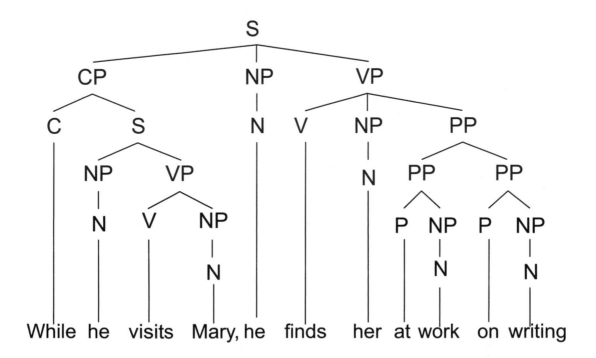

1-M-5: VP → V + NP + PP 句型（補語為名詞片語和介系詞片語句型）

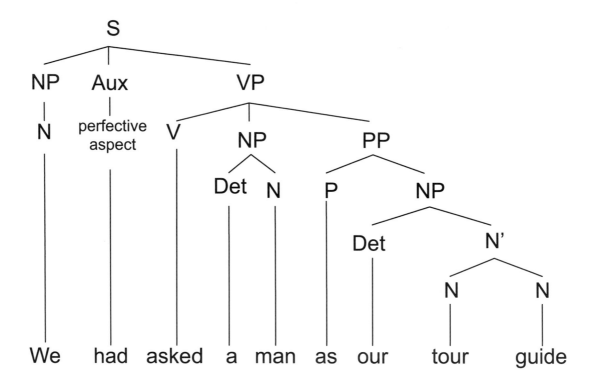

1-M-6: VP → V + NP + PP 句型（補語為名詞片語和介系詞片語句型）

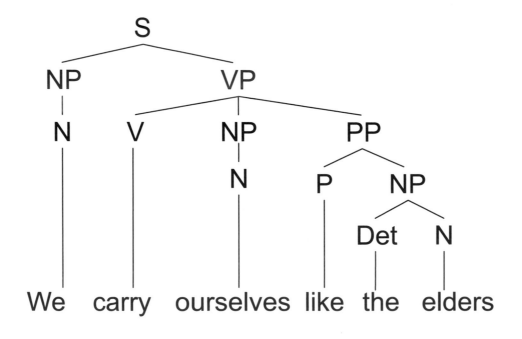

1-M-7: VP → V + NP + PP 句型（補語為名詞片語和介系詞片語句型）

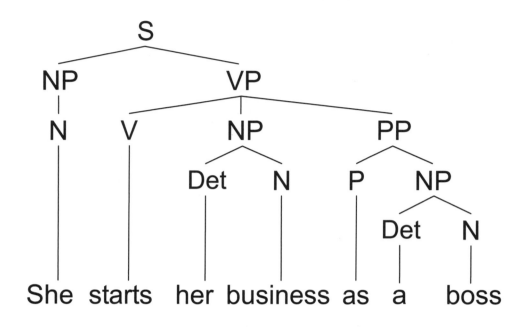

1-M-8: VP → V + NP + PP 句型（補語為名詞片語和介系詞片語句型）

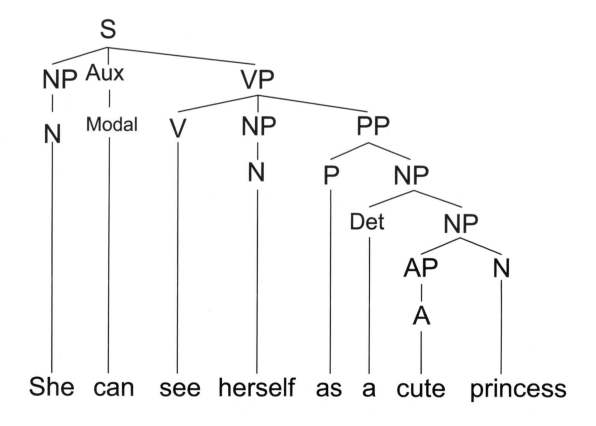

1-M-9: VP → V + NP + PP 句型（補語為名詞片語和介系詞片語句型）

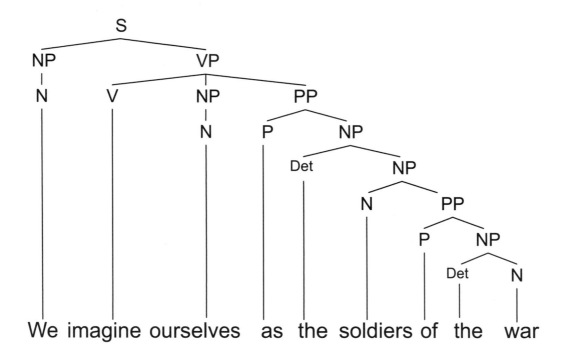

1-M-10: VP → V + NP + PP 句型（補語為名詞片語和介系詞片語句型）

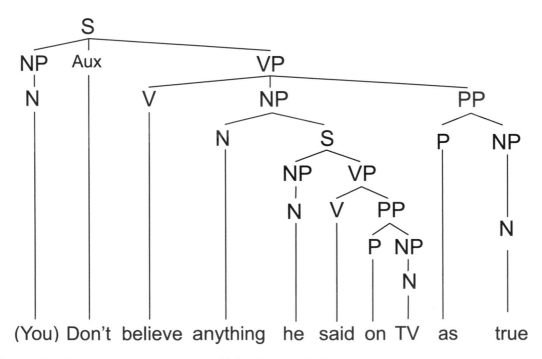

註：**You** 為祈使句的當然主詞，通常不用，特殊語境下才可能使用。

1-M-11: VP → V + NP + PP 句型（補語為名詞片語和介系詞片語句型）

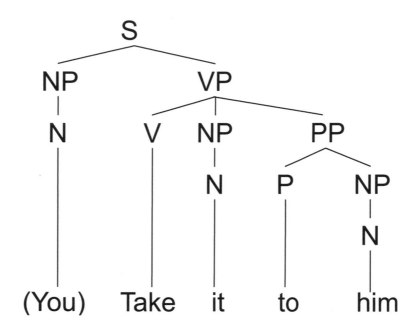

註：You 為祈使句的當然主詞，通常不用，特殊語境下才可能使用。

1-M-12: VP → V + NP + PP 句型（補語為名詞片語和介系詞片語句型）

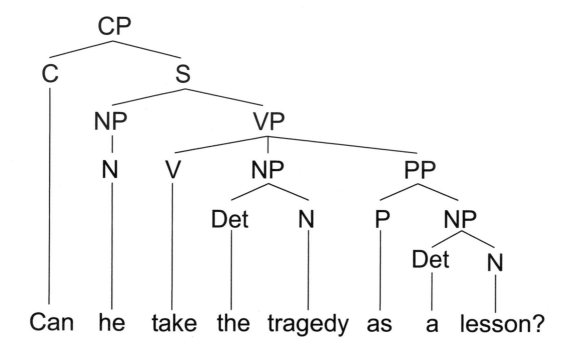

1-M-13: VP → V + NP + PP 句型（補語為名詞片語和介系詞片語句型）

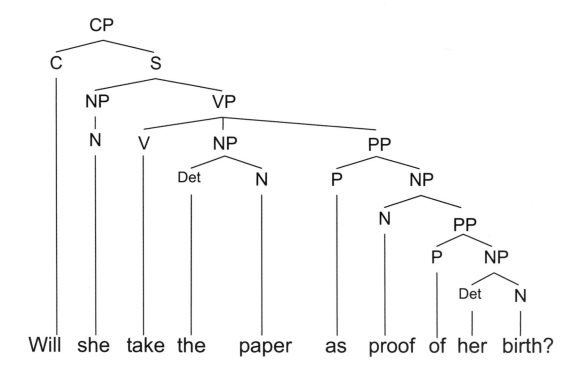

1-M-14: VP → V + NP + PP 句型（補語為名詞片語和介系詞片語句型）

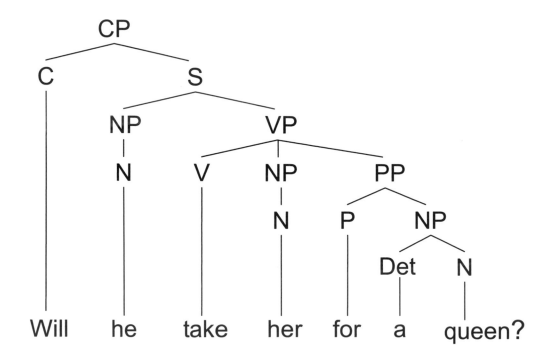

1-M-15: VP → V + NP + PP 句型（補語為名詞片語和介系詞片語句型）

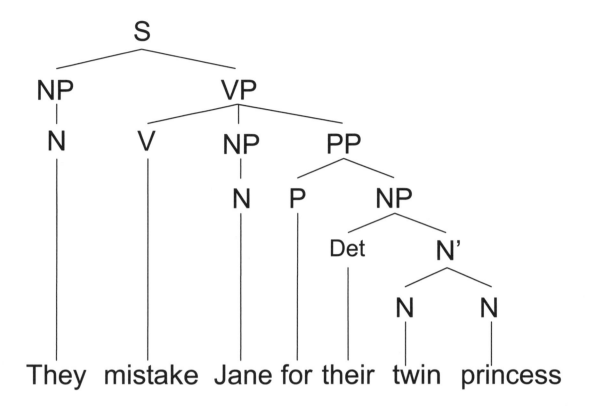

1-M-16: VP → V + NP + Adverbial 句型（補語為名詞片語和副詞功能結構句型）

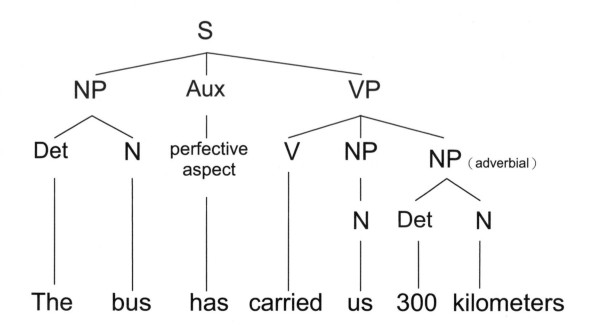

1-M-17: VP → V + NP + ADVP 句型（補語為名詞片語和副詞片語句型）

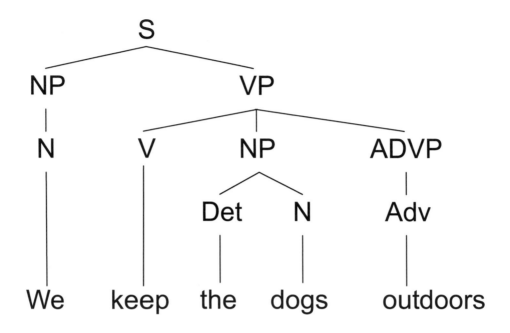

1-M-18: VP → V + NP + Particle 句型（補語為名詞片語和介副詞句型）

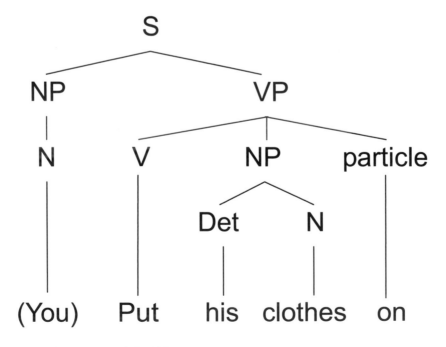

註 1：介副詞 particle 為 adverbial 功能詞類

註 2：You 為祈使句的當然主詞，通常不用，特殊語境下才可能使用。

1-M-19: VP → V + NP + Particle 句型（補語為名詞片語和介副詞句型）

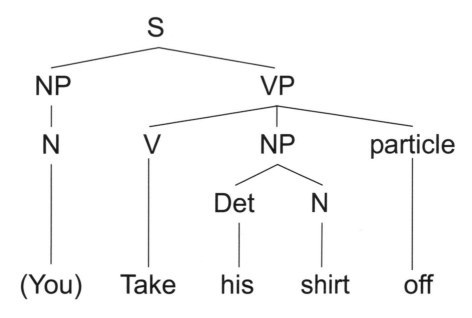

註 1：介副詞 particle 為 adverbial 功能詞類

註 2：You 為祈使句的當然主詞，通常不用，特殊語境下才可能使用。

1-M-20: VP → V + NP + Particle 句型（補語為名詞片語和介副詞句型）

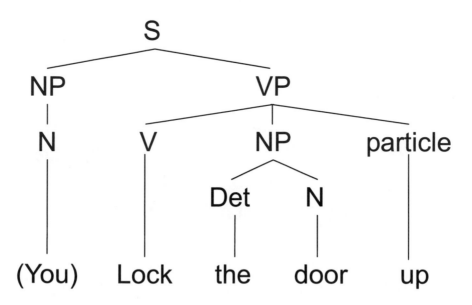

註 1：介副詞 particle 為 adverbial 功能詞類

註 2：You 為祈使句的當然主詞，通常不用，特殊語境下才可能使用。

1-M-21: VP → V + NP + Particle 句型（補語為名詞片語和介副詞句型）

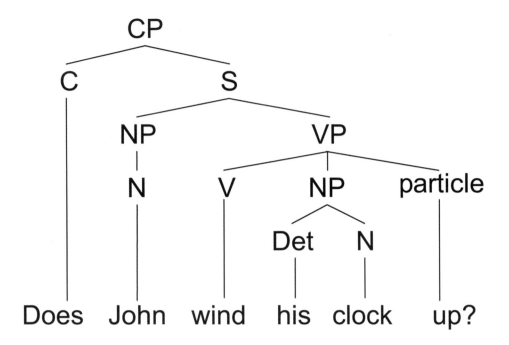

註：介副詞 particle 為 adverbial 功能詞類

1-M-22: VP → V + NP + Particle 句型（補語為名詞片語和介副詞句型）

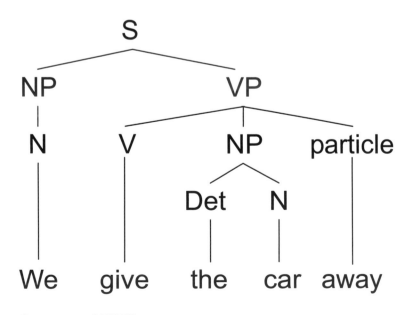

註：介副詞 particle 為 adverbial 功能詞類

1-M-23: VP → V + NP + Particle 句型（補語為名詞片語和介副詞句型）

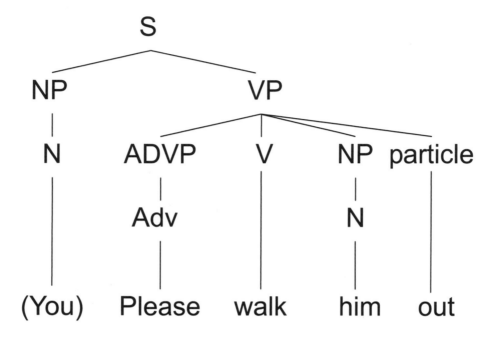

註 1：介副詞 particle 為 adverbial 功能詞類

註 2：You 為祈使句的當然主詞，通常不用，特殊語境下才可能使用。

1-M-24: VP → V + NP + Particle 句型（補語為名詞片語和介副詞句型）

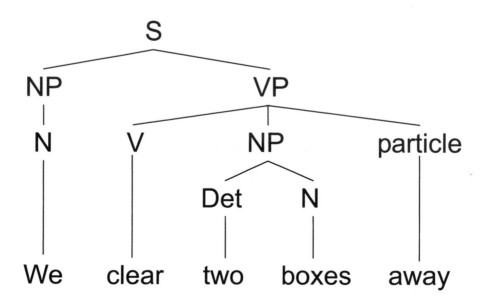

註：介副詞 particle 為 adverbial 功能詞類

1-M-25: VP → V + NP + Particle 句型（補語為名詞片語和介副詞句型）

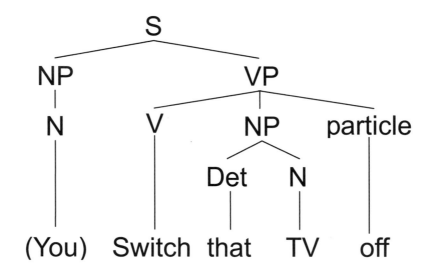

註 1：介副詞 particle 為 adverbial 功能詞類

註 2：You 為祈使句的當然主詞，通常不用，特殊語境下才可能使用。

1-M-26: VP → V + NP + Particle 句型（補語為名詞片語和介副詞句型）

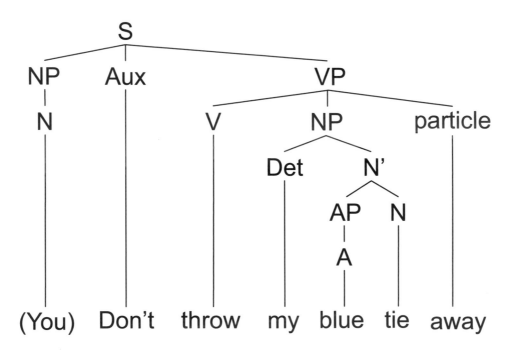

註 1：介副詞 particle 為 adverbial 功能詞類

註 2：You 為祈使句的當然主詞，通常不用，特殊語境下才可能使用。

1-M-27: VP → V + NP + Particle 句型（補語為名詞片語和介副詞句型）

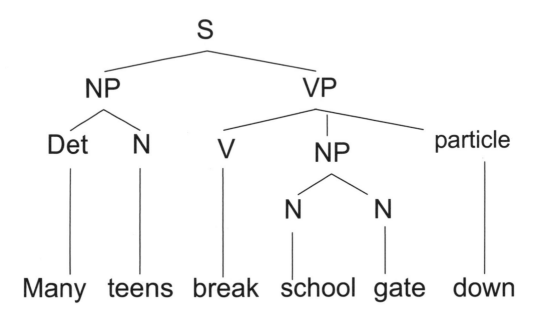

註：介副詞 particle 為 adverbial 功能詞類

1-M-28: VP → V + Particle + NP 句型（補語為介副詞和名詞片語句型）

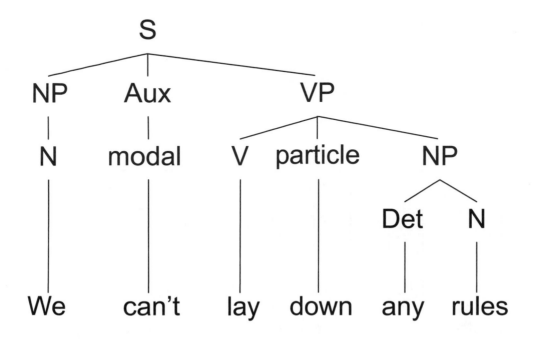

註：介副詞 particle 為 adverbial 功能詞類 且可跟 NP 互換位置，如果此 NP 不是代名詞。

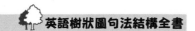

1-M-29: VP → V + Particle + NP 句型（補語為介副詞和名詞片語句型）

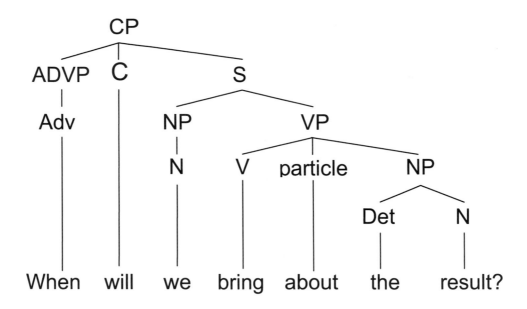

註：介副詞 particle 為 adverbial 功能詞類 且可跟 NP 互換位置，如果此 NP 不是代名詞。

1-M-30: VP → V + Particle + NP 句型（補語為介副詞和名詞片語句型）

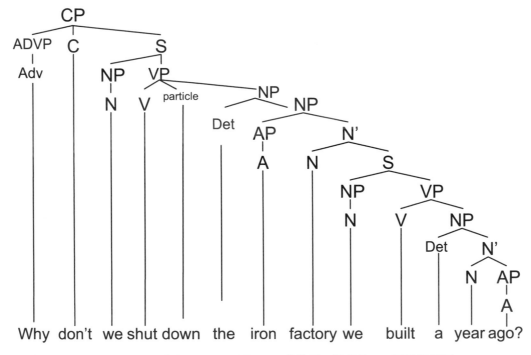

註：介副詞 particle 為 adverbial 功能詞類 且可跟 NP 互換位置，如果此 NP 不是代名詞。

1-M-31: VP → V + Particle + NP 句型（補語為介副詞和名詞片語句型）

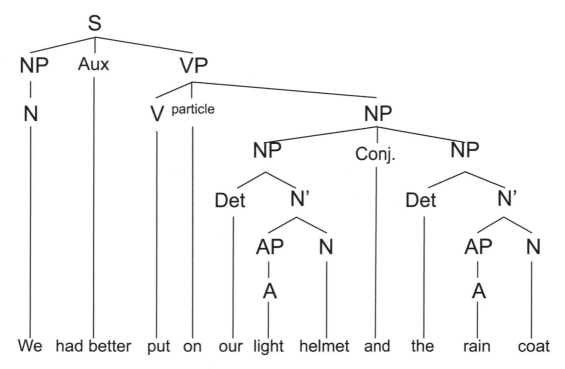

註：介副詞 particle 為 adverbial 功能詞類 且可跟 NP 互換位置，如果此 NP 不是代名詞。

1-M-32: VP → V + Particle + NP 句型（補語為介副詞和名詞片語句型）

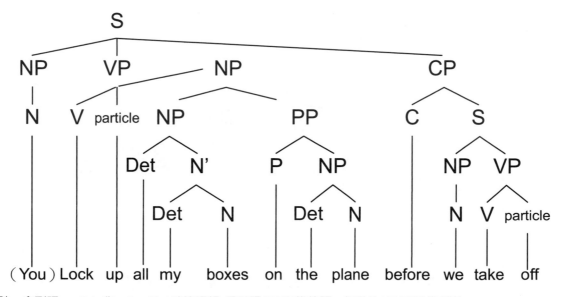

註：介副詞 particle 為 adverbial 功能詞類 且可跟 NP 互換位置，如果此 NP 不是代名詞。

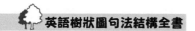
英語樹狀圖句法結構全書

1-M-33: VP → V + Particle + NP 句型（補語為介副詞和名詞片語句型）

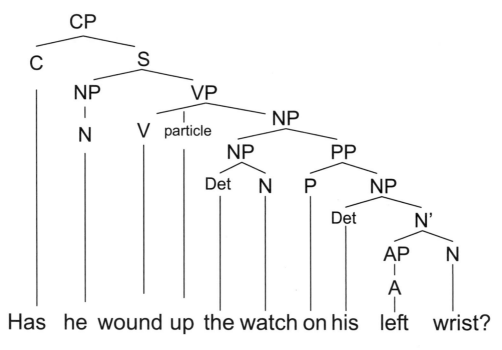

Has he wound up the watch on his left wrist?

註：介副詞 particle 為 adverbial 功能詞類 且可跟 NP 互換位置，如果此 NP 不是代名詞。

1-M-34: VP → V + Particle + NP 句型（補語為介副詞和名詞片語句型）

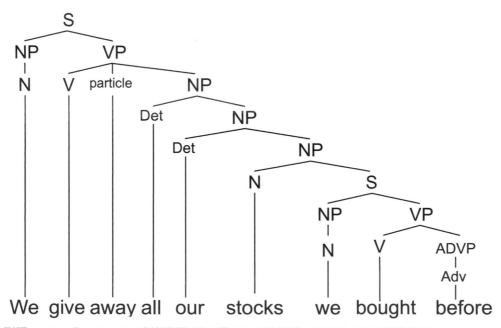

We give away all our stocks we bought before

註：介副詞 particle 為 adverbial 功能詞類 且可跟 NP 互換位置，如果此 NP 不是代名詞。

1-M-35: VP → V + Particle + NP 句型（補語為介副詞和名詞片語句型）

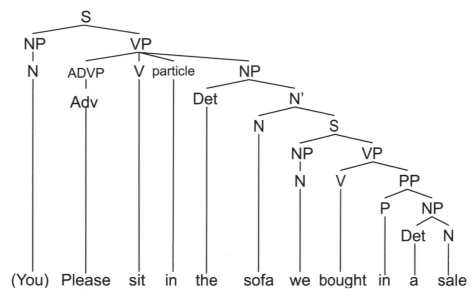

註 1：介副詞 particle 為 adverbial 功能詞類 且可跟 NP 互換位置，如果此 NP 不是代名詞。

註 2：You 為祈使句的當然主詞，通常不用，特殊語境下才可能使用。

1-M-36: VP → V + Particle + NP 句型（補語為介副詞和名詞片語句型）

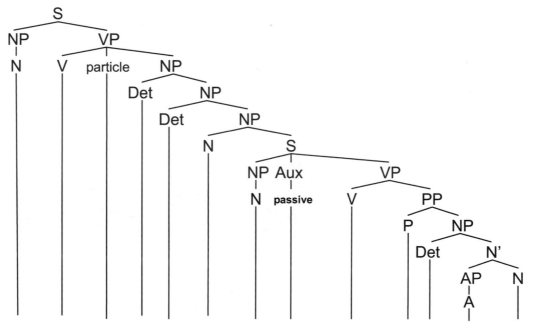

註：介副詞 particle 為 adverbial 功能詞類 且可跟 NP 互換位置，如果此 NP 不是代名詞。

1-M-37: VP → V + Particle + NP 句型（補語為介副詞和名詞片語句型）

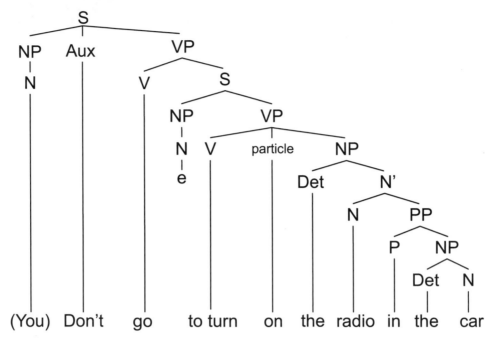

註 1：介副詞 particle 為 adverbial 功能詞類 且可跟 NP 互換位置，如果此 NP 不是代名詞。

註 2：You 為祈使句的當然主詞，通常不用，特殊語境下才可能使用。

1-M-38: VP → V + Particle + NP 句型（補語為介副詞和名詞片語句型）

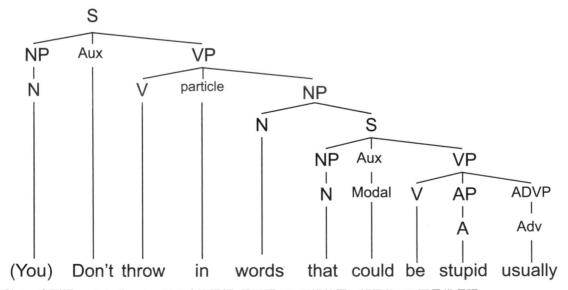

註 1：介副詞 particle 為 adverbial 功能詞類 且可跟 NP 互換位置，如果此 NP 不是代名詞。

註 2：You 為祈使句的當然主詞，通常不用，特殊語境下才可能使用。

1-M-39: VP → V + Particle + NP 句型（補語為介副詞和名詞片語句型）

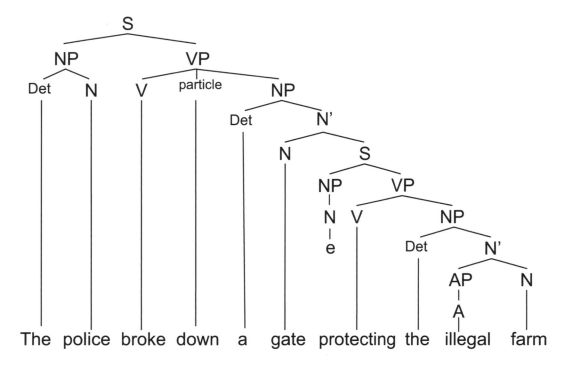

The police broke down a gate protecting the illegal farm

註：介副詞 particle 為 adverbial 功能詞類，且可跟 NP 互換位置，如果此 NP 不是代名詞。

1-M-40: VP → V + NP + S 句型（補語為名詞片語和不定詞句型）

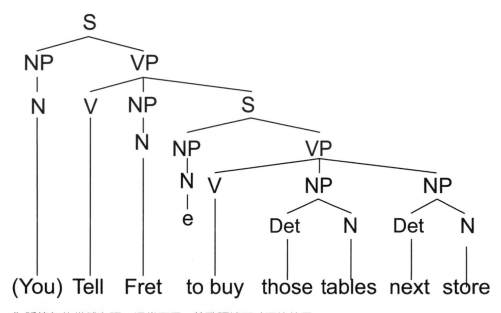

(You) Tell Fret to buy those tables next store

註：**You** 為祈使句的當然主詞，通常不用，特殊語境下才可能使用。

1-M-41: VP → V + NP + S 句型（補語為名詞片語和不定詞句型）

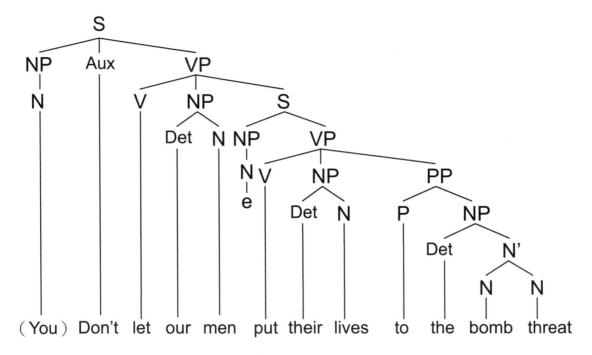

註1：put 為不使用 to 的不定詞結構。（=原形）

註2：You 為祈使句的當然主詞，通常不用，特殊語境下才可能使用。

1-M-42: VP → V + NP + S 句型（補語為名詞片語和不定詞句型）

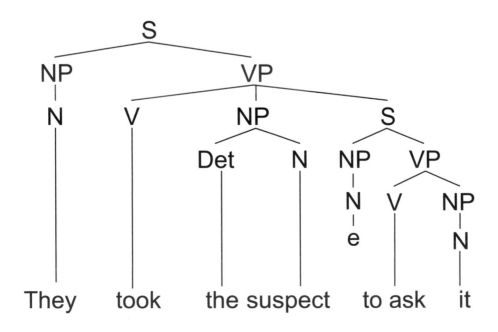

1-M-43: VP → V + NP + S 句型（補語為名詞片語和不定詞句型）

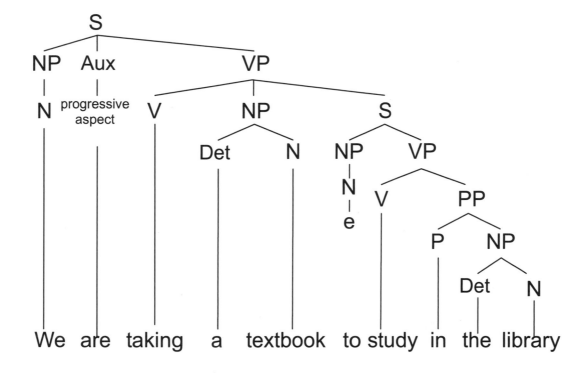

1-M-44: VP → V + NP + S 句型（補語為名詞片語和不定詞句型）

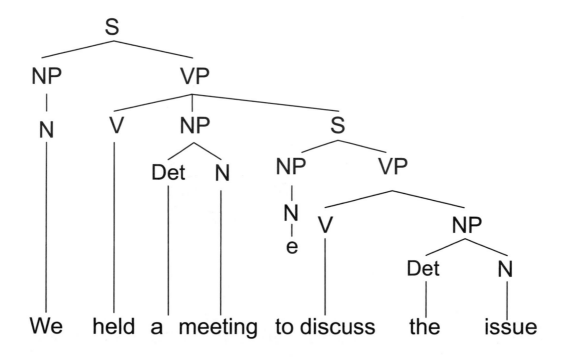

1-M-45: VP → V + NP + S 句型（補語為名詞片語和不定詞句型）

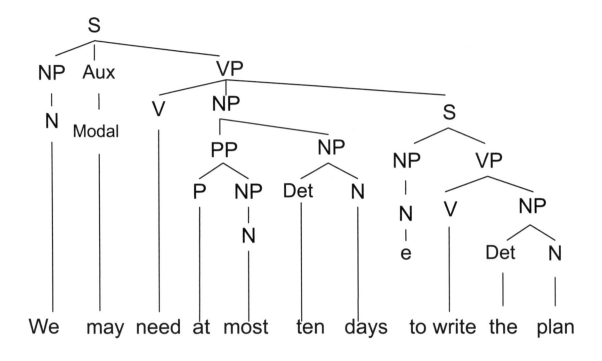

1-M-46: VP → V + NP + S 句型（補語為名詞片語和不定詞句型）

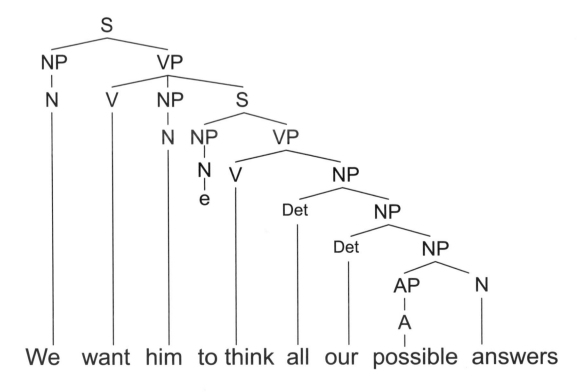

1-M-47: VP → V + NP + S 句型（補語為名詞片語和不定詞句型）

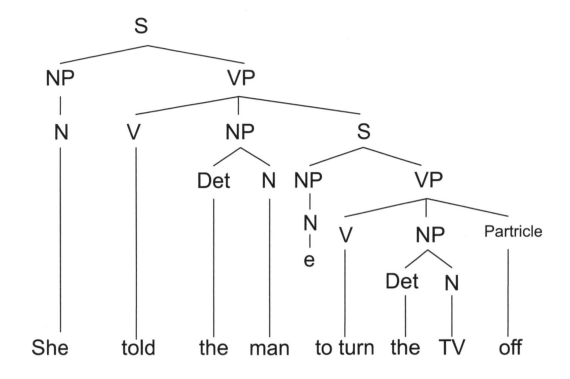

1-M-48: VP → V + NP + S 句型（補語為名詞片語和不定詞句型）

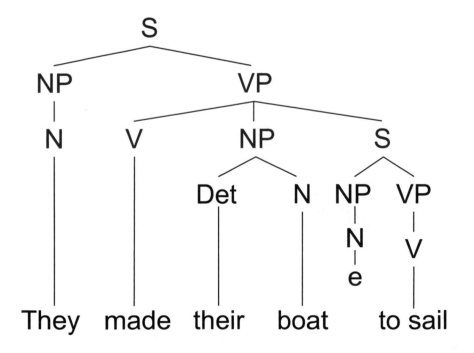

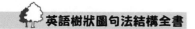

1-M-49: VP → V + NP + S 句型（補語為名詞片語和不定詞句型）

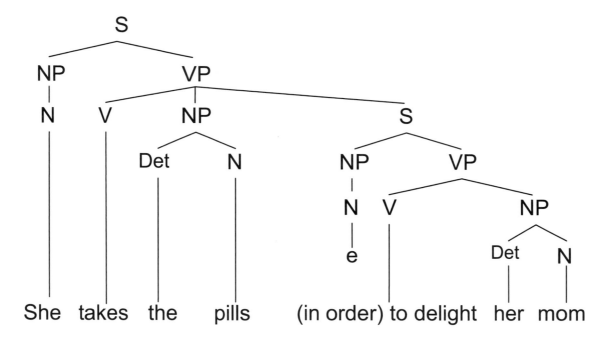

1-M-50: VP → V + NP + S 句型（補語為名詞片語和不定詞句型）

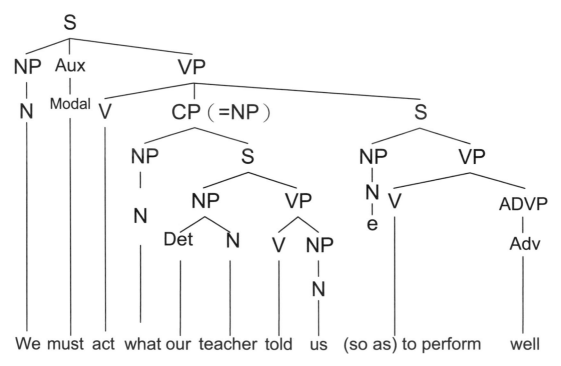

註：what our teacher told us 在此句構裡雖為 CP，但由於是動詞 act 的受詞，文法詞性仍為 NP。

1-M-51: VP → V + NP + S 句型（補語為名詞片語和不定詞句型）

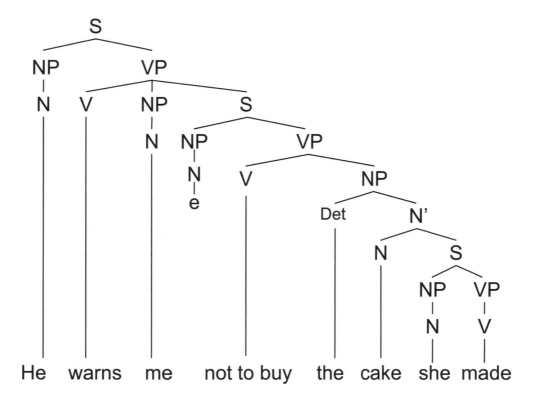

1-M-52: VP → V + NP + S 句型（補語為名詞片語和不定詞句型）

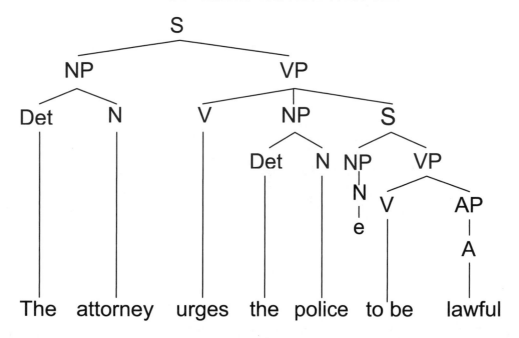

1-M-53: VP → V + NP + S 句型（補語為名詞片語和不定詞句型）

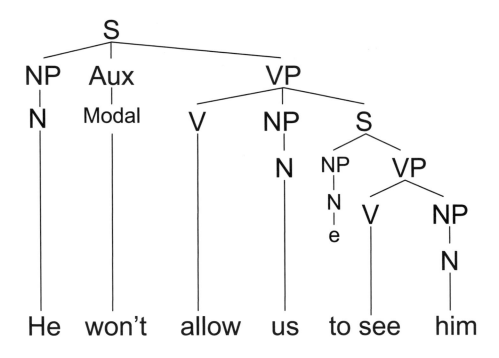

1-M-54: VP → V + NP + S 句型（補語為名詞片語和不定詞句型）

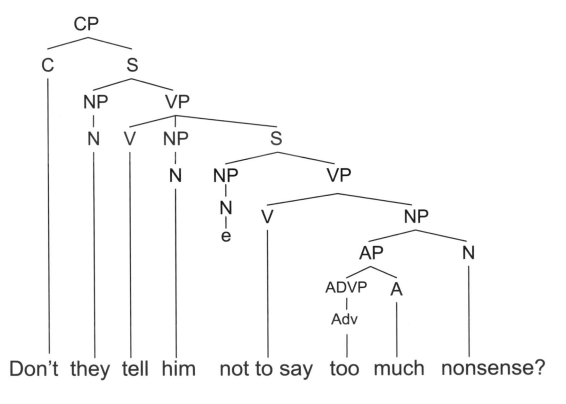

1-M-55: VP → V + NP + S 句型（補語為名詞片語和不定詞句型）

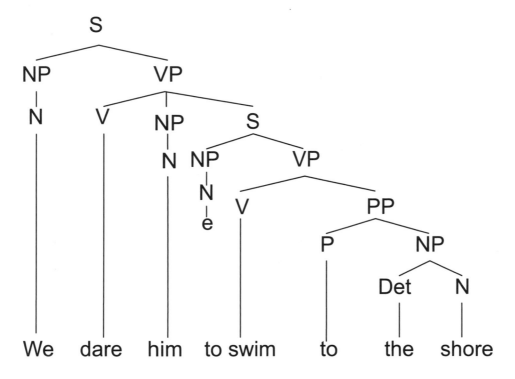

1-M-56: VP → V + NP + S 句型（補語為名詞片語和不定詞句型）

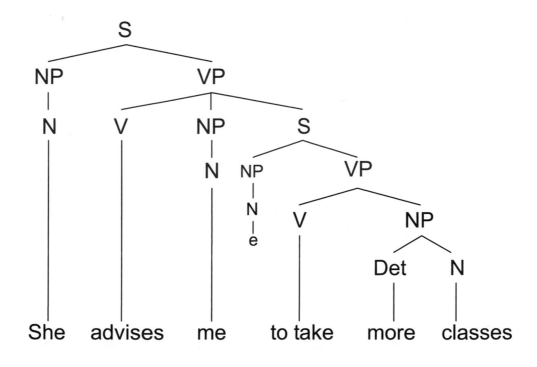

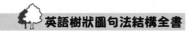

1-M-57: VP → V + NP + S 句型（補語為名詞片語和不定詞句型）

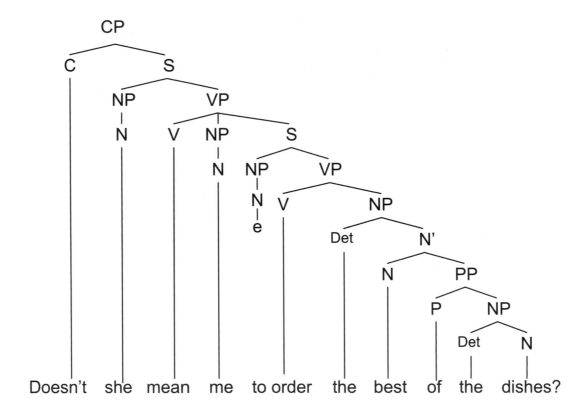

1-M-58: VP → V + NP + S 句型（補語為名詞片語和不定詞句型）

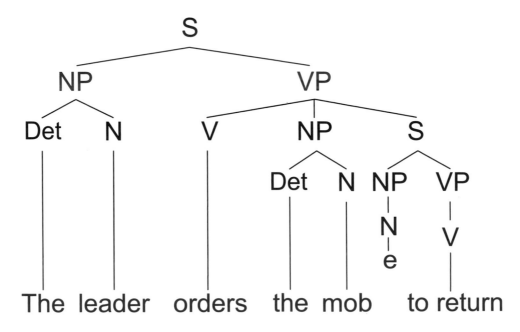

1-M-59: VP → V + NP + S 句型（補語為名詞片語和不定詞句型）

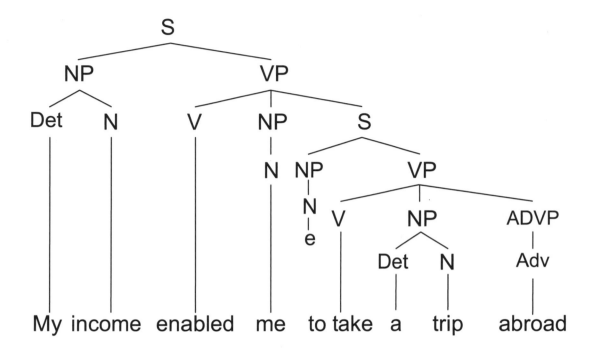

1-M-60: VP → V + NP + S 句型（補語為名詞片語和不定詞句型）

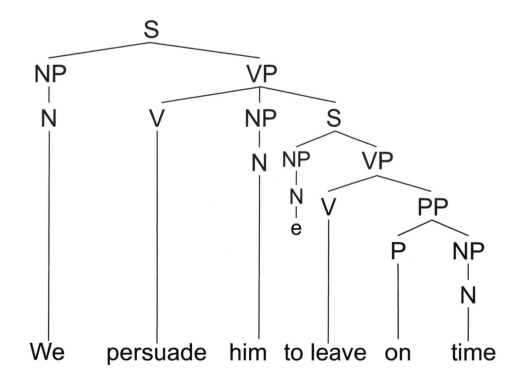

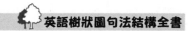

1-M-61: VP → V + NP + S 句型（補語為名詞片語和不定詞句型）

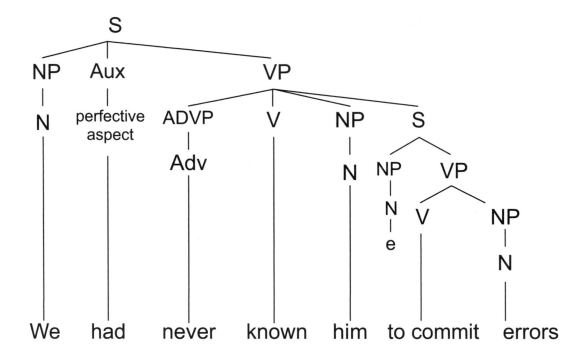

1-M-62: VP → V + NP + S 句型（補語為名詞片語和不定詞句型）

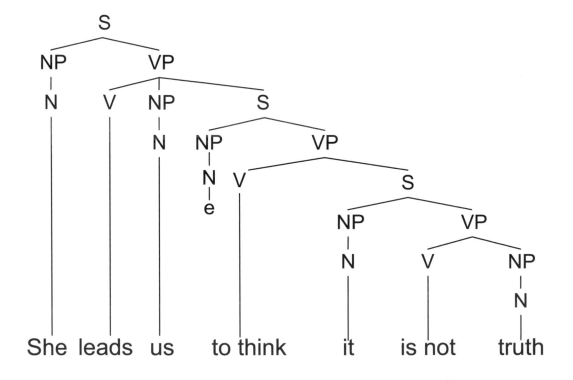

1-M-63: VP → V + NP + S 句型（補語為名詞片語和不定詞句型）

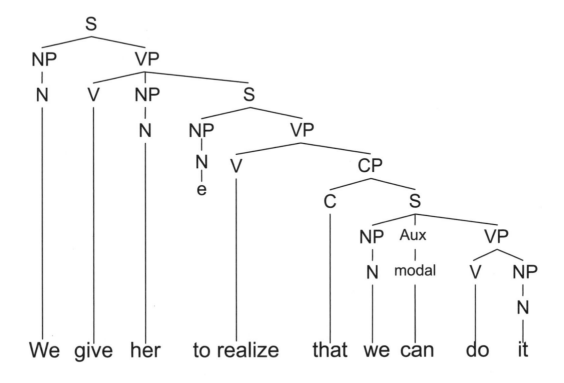

1-M-64: VP → V + NP + S 句型（補語為名詞片語和不定詞句型）

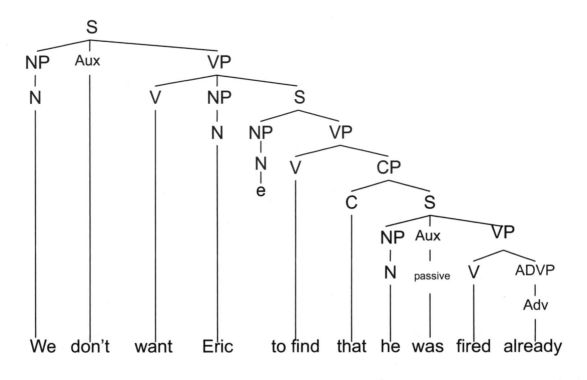

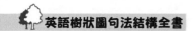
1-M-65: VP → V + NP + S 句型（補語為名詞片語和不定詞句型）

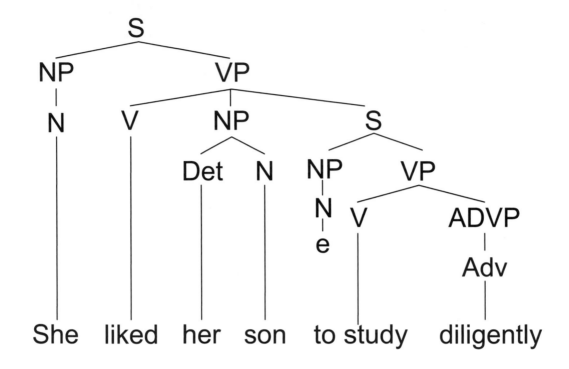

1-M-66: VP → V + NP + S 句型（補語為名詞片語和不定詞句型）

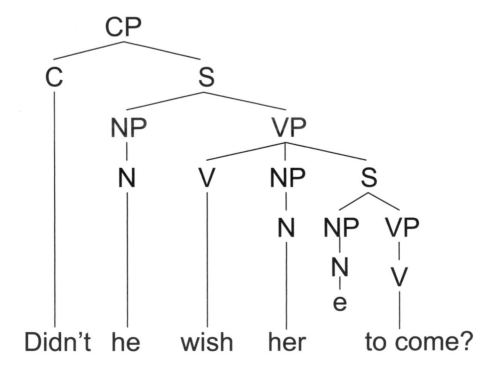

1-M-67: VP → V + NP + S 句型（補語為名詞片語和不定詞句型）

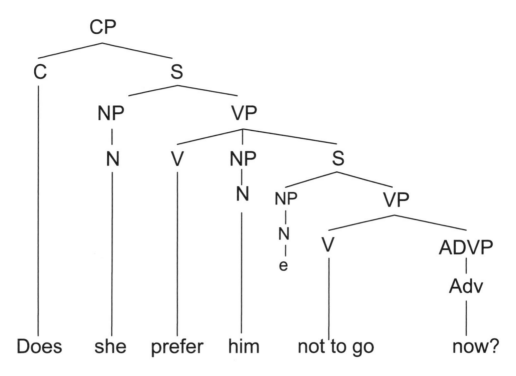

1-M-68: VP → V + NP + S 句型（補語為名詞片語和不定詞句型）

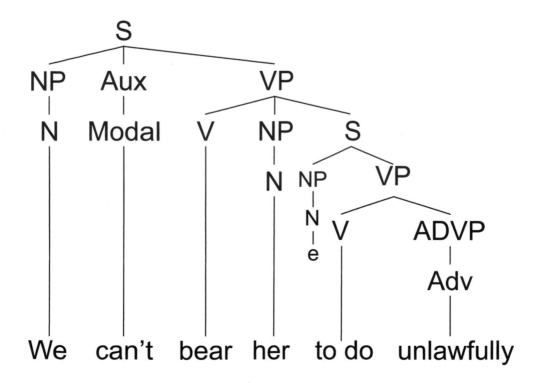

1-M-69: VP → V + NP + S 句型（補語為名詞片語和不定詞句型）

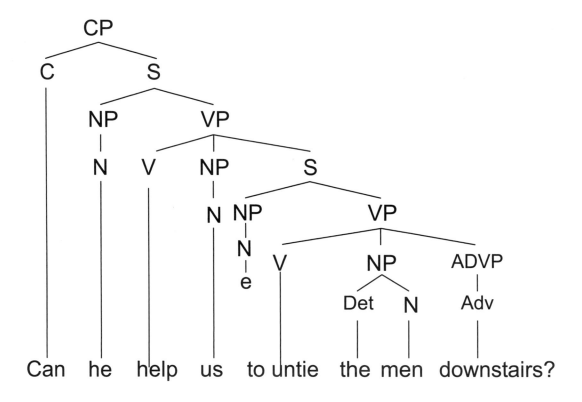

1-M-70: VP → V + NP + S 句型（補語為名詞片語和不定詞句型）

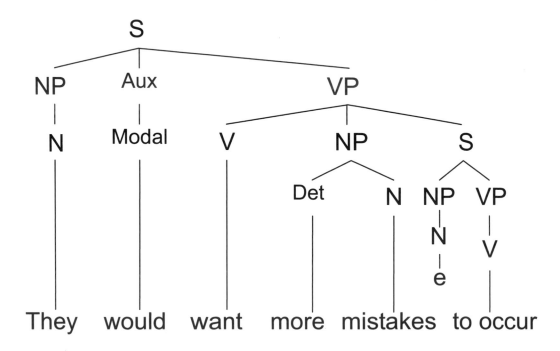

1-M-71: VP → V + NP + S 句型（補語為名詞片語和不定詞句型）

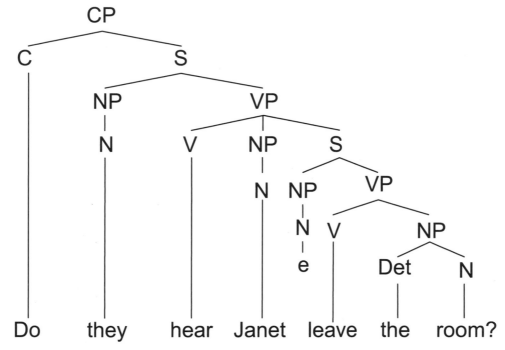

註：leave 為不使用 to 的不定詞結構（=原形）。

1-M-72: VP → V + NP + S 句型（補語為名詞片語和不定詞句型）

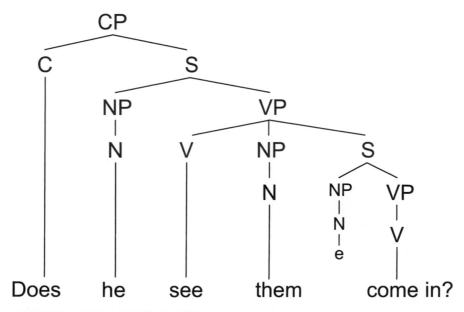

註：come in 為不使用 to 的不定詞結構（=原形）。

1-M-73: VP → V + NP + S 句型（補語為名詞片語和不定詞句型）

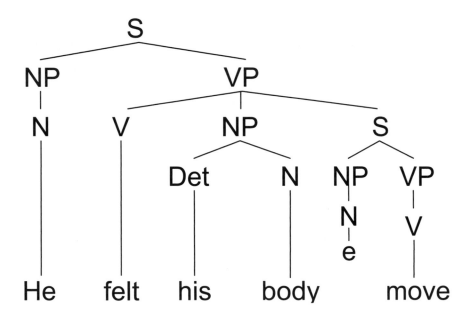

註：move 為不使用 to 的不定詞結構（=原形）。

1-M-74: VP → V + NP + S 句型（補語為名詞片語和不定詞句型）

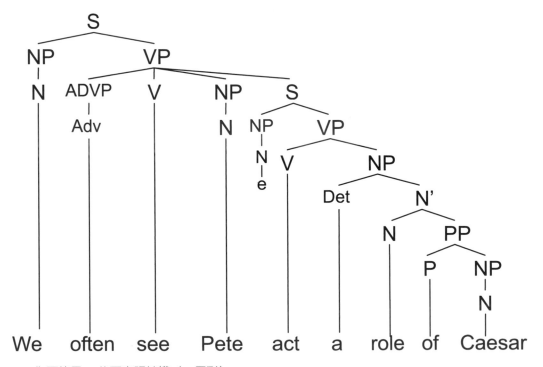

註：act 為不使用 to 的不定詞結構（＝原形）。

1-M-75: VP → V + NP + S 句型（補語為名詞片語和不定詞句型）

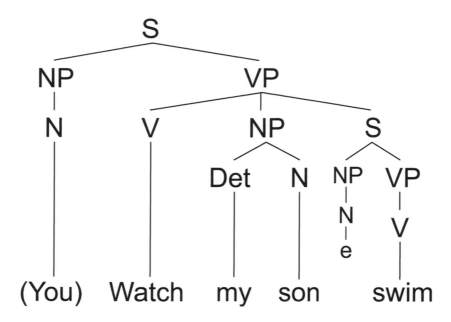

註 1：swim 為不使用 to 的不定詞結構（＝原形）。

註 2：You 為祈使句的當然主詞，通常不用，特殊語境下才可能使用。

1-M-76: VP → V + NP + S 句型（補語為名詞片語和不定詞句型）

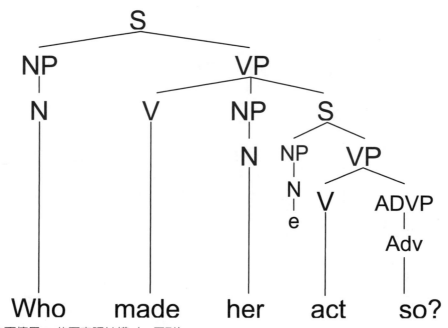

註：act 為不使用 to 的不定詞結構（＝原形）。

英語樹狀圖句法結構全書

1-M-77: VP → V + NP + S 句型（補語為名詞片語和不定詞句型）

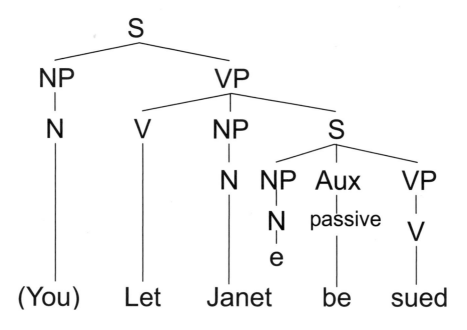

註1：be 為不使用 to 的不定詞結構（＝原形）。
註2：You 為祈使句的當然主詞，通常不用，特殊語境下才可能使用。

1-M-78: VP → V + NP + S 句型（補語為名詞片語和不定詞句型）

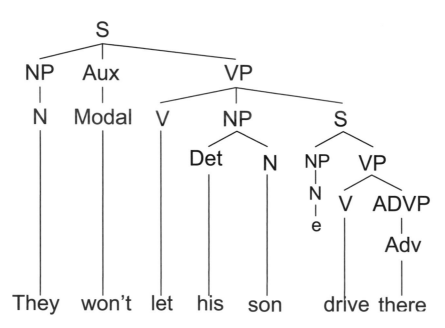

註：drive 為不使用 to 的不定詞結構（＝原形）。

1-M-79: VP → V + NP + S 句型（補語為名詞片語和不定詞句型）

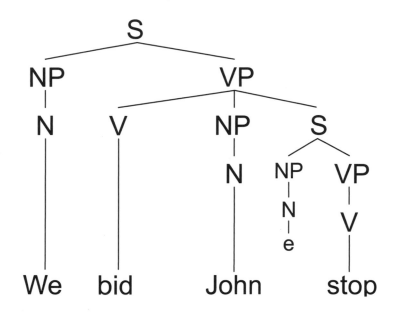

註：stop 為不使用 to 的不定詞結構（＝原形）。

1-M-80: VP → V + NP + S 句型（補語為名詞片語和不定詞句型）

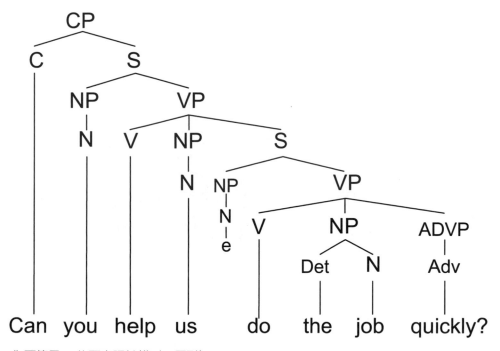

註：do 為不使用 to 的不定詞結構（＝原形）。

1-M-81: VP → V + NP + S 句型（補語為名詞片語和不定詞句型）

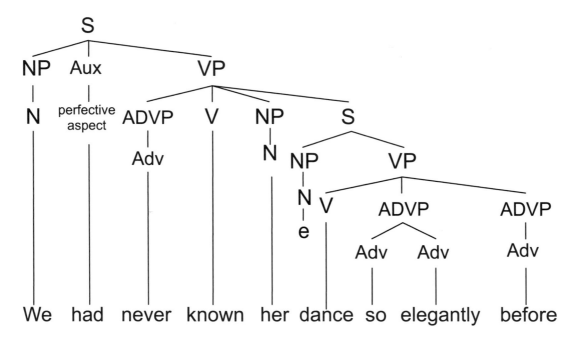

註：dance 為不使用 to 的不定詞結構（＝原形）。

1-M-82: VP → V + NP + S 句型（補語為名詞片語和不定詞句型）

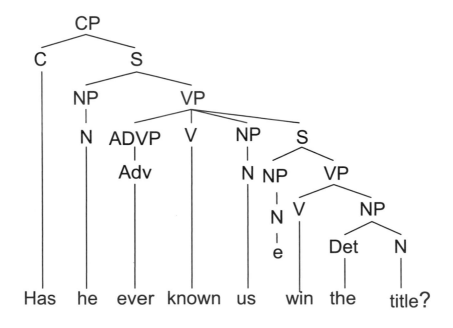

註：win 為不使用 to 的不定詞結構（＝原形）。

1-M-83: VP → V + NP + S 句型（補語為名詞片語和不定詞句型）

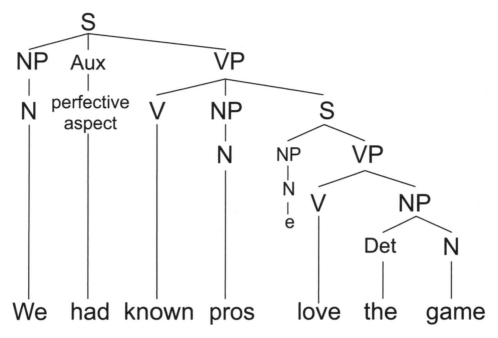

註：love 為不使用 to 的不定詞結構（＝原形）。

1-M-84: VP → V + NP + S 句型（補語為名詞片語和不定詞句型）

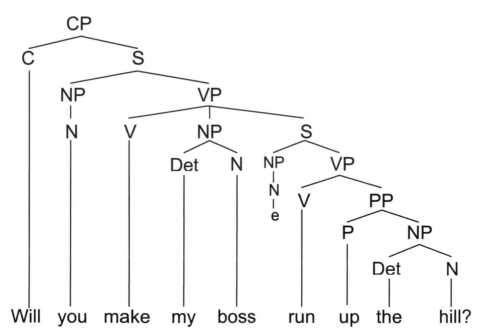

註：run 為不使用 to 的不定詞結構（＝原形）。

175

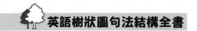

1-M-85: VP → V + NP + S 句型（補語為名詞片語和不定詞句型）

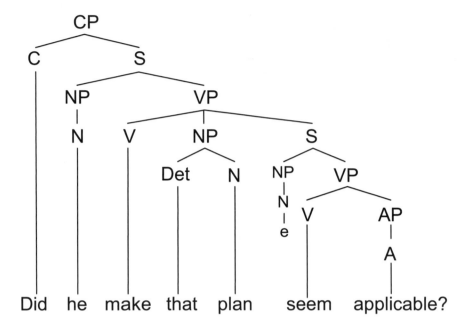

註：seem 為不使用 to 的不定詞結構（＝原形）。

1-M-86: VP → V + NP + S 句型（補語為名詞片語和不定詞句型）

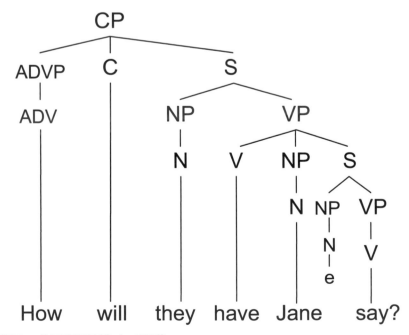

註：say 為不使用 to 的不定詞結構（＝原形）。

1-M-87: VP → V + NP + S 句型（補語為名詞片語和不定詞句型）

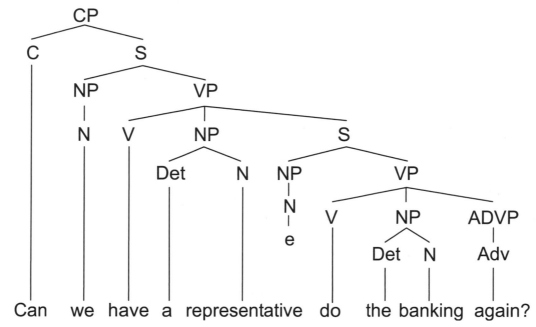

註：do 為不使用 to 的不定詞結構（＝原形）。

1-M-88: VP → V + NP + S 句型（補語為名詞片語和不定詞句型）

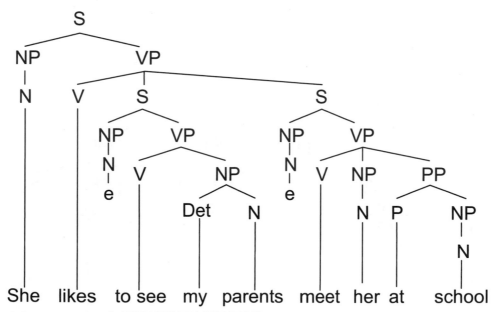

註 1：to see my parents 為名詞功能的不定詞子句結構。

註 2：meet 為不使用 to 的不定詞結構（＝原形）。

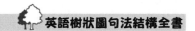
1-M-89: VP → V + NP + S 句型（補語為名詞片語和不定詞句型）

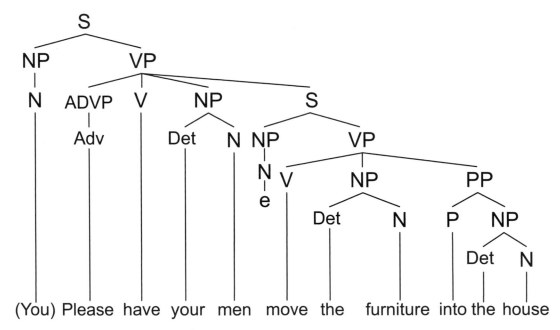

註 1：move 為不使用 to 的不定詞結構（＝原形）。

註 2：You 為祈使句的當然主詞，通常不用，特殊語境下才可能使用。

1-M-90: VP → V + NP + S 句型（補語為名詞片語和不定詞句型）

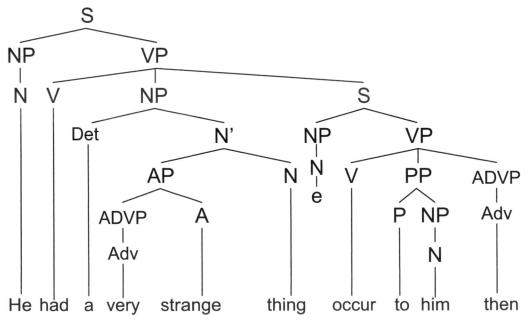

註：occur 為不使用 to 的不定詞結構（＝原形）。

1-M-91: VP → V + NP + S 句型（補語為名詞片語和分詞句型）

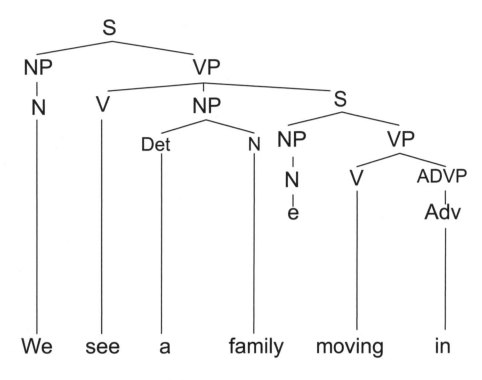

1-M-92: VP → V + NP + S 句型（補語為名詞片語和分詞句型）

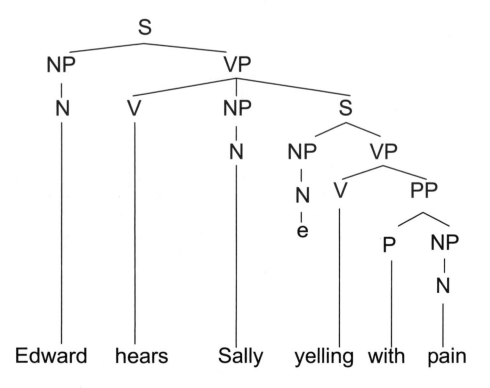

1-M-93: VP → V + NP + S 句型（補語為名詞片語和分詞句型）

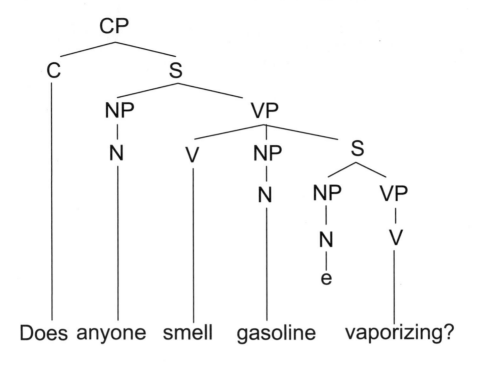

1-M-94: VP → V + NP + S 句型（補語為名詞片語和分詞句型）

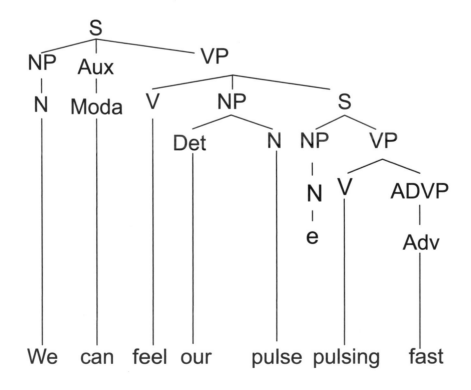

1-M-95: VP → V + NP + S 句型（補語為名詞片語和分詞句型）

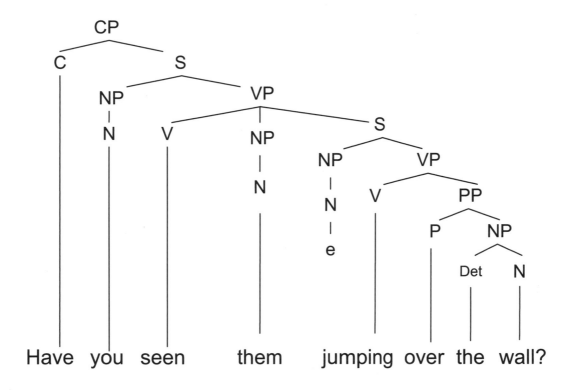

1-M-96: VP → V + NP + S 句型（補語為名詞片語和分詞句型）

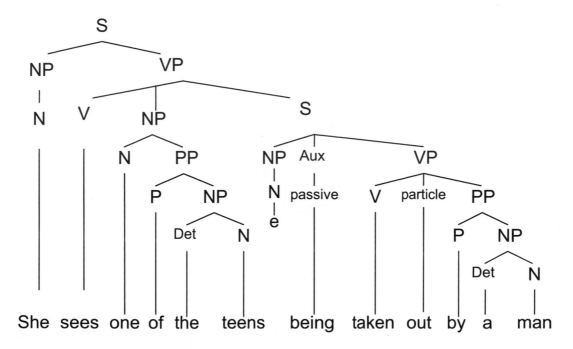

1-M-97: VP → V + NP + S 句型（補語為名詞片語和分詞句型）

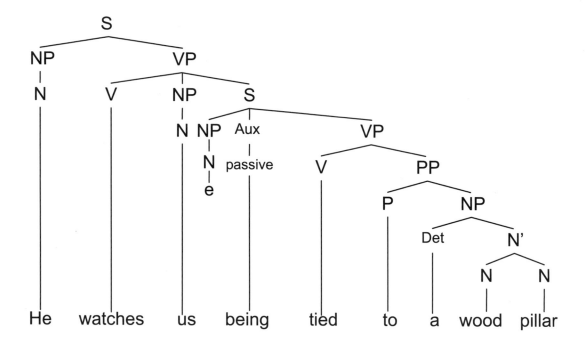

1-M-98: VP → V + NP + S 句型（補語為名詞片語和分詞句型）

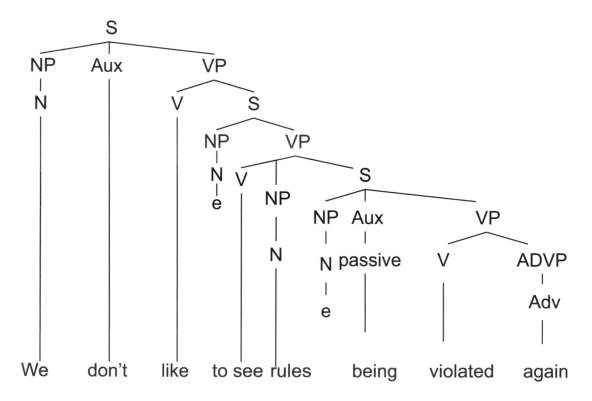

1-M-99: VP → V + NP + S 句型（補語為名詞片語和分詞句型）

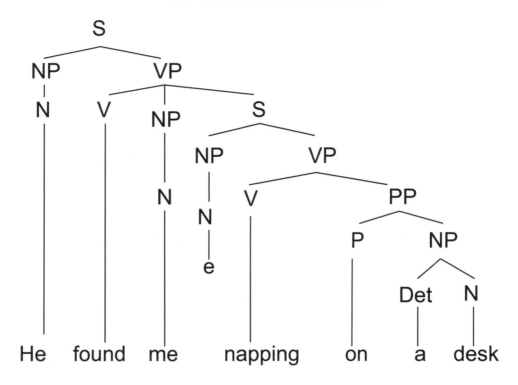

1-M-100: VP → V + NP + S 句型（補語為名詞片語和分詞句型）

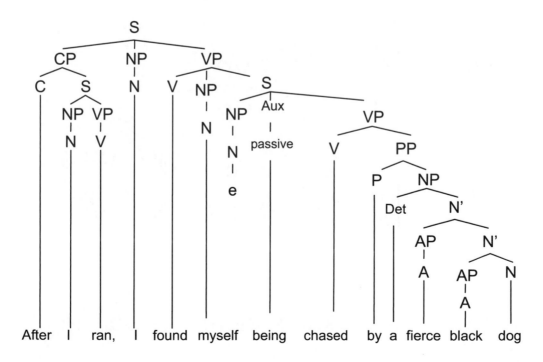

1-M-101: VP → V + NP + S 句型（補語為名詞片語和分詞句型）

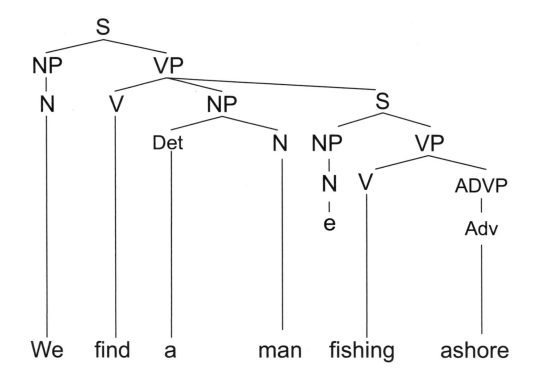

1-M-102: VP → V + NP + S 句型（補語為名詞片語和分詞句型）

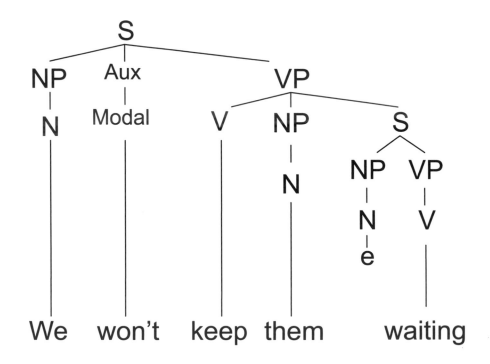

1-M-103: VP → V + NP + S 句型（補語為名詞片語和分詞句型）

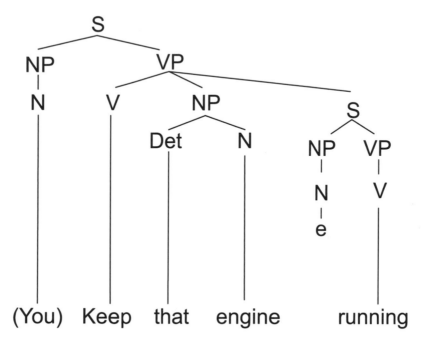

註：You 為祈使句的當然主詞，通常不用，特殊語境下才可能使用。

1-M-104: VP → V + NP + S 句型（補語為名詞片語和分詞句型）

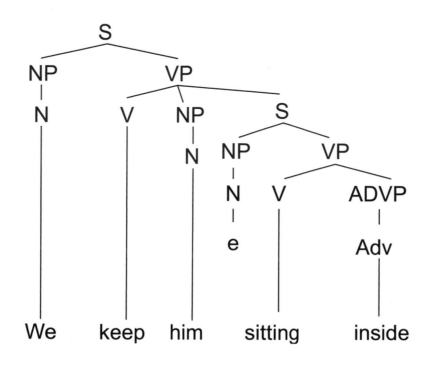

1-M-105: VP → V + NP + S 句型（補語為名詞片語和分詞句型）

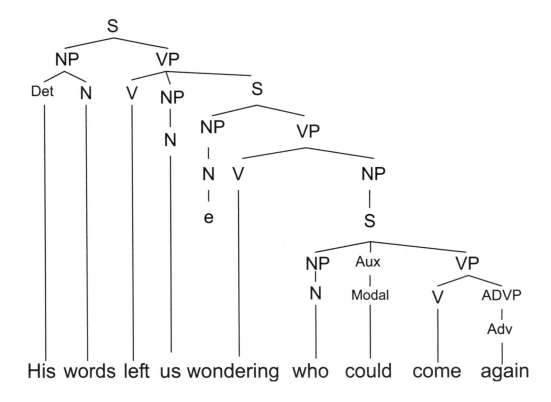

1-M-106: VP → V + NP + S 句型（補語為名詞片語和分詞句型）

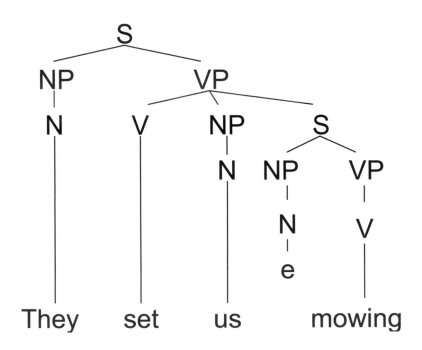

1-M-107: VP → V + NP + S 句型（補語為名詞片語和分詞句型）

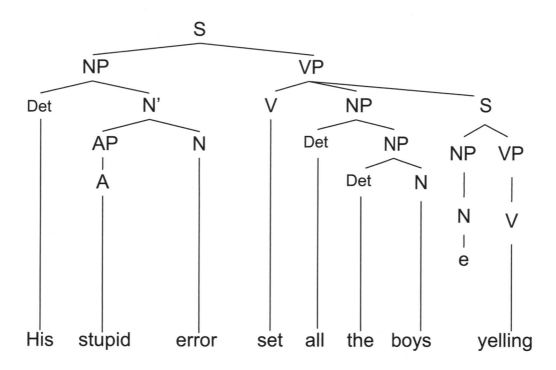

1-M-108: VP → V + NP + S 句型（補語為名詞片語和分詞句型）

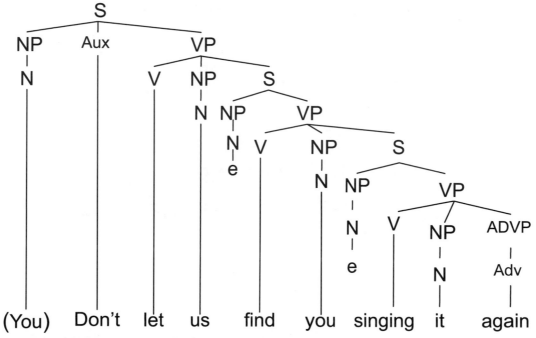

註：You 為祈使句的當然主詞，通常不用，特殊語境下才可能使用。

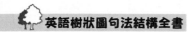

1-M-109: VP → V + NP + S 句型（補語為名詞片語和分詞句型）

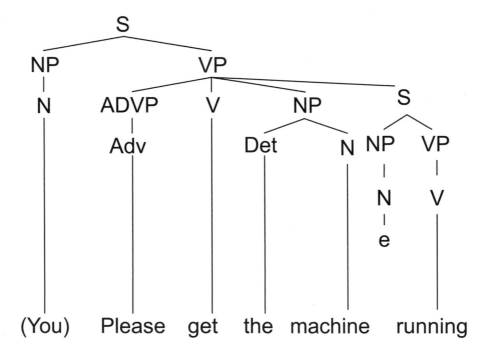

註：You 為祈使句的當然主詞，通常不用，特殊語境下才可能使用。

1-M-110: VP → V + NP + S 句型（補語為名詞片語和分詞句型）

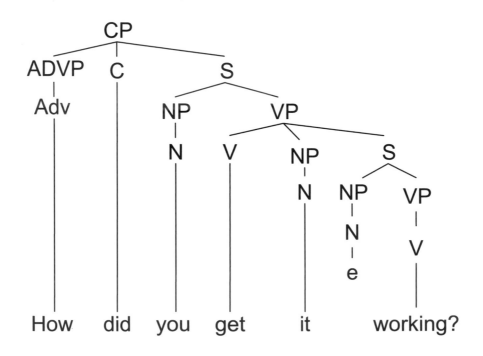

1-M-111: VP → V + NP + S 句型（補語為名詞片語和分詞句型）

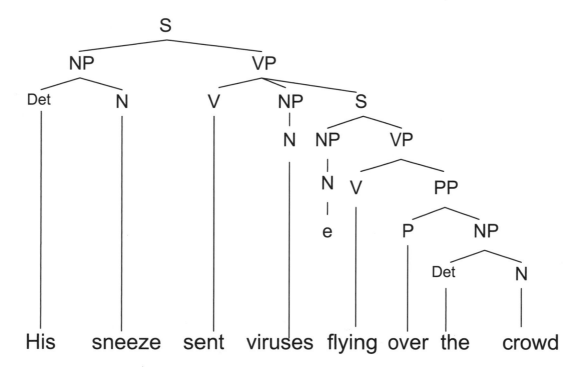

1-M-112: VP → V + NP + S 句型（補語為名詞片語和分詞句型）

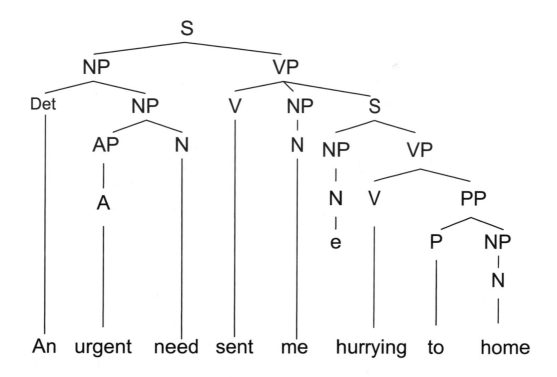

英語樹狀圖句法結構全書

1-M-113: VP → V + NP + S 句型（補語為名詞片語和分詞句型）

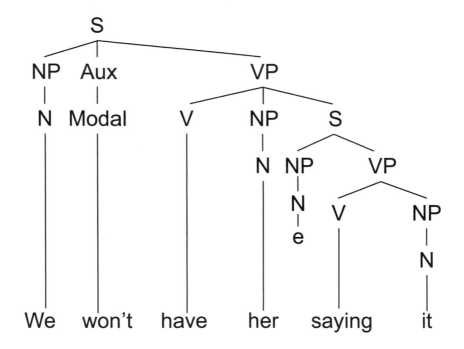

1-M-114: VP → V + NP + S 句型（補語為名詞片語和分詞句型）

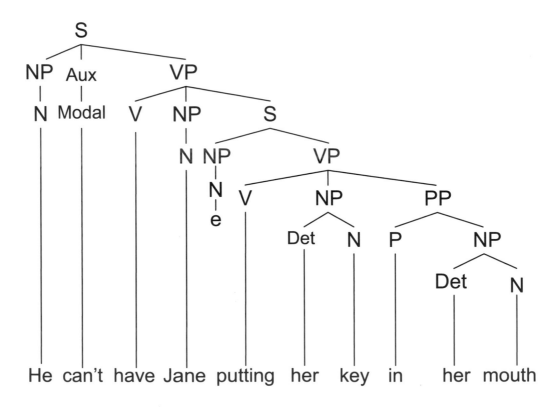

1-M-115: VP → V + NP + S 句型（補語為名詞片語和分詞句型）

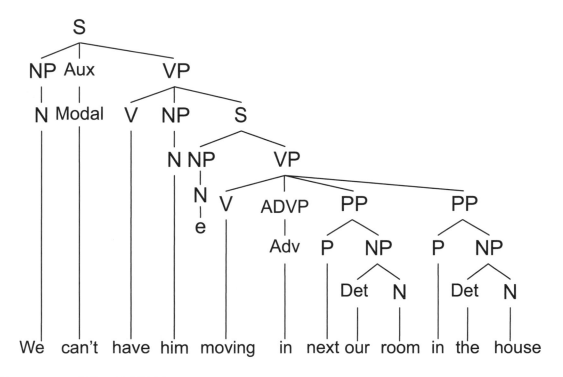

註：moving in 裡的 in 也同時是 particle。

1-M-116: VP → V + NP + S 句型（補語為名詞片語和分詞句型）

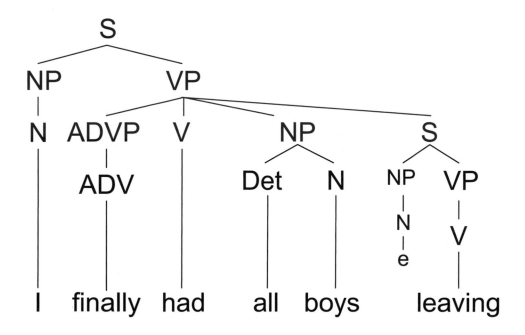

1-M-117: VP → V + NP + S 句型（補語為名詞片語和分詞句型）

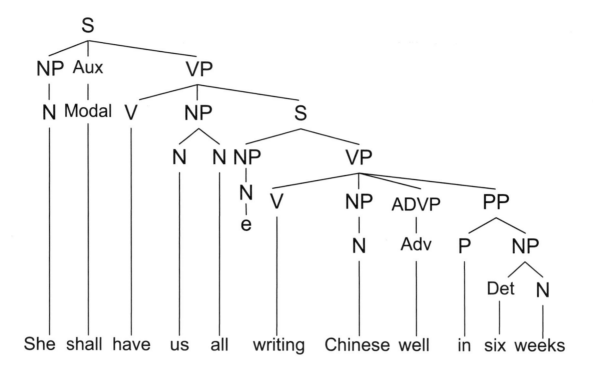

1-M-118: VP → V + NP + S 句型（補語為名詞片語和分詞句型）

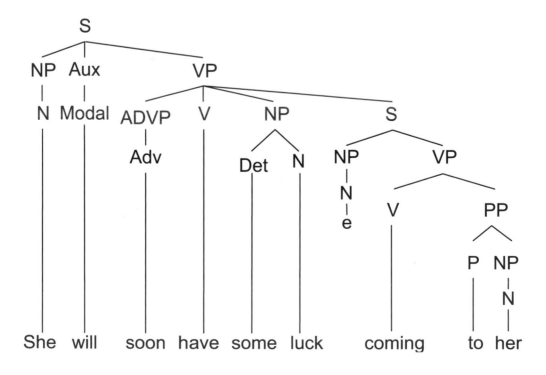

1-M-119: VP → V + NP + S 句型（補語為名詞片語和分詞句型）

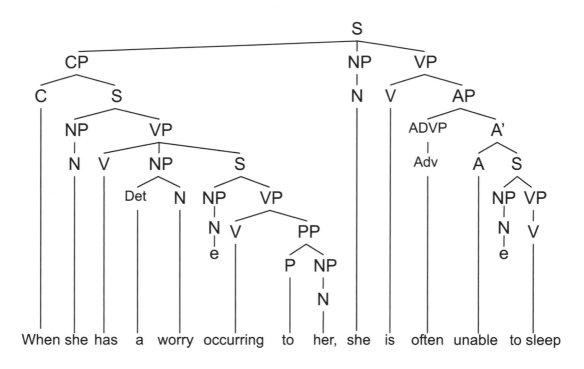

1-M-120: VP → V + NP + S 句型（補語為名詞片語和動名詞／分詞句型）

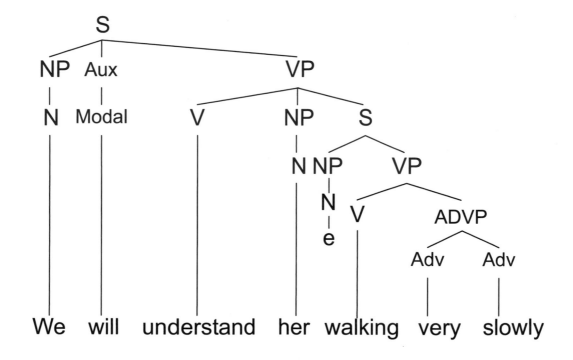

1-M-121: VP → V + NP + S 句型（補語為名詞片語和動名詞／分詞句型）

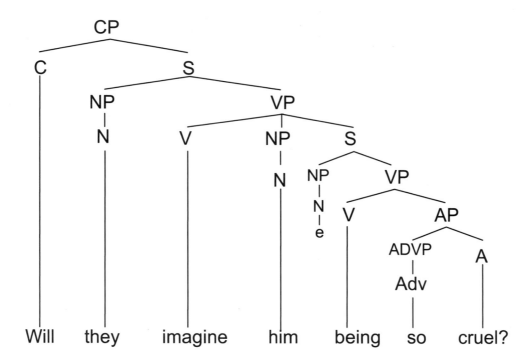

1-M-122: VP → V + NP + S 句型（補語為名詞片語和動名詞／分詞句型）

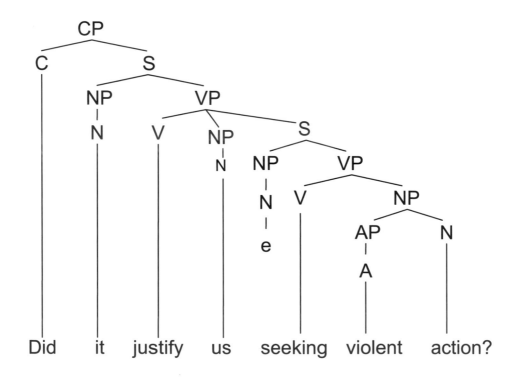

1-M-123: VP → V + NP + S 句型（補語為名詞片語和動名詞／分詞句型）

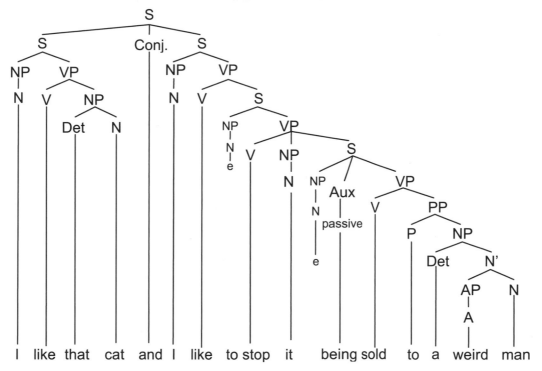

註：此 V + NP + S 句型隱藏於不定詞結構。

1-M-124: VP → V + NP + S 句型（補語為名詞片語和動名詞／分詞句型）

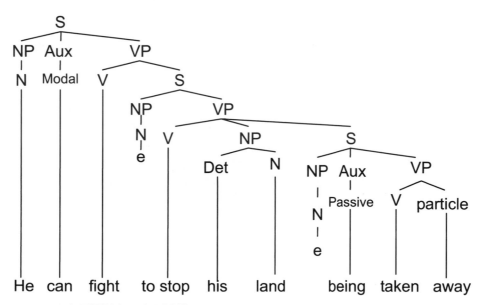

註：此 V + NP + S 句型隱藏於不定詞結構。

1-M-125: VP → V + NP + S 句型（補語為名詞片語和動名詞／分詞句型）

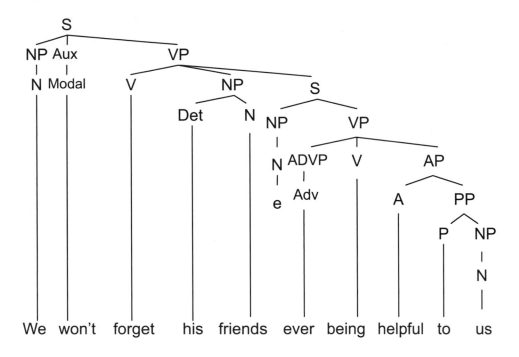

1-M-126: VP → V + NP + S 句型（補語為名詞片語和動名詞／分詞句型）

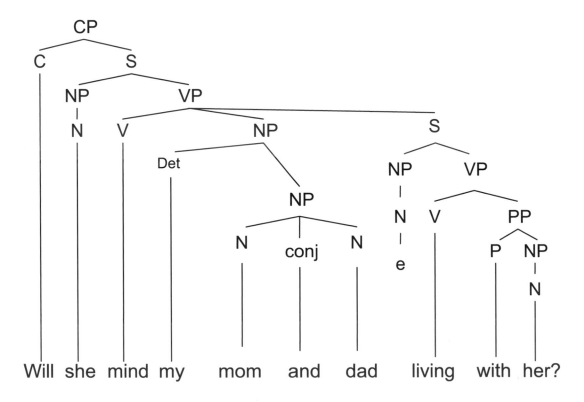

1-M-127: VP → V + NP + S 句型（補語為名詞片語和動名詞／分詞句型）

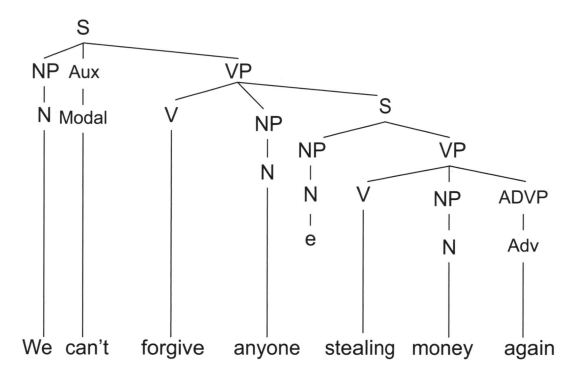

1-M-128: VP → V + NP + S 句型（補語為名詞片語和動名詞／分詞句型）

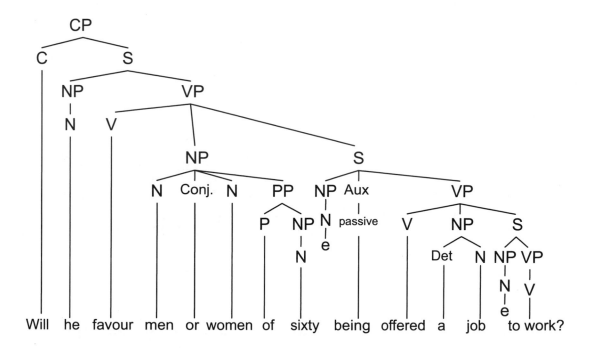

1-M-129: VP → V + NP + S 句型（補語為名詞片語和動名詞／分詞句型）

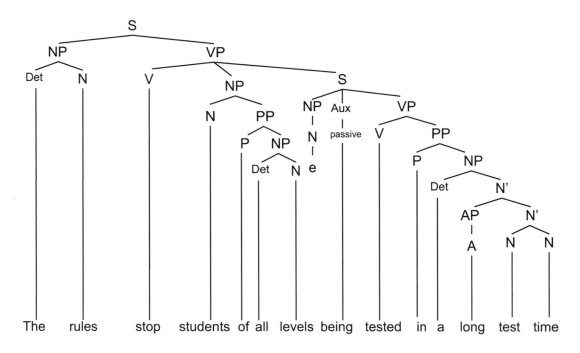

1-M-130: VP → V + NP + S 句型（補語為名詞片語和動名詞／分詞句型）

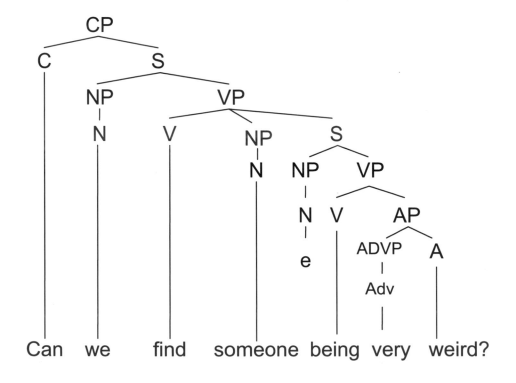

1-M-131: VP → V + NP + S 句型（補語為名詞片語和動名詞／分詞句型）

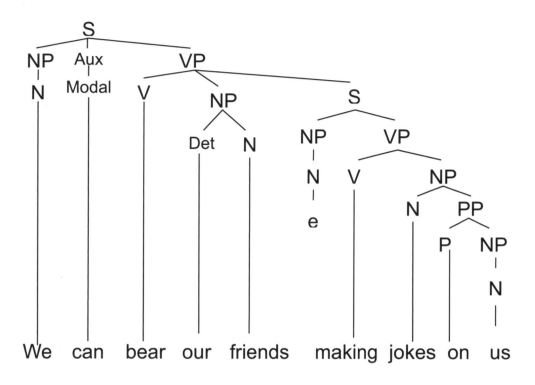

1-M-132: VP → V + NP + CP 句型（補語為名詞片語和不定詞句型）

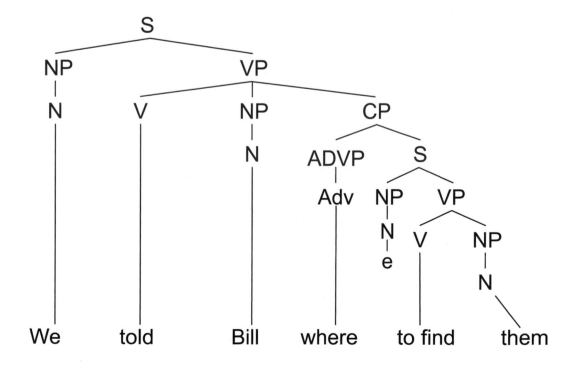

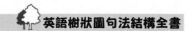

英語樹狀圖句法結構全書

1-M-133: VP → V + NP + CP 句型（補語為名詞片語和不定詞句型）

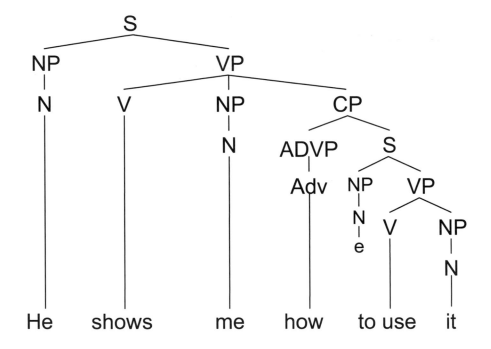

1-M-134: VP → V + NP + CP 句型（補語為名詞片語和不定詞句型）

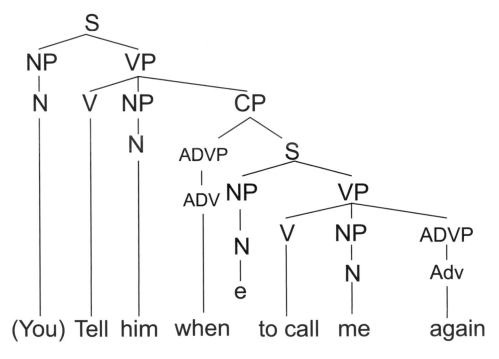

註：You 為祈使句的當然主詞，通常不用，特殊語境下才可能使用。

1-M-135: VP → V + NP + CP 句型（補語為名詞片語和不定詞句型）

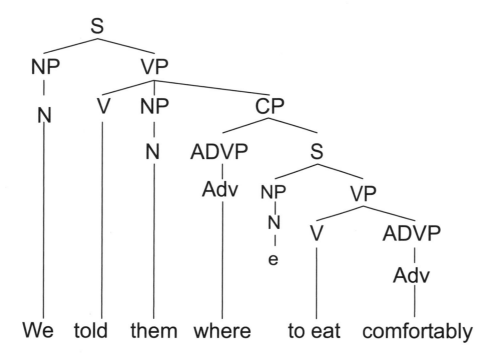

1-M-136: VP → V + NP + CP 句型（補語為名詞片語和不定詞句型）

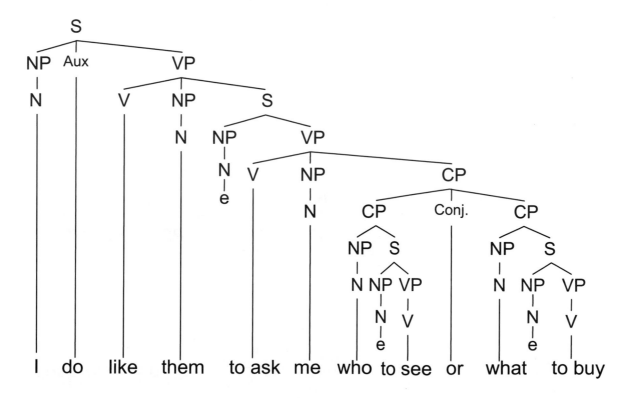

1-M-137: VP → V + NP + CP 句型（補語為名詞片語和不定詞句型）

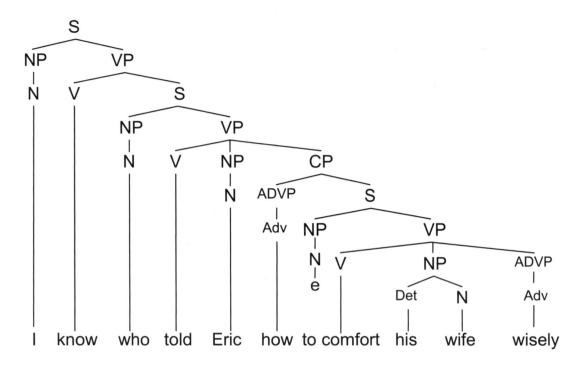

1-M-138: VP → V + NP + CP 句型（補語為名詞片語和不定詞句型）

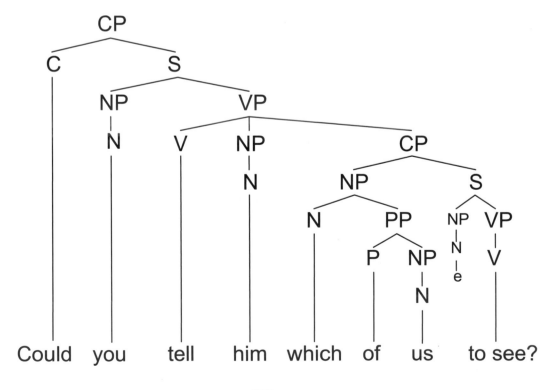

1-M-139: VP → V + NP + CP 句型（補語為名詞片語和不定詞句型）

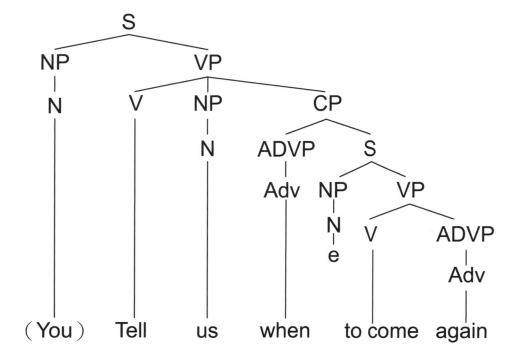

註：You 為祈使句的當然主詞，通常不用，特殊語境下才可能使用。

1-M-140: VP → V + NP + CP 句型（補語為名詞片語和疑問詞構句句型）

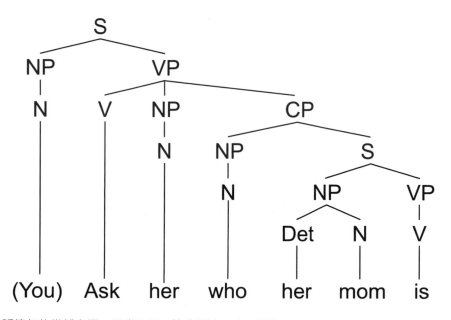

註：You 為祈使句的當然主詞，通常不用，特殊語境下才可能使用。

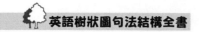

1-M-141: VP → V + NP + CP 句型（補語為名詞片語和疑問詞構句句型）

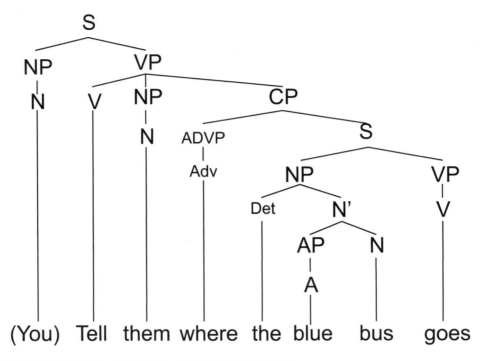

註：You 為祈使句的當然主詞，通常不用，特殊語境下才可能使用。

1-M-142: VP → V + NP + CP 句型（補語為名詞片語和疑問詞構句句型）

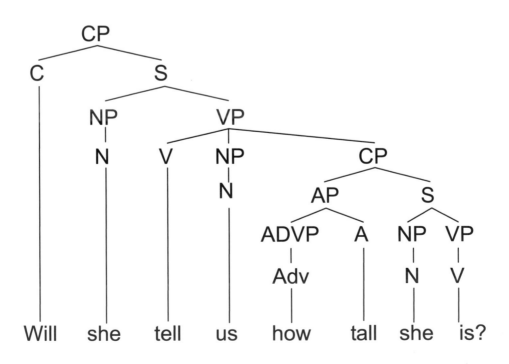

1-M-143: VP → V + NP + CP 句型（補語為名詞片語和疑問詞構句句型）

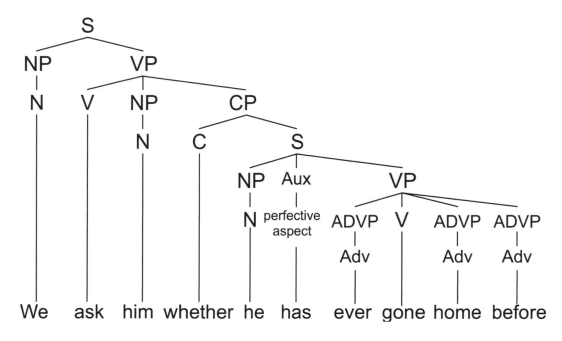

1-M-144: VP → V + NP + CP 句型（補語為名詞片語和疑問詞構句句型）

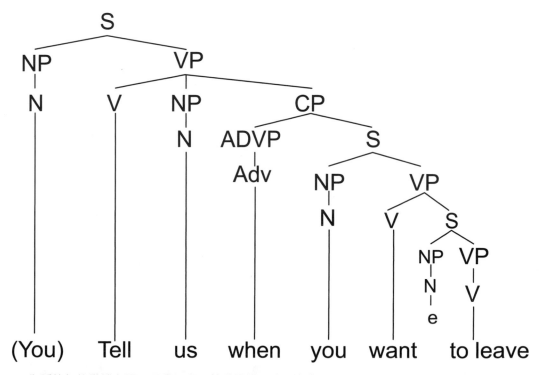

註：You 為祈使句的當然主詞，通常不用，特殊語境下才可能使用。

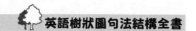英語樹狀圖句法結構全書

1-M-145: VP → V + NP + CP 句型（補語為名詞片語和疑問詞構句句型）

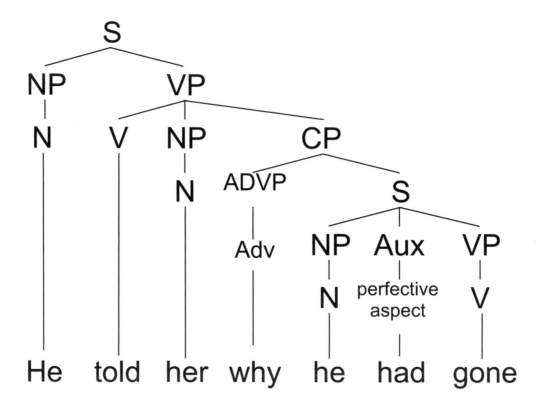

1-M-146: VP → V + NP + AP 句型（補語為名詞片語和形容詞片語句型）

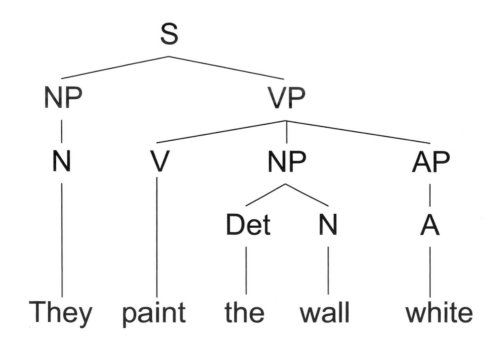

1-M-147: VP → V + NP + AP 句型（補語為名詞片語和形容詞片語句型）

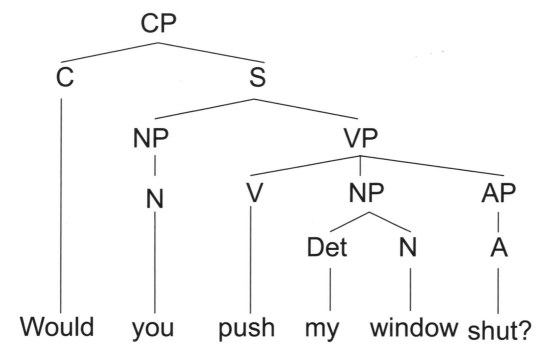

1-M-148: VP → V + NP + AP 句型（補語為名詞片語和形容詞片語句型）

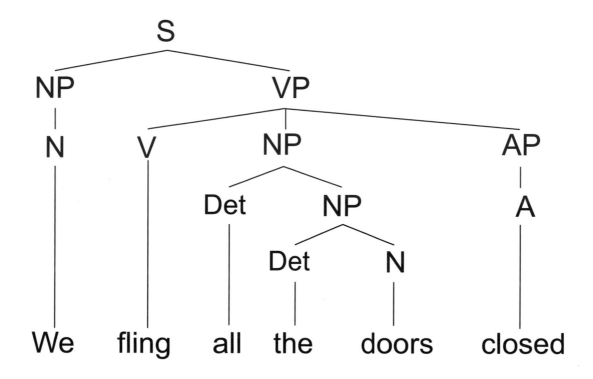

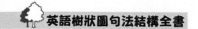

1-M-149: VP → V + NP + AP 句型（補語為名詞片語和形容詞片語句型）

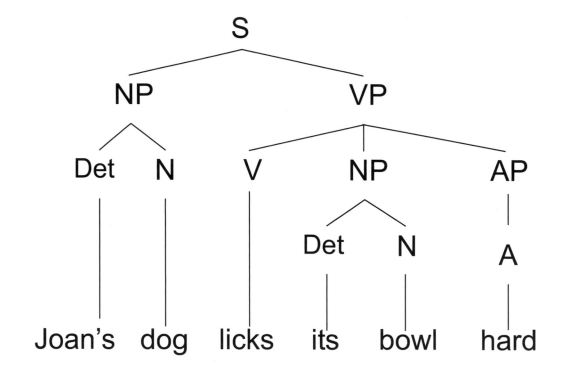

1-M-150: VP → V + NP + AP 句型（補語為名詞片語和形容詞片語句型）

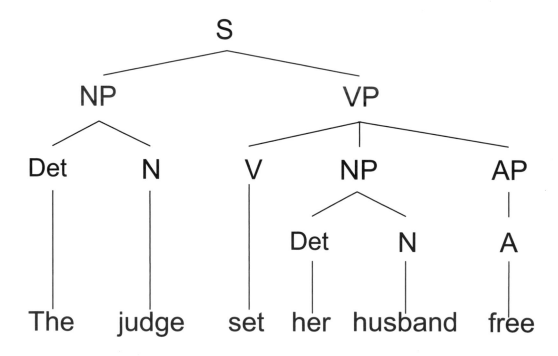

1-M-151: VP → V + NP + AP 句型（補語為名詞片語和形容詞片語句型）

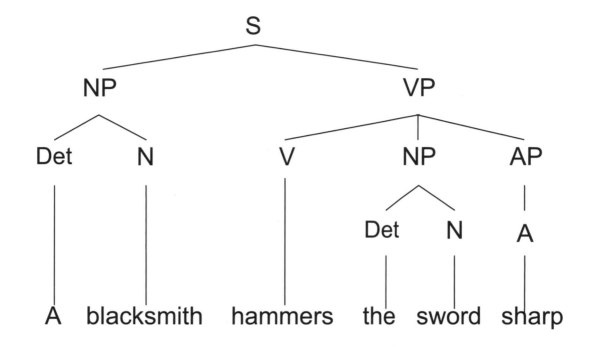

1-M-152: VP → V + NP + AP 句型（補語為名詞片語和形容詞片語句型）

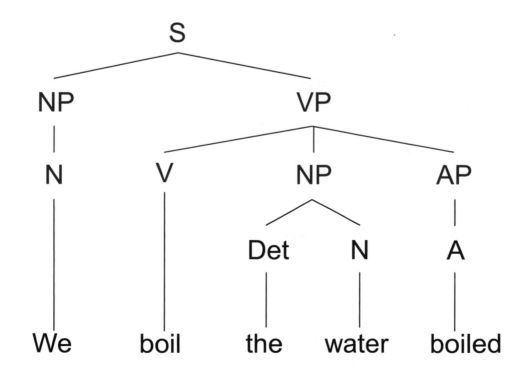

1-M-153: VP → V + NP + AP 句型（補語為名詞片語和形容詞片語句型）

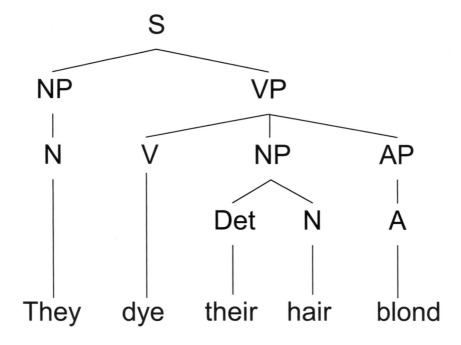

1-M-154: VP → V + NP + AP 句型（補語為名詞片語和形容詞片語句型）

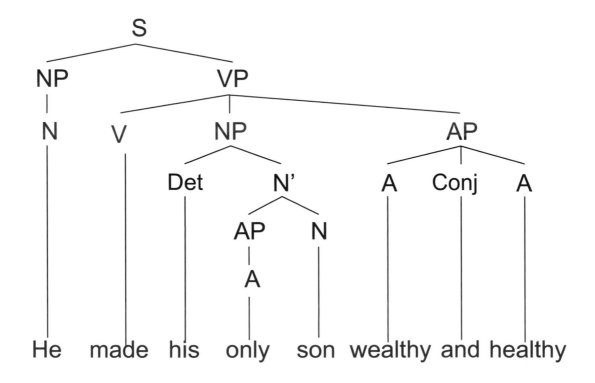

1-M-155: VP → V + NP + AP 句型（補語為名詞片語和形容詞片語句型）

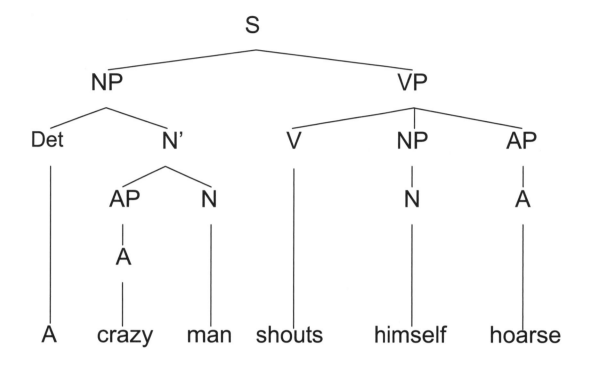

1-M-156: VP → V + NP + AP 句型（補語為名詞片語和形容詞片語句型）

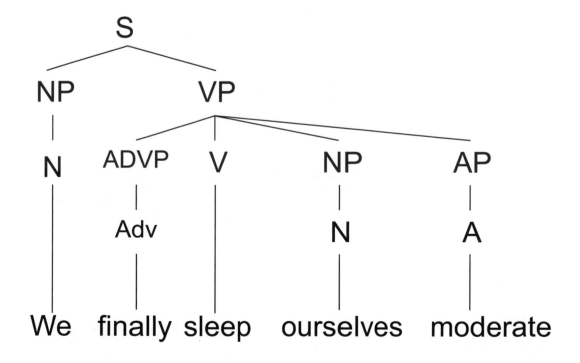

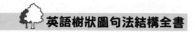

1-M-157: VP → V + NP + AP 句型（補語為名詞片語和形容詞片語句型）

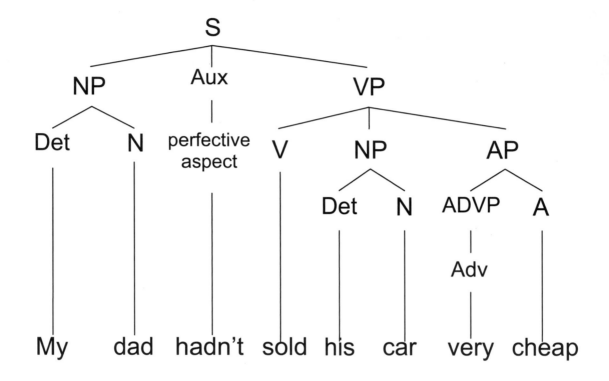

1-M-158: VP → V + NP + AP 句型（補語為名詞片語和形容詞片語句型）

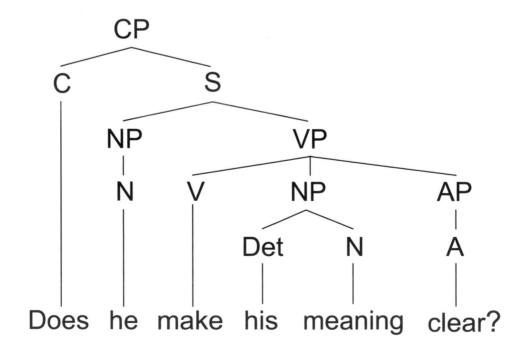

1-M-159: VP → V + NP + AP 句型（補語為名詞片語和形容詞片語句型）

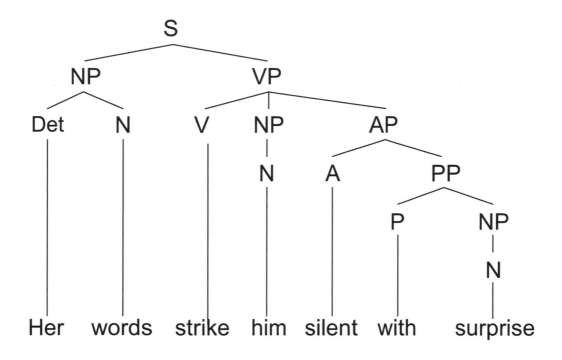

1-M-160: VP → V + NP + AP 句型（補語為名詞片語和形容詞片語句型）

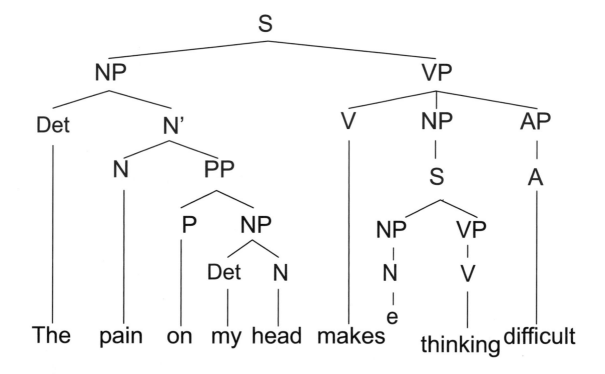

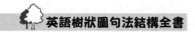
1-M-161: VP → V + NP + AP 句型（補語為名詞片語和形容詞片語句型）

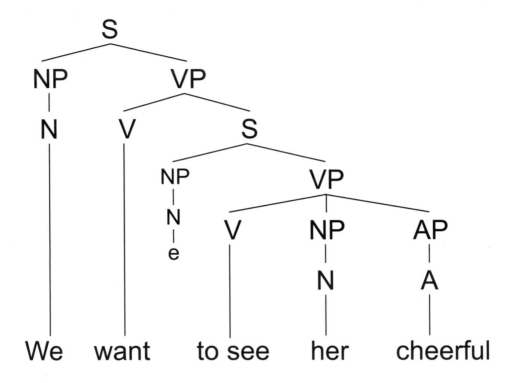

1-M-162: VP → V + NP + AP 句型（補語為名詞片語和形容詞片語句型）

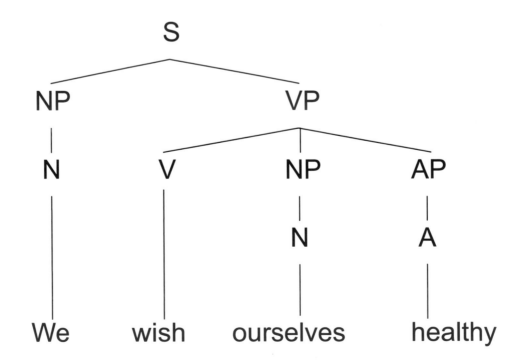

1-M-163: VP → V + NP + AP 句型（補語為名詞片語和形容詞片語句型）

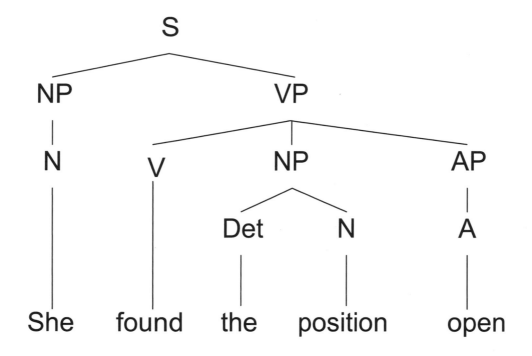

1-M-164: VP → V + NP + AP 句型（補語為名詞片語和形容詞片語句型）

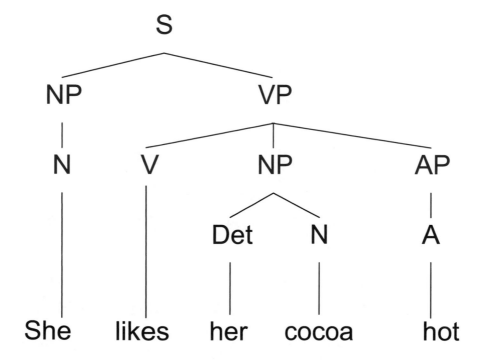

1-M-165: VP → V + NP + AP 句型（補語為名詞片語和形容詞片語句型）

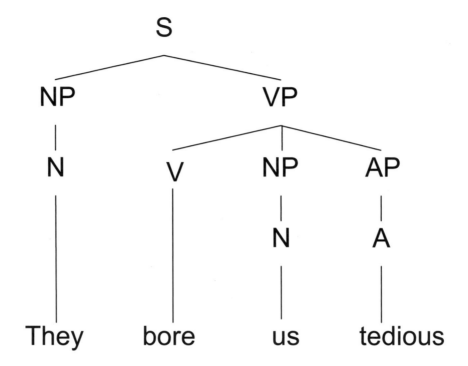

1-M-166: VP → V + NP + AP 句型（補語為名詞片語和形容詞片語句型）

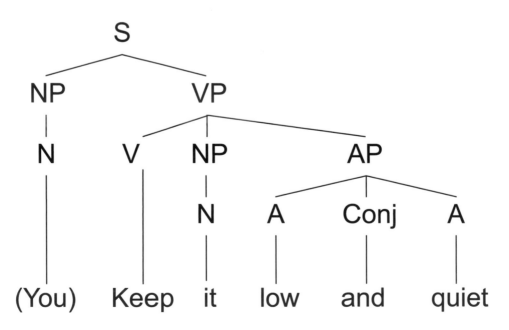

註：You 為祈使句的當然主詞，通常不用，特殊語境下才可能使用。

1-M-167: VP → V + NP + AP 句型（補語為名詞片語和形容詞片語句型）

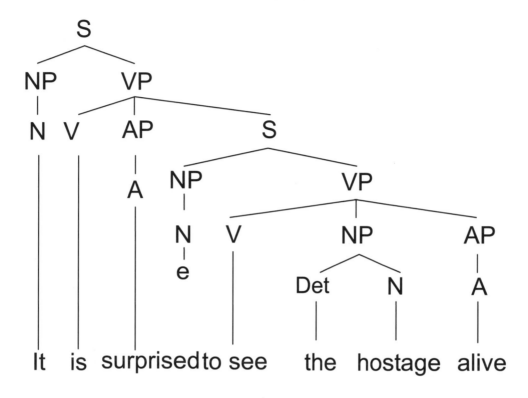

1-M-168: VP → V + NP + AP 句型（補語為名詞片語和形容詞片語句型）

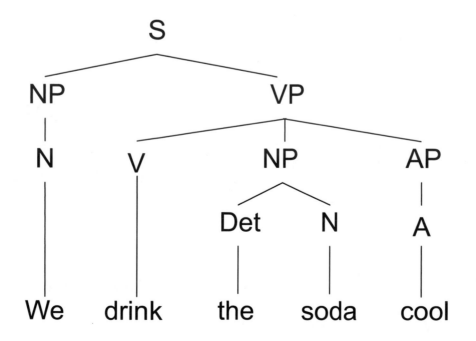

1-M-169: VP → V + NP + AP 句型（補語為名詞片語和形容詞片語句型）

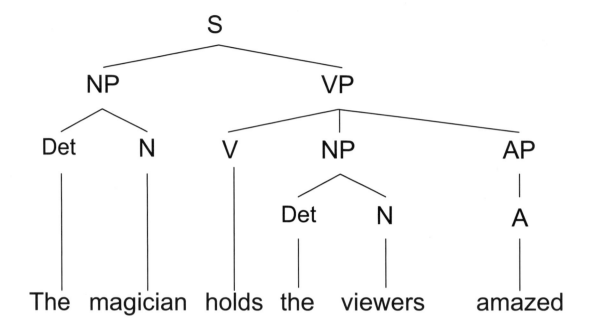

1-M-170: VP → V + NP + AP 句型（補語為名詞片語和形容詞片語句型）

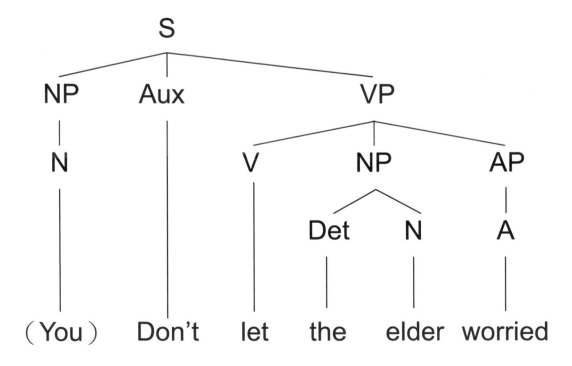

註：You 為祈使句的當然主詞，通常不用，特殊語境下才可能使用。

1-M-171: VP → V + NP + AP 句型（補語為名詞片語和形容詞片語句型）

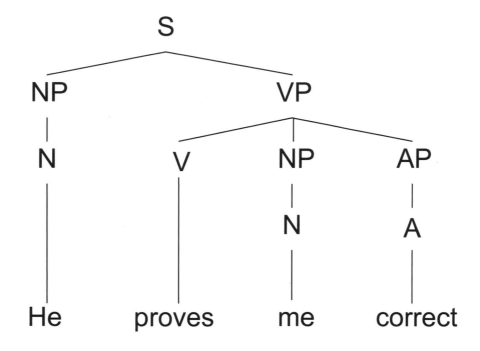

1-M-172: VP → V + NP + AP 句型（補語為名詞片語和形容詞片語句型）

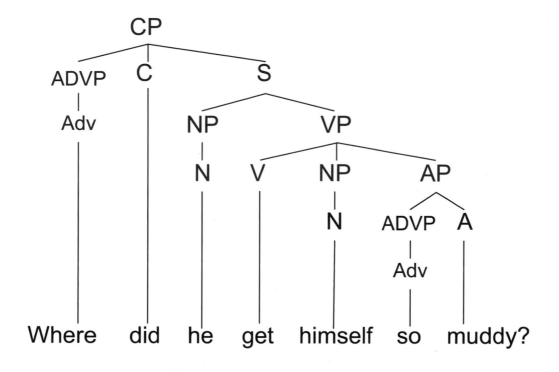

1-M-173: VP → V + NP + NP 句型（補語為當直接受詞的名詞片語和受詞補語的名詞片語句型）

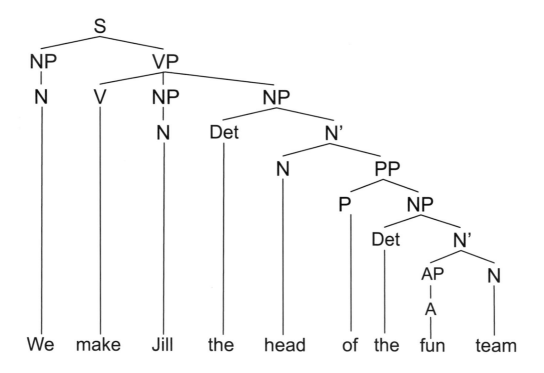

1-M-174: VP → V + NP + NP 句型（補語為當直接受詞的名詞片語和受詞補語的名詞片語句型）

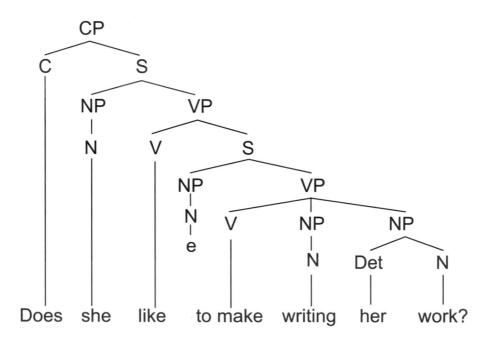

1-M-175: VP → V + NP + NP 句型（補語為當直接受詞的名詞片語和受詞補語的名詞片語句型）

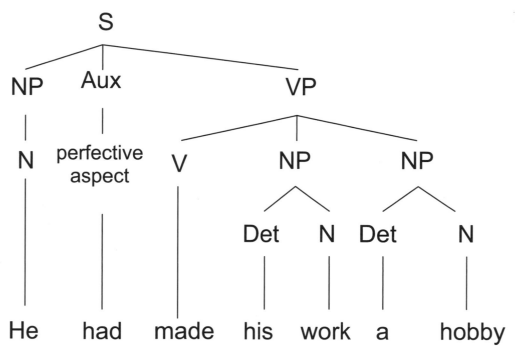

1-M-176: VP → V + NP + NP 句型（補語為當直接受詞的名詞片語和受詞補語的名詞片語句型）

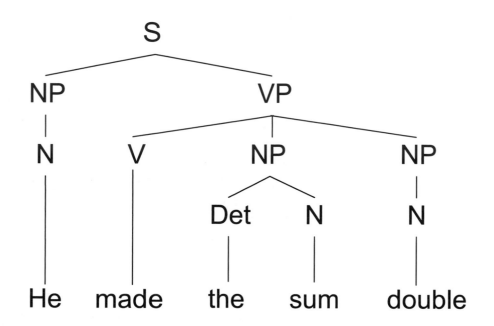

1-M-177: VP → V + NP + NP 句型（補語為當直接受詞的名詞片語和受詞補語的名詞片語句型）

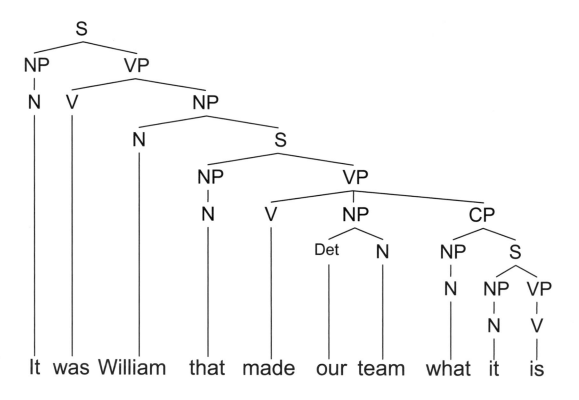

1-M-178: VP → V + NP + NP 句型（補語為當直接受詞的名詞片語和受詞補語的名詞片語句型）

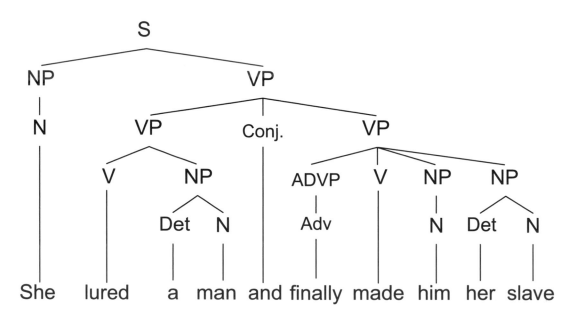

1-M-179: VP → V + NP + NP 句型（補語為當直接受詞的名詞片語和受詞補語的名詞片語句型）

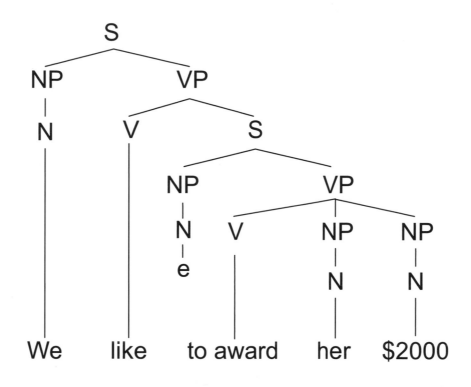

1-M-180: VP → V + NP + NP 句型（補語為當直接受詞的名詞片語和受詞補語的名詞片語句型）

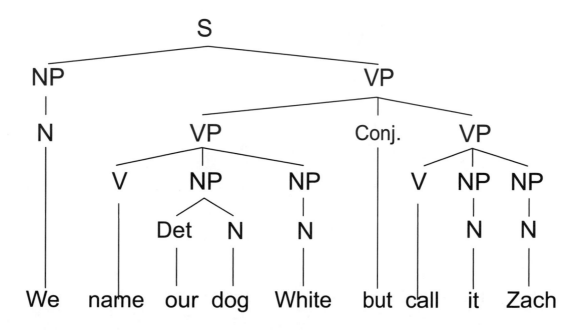

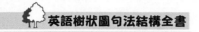

1-M-181: VP → V + NP + NP 句型（補語為當直接受詞的名詞片語和受詞補語的名詞片語句型）

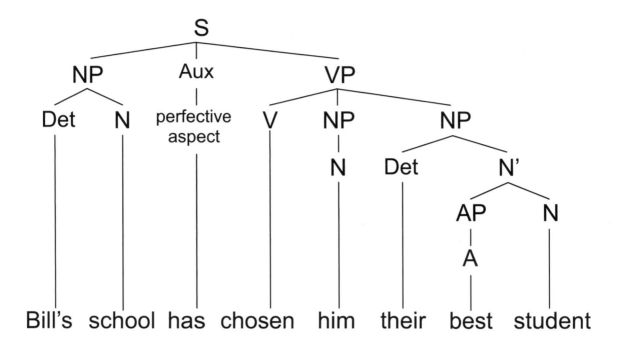

1-M-182: VP → V + NP + NP 句型（補語為當直接受詞的名詞片語和受詞補語的名詞片語句型）

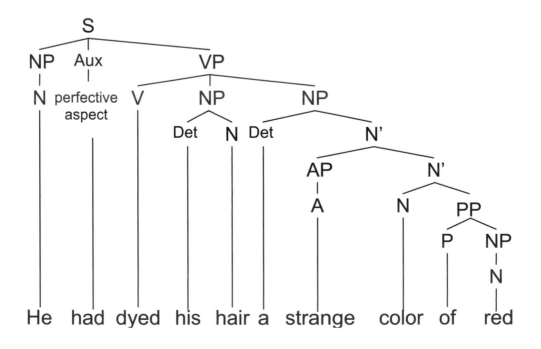

1-M-183: VP → V + NP + NP 句型（補語為當直接受詞的名詞片語和受詞補語的名詞片語句型）

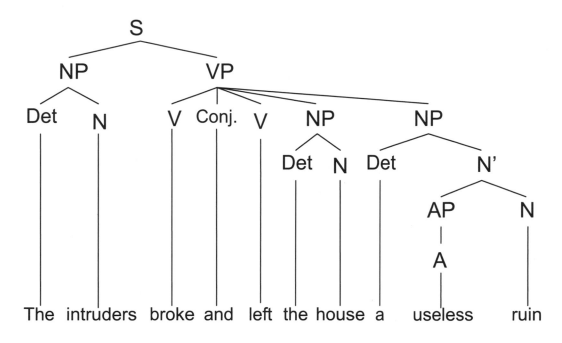

1-M-184: VP → V + NP + NP 句型（補語為當直接受詞的名詞片語和主詞補語的名詞片語句型）

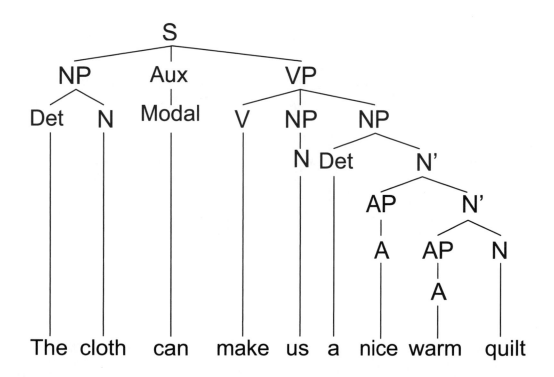

1-M-185: VP → V + NP + NP 句型（補語為當直接受詞的名詞片語和主詞補語的名詞片語句型）

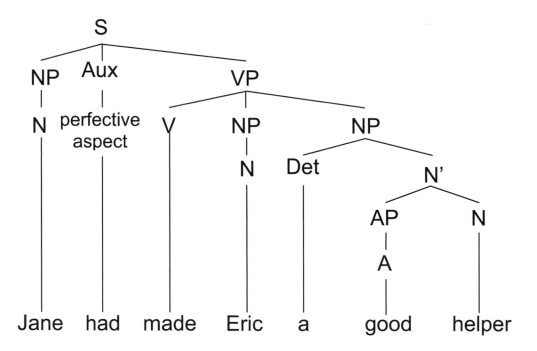

1-M-186: VP → V + NP + S 句型（補語為當直接受詞的名詞片語和分詞片語句型）

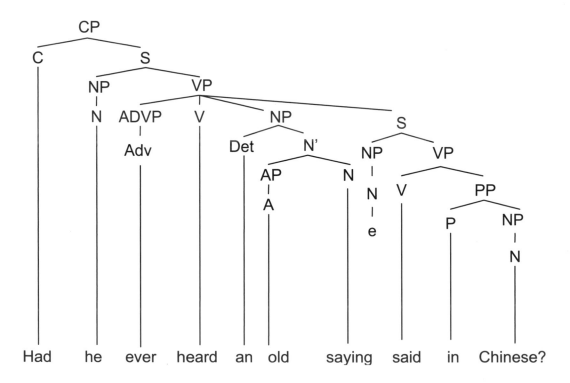

1-M-187: VP → V + NP + S 句型（補語為當直接受詞的名詞片語和分詞片語句型）

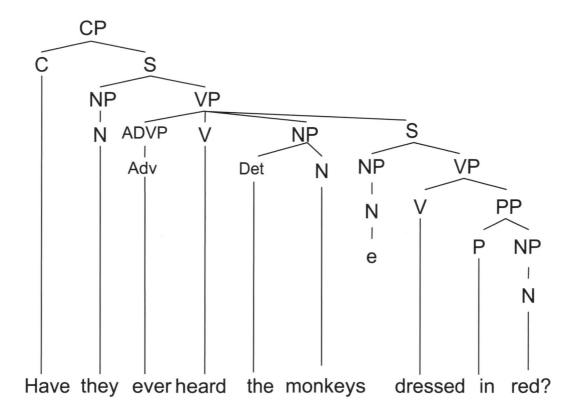

1-M-188: VP → V + NP + S 句型（補語為當直接受詞的名詞片語和分詞片語句型）

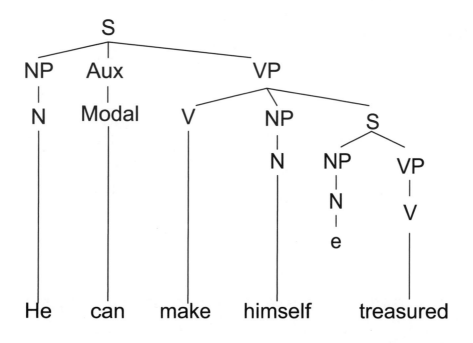

1-M-189: VP → V + NP + S 句型（補語為當直接受詞的名詞片語和分詞片語句型）

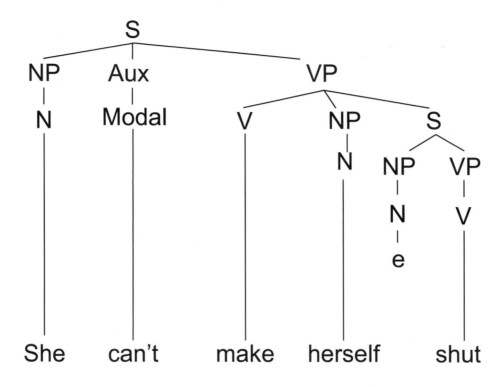

1-M-190: VP → V + NP + S 句型（補語為當直接受詞的名詞片語和分詞片語句型）

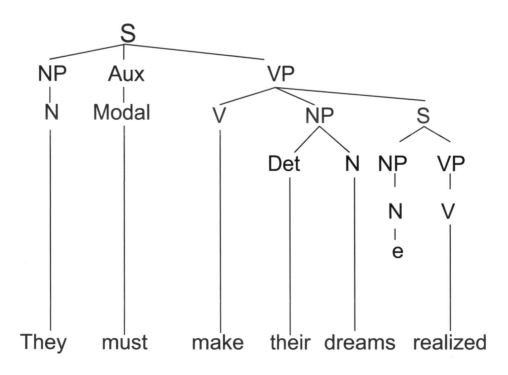

1-M-191: VP → V + NP + S 句型（補語為當直接受詞的名詞片語和分詞片語句型）

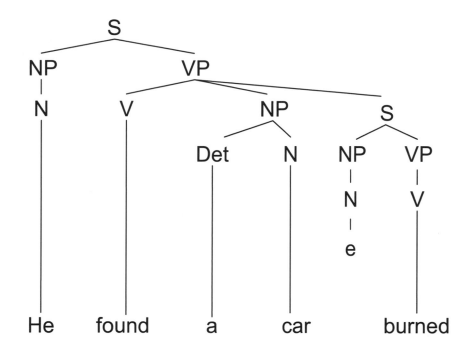

1-M-192: VP → V + NP + S 句型（補語為當直接受詞的名詞片語和分詞片語句型）

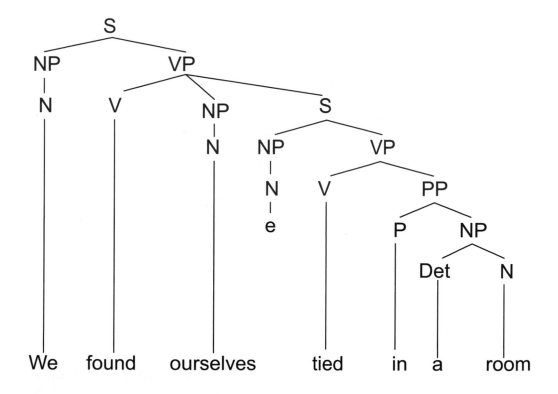

1-M-193: VP → V + NP + S 句型（補語為當直接受詞的名詞片語和分詞片語句型）

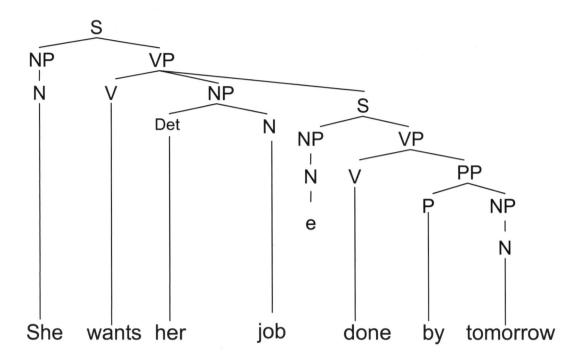

1-M-194: VP → V + NP + S 句型（補語為當直接受詞的名詞片語和分詞片語句型）

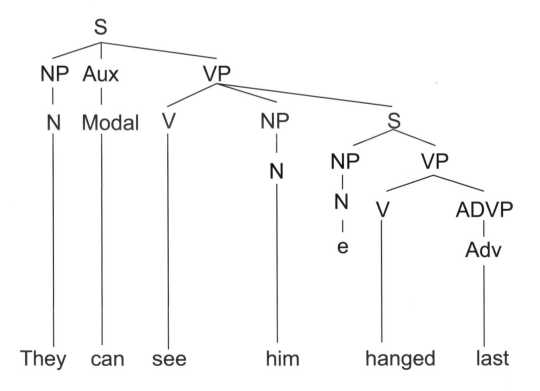

1-M-195: VP → V + NP + S 句型（補語為當直接受詞的名詞片語和分詞片語句型）

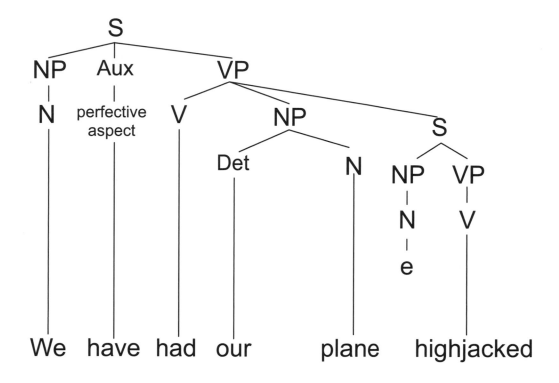

1-M-196: VP → V + NP + S 句型（補語為當直接受詞的名詞片語和分詞片語句型）

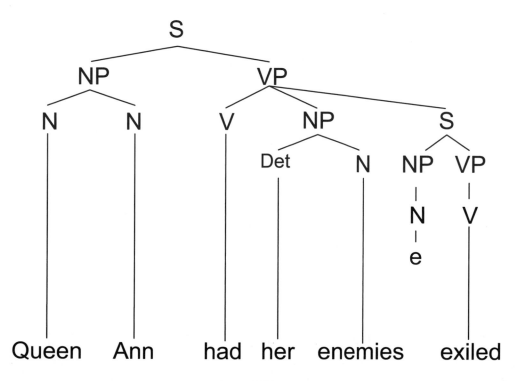

1-M-197: VP → V + NP + S 句型（補語為當直接受詞的名詞片語和分詞片語句型）

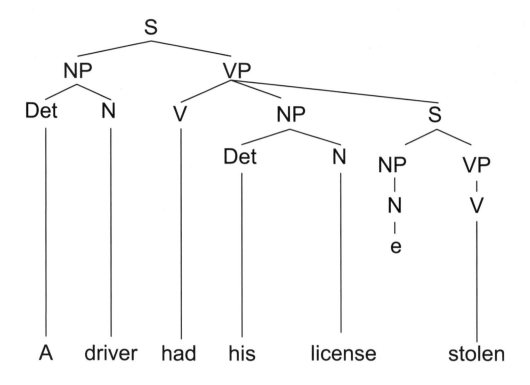

1-M-198: VP → V + NP + S 句型（補語為當直接受詞的名詞片語和分詞片語句型）

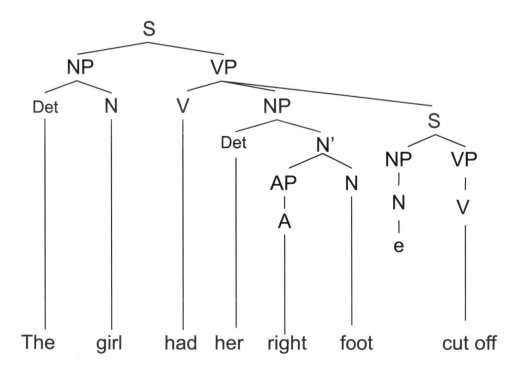

1-M-199: VP → V + NP + S 句型（補語為當直接受詞的名詞片語和分詞片語句型）

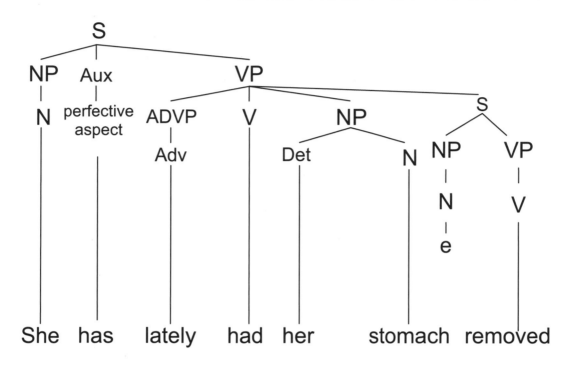

1-M-200: VP → V + NP + S 句型（補語為當直接受詞的名詞片語和分詞片語句型）

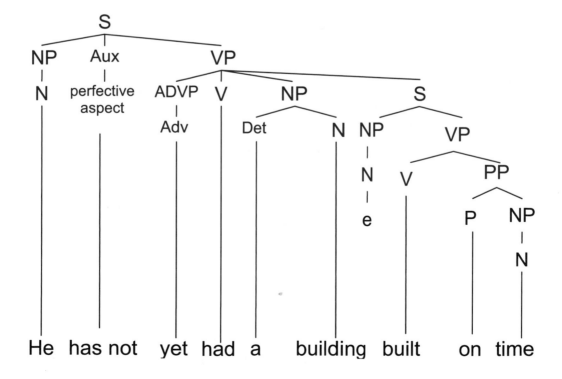

1-M-201: VP → V + NP + S 句型（補語為當直接受詞的名詞片語和分詞片語句型）

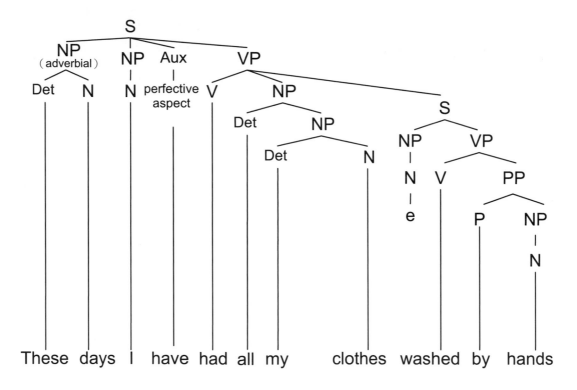

1-M-202: VP → V + NP + S 句型（補語為當直接受詞的名詞片語和分詞片語句型）

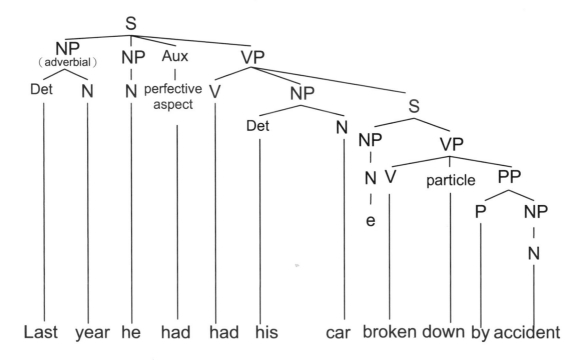

1-M-203: VP → V + NP + S 句型（補語為當直接受詞的名詞片語和分詞片語句型）

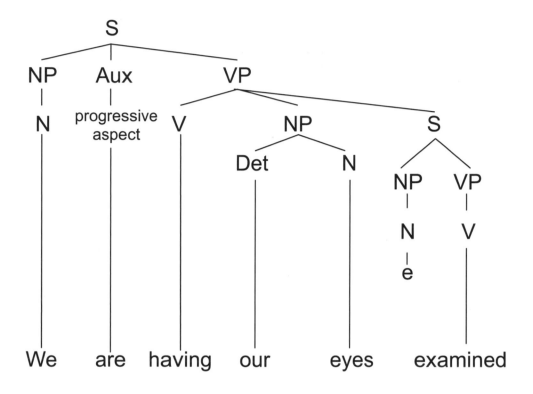

1-M-204: VP → V + NP + S 句型（補語為當直接受詞的名詞片語和分詞片語句型）

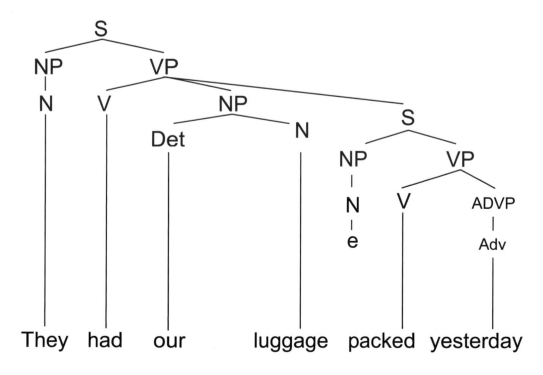

1-M-205: VP → V + NP + S 句型（補語為當直接受詞的名詞片語和分詞片語句型）

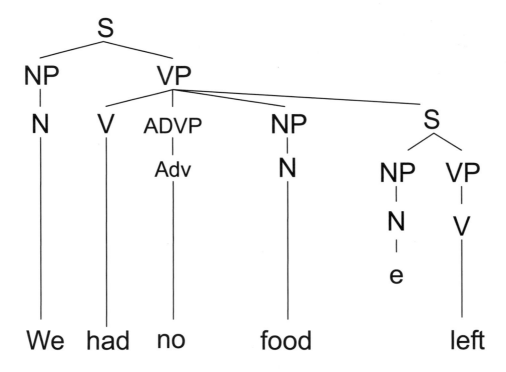

1-M-206: VP → V + NP + S 句型（補語為當直接受詞的名詞片語和分詞片語句型）

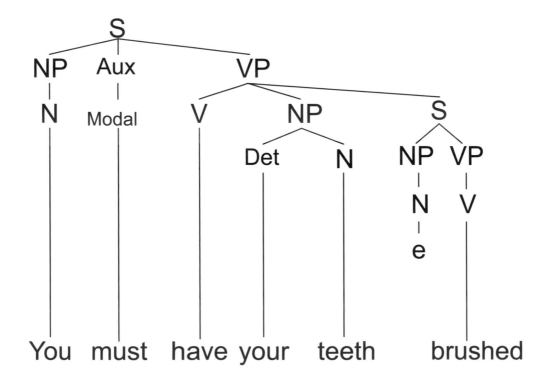

1-M-207: VP → V + NP + S 句型（補語為當直接受詞的名詞片語和分詞片語句型）

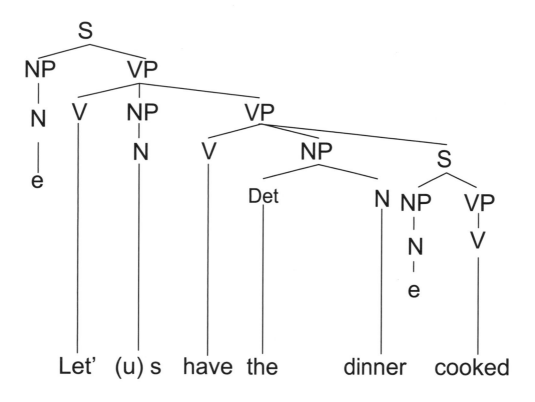

1-M-208: VP → V + NP + S 句型（補語為當直接受詞的名詞片語和分詞片語句型）

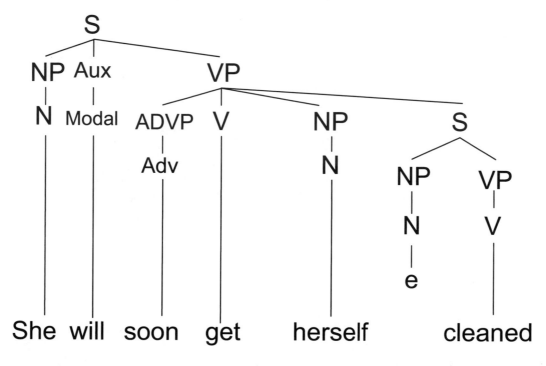

1-M-209: VP → V + NP + S 句型（補語為當直接受詞的名詞片語和分詞片語句型）

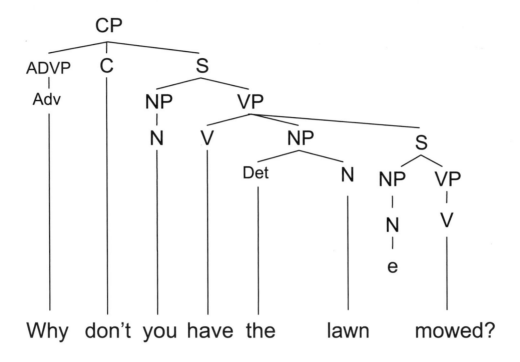

1-M-210: VP → V + NP + S 句型（補語為當直接受詞的名詞片語和分詞片語句型）

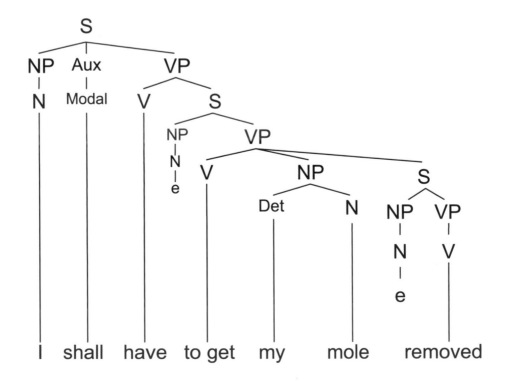

1-M-211: VP → V + NP + S 句型（補語為當直接受詞的名詞片語和分詞片語句型）

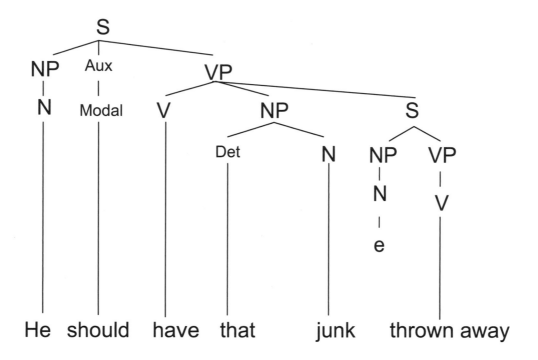

1-M-212: VP → V + NP + S 句型（補語為當直接受詞的名詞片語和分詞片語句型）

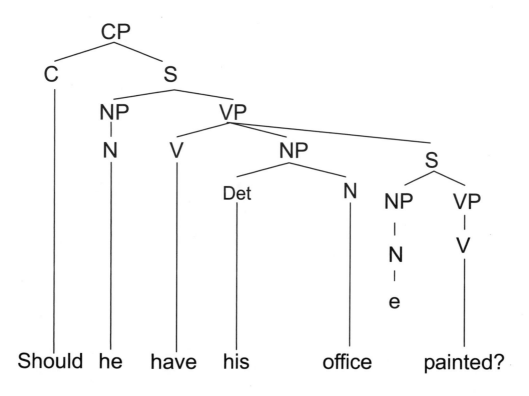

1-M-213: VP → V + NP + S 句型（補語為當直接受詞的名詞片語和不定詞片語句型）

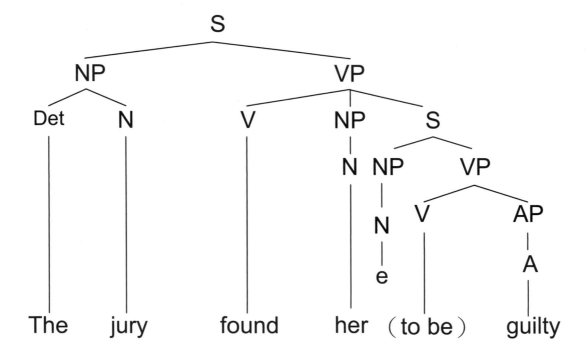

1-M-214: VP → V + NP + S 句型（補語為當直接受詞的名詞片語和不定詞片語句型）

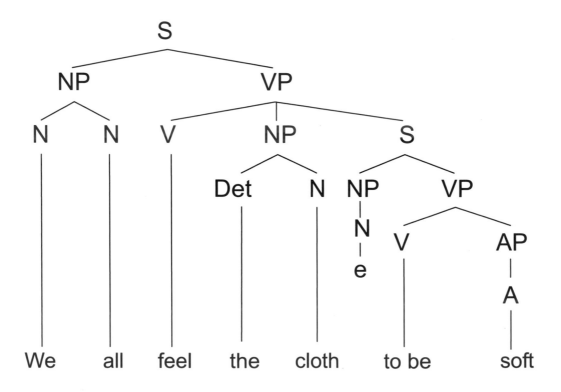

1-M-215: VP → V + NP + S 句型（補語為當直接受詞的名詞片語和不定詞片語句型）

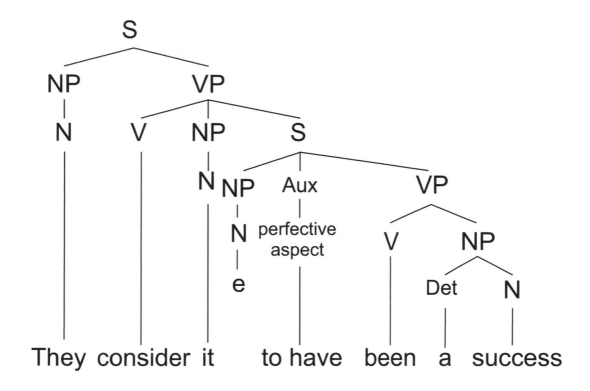

1-M-216: VP → V + NP + S 句型（補語為當直接受詞的名詞片語和不定詞片語句型）

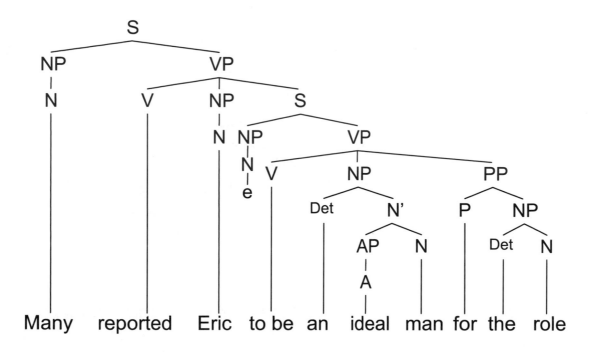

1-M-217: VP → V + NP + S 句型（補語為當直接受詞的名詞片語和不定詞片語句型）

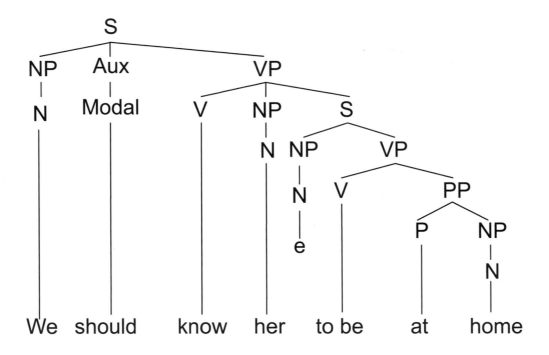

1-M-218: VP → V + NP + S 句型（補語為當直接受詞的名詞片語和不定詞片語句型）

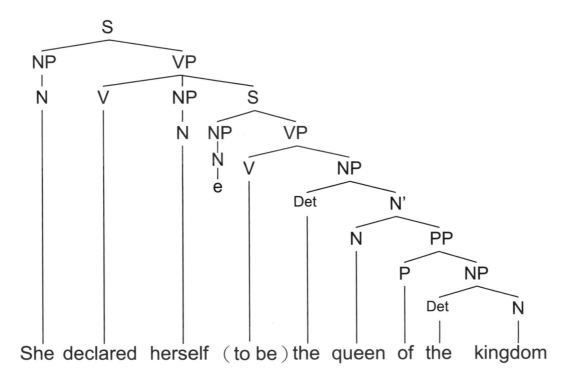

1-M-219: VP → V + NP + S 句型（補語為當直接受詞的名詞片語和不定詞片語句型）

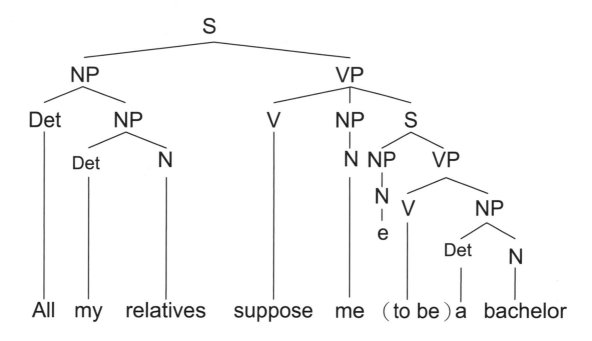

1-M-220: VP → V + NP + S 句型（補語為當直接受詞的名詞片語和不定詞片語句型）

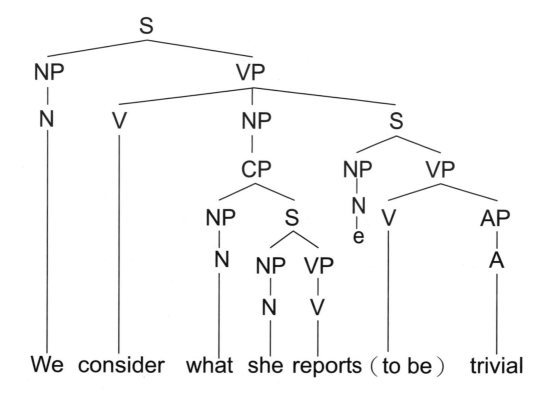

英語樹狀圖句法結構全書

1-M-221: VP → V + NP + S 句型（補語為當直接受詞的名詞片語和不定詞片語句型）

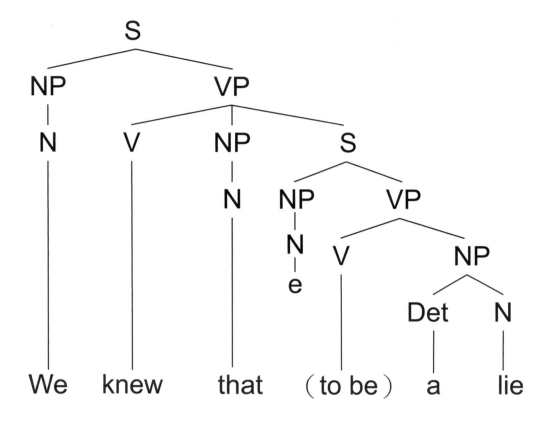

1-M-222: VP → V + NP + S 句型（補語為當直接受詞的名詞片語和不定詞片語句型）

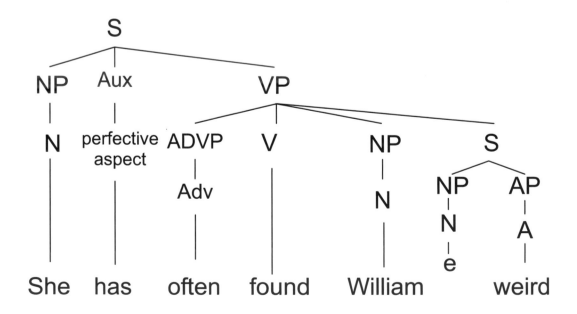

1-M-223: VP → V + NP + S 句型（補語為當直接受詞的名詞片語和不定詞片語句型）

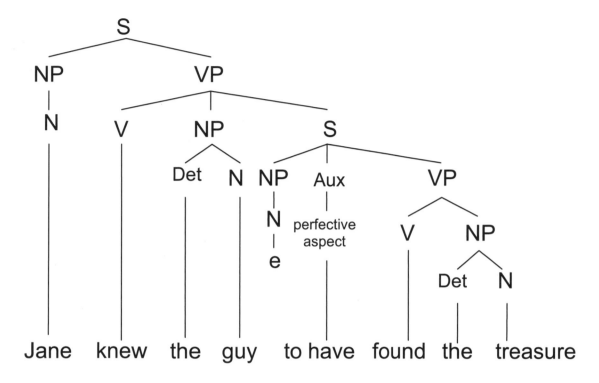

1-M-224: VP → V + NP + S 句型（補語為當直接受詞的名詞片語和不定詞片語句型）

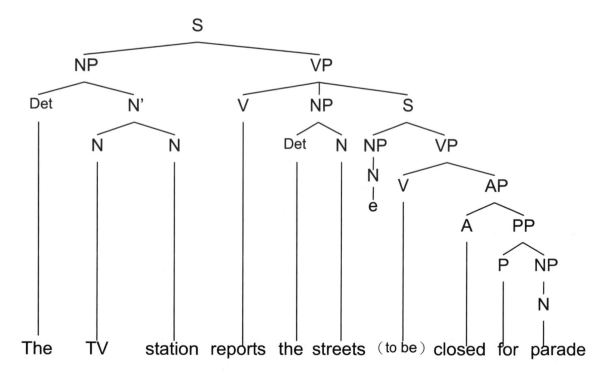

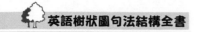
1-M-225: VP → V + NP + S 句型（補語為當直接受詞的名詞片語和不定詞片語句型）

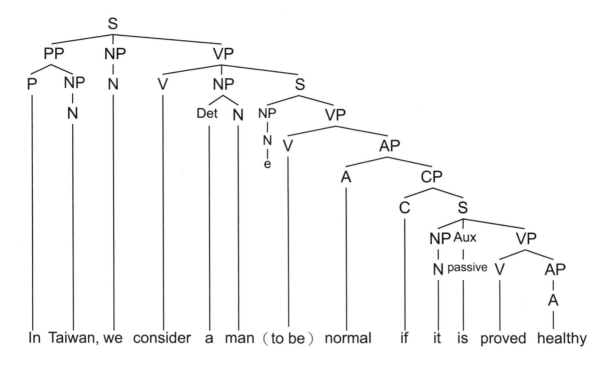

1-M-226: VP → V + NP + AP + CP/S/PP 句型（補語為名詞片語和形容詞片語和子句或介系詞片語句型）

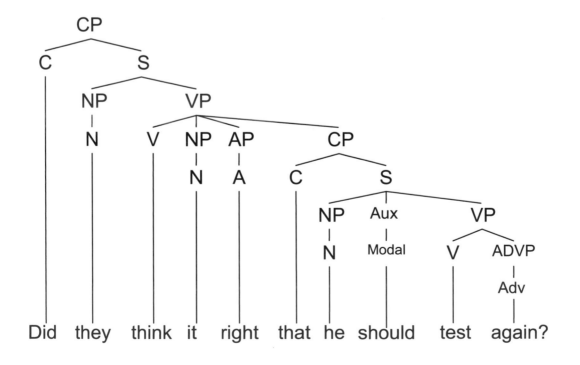

1-M-227: VP → V + NP + AP + CP/S/PP 句型（補語為名詞片語和形容詞片語和子句或
介系詞片語句型）

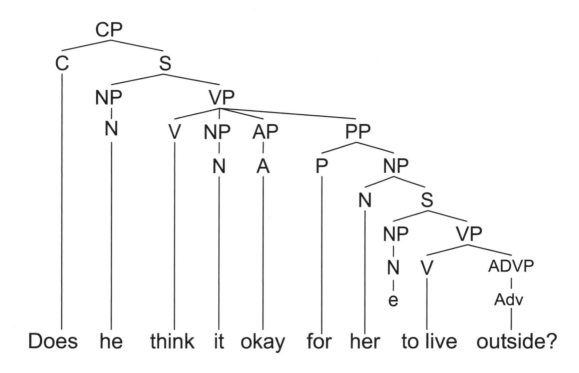

1-M-228: VP → V + NP + AP + CP/S/PP 句型（補語為名詞片語和形容詞片語和子句或
介系詞片語句型）

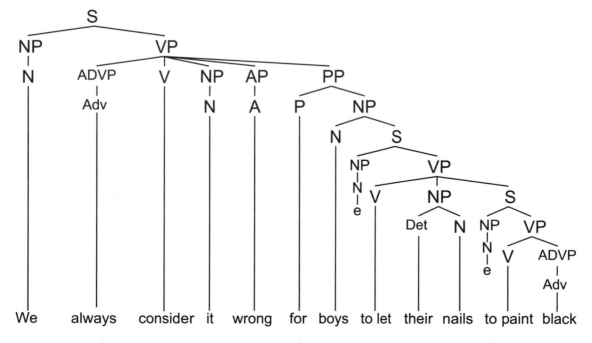

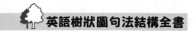
1-M-229: VP → V + NP + AP + CP/S/PP 句型（補語為名詞片語和形容詞片語和子句或
介系詞片語句型）

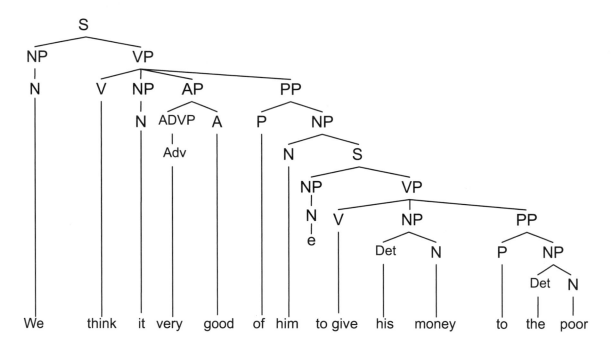

1-M-230: VP → V + NP + AP + CP/S/PP 句型（補語為名詞片語和形容詞片語和子句或
介系詞片語句型）

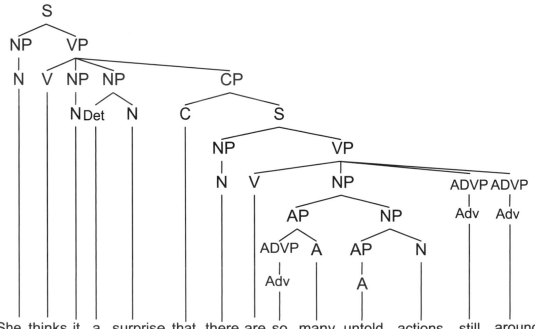

1-M-231: VP → V + NP + AP + CP/S/PP 句型（補語為名詞片語和形容詞片語和子句或介系詞片語句型）

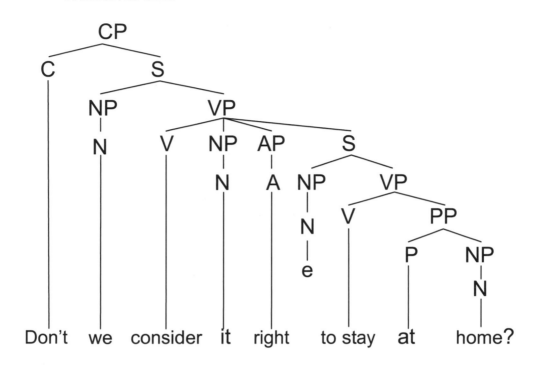

1-M-232: VP → V + NP + AP + CP/S/PP 句型（補語為名詞片語和形容詞片語和子句或介系詞片語句型）

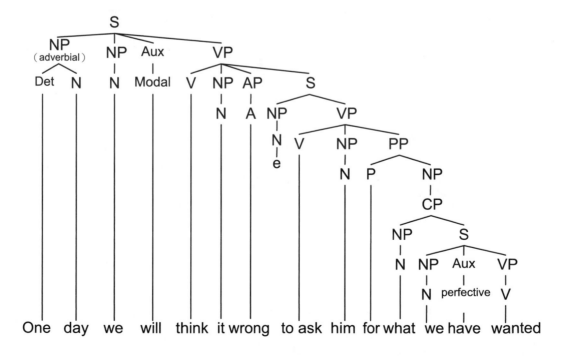

二、不及物動詞句型

不及物動詞句型為本書英語三大基本句型之第二型。基本特徵在於主要動詞為不及物，即動詞後不能有受詞，但可以接修飾動詞的副詞功能結構。動詞的類型將會在各樹狀圖結構前說明。以下為所有第二型之樹狀圖句法結構剖析。

2-A: VP → V （動詞片語為 V 句型）

在樹狀圖結構裡，動詞片語為 V 句型指的是，主動詞不接受詞，也就是 V node 並無 NP sister node 的句型：V。以下樹狀圖將展示這一類型各種英語句型結構。

2-A-1: VP → V + V + conj + V （動詞片語為複合動詞結構句型）

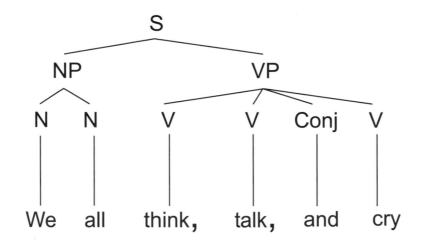

2-A-2: VP → V（動詞片語為單不及物動詞結構句型）

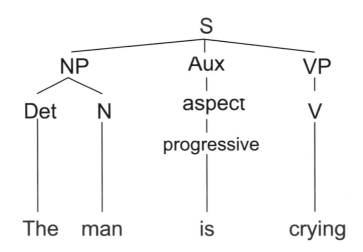

2-A-3: VP → V（動詞片語為單不及物動詞結構句型）

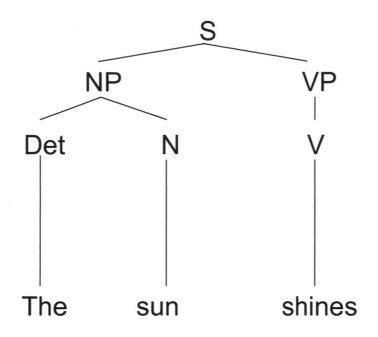

2-A-4: VP → V（動詞片語為單不及物動詞結構句型）

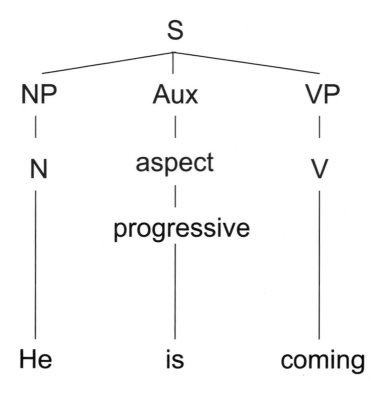

2-A-5: VP → V（動詞片語為單不及物動詞結構句型）

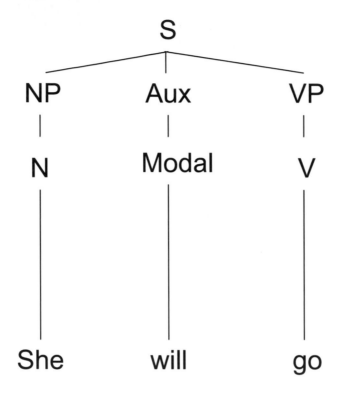

2-A-6: VP → V（動詞片語為單不及物動詞結構句型）

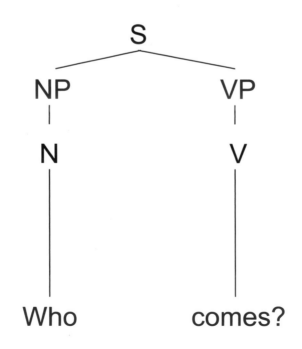

2-A-7: VP → V（動詞片語為單不及物動詞結構句型）

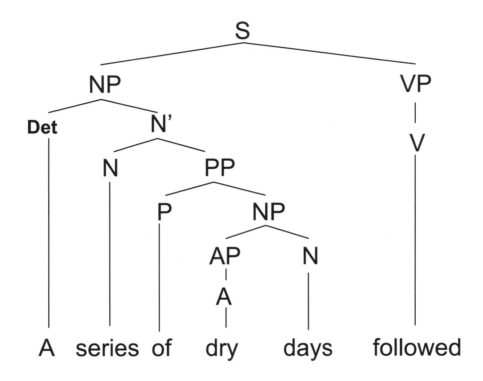

2-A-8: VP → V（動詞片語為單不及物動詞結構句型）

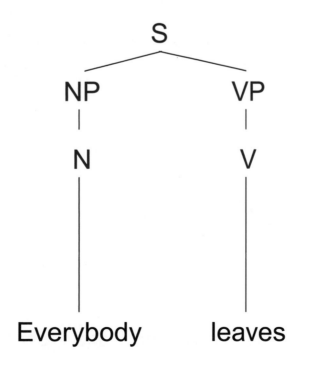

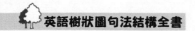

2-A-9: VP → V（動詞片語為單不及物動詞結構句型）

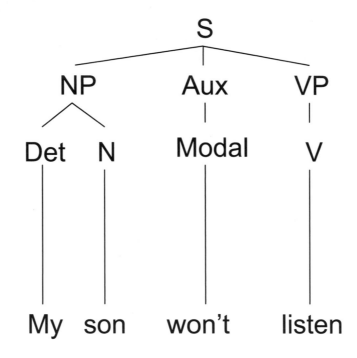

2-A-10: VP → V（動詞片語為單不及物動詞結構句型）

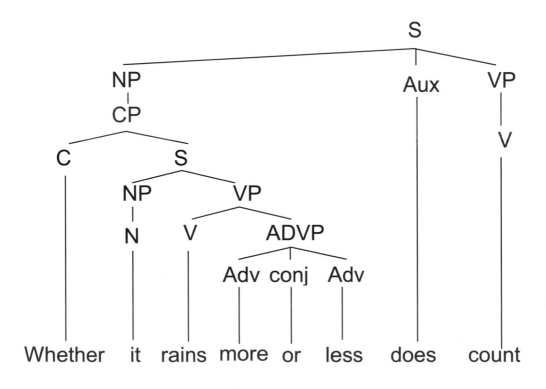

2-A-11: VP → V（動詞片語為單不及物動詞結構句型）

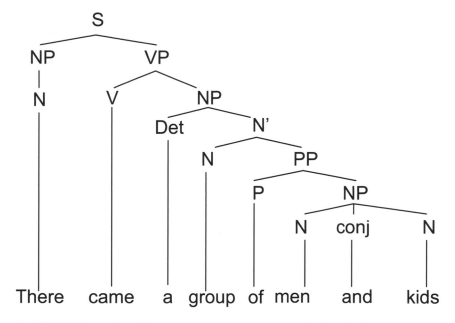

註：There 為結構上的主詞，名詞片語 a group of men and kids 才是真正意義上的主詞，所以 came 在此為不及物。

2-A-12: VP → V（動詞片語為單不及物動詞結構句型）

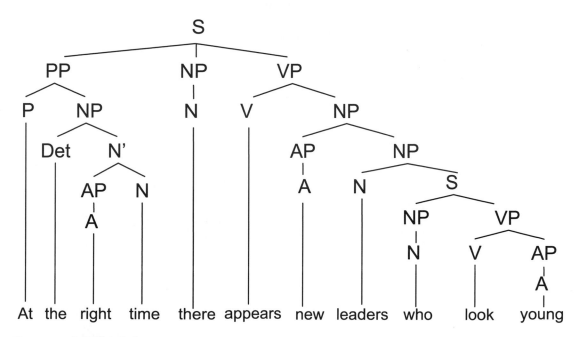

註：There 為結構上的主詞，名詞片語 new leaders who look young 才是真正意義上的主詞，所以 appears 在此為不及物。

2-A-13: VP → V（動詞片語為單不及物動詞結構句型）

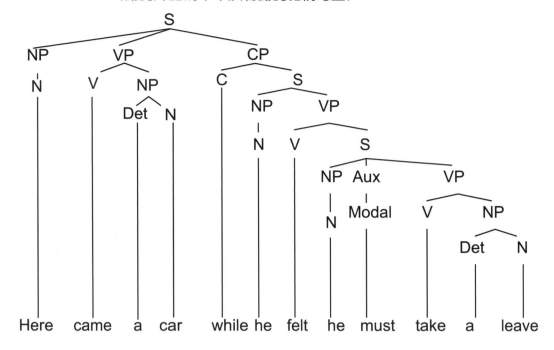

註：Here 為結構上的主詞，名詞片語 a car 才是真正意義上的主詞，所以 came 在此為不及物。while...leave 為從屬子句。

2-A-14: VP → V（動詞片語為單不及物動詞結構句型）

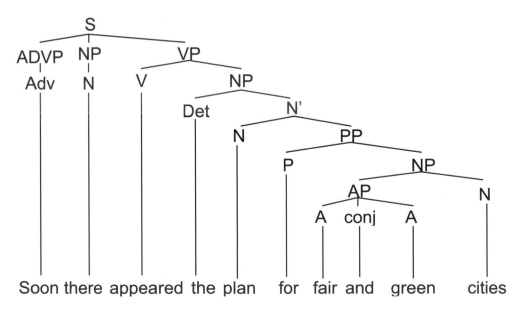

註：there 為結構上的主詞，名詞片語 the plan for fair and green cities 才是真正意義上的主詞，所以 appeared 在此為不及物。

2-A-15: VP → V（動詞片語為單不及物動詞結構句型）

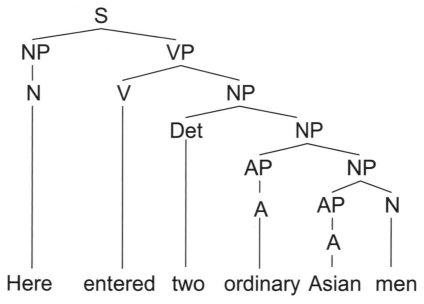

註：Here 為結構上的主詞，名詞片語 two ordinary Asian men 才是真正意義上的主詞，所以 entered 在此為不及物。

2-A-16: VP → V（動詞片語為單不及物動詞結構句型）

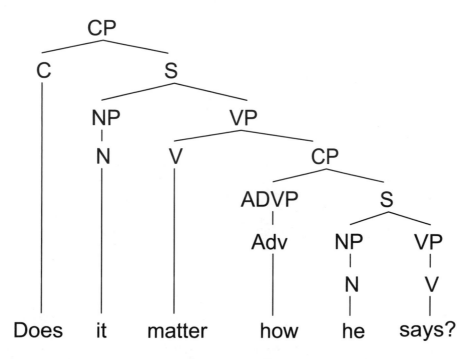

註：it 為結構上的主詞，疑問詞子句 how he says 才是真正意義上的主詞，所以 matter 在此為不及物。

2-A-17: VP → V（動詞片語為單不及物動詞結構句型）

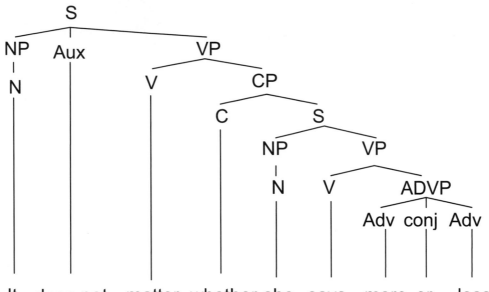

註：it 為結構上的主詞，名詞子句 whether…less 才是真正意義上的主詞，所以 matter 在此為不及物。

2-A-18: VP → V（動詞片語為單不及物動詞結構句型）

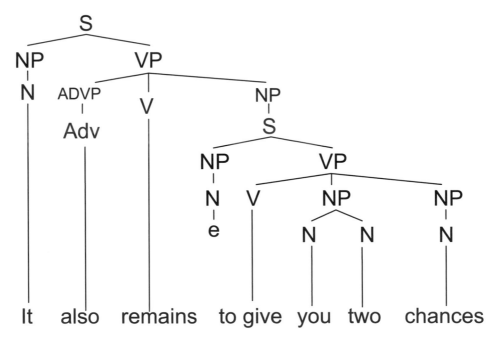

註：it 為結構上的主詞，不定詞片語 to give you two chances 才是真正意義上的主詞，所以 remains 在此為
　　不及物。

2-A-19: VP → V（動詞片語為單不及物動詞結構句型）

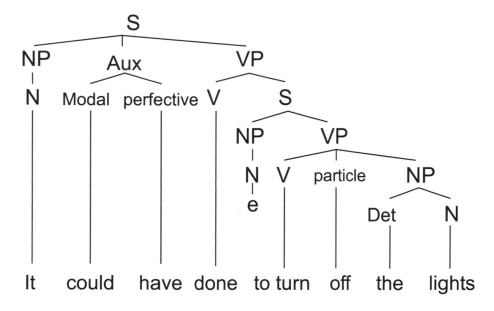

註：it 為結構上的主詞，不定詞片語 to turn off the lights 才是真正意義上的主詞，所以 done 在此為不及物。

2-A-20: VP → V（動詞片語為單不及物動詞結構句型）

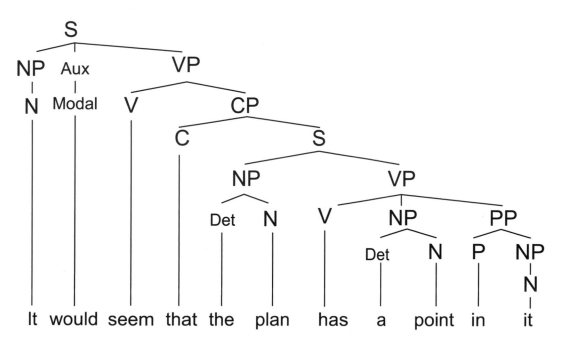

註：it 為結構上的主詞，名詞子句 that …it 才是真正意義上的主詞，所以 seem 在此為不及物。

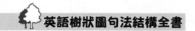
2-A-21: VP → V（動詞片語為單不及物動詞結構句型）

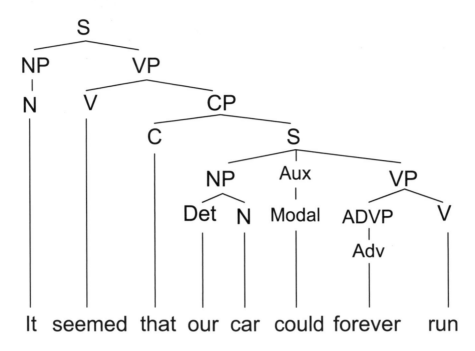

註：it 為結構上的主詞，名詞子句 that …run 才是真正意義上的主詞，所以 seemed 在此為不及物。

2-A-22: VP → V（動詞片語為單不及物動詞結構句型）

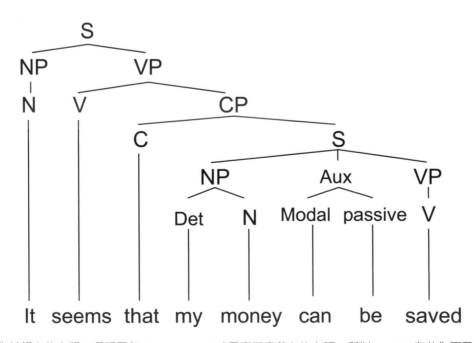

註：it 為結構上的主詞，名詞子句 that …saved 才是真正意義上的主詞，所以 seems 在此為不及物。

2-A-23: VP → V（動詞片語為單不及物動詞結構句型）

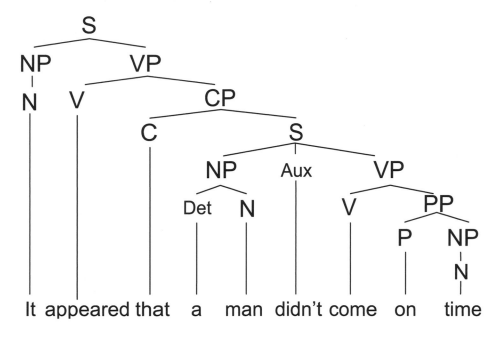

註：it 為結構上的主詞，名詞子句 that …time 才是真正意義上的主詞，所以 appeared 在此為不及物。

2-A-24: VP → V（動詞片語為單不及物動詞結構句型）

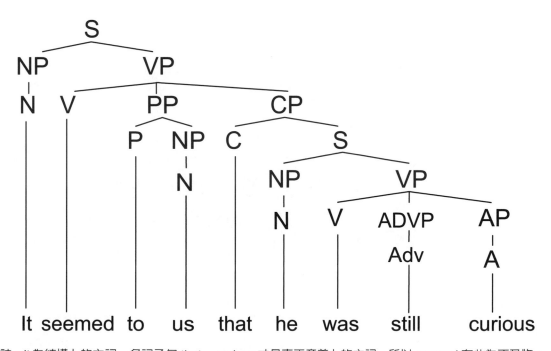

註：it 為結構上的主詞，名詞子句 that …curious 才是真正意義上的主詞，所以 seemed 在此為不及物。

2-A-25: VP → V（動詞片語為單不及物動詞結構句型）

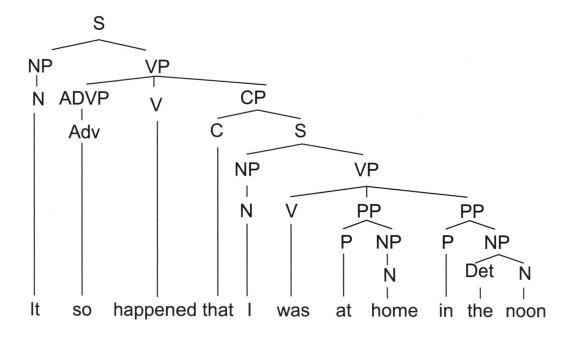

註：it 為結構上的主詞，名詞子句 that ...noon 才是真正意義上的主詞，所以 happened 在此為不及物。

2-A-26: VP → V（動詞片語為單不及物動詞結構句型）

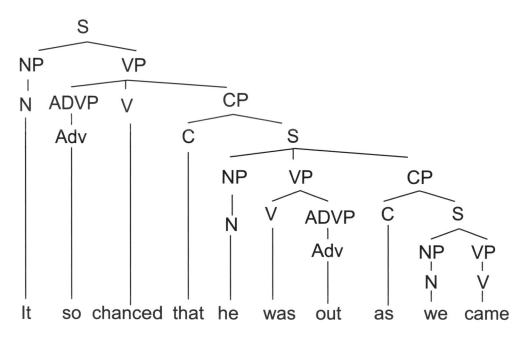

註：it 為結構上的主詞，名詞子句 that ...came 才是真正意義上的主詞，所以 chanced 在此為不及物。

2-A-27: VP → V（動詞片語為單不及物動詞結構句型）

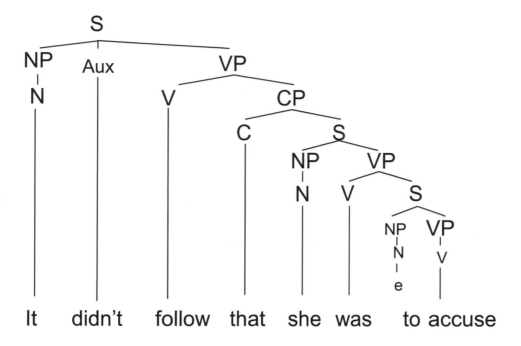

註：it 為結構上的主詞，名詞子句 that …accuse 才是真正意義上的主詞，所以 follow 在此為不及物。

2-A-28: VP → V（動詞片語為單不及物動詞結構句型）

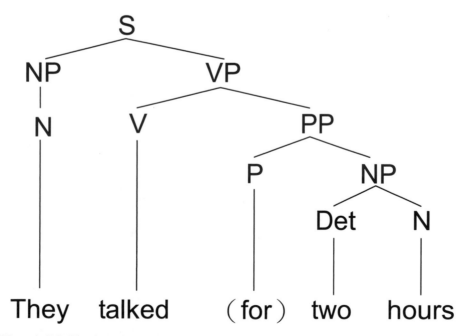

註：介系詞 for 在此句型 可用，可不用。

2-A-29: VP → V（動詞片語為單不及物動詞結構句型）

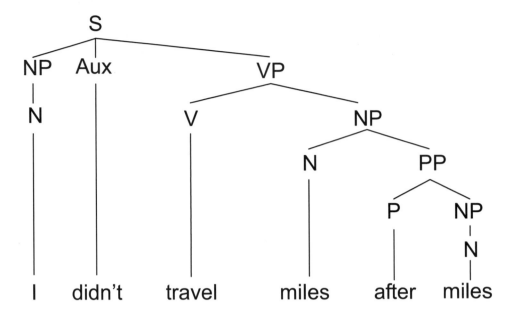

註：名詞片語 miles after miles 為介系詞 for 的受詞（for 在此句型，習慣上不用），並非 travel 的受詞。

2-A-30: VP → V（動詞片語為單不及物動詞結構句型）

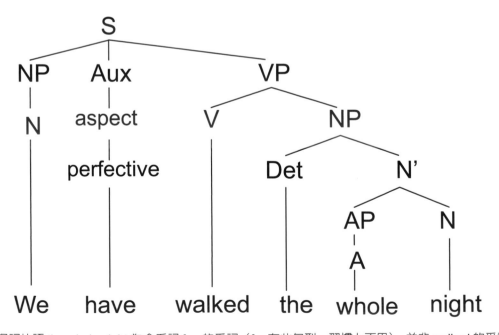

註：名詞片語 the whole night 為介系詞 for 的受詞（for 在此句型，習慣上不用），並非 walked 的受詞。

2-A-31: VP → V（動詞片語為單不及物動詞結構句型）

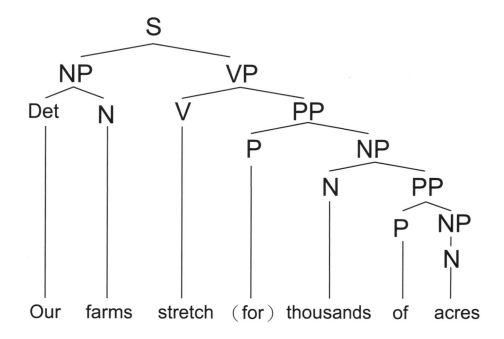

註：介系詞 for 在此句型 可用，可不用。

2-A-32: VP → V（動詞片語為單不及物動詞結構句型）

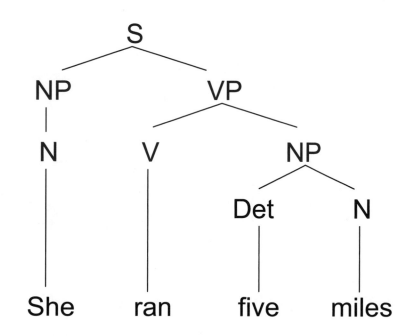

註：名詞片語 five miles 為介系詞 for 的受詞（for 在此句型，習慣上不用），並非 ran 的受詞。

2-A-33: VP → V（動詞片語為單不及物動詞結構句型）

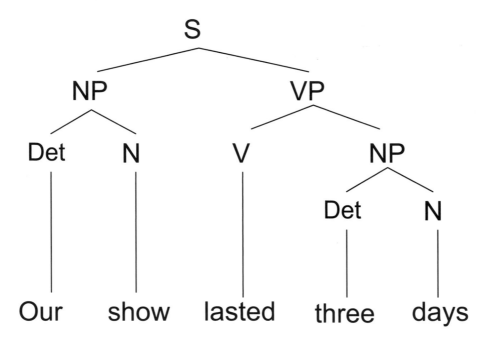

註：名詞片語 three days 為介系詞 for 的受詞（for 在此句型，習慣上不用），並非 lasted 的受詞。

2-A-34: VP → V（動詞片語為單不及物動詞結構句型）

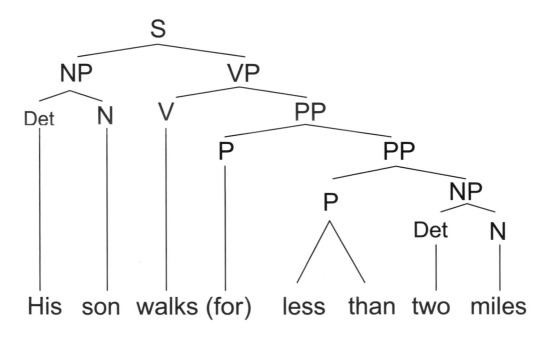

註：介系詞 for 在此句型 可用，可不用。less than 在此有介系詞功能。

2-A-35: VP → V（動詞片語為單不及物動詞結構句型）

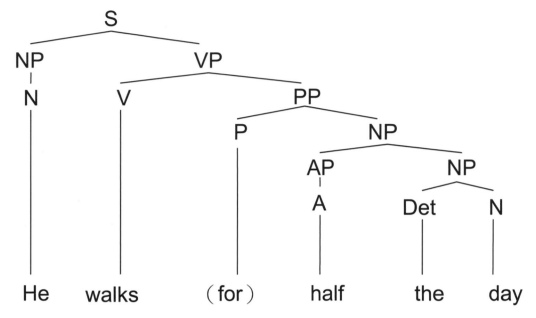

註：介系詞 for 在此句型 可用，可不用。

2-A-36: VP → V（動詞片語為單不及物動詞結構句型）

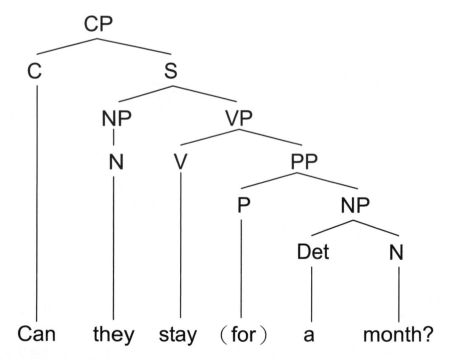

註：介系詞 for 在此句型 可用，可不用。

2-A-37: VP → V（動詞片語為單不及物動詞結構句型）

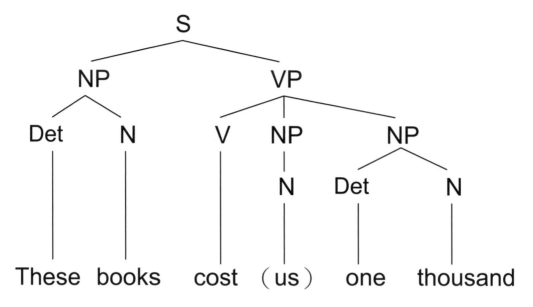

註：名詞片語 one thousand 為介系詞 for 的受詞（for 在此句型，習慣上不用），並非 cost 的受詞。名詞片語 us 可用，可不用。

2-A-38: VP → V（動詞片語為單不及物動詞結構句型）

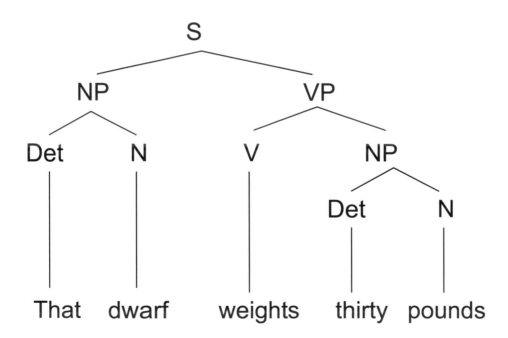

註：名詞片語 thirty pounds 為介系詞 for 的受詞（for 在此句型，習慣上不用），並非 weights 的受詞。

2-A-39: VP → V（動詞片語為單不及物動詞結構句型）

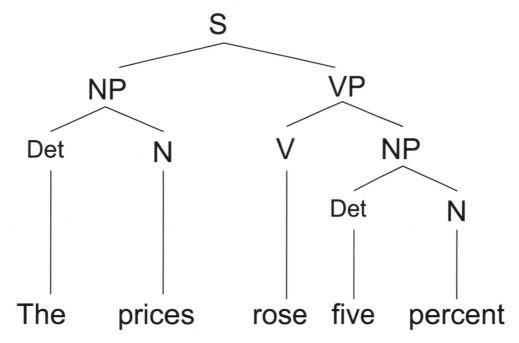

註：名詞片語 five percent 為介系詞 for 的受詞（for 在此句型，習慣上不用），並非 rose 的受詞。

2-A-40: VP → V（動詞片語為單不及物動詞結構句型）

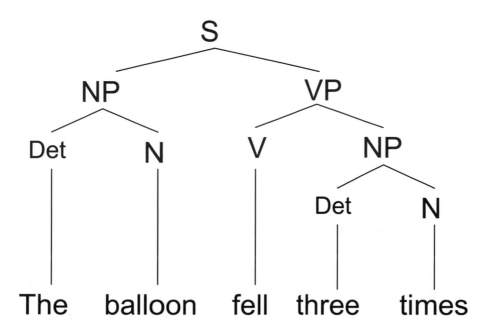

註：名詞片語 three times 為介系詞 for 的受詞（for 在此句型，習慣上不用），並非 fell 的受詞。

2-A-41: VP → V（動詞片語為單不及物動詞結構句型）

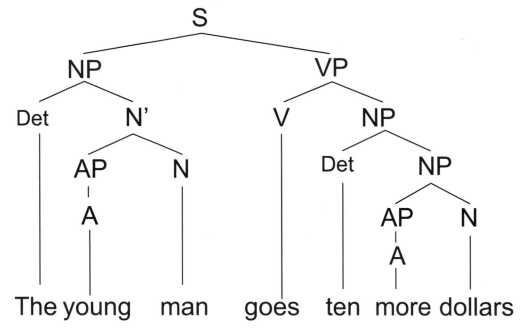

註：名詞片語 ten more dollars 為介系詞 for 的受詞（for 在此句型，習慣上不用），並非 goes 的受詞。

2-A-42: VP → V（動詞片語為單不及物動詞結構句型）

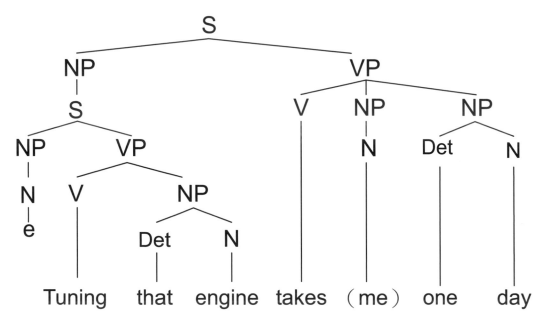

註：名詞片語 one day 為介系詞 for 的受詞（for 在此句型，習慣上不用），並非 takes 的受詞。名詞片語 me 可用，可不用。

2-A-43: VP → V（動詞片語為單不及物動詞結構句型）

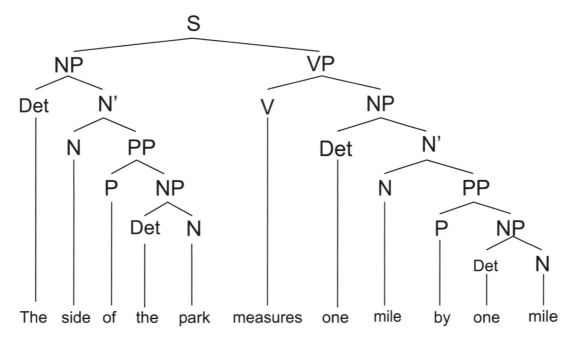

註：名詞片語 one mile by one mile 為介系詞 for 的受詞（for 在此句型，習慣上不用），並非 measures 的
　　受詞。

2-A-44: VP → V（動詞片語為單不及物動詞結構句型）

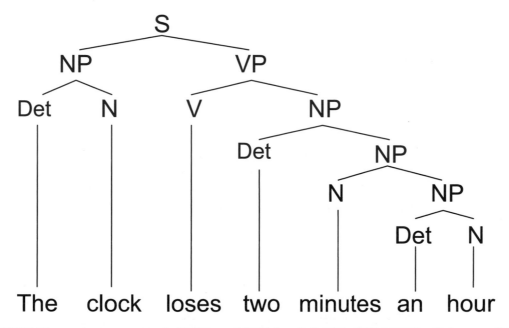

註：名詞片語 two minutes an hour 為介系詞 for 的受詞（for 在此句型，習慣上不用），並非 loses 的受詞。

2-A-45: VP → V（動詞片語為單不及物動詞結構句型）

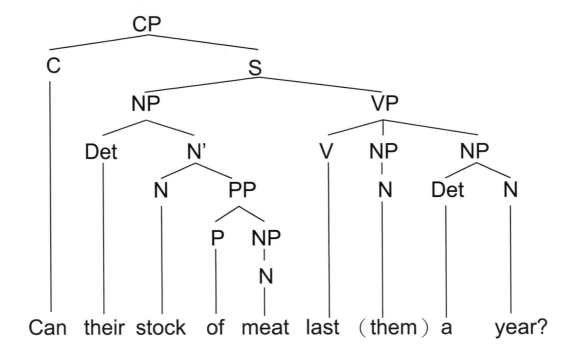

註：名詞片語 a year 為介系詞 for 的受詞（for 在此句型，習慣上不用），並非 last 的受詞。名詞片語 them 可用，可不用。

2-A-46: VP → V（動詞片語為單不及物動詞結構句型）

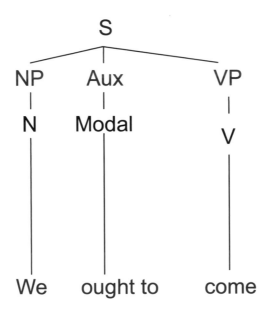

2-B: VP → V + ADVP/Adverbial　（動詞片語為不及物動詞和副詞功能結構句型）

在樹狀圖結構裡，動詞片語為不及物動詞和副詞功能結構句型指的是，主動詞 V node 有 ADVP/Adverbial sister node 的句型：V + ADVP/Adverbial。以下樹狀圖將展示這一類型各種英語句型結構。

2-B-1: VP → V + ADVP/Adverbial　（動詞片語為不及物動詞和副詞功能結構句型）

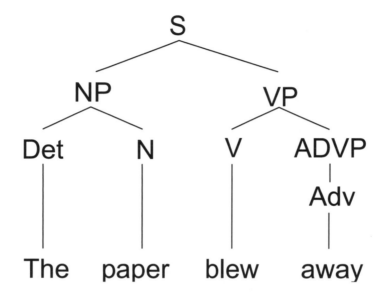

2-B-2: VP → V + ADVP/Adverbial　（動詞片語為不及物動詞和副詞功能結構句型）

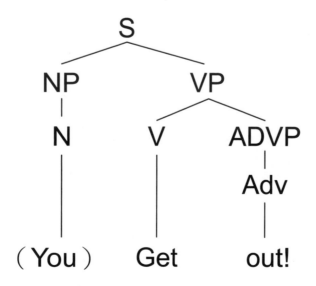

註：You 為祈使句的當然主詞，通常不用，特殊語境下才可能使用。

2-B-3: VP → V + ADVP/Adverbial （動詞片語為不及物動詞和副詞功能結構句型）

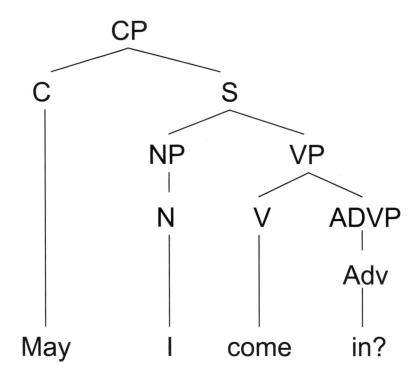

2-B-4: VP → V + ADVP/Adverbial （動詞片語為不及物動詞和副詞功能結構句型）

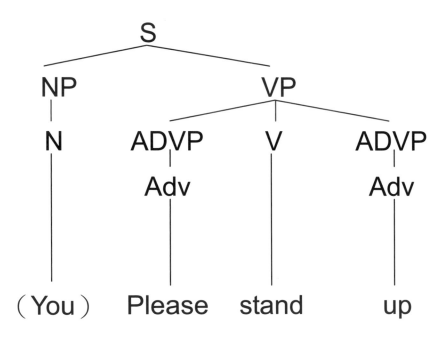

註：**You** 為祈使句的當然主詞，通常不用，特殊語境下才可能使用。

2-B-5: VP → V + ADVP/Adverbial （動詞片語為不及物動詞和副詞功能結構句型）

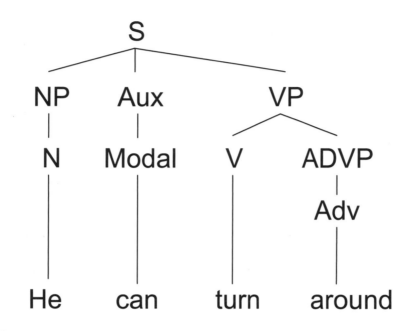

2-B-6: VP → V + ADVP/Adverbial （動詞片語為不及物動詞和副詞功能結構句型）

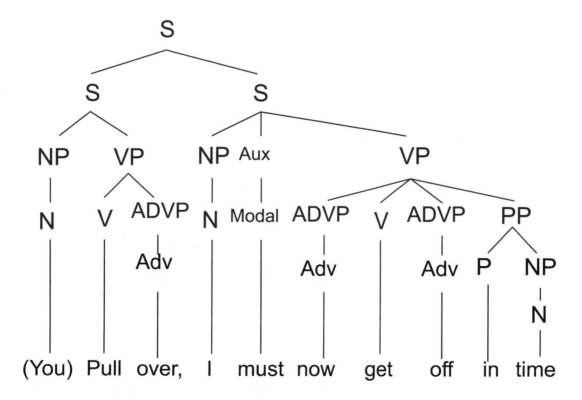

註：You 為祈使句的當然主詞，通常不用，特殊語境下才可能使用。

275

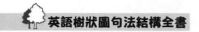
2-B-7: VP → V + ADVP/Adverbial （動詞片語為不及物動詞和副詞功能結構句型）

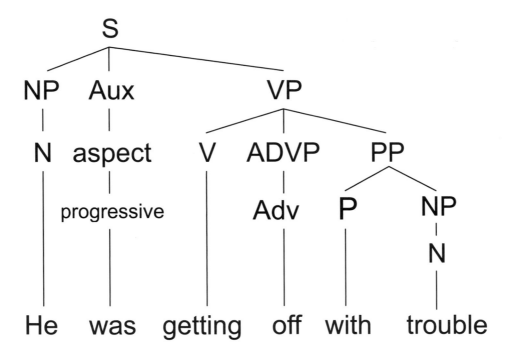

2-B-8: VP → V + ADVP/Adverbial （動詞片語為不及物動詞和副詞功能結構句型）

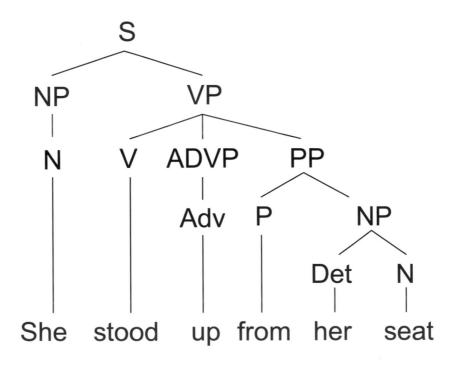

2-B-9: VP → V + ADVP/Adverbial （動詞片語為不及物動詞和副詞功能結構句型）

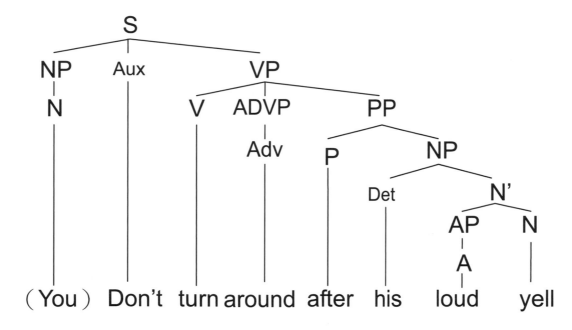

註：You 為祈使句的當然主詞，通常不用，特殊語境下才可能使用。

2-B-10: VP → V + ADVP/Adverbial （動詞片語為不及物動詞和副詞功能結構句型）

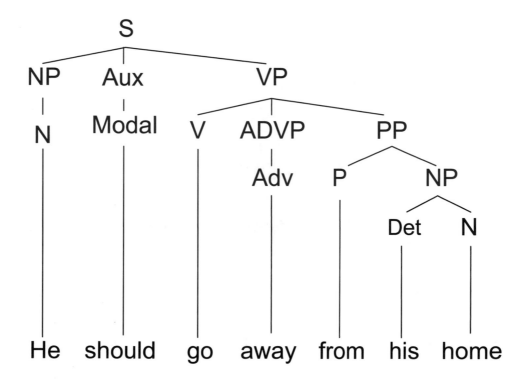

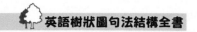

2-B-11: VP → V + ADVP/Adverbial （動詞片語為不及物動詞和副詞功能結構句型）

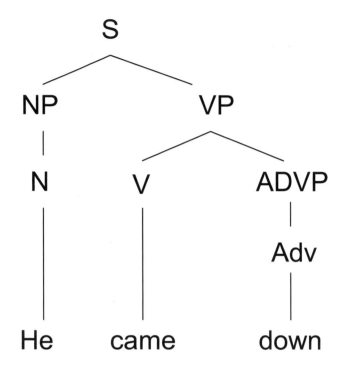

2-B-12: VP → V + ADVP/Adverbial （動詞片語為不及物動詞和副詞功能結構句型）

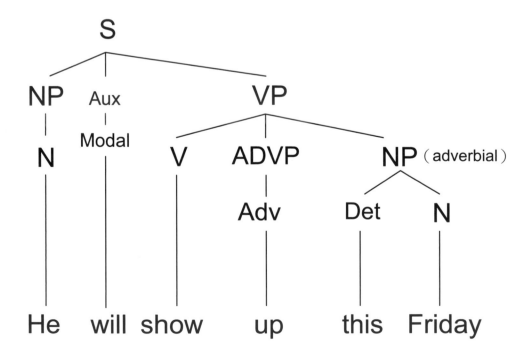

2-B-13: VP → V + ADVP/Adverbial　（動詞片語為不及物動詞和副詞功能結構句型）

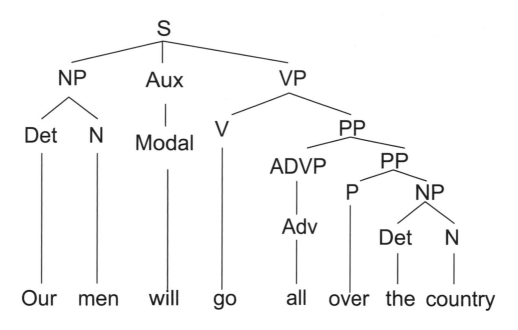

註：介系詞片語 PP 在此為副詞功能結構 adverbial。

2-B-14: VP → V + ADVP/Adverbial　（動詞片語為不及物動詞和副詞功能結構句型）

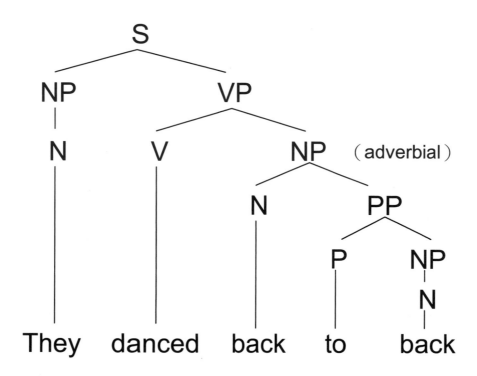

英語樹狀圖句法結構全書

2-B-15: VP → V + ADVP/Adverbial（動詞片語為不及物動詞和副詞功能結構句型）

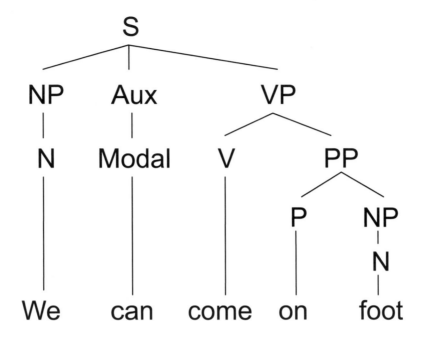

註：介系詞片語 PP 在此為副詞功能結構 adverbial。

2-B-16: VP → V + ADVP/Adverbial （動詞片語為不及物動詞和副詞功能結構句型）

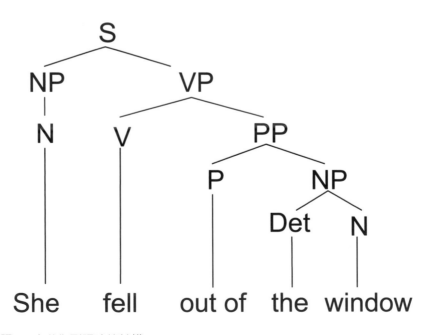

註：介系詞片語 PP 在此為副詞功能結構 adverbial。

2-B-17: VP → V + ADVP/Adverbial （動詞片語為不及物動詞和副詞功能結構句型）

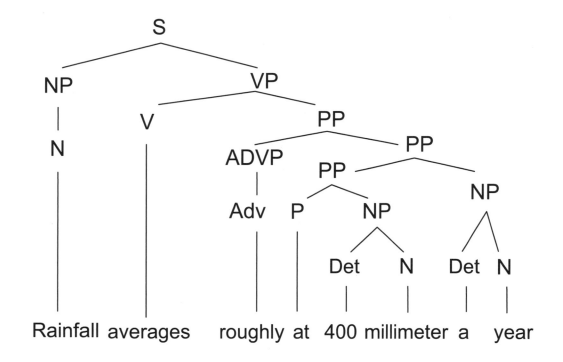

註：介系詞片語 PP 在此為副詞功能結構 adverbial。

2-B-18: VP → V + ADVP/Adverbial （動詞片語為不及物動詞和副詞功能結構句型）

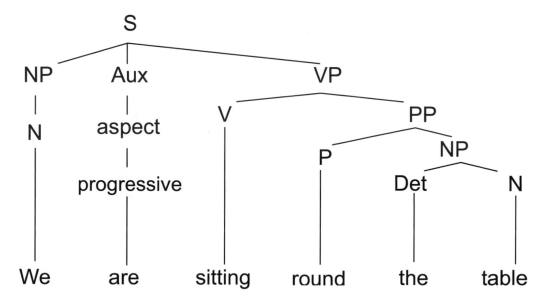

註：介系詞片語 PP 在此為副詞功能結構 adverbial。

2-B-19: VP → V + ADVP/Adverbial （動詞片語為不及物動詞和副詞功能結構句型）

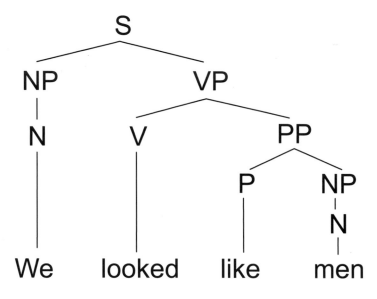

註：介系詞片語 PP 在此為副詞功能結構 adverbial。

2-B-20: VP → V + ADVP/Adverbial （動詞片語為不及物動詞和副詞功能結構句型）

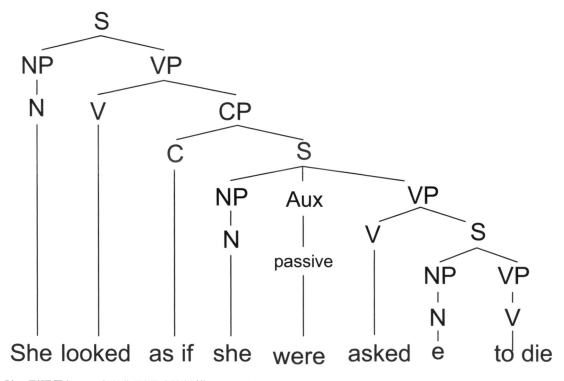

註：副詞子句 CP 在此為副詞功能結構 adverbial。

2-B-21: VP → V + ADVP/Adverbial　（動詞片語為不及物動詞和副詞功能結構句型）

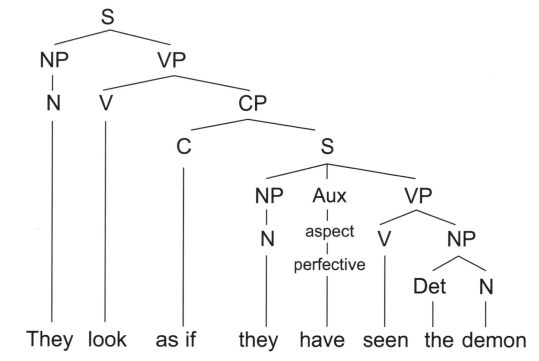

註：副詞子句 CP 在此為副詞功能結構 adverbial。

2-B-22: VP → V + ADVP/Adverbial　（動詞片語為不及物動詞和副詞功能結構句型）

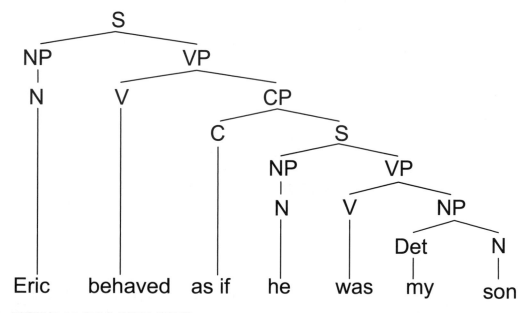

註：副詞子句 CP 在此為副詞功能結構 adverbial。

2-B-23: VP → V + ADVP/Adverbial （動詞片語為不及物動詞和副詞功能結構句型）

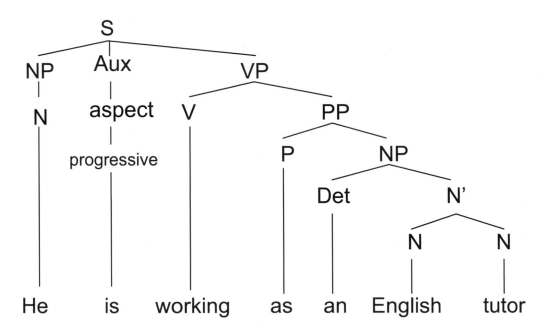

註：介系詞片語 PP 在此為副詞功能結構 adverbial。

2-B-24: VP → V + ADVP/Adverbial （動詞片語為不及物動詞和副詞功能結構句型）

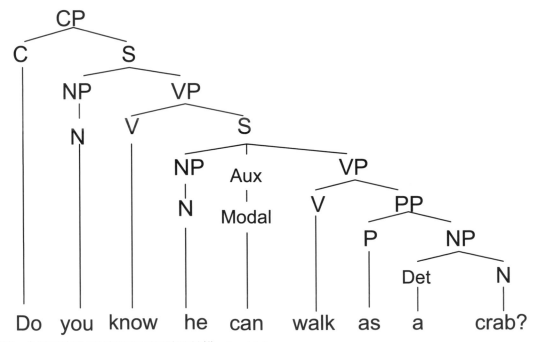

註：介系詞片語 PP 在此為副詞功能結構 adverbial。

2-C: VP → V + AP（動詞片語為不及物動詞和形容詞片語句型）

在樹狀圖結構裡，動詞片語為不及物動詞和形容詞片語句型指的是，主動詞 V node 有 AP sister node 的句型：V + AP。在此句型，AP 用來形容主詞。以下樹狀圖將展示這一類型各種英語句型結構。

2-C-1: VP → V + AP（動詞片語為不及物動詞和形容詞片語句型）

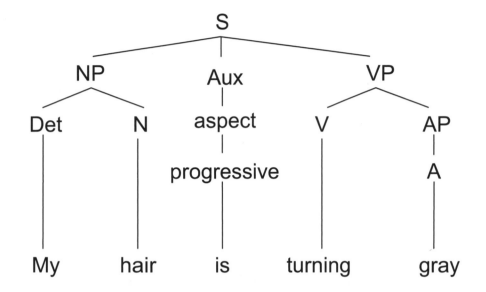

2-C-2: VP → V + AP（動詞片語為不及物動詞和形容詞片語句型）

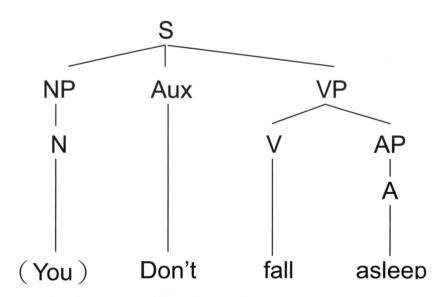

註：**You** 為祈使句的當然主詞，通常不用，特殊語境下才可能使用。

2-C-3: VP → V + AP（動詞片語為不及物動詞和形容詞片語句型）

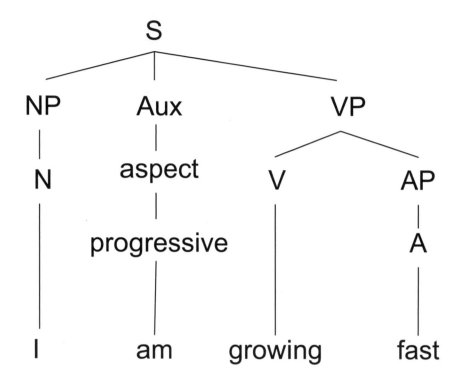

2-C-4: VP → V + AP（動詞片語為不及物動詞和形容詞片語句型）

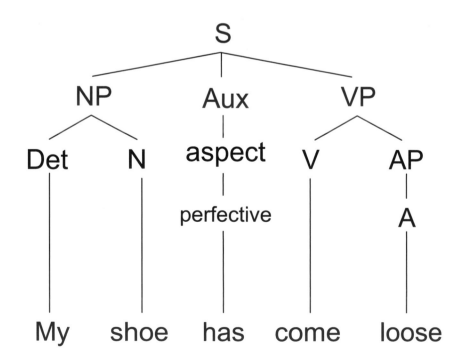

2-C-5: VP → V + AP（動詞片語為不及物動詞和形容詞片語句型）

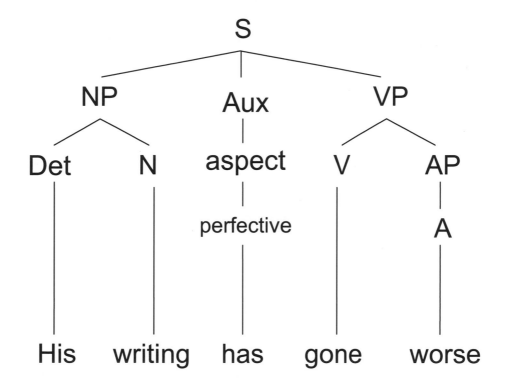

2-C-6: VP → V + AP（動詞片語為不及物動詞和形容詞片語句型）

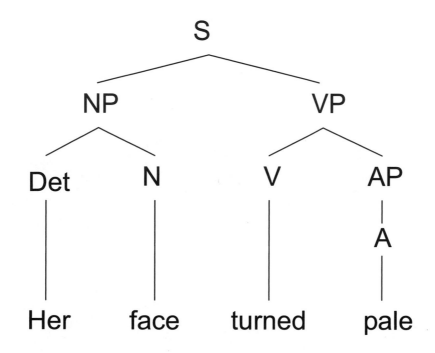

2-C-7: VP → V + AP（動詞片語為不及物動詞和形容詞片語句型）

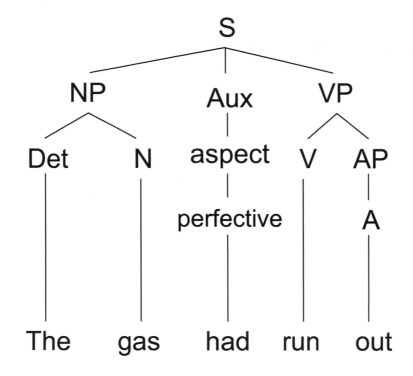

2-C-8: VP → V + AP（動詞片語為不及物動詞和形容詞片語句型）

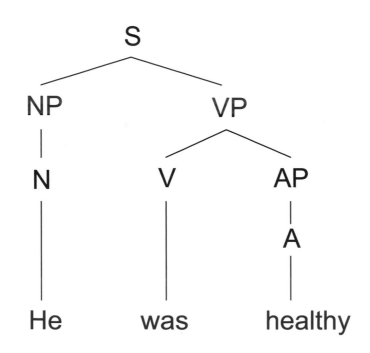

2-C-9: VP → V + AP （動詞片語為不及物動詞和形容詞片語句型）

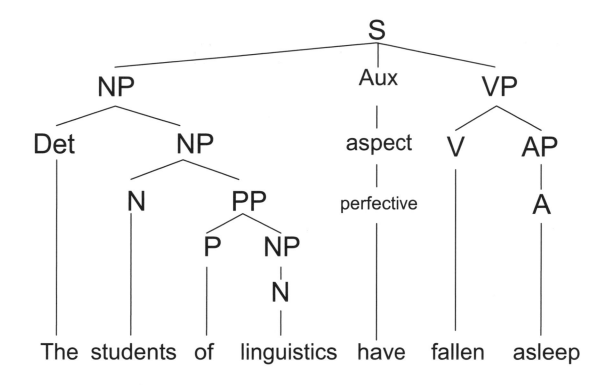

2-C-10: VP → V + AP （動詞片語為不及物動詞和形容詞片語句型）

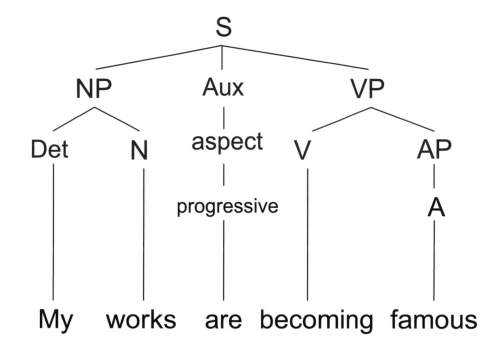

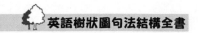

2-C-11: VP → V + AP（動詞片語為不及物動詞和形容詞片語句型）

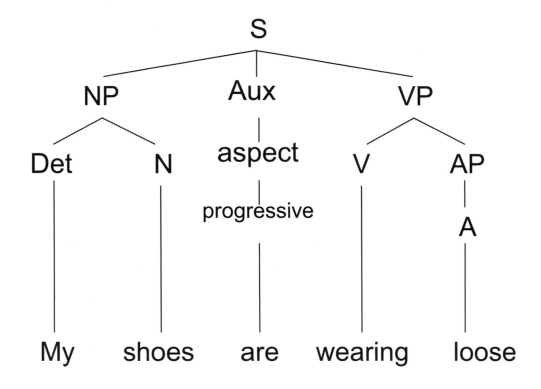

2-C-12: VP → V + AP（動詞片語為不及物動詞和形容詞片語句型）

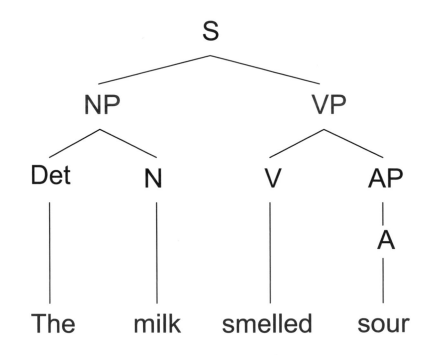

2-C-13: VP → V + AP（動詞片語為不及物動詞和形容詞片語句型）

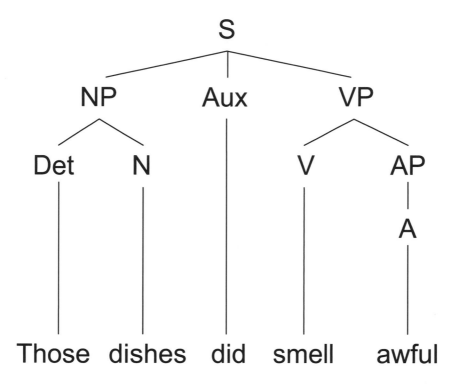

2-C-14: VP → V + AP（動詞片語為不及物動詞和形容詞片語句型）

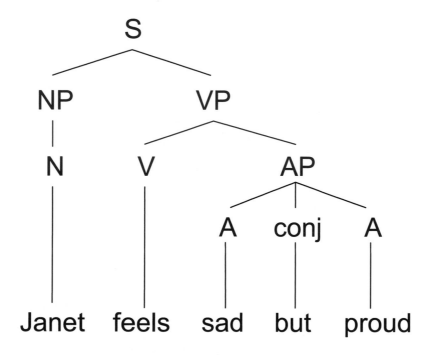

2-C-15: VP → V + AP（動詞片語為不及物動詞和形容詞片語句型）

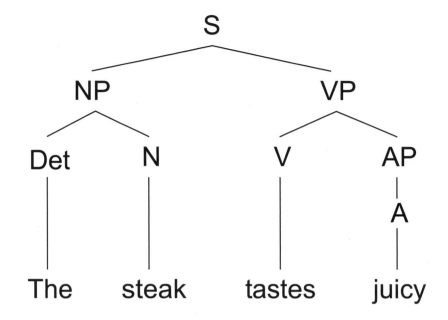

2-C-16: VP → V + AP（動詞片語為不及物動詞和形容詞片語句型）

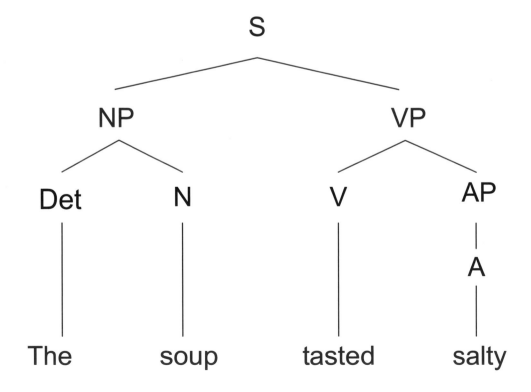

2-C-17: VP → V + AP（動詞片語為不及物動詞和形容詞片語句型）

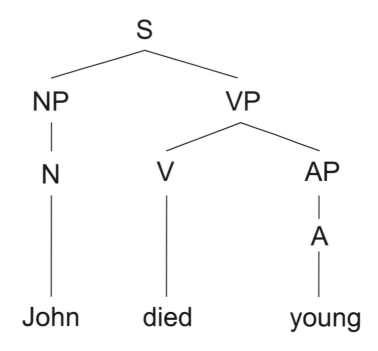

2-C-18: VP → V + AP（動詞片語為不及物動詞和形容詞片語句型）

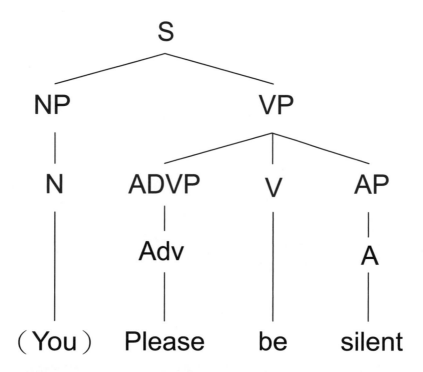

註：**You** 為祈使句的當然主詞，通常不用，特殊語境下才可能使用。

2-C-19: VP → V + AP（動詞片語為不及物動詞和形容詞片語句型）

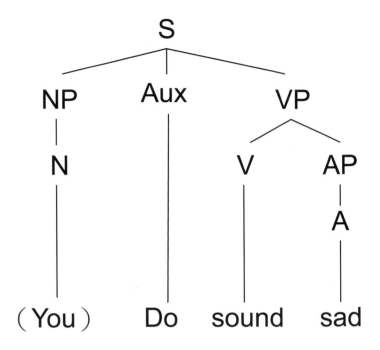

註：You 為祈使句的當然主詞，通常不用，特殊語境下才可能使用。

2-C-20: VP → V + AP（動詞片語為不及物動詞和形容詞片語句型）

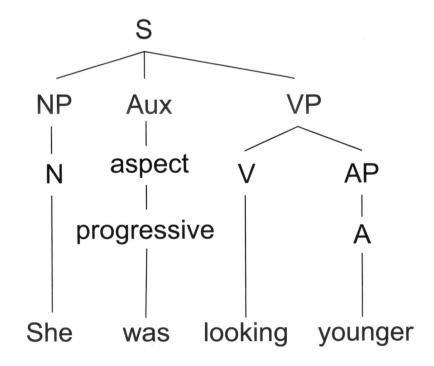

2-C-21: VP → V + AP（動詞片語為不及物動詞和形容詞片語句型）

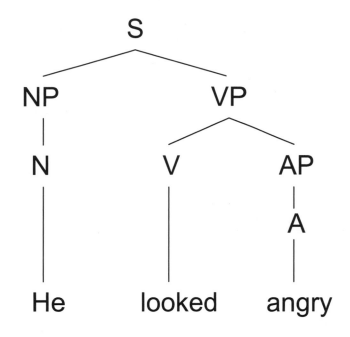

2-C-22: VP → V + AP（動詞片語為不及物動詞和形容詞片語句型）

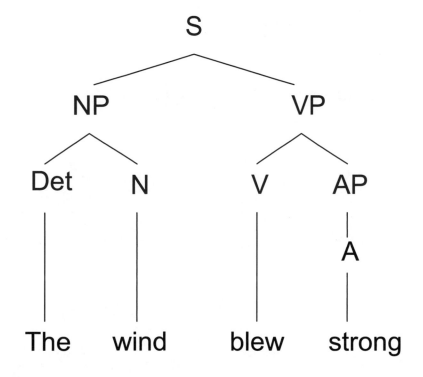

2-C-23: VP → V + AP（動詞片語為不及物動詞和形容詞片語句型）

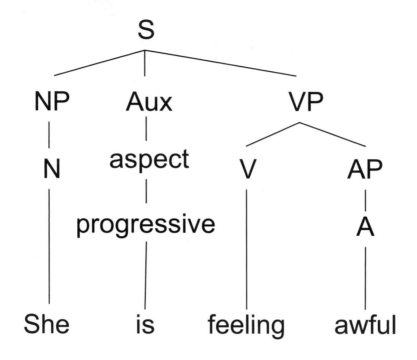

2-C-24: VP → V + AP（動詞片語為不及物動詞和形容詞片語句型）

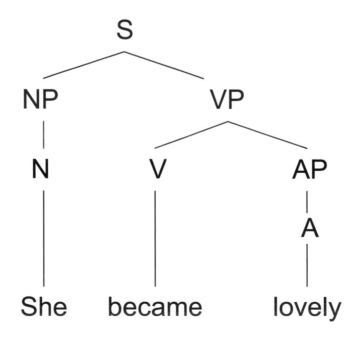

2-C-25: VP → V + AP（動詞片語為不及物動詞和形容詞片語句型）

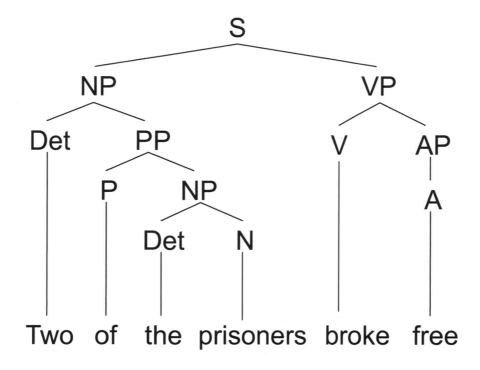

2-C-26: VP → V + AP（動詞片語為不及物動詞和形容詞片語句型）

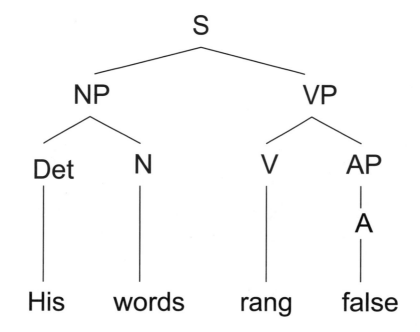

2-C-27: VP → V + AP （動詞片語為不及物動詞和形容詞片語句型）

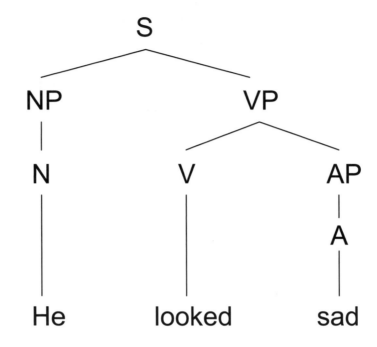

2-C-28: VP → V + AP （動詞片語為不及物動詞和形容詞片語句型）

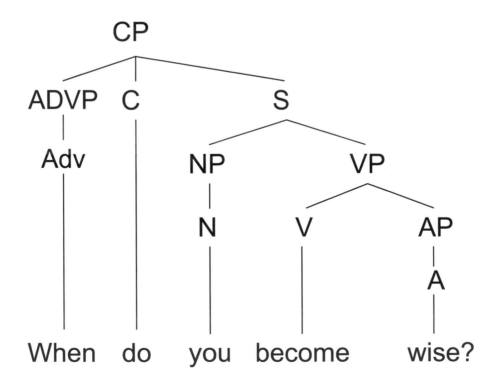

2-C-29: VP → V + AP（動詞片語為不及物動詞和形容詞片語句型）

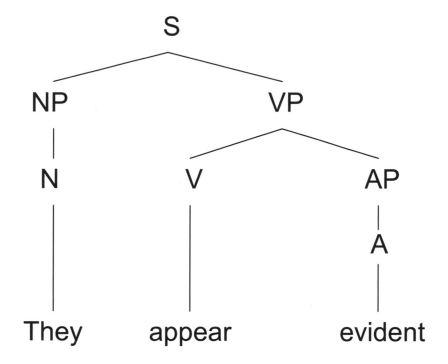

2-C-30: VP → V + AP（動詞片語為不及物動詞和形容詞片語句型）

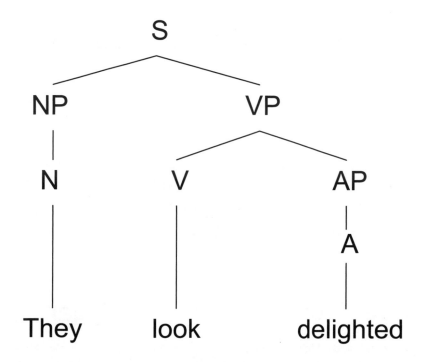

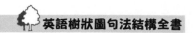

2-C-31: VP → V + AP（動詞片語為不及物動詞和形容詞片語句型）

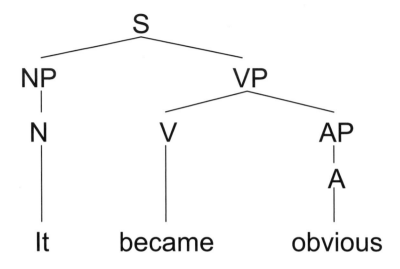

2-D: VP → V + NP（動詞片語為不及物動詞和省略不定詞結構句型）

　　2-D 的不及物動詞後所接之名詞片語，並非其受詞，而是不定詞片語結構裡的名詞成分。由於不定詞 to be 在這種句型裡，通常不出現，其樹狀圖將只呈現 NP 結構（原結構應為 S）。另外，此句構的不及物動詞 turn 後所接名詞，其前通常不接冠詞。

　　在此樹狀圖結構裡，動詞片語為不及物動詞和省略不定詞結構句型指的是，主動詞 V node 有 NP sister node 的句型：V + NP。以下樹狀圖將展示這一類型各種英語句型結構。

2-D-1: VP → V + NP（動詞片語為不及物動詞和省略不定詞結構句型）

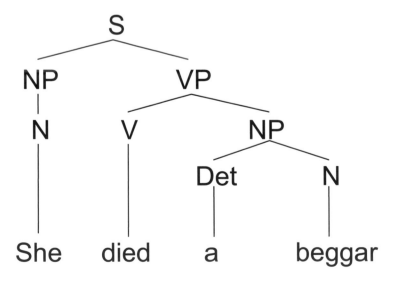

註：She died a beggar = She died to be a beggar

2-D-2: VP → V + NP（動詞片語為不及物動詞和省略不定詞結構句型）

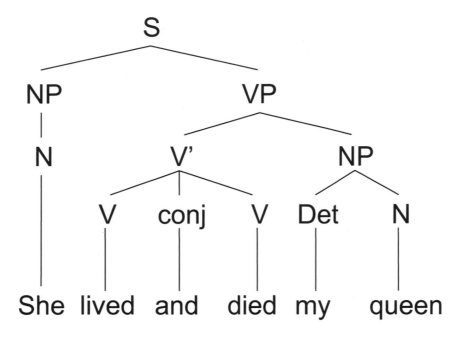

註：主動詞 V 在此為複合結構。She lived and died my queen = She lived and died to be my queen.

2-D-3: VP → V + NP（動詞片語為不及物動詞和省略不定詞結構句型）

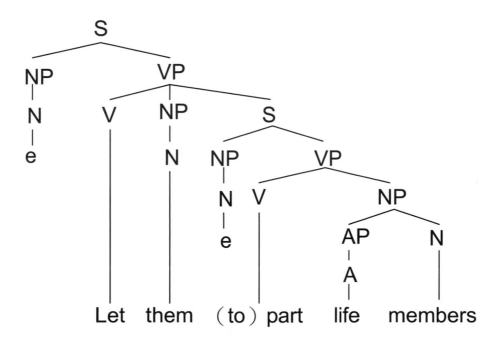

註：Let them (to) part life members = Let them (to) part to be life members

2-D-4: VP → V + NP（動詞片語為不及物動詞和省略不定詞結構句型）

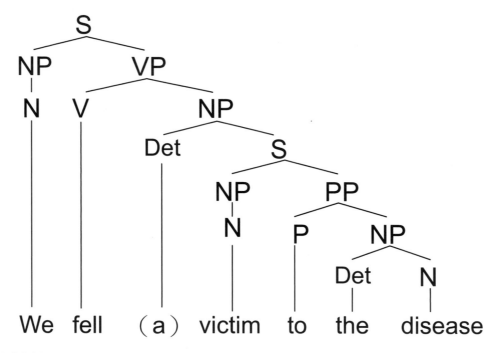

註：We fell (a) victim to the disease = We fell to be (a) victim to the disease

2-D-5: VP → V + NP（動詞片語為不及物動詞和省略不定詞結構句型）

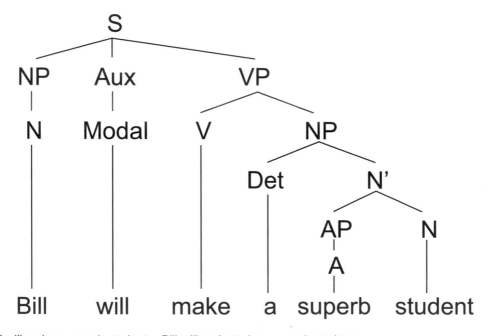

註：Bill will make a superb student = Bill will make to be a superb student

2-D-6: VP → V + NP（動詞片語為不及物動詞和省略不定詞結構句型）

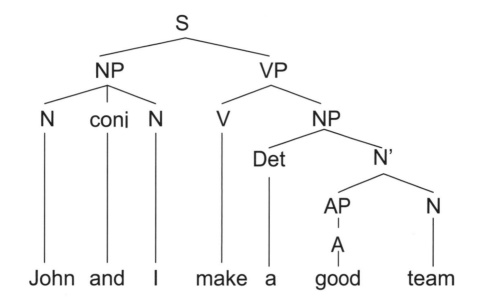

註：John and I make a good team = John and I make to be a good team

2-D-7: VP → V + NP（動詞片語為不及物動詞和省略不定詞結構句型）

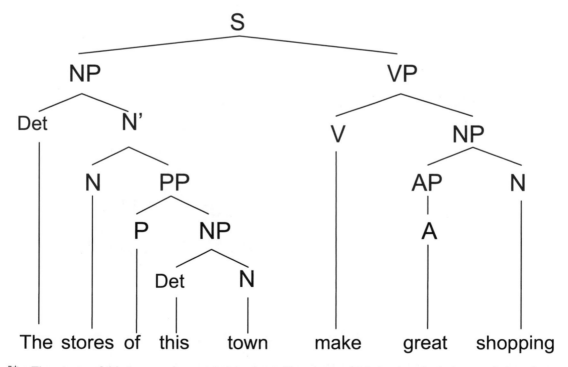

註：The stores of this town make great shopping = The stores of this town make to be great shopping

2-D-8: VP → V + NP（動詞片語為不及物動詞和省略不定詞結構句型）

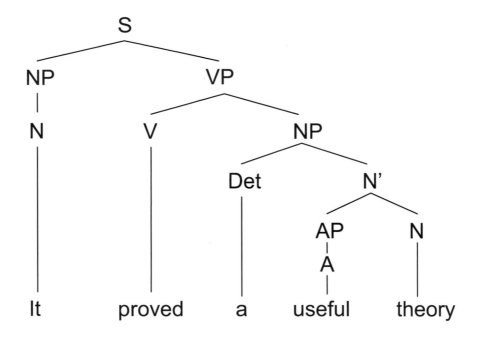

註：It proved a useful theory = It proved to be a useful theory

2-D-9: VP → V + NP（動詞片語為不及物動詞和省略不定詞結構句型）

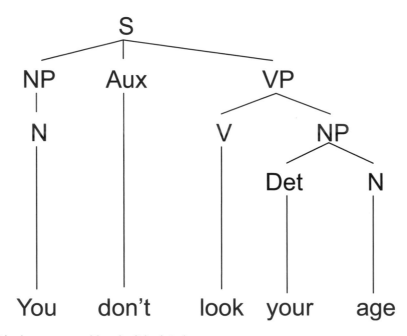

註：You don't look your age = You don't look to be your age

2-D-10: VP → V + NP（動詞片語為不及物動詞和省略不定詞結構句型）

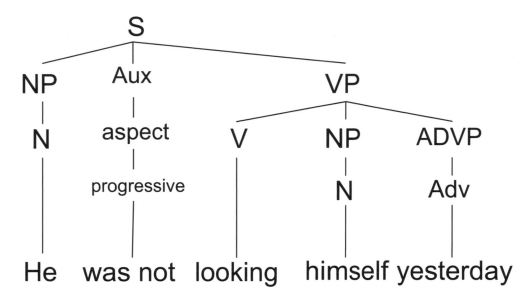

註：He was not looking himself yesterday = He was not looking to be himself yesterday

2-D-11: VP → V + NP（動詞片語為不及物動詞和省略不定詞結構句型）

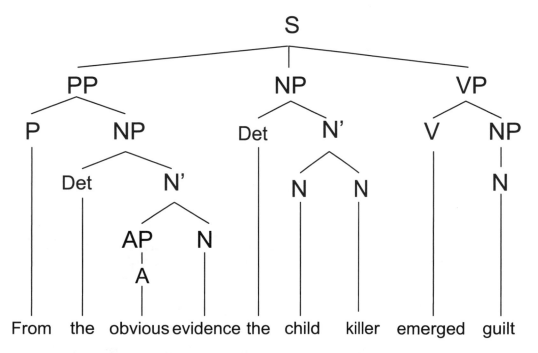

註：From the obvious evidence the child killer emerged guilt = From the obvious evidence the child killer emerged to be guilt

305

2-D-12: VP → V + NP （動詞片語為不及物動詞和省略不定詞結構句型）

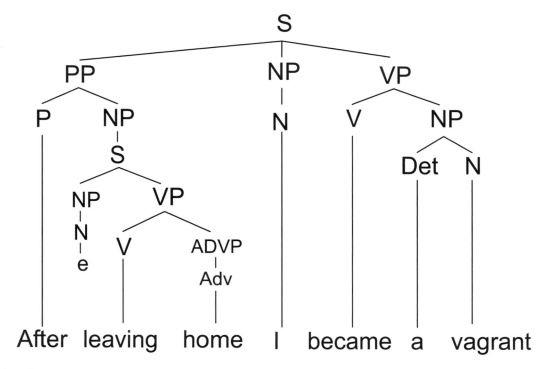

註：After leaving home I became a vagrant = After leaving home I became to be a vagrant

2-D-13: VP → V + NP （動詞片語為不及物動詞和省略不定詞結構句型）

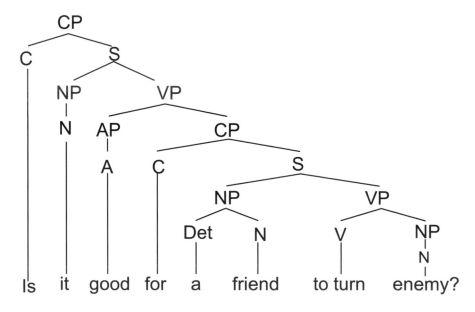

註：Is it good for a friend to turn enemy? = Is it good for a friend to turn to be enemy?

2-E: VP → V + S（動詞片語為不及物動詞和分詞結構句型）

　　2-E 的不及物動詞後所接之子句，為分詞片語結構，修飾主詞，非為受詞。在此樹狀圖結構裡，動詞片語為不及物動詞和分詞結構句型指的是，主動詞 V node 有 S sister node 的句型：V + S。以下樹狀圖將展示這一類型各種英語句型結構。

2-E-1: VP → V + S（動詞片語為不及物動詞和分詞結構句型）

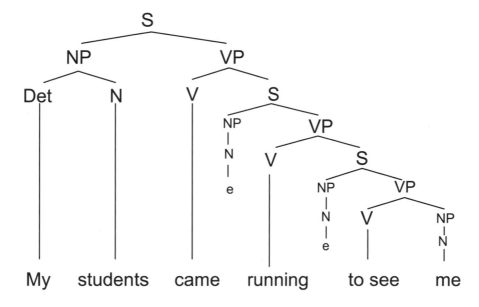

2-E-2: VP → V + S（動詞片語為不及物動詞和分詞結構句型）

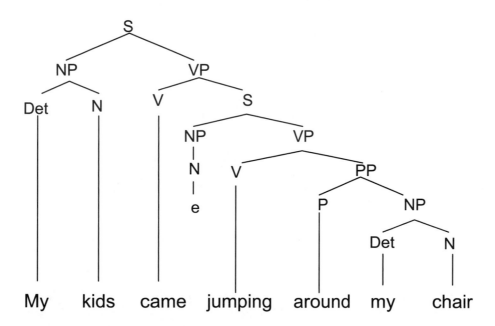

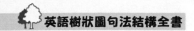

2-E-3: VP → V + S（動詞片語為不及物動詞和分詞結構句型）

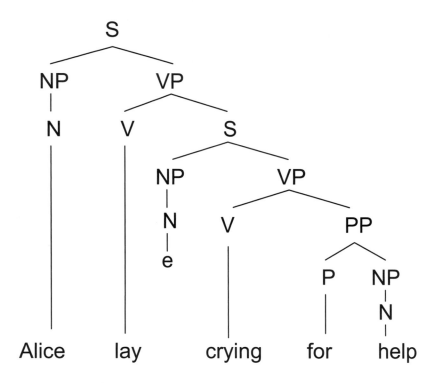

2-E-4: VP → V + S（動詞片語為不及物動詞和分詞結構句型）

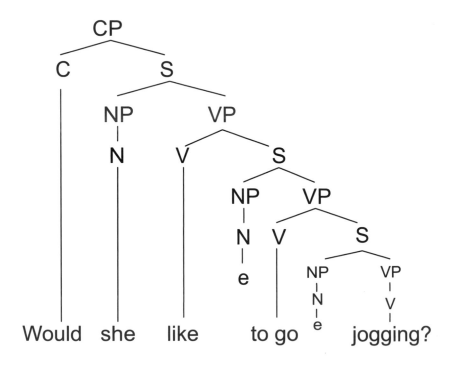

2-E-5: VP → V + S（動詞片語為不及物動詞和分詞結構句型）

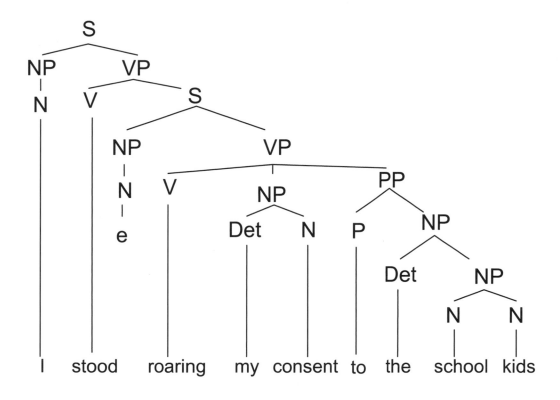

2-E-6: VP → V + S（動詞片語為不及物動詞和分詞結構句型）

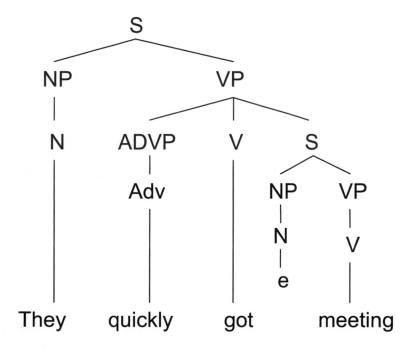

2-E-7: VP → V + S（動詞片語為不及物動詞和分詞結構句型）

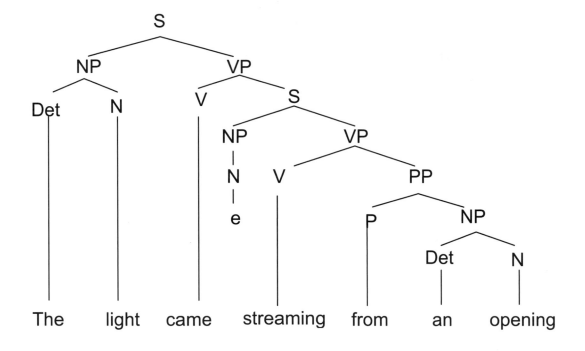

2-E-8: VP → V + S（動詞片語為不及物動詞和分詞結構句型）

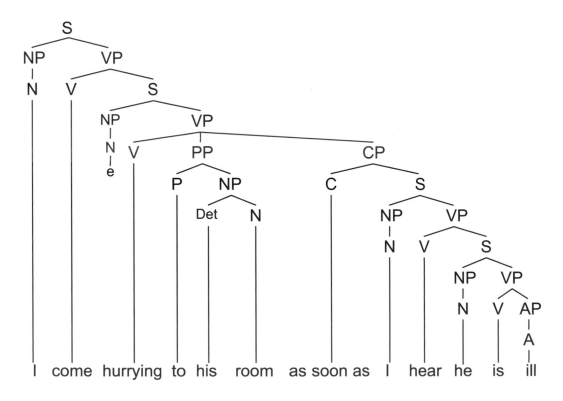

2-F: VP → V + PP（動詞片語為不及物動詞和介系詞片語結構句型）

　　2-F 的不及物動詞後接介系詞片語結構，此介系詞在結構上並不視為雙字動詞的一部分。在此樹狀圖結構裡，動詞片語為不及物動詞和介系詞片語結構句型指的是，主動詞 V node 有 PP sister node 的句型：V + PP。以下樹狀圖將展示這一類型各種英語句型結構。

2-F-1: VP → V + PP（動詞片語為不及物動詞和介系詞片語結構句型）

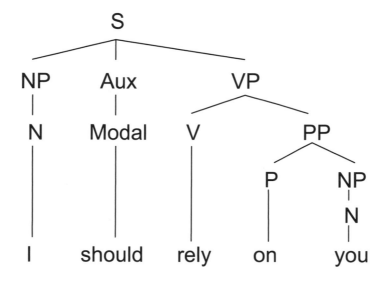

2-F-2: VP → V + PP（動詞片語為不及物動詞和介系詞片語結構句型）

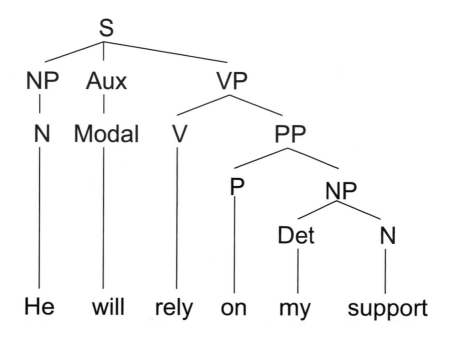

2-F-3: VP → V + PP（動詞片語為不及物動詞和介系詞片語結構句型）

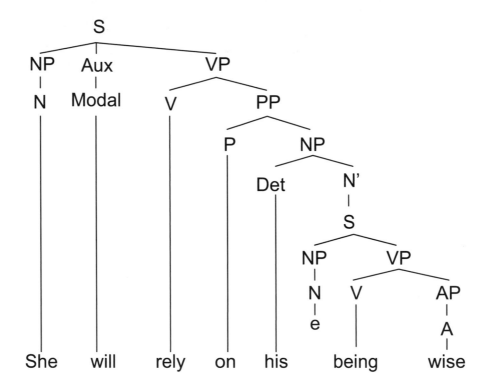

2-F-4: VP → V + PP（動詞片語為不及物動詞和介系詞片語結構句型）

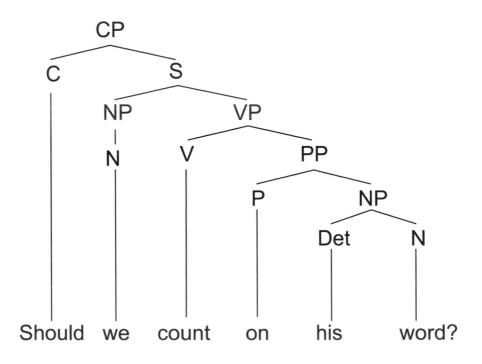

2-F-5: VP → V + PP（動詞片語為不及物動詞和介系詞片語結構句型）

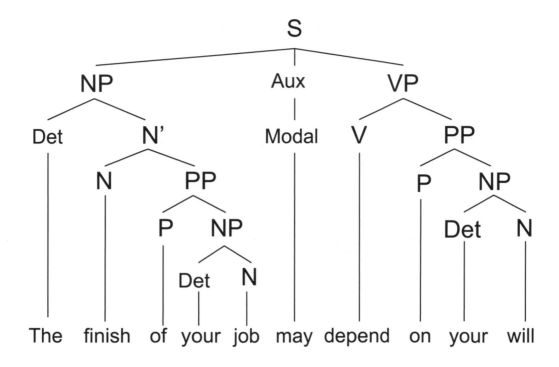

2-F-6: VP → V + PP（動詞片語為不及物動詞和介系詞片語結構句型）

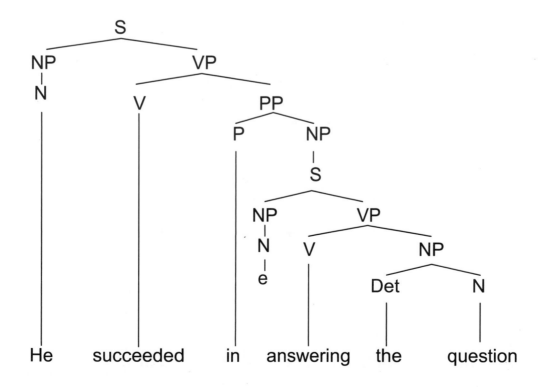

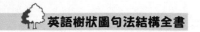

2-F-7: VP → V + PP （動詞片語為不及物動詞和介系詞片語結構句型）

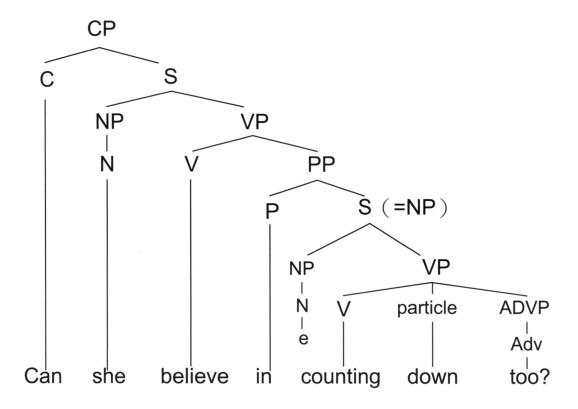

2-F-8: VP → V + PP （動詞片語為不及物動詞和介系詞片語結構句型）

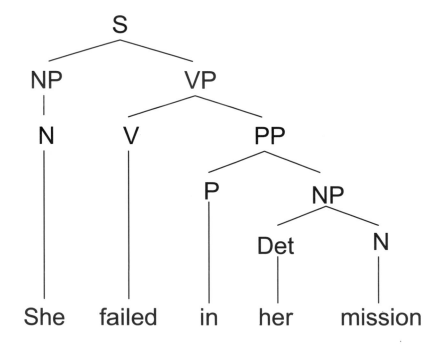

314

2-F-9: VP → V + PP（動詞片語為不及物動詞和介系詞片語結構句型）

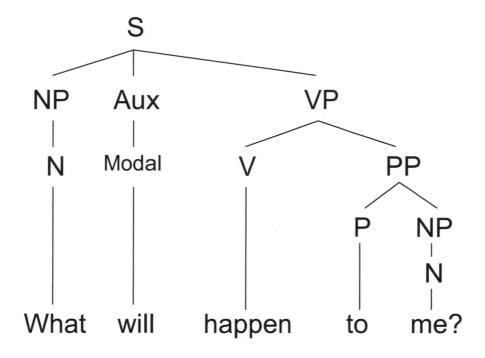

2-F-10: VP → V + PP（動詞片語為不及物動詞和介系詞片語結構句型）

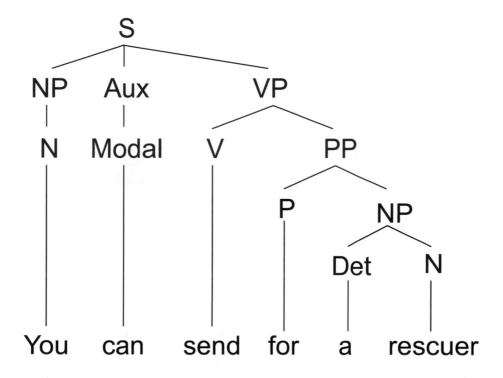

2-G: VP → V + PP + S（動詞片語為不及物動詞和介系詞片語和不定詞結構句型）

　　2-G 的不及物動詞後接介系詞片語和不定詞片語，此介系詞在結構上並不視為雙字動詞的一部分。在此樹狀圖結構裡，動詞片語為不及物動詞和介系詞片語和不定詞結構句型指的是，主動詞 V node 有 PP 和 S sister nodes 的句型：V + PP + S。以下樹狀圖將展示這一類型各種英語句型結構。

2-G-1: VP → V + PP + S（動詞片語為不及物動詞和介系詞片語和不定詞結構句型）

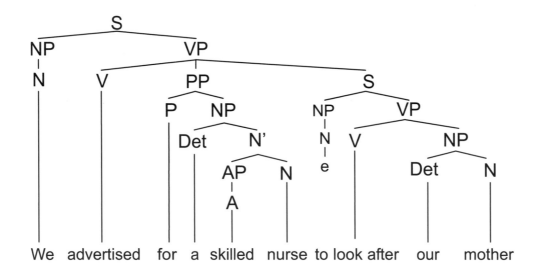

2-G-2: VP → V + PP + S（動詞片語為不及物動詞和介系詞片語和不定詞結構句型）

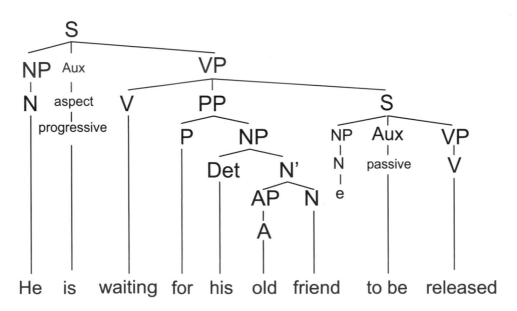

2-G-3: VP → V + PP + S（動詞片語為不及物動詞和介系詞片語和不定詞結構句型）

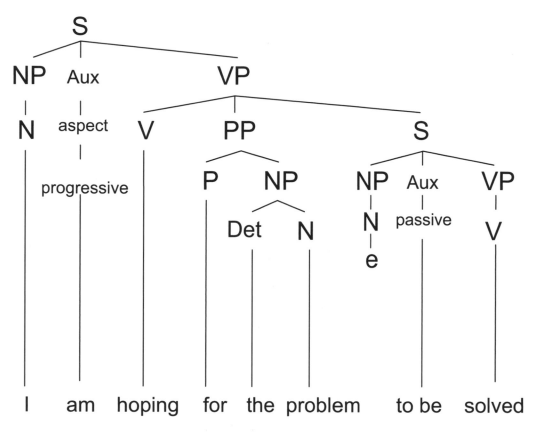

2-G-4: VP → V + PP + S（動詞片語為不及物動詞和介系詞片語和不定詞結構句型）

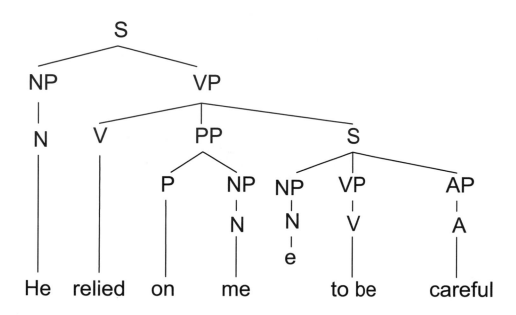

2-G-5: VP → V + PP + S（動詞片語為不及物動詞和介系詞片語和不定詞結構句型）

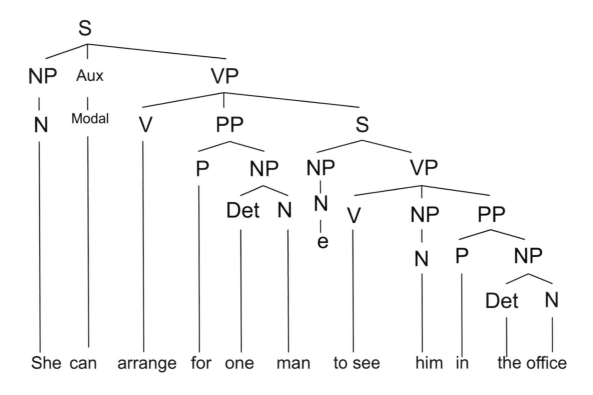

2-G-6: VP → V + PP + S（動詞片語為不及物動詞和介系詞片語和不定詞結構句型）

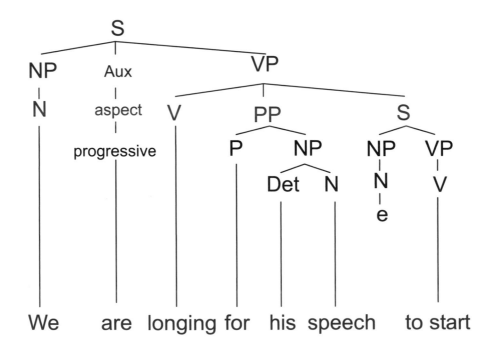

2-G-7: VP → V + PP + S（動詞片語為不及物動詞和介系詞片語和不定詞結構句型）

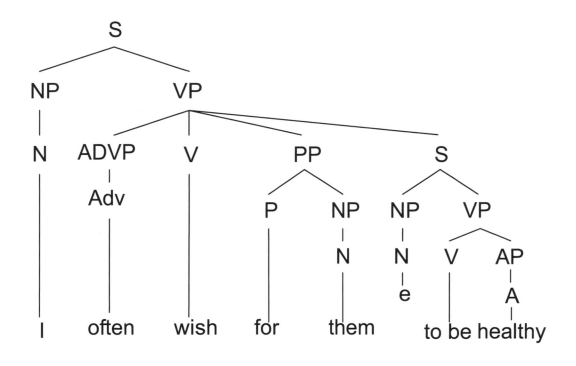

2-G-8: VP → V + PP + S（動詞片語為不及物動詞和介系詞片語和不定詞結構句型）

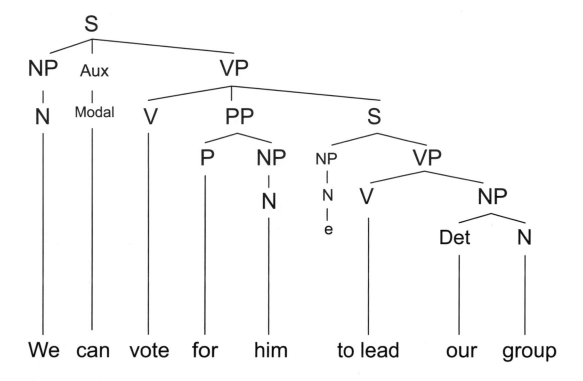

319

2-G-9: VP → V + PP + S（動詞片語為不及物動詞和介系詞片語和不定詞結構句型）

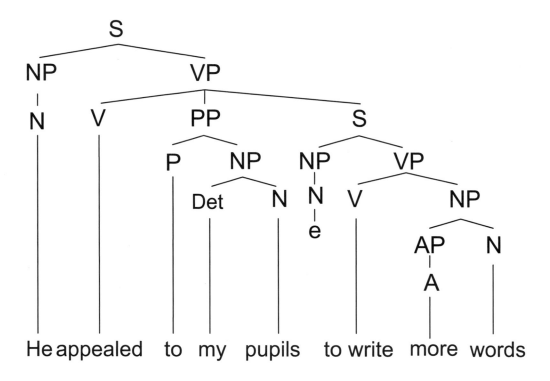

2-G-10: VP → V + PP + S（動詞片語為不及物動詞和介系詞片語和不定詞結構句型）

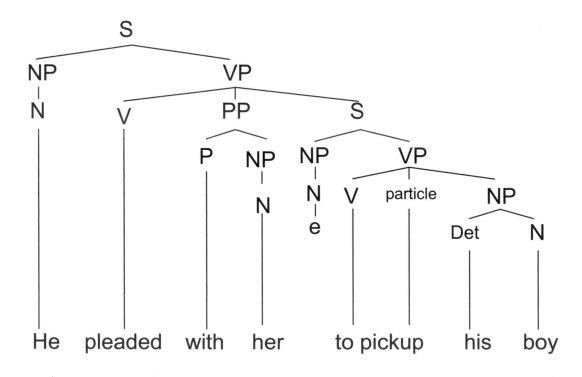

2-H: VP → V +（PP）+（S/CP）（動詞片語為不及物動詞和選擇性介系詞片語和選擇性子句結構句型）

　　2-H 的不及物動詞後接選擇性介系詞片語和選擇性子句。在此樹狀圖結構裡，動詞片語為不及物動詞和選擇性介系詞片語和選擇性子句結構句型指的是，主動詞 V node 有 PP 或沒有 PP 和有 S/CP 或沒有 S/CP sister nodes 的句型：V +（PP）+（S/CP）。以下樹狀圖將展示這一類型各種英語句型結構。

2-H-1: VP → V +（PP）+（S/CP）（動詞片語為不及物動詞和選擇性介系詞片語和選擇性子句結構句型）

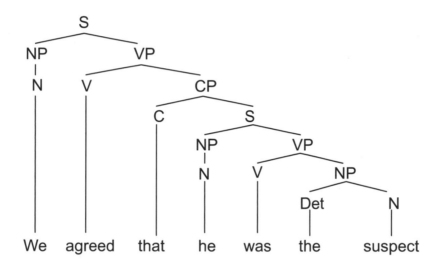

2-H-2: VP → V +（PP）+（S/CP）（動詞片語為不及物動詞和選擇性介系詞片語和選擇性子句結構句型）

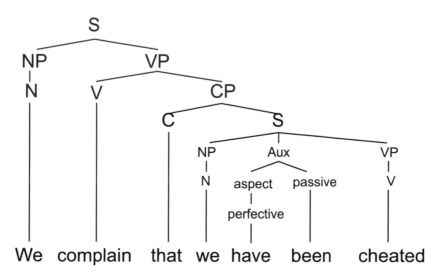

2-H-3: VP → V +（PP）+（S/CP）（動詞片語為不及物動詞和選擇性介系詞片語和選擇性子句結構句型）

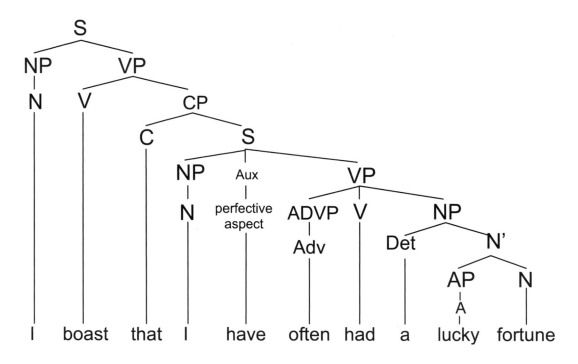

2-H-4: VP → V +（PP）+（S/CP）（動詞片語為不及物動詞和選擇性介系詞片語和選擇性子句結構句型）

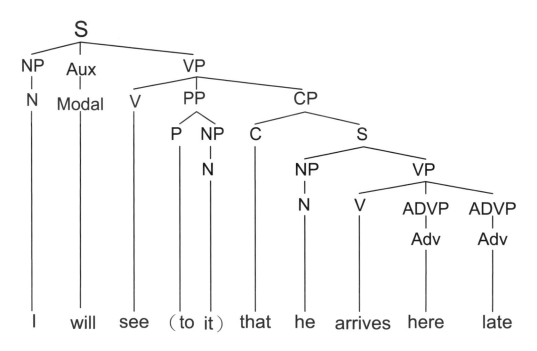

2-H-5: VP → V +（PP）+（S/CP）（動詞片語為不及物動詞和選擇性介系詞片語和選擇性子句結構句型）

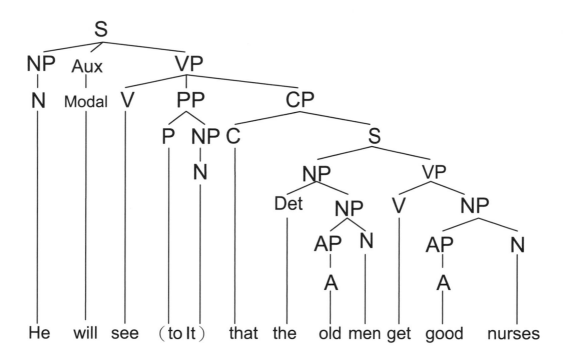

2-H-6: VP → V +（PP）+（S/CP）（動詞片語為不及物動詞和選擇性介系詞片語和選擇性子句結構句型）

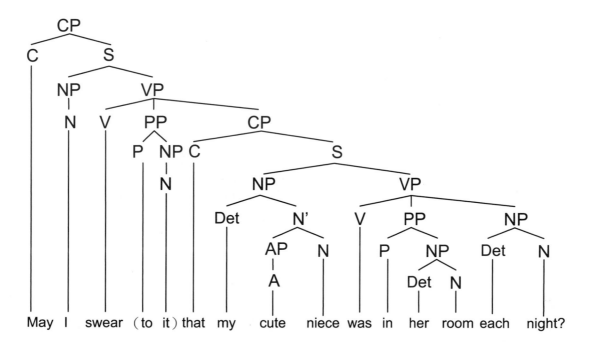

2-H-7: VP → V +（PP）+（S/CP）（動詞片語為不及物動詞和選擇性介系詞片語和選擇性子句結構句型）

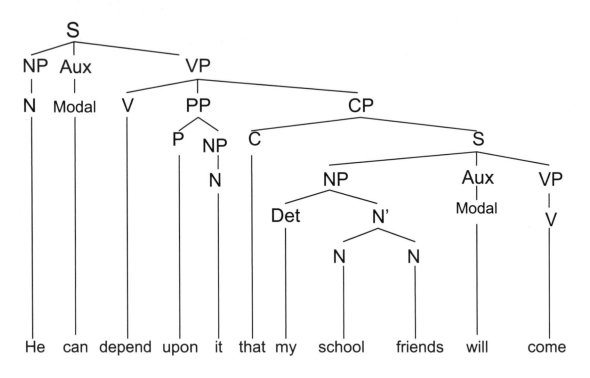

2-H-8: VP → V +（PP）+（S/CP）（動詞片語為不及物動詞和選擇性介系詞片語和選擇性子句結構句型）

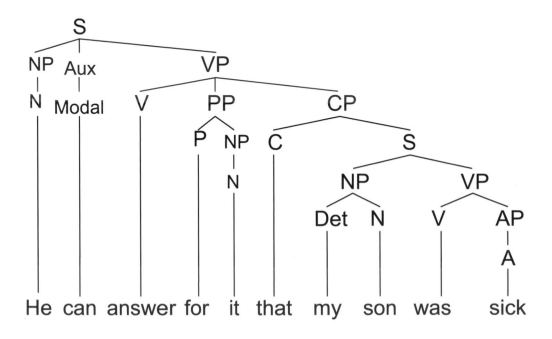

2-H-9: VP → V +（PP）+（S/CP）（動詞片語為不及物動詞和選擇性介系詞片語和選
擇性子句結構句型）

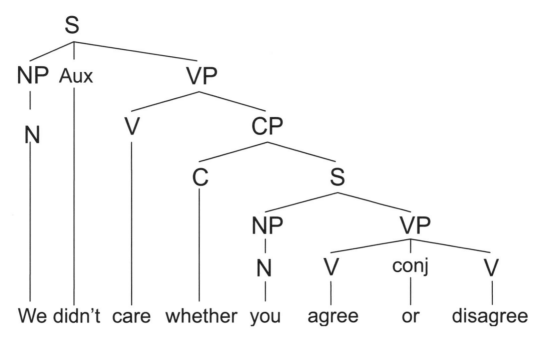

2-H-10: VP → V +（PP）+（S/CP）（動詞片語為不及物動詞和選擇性介系詞片語和選
擇性子句結構句型）

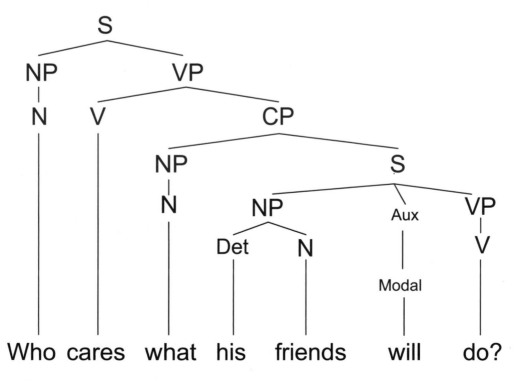

2-H-11: VP → V +（PP）+（S/CP）（動詞片語為不及物動詞和選擇性介系詞片語和選擇性子句結構句型）

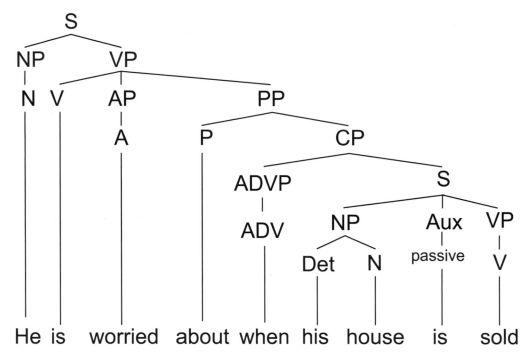

2-H-12: VP → V +（PP）+（S/CP）（動詞片語為不及物動詞和選擇性介系詞片語和選擇性子句結構句型）

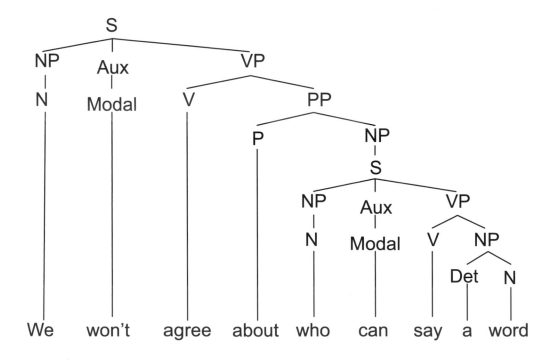

2-H-13: VP → V＋（PP）＋（S/CP）（動詞片語為不及物動詞和選擇性介系詞片語和選擇性子句結構句型）

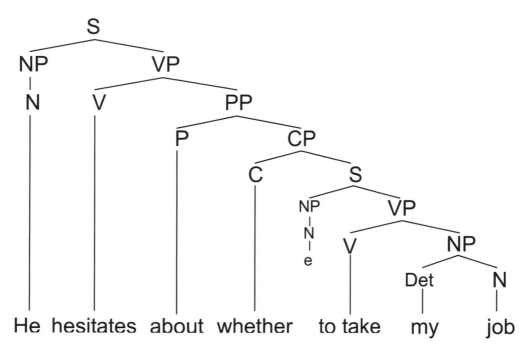

2-H-14: VP → V＋（PP）＋（S/CP）（動詞片語為不及物動詞和選擇性介系詞片語和選擇性子句結構句型）

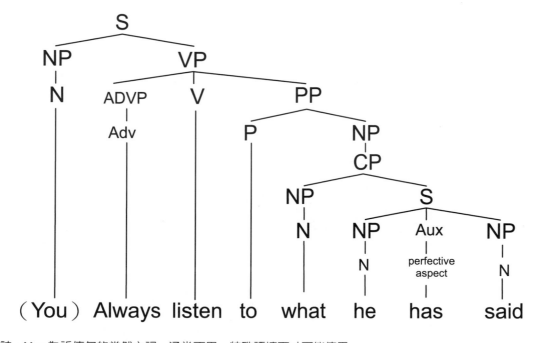

註：You 為祈使句的當然主詞，通常不用，特殊語境下才可能使用。

2-H-15: VP → V +（PP）+（S/CP）（動詞片語為不及物動詞和選擇性介系詞片語和選擇性子句結構句型）

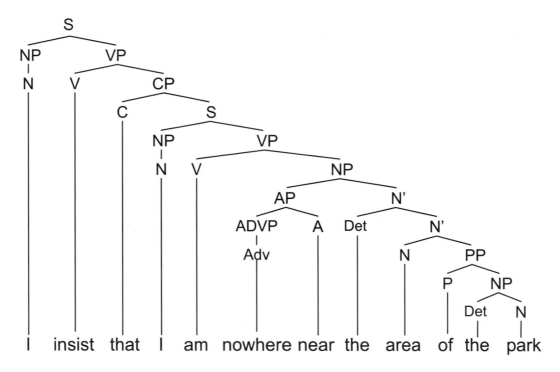

2-H-16: VP → V +（PP）+（S/CP）（動詞片語為不及物動詞和選擇性介系詞片語和選擇性子句結構句型）

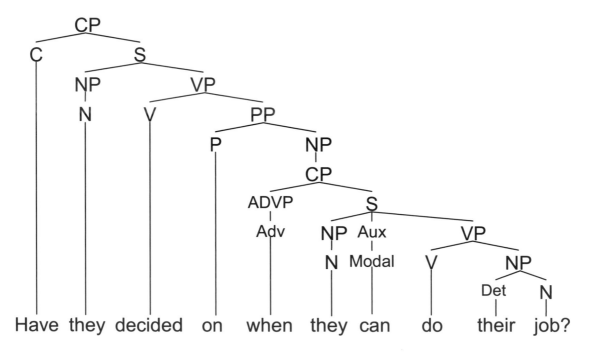

2-H-17: VP → V +（PP）+（S/CP）（動詞片語為不及物動詞和選擇性介系詞片語和選擇性子句結構句型）

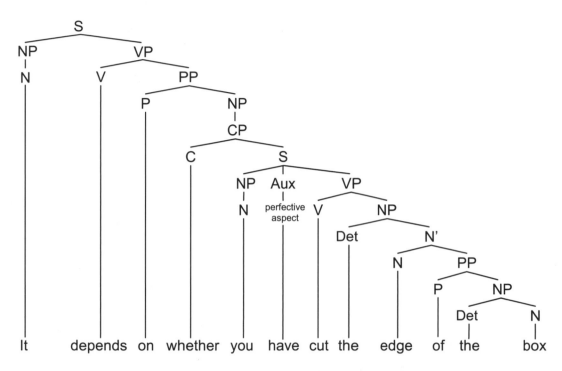

2-H-18: VP → V +（PP）+（S/CP）（動詞片語為不及物動詞和選擇性介系詞片語和選擇性子句結構句型）

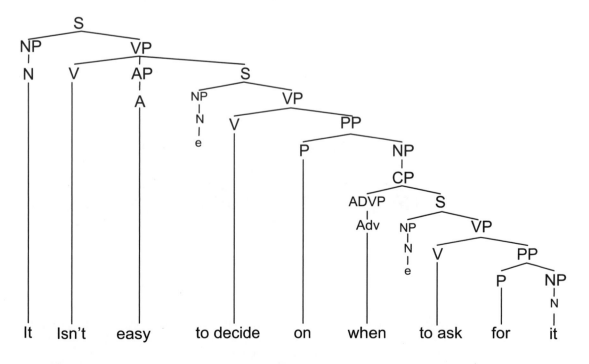

2-H-19: VP → V +（PP）+（S/CP）（動詞片語為不及物動詞和選擇性介系詞片語和選擇性子句結構句型）

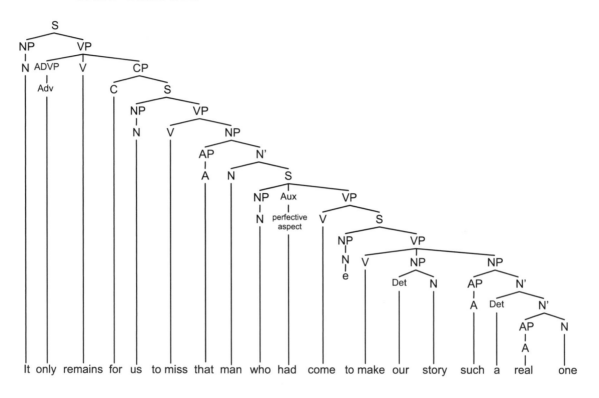

2-H-20: VP → V +（PP）+（S/CP）（動詞片語為不及物動詞和選擇性介系詞片語和選擇性子句結構句型）

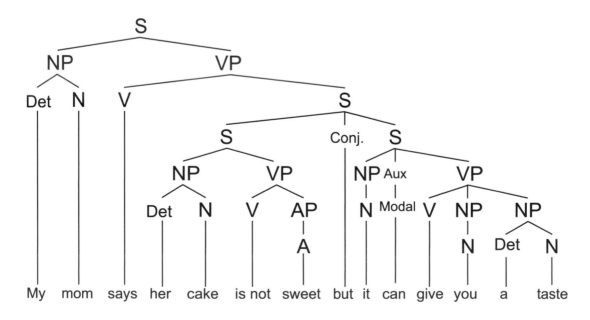

2-J: VP → V + S（動詞片語為不及物動詞和不定詞結構句型）

　　2-J 的不及物動詞後接不定詞片語。在此樹狀圖結構裡，動詞片語為不及物動詞和不定詞結構句型指的是，主動詞 V node 有 S sister node 的句型：V + S。以下樹狀圖將展示這一類型各種英語句型結構。

2-J-1: VP → V + S（動詞片語為不及物動詞和不定詞結構句型）

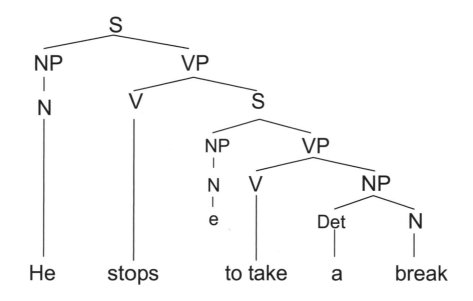

2-J-2: VP → V + S（動詞片語為不及物動詞和不定詞結構句型）

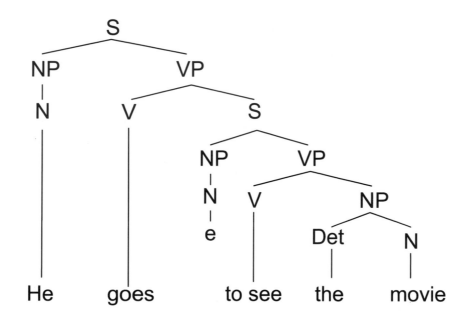

2-J-3: VP → V + S（動詞片語為不及物動詞和不定詞結構句型）

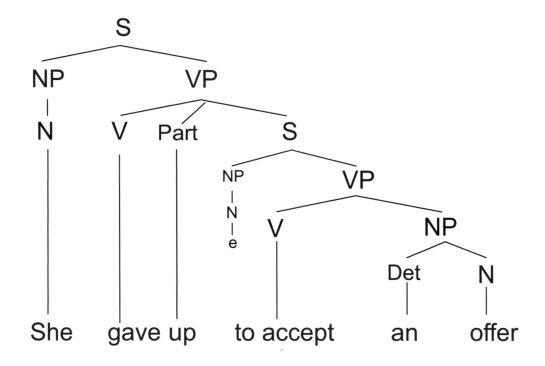

2-J-4: VP → V + S（動詞片語為不及物動詞和不定詞結構句型）

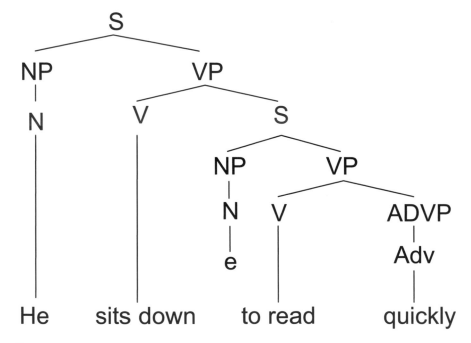

註：down 為 particle。

2-J-5: VP → V + S（動詞片語為不及物動詞和不定詞結構句型）

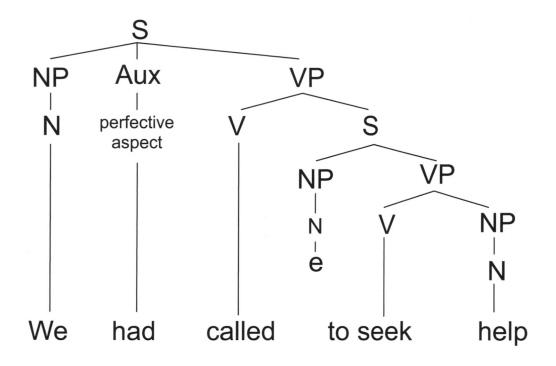

2-J-6: VP → V + S（動詞片語為不及物動詞和不定詞結構句型）

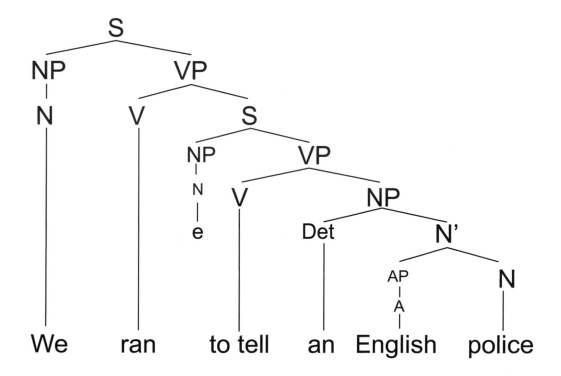

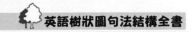

2-J-7: VP → V + S（動詞片語為不及物動詞和不定詞結構句型）

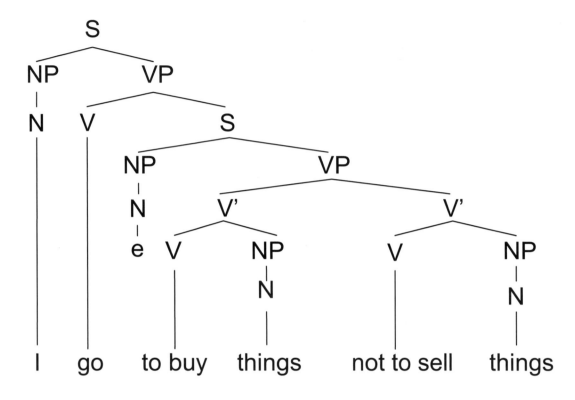

2-J-8: VP → V + S（動詞片語為不及物動詞和不定詞結構句型）

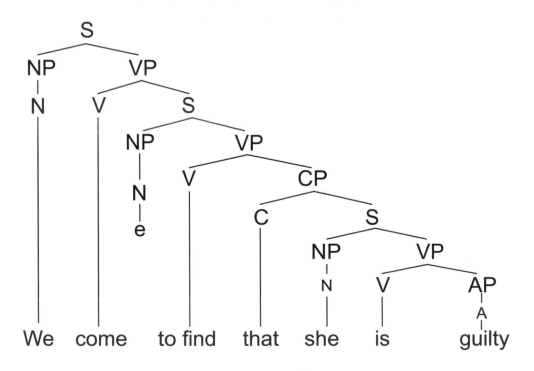

2-J-9: VP → V + S（動詞片語為不及物動詞和不定詞結構句型）

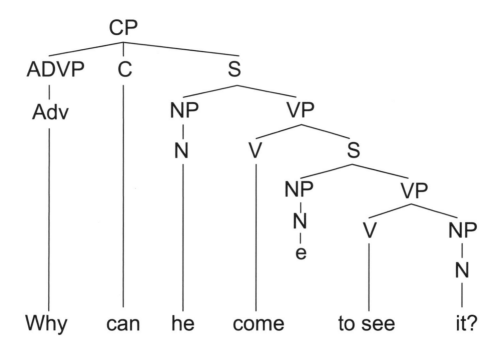

2-J-10: VP → V + S（動詞片語為不及物動詞和不定詞結構句型）

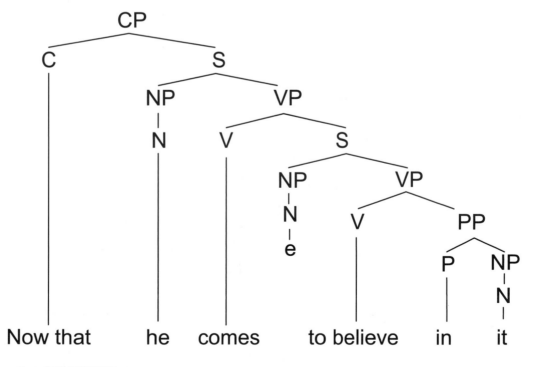

註：Now that 為從屬連接詞。

2-J-11: VP → V + S（動詞片語為不及物動詞和不定詞結構句型）

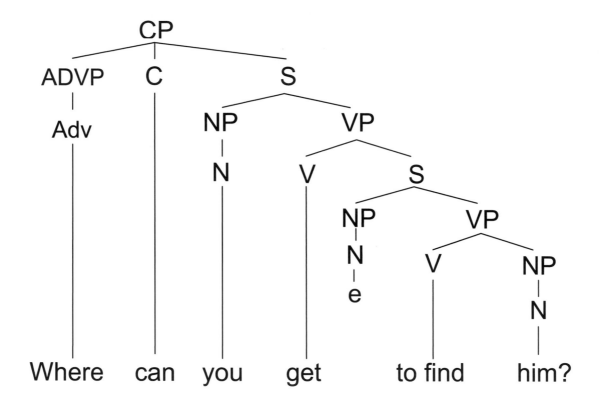

2-J-12: VP → V + S（動詞片語為不及物動詞和不定詞結構句型）

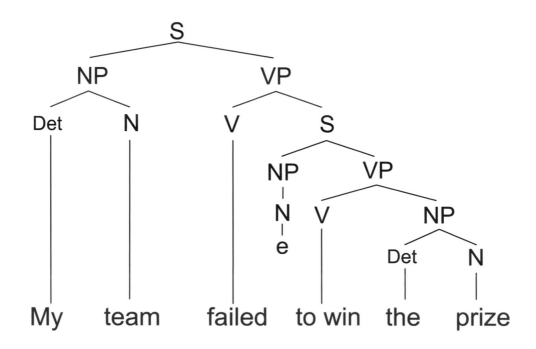

2-J-13: VP → V + S（動詞片語為不及物動詞和不定詞結構句型）

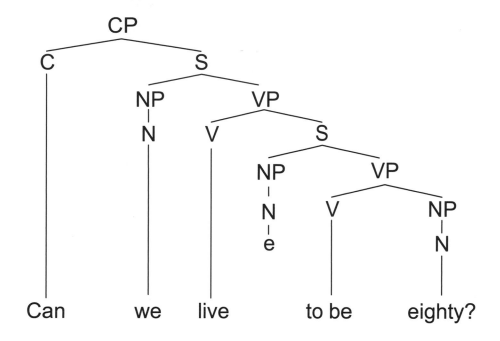

2-J-14: VP → V + S（動詞片語為不及物動詞和不定詞結構句型）

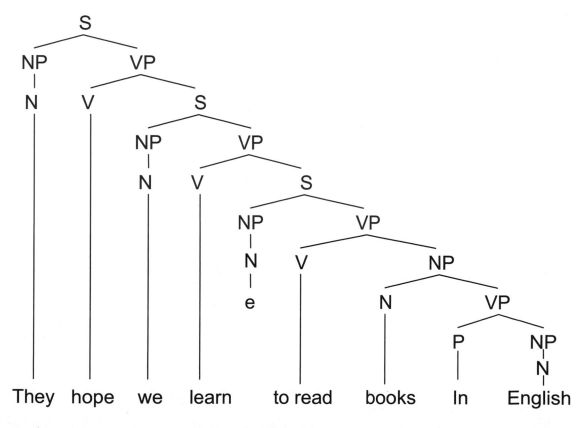

2-J-15: VP → V + S（動詞片語為不及物動詞和不定詞結構句型）

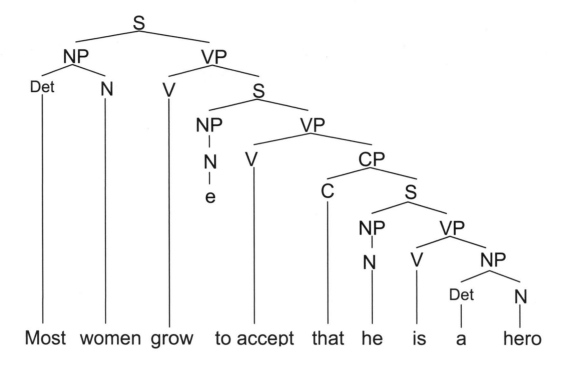

2-J-16: VP → V + S（動詞片語為不及物動詞和不定詞結構句型）

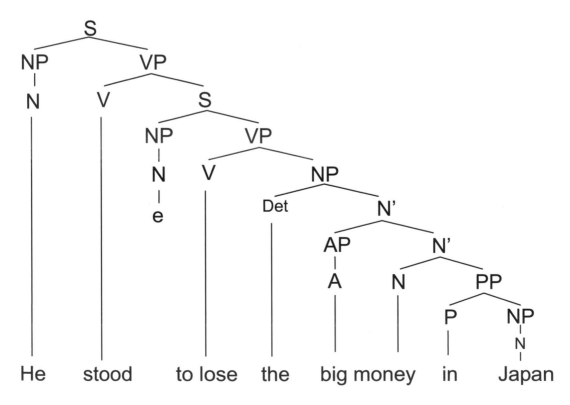

2-J-17: VP → V + S（動詞片語為不及物動詞和不定詞結構句型）

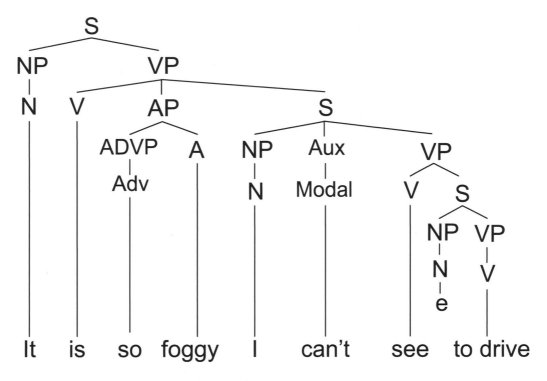

2-J-18: VP → V + S（動詞片語為不及物動詞和不定詞結構句型）

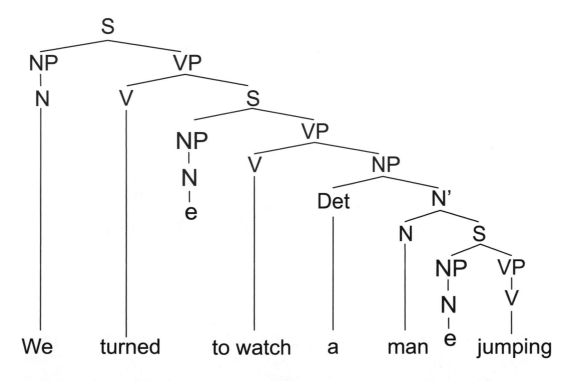

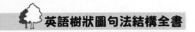

2-J-19: VP → V + S（動詞片語為不及物動詞和不定詞結構句型）

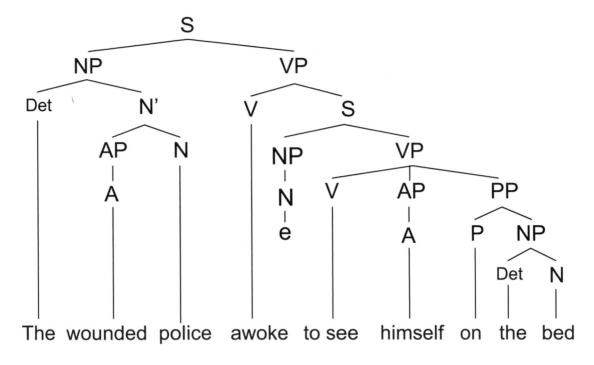

2-J-20: VP → V + S（動詞片語為不及物動詞和不定詞結構句型）

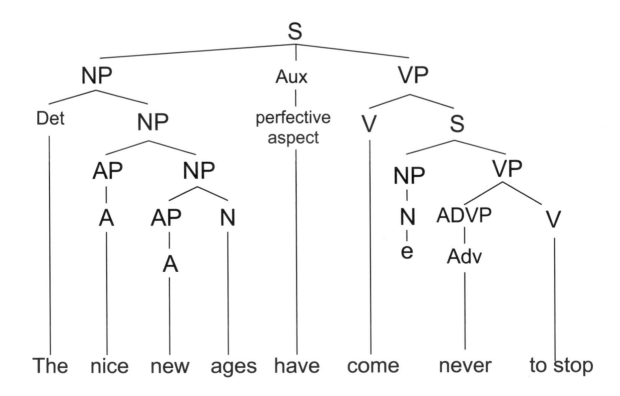

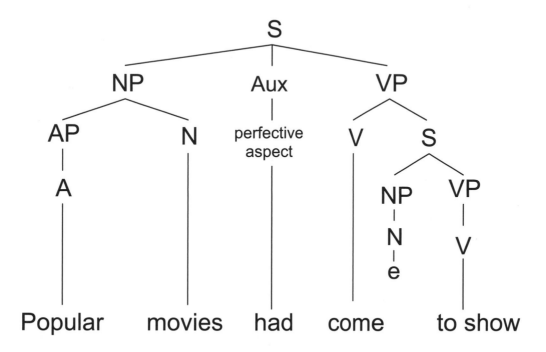

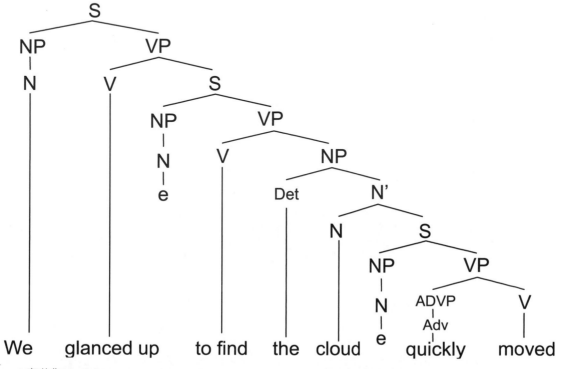

2-J-21: VP → V + S（動詞片語為不及物動詞和不定詞結構句型）

2-J-22: VP → V + S（動詞片語為不及物動詞和不定詞結構句型）

註：up 在此為 particle。

2-J-23: VP → V + S（動詞片語為不及物動詞和不定詞結構句型）

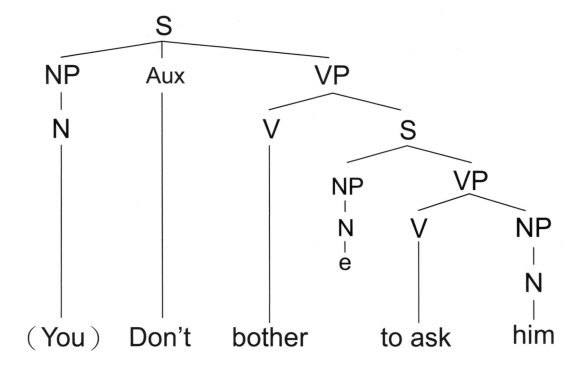

（You） Don't bother to ask him

註：You 為祈使句的當然主詞，通常不用，特殊語境下才可能使用。

2-J-24: VP → V + S（動詞片語為不及物動詞和不定詞結構句型）

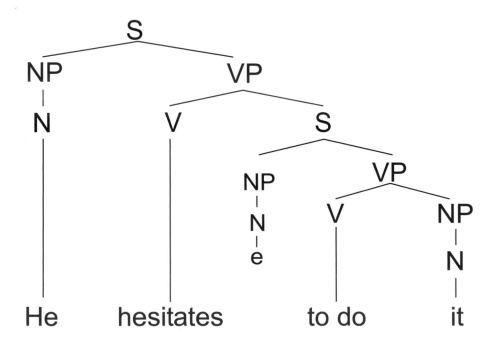

He hesitates to do it

2-J-25: VP → V + S（動詞片語為不及物動詞和不定詞結構句型）

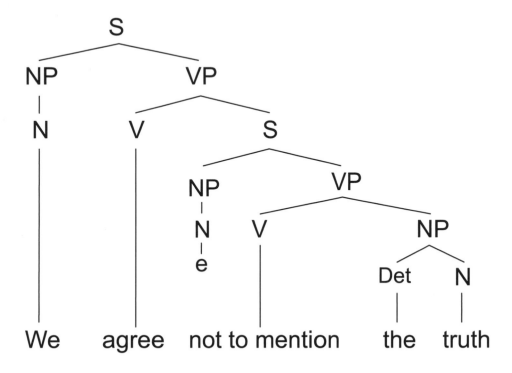

2-J-26: VP → V + S（動詞片語為不及物動詞和不定詞結構句型）

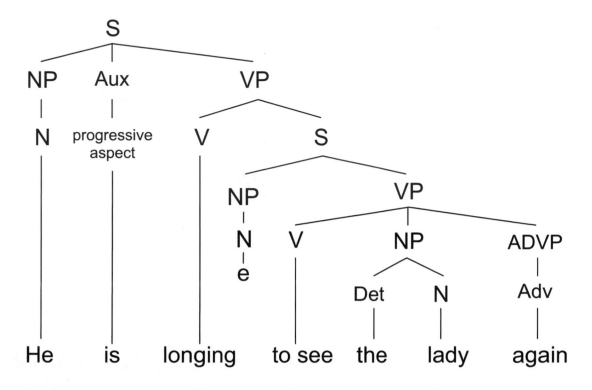

2-J-27: VP → V + S（動詞片語為不及物動詞和不定詞結構句型）

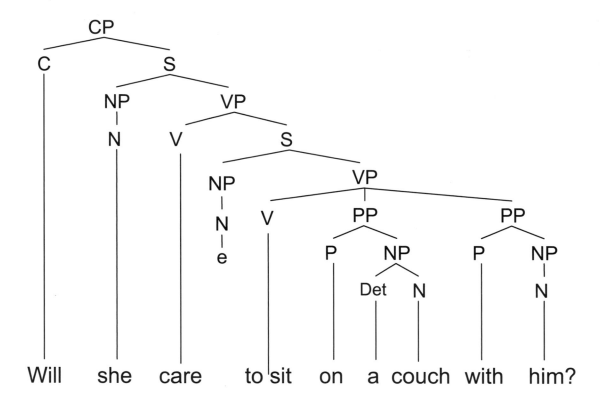

2-J-28: VP → V + S（動詞片語為不及物動詞和不定詞結構句型）

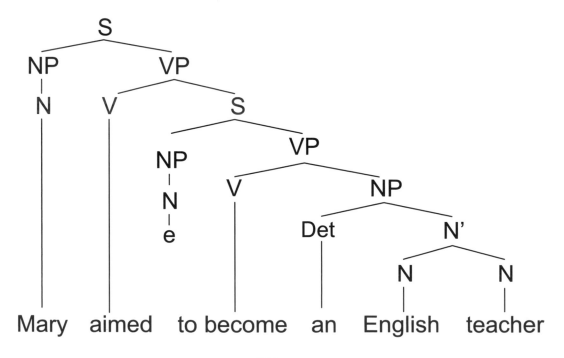

2-J-29: VP → V + S（動詞片語為不及物動詞和不定詞結構句型）

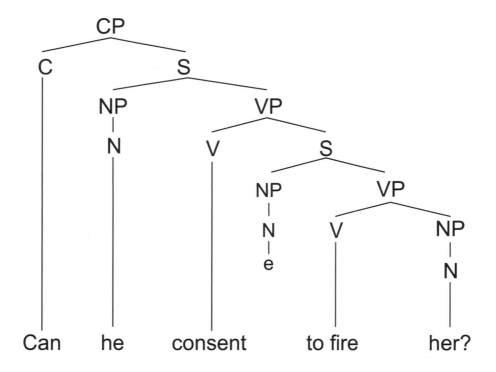

2-J-30: VP → V + S（動詞片語為不及物動詞和不定詞結構句型）

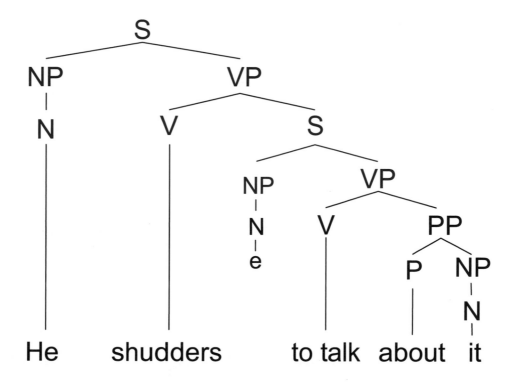

2-J-31: VP → V + S（動詞片語為不及物動詞和不定詞結構句型）

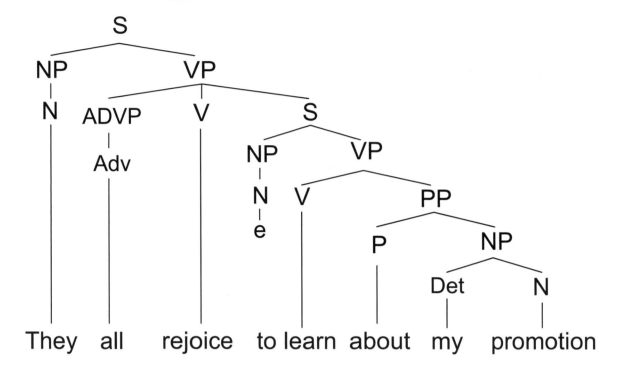

2-J-32: VP → V + S（動詞片語為不及物動詞和不定詞結構句型）

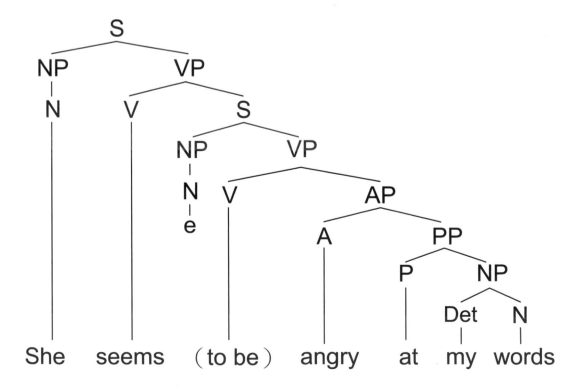

2-J-33: VP → V + S（動詞片語為不及物動詞和不定詞結構句型）

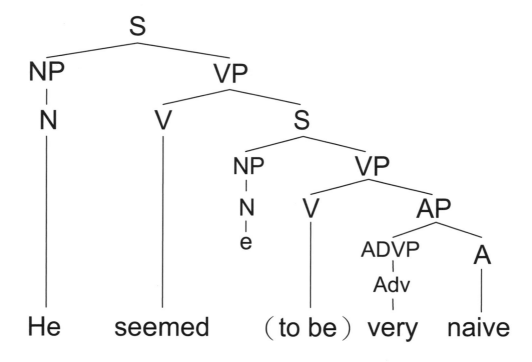

2-J-34: VP → V + S（動詞片語為不及物動詞和不定詞結構句型）

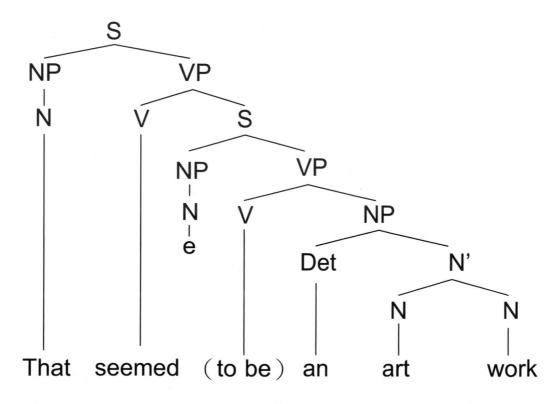

2-J-35: VP → V + S（動詞片語為不及物動詞和不定詞結構句型）

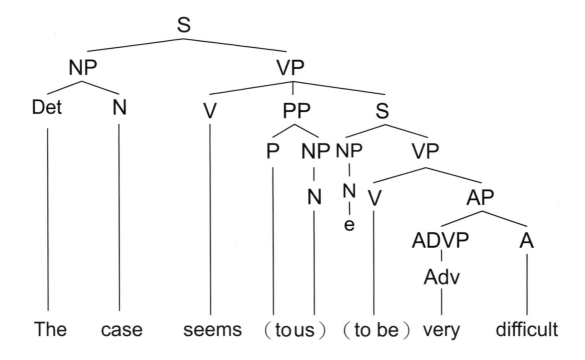

註：介系詞片語 to us 為選擇性結構，但不常使用，所以此句仍屬 V + S 句型。

2-J-36: VP → V + S（動詞片語為不及物動詞和不定詞結構句型）

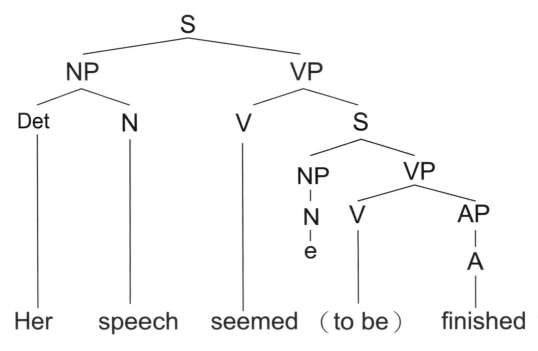

2-J-37: VP → V + S（動詞片語為不及物動詞和不定詞結構句型）

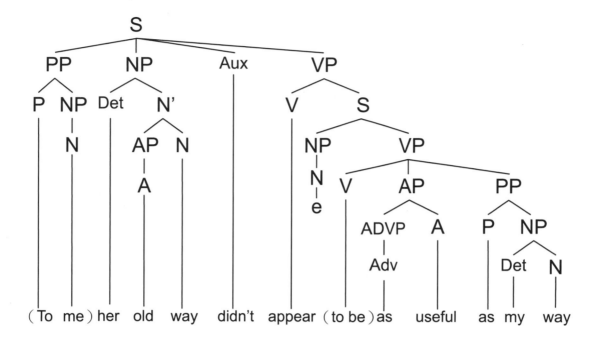

2-J-38: VP → V + S（動詞片語為不及物動詞和不定詞結構句型）

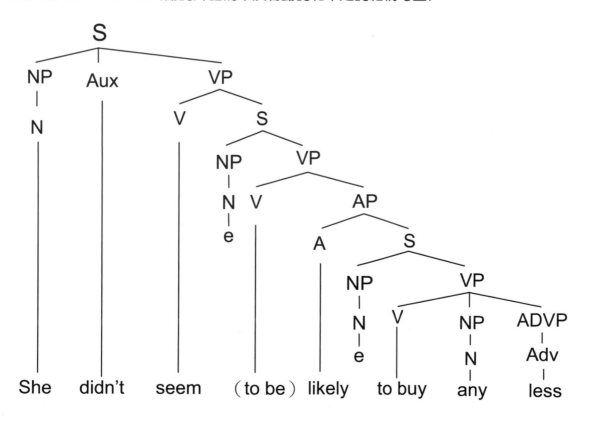

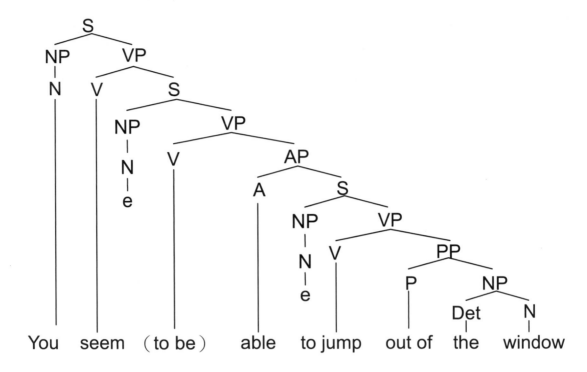

2-J-39: VP → V + S（動詞片語為不及物動詞和不定詞結構句型）

2-J-40: VP → V + S（動詞片語為不及物動詞和不定詞結構句型）

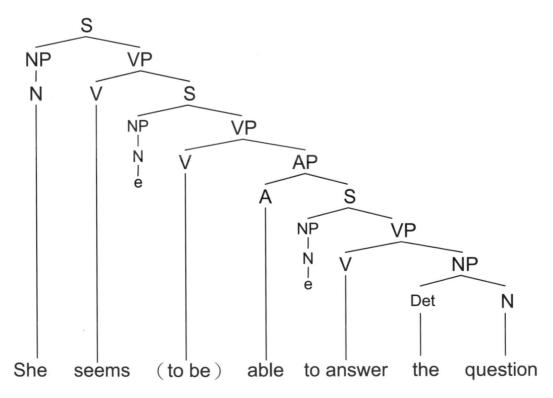

2-J-41: VP → V + S（動詞片語為不及物動詞和不定詞結構句型）

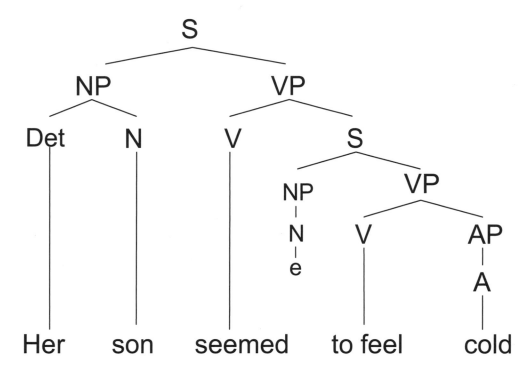

2-J-42: VP → V + S（動詞片語為不及物動詞和不定詞結構句型）

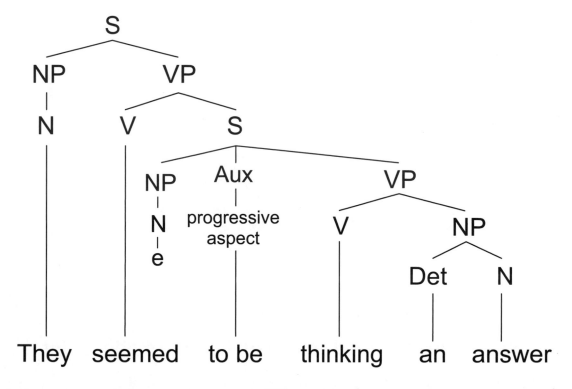

2-J-43: VP → V + S（動詞片語為不及物動詞和不定詞結構句型）

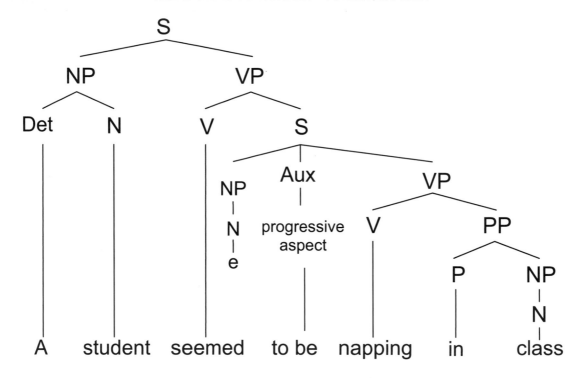

2-J-44: VP → V + S（動詞片語為不及物動詞和不定詞結構句型）

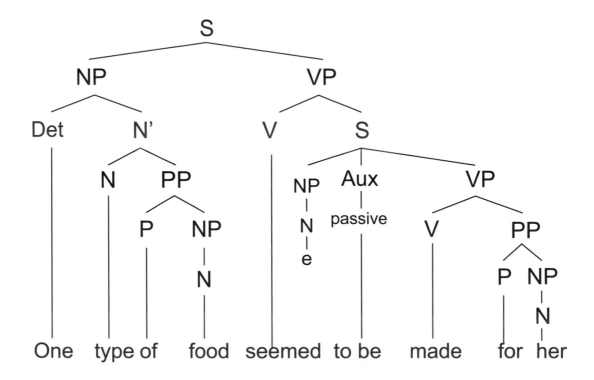

2-J-45: VP → V + S（動詞片語為不及物動詞和不定詞結構句型）

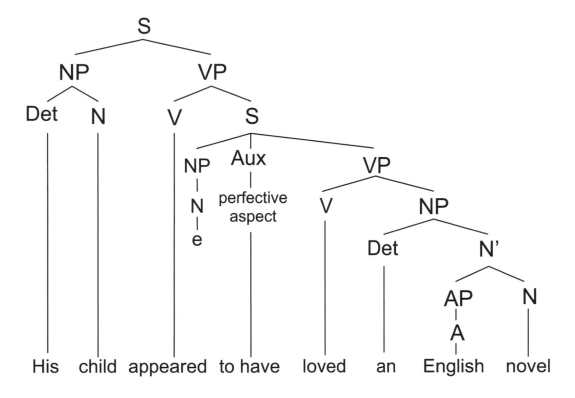

2-J-46: VP → V + S（動詞片語為不及物動詞和不定詞結構句型）

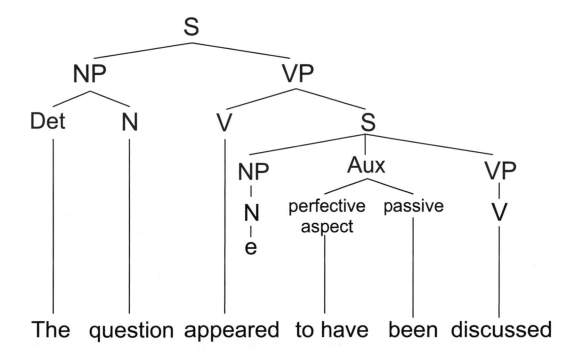

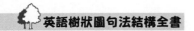
2-J-47: VP → V + S（動詞片語為不及物動詞和不定詞結構句型）

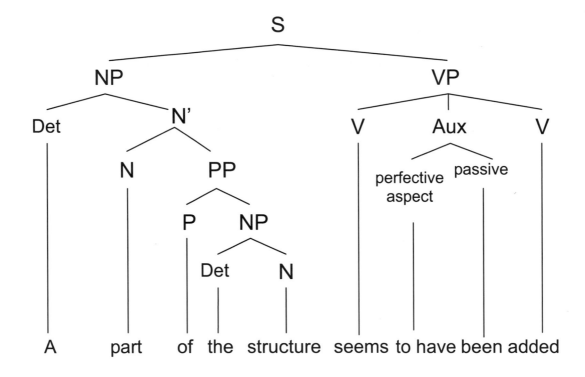

2-J-48: VP → V + S（動詞片語為不及物動詞和不定詞結構句型）

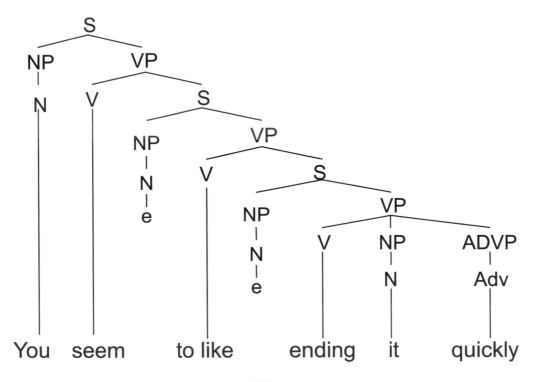

2-J-49: VP → V + S（動詞片語為不及物動詞和不定詞結構句型）

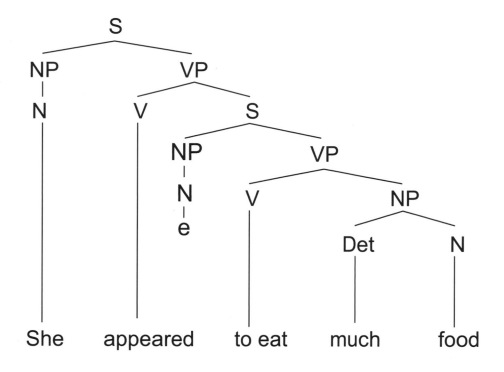

2-J-50: VP → V + S（動詞片語為不及物動詞和不定詞結構句型）

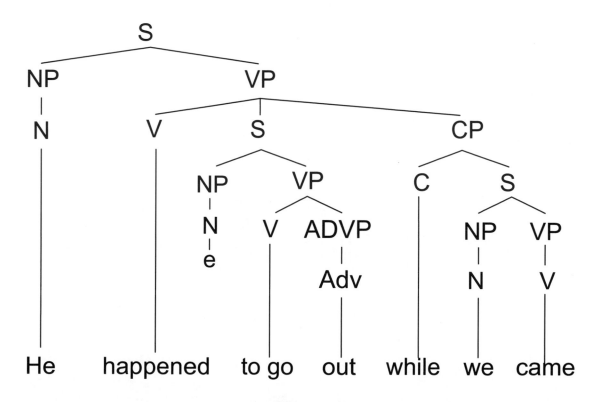

2-J-51: VP → V + S（動詞片語為不及物動詞和不定詞結構句型）

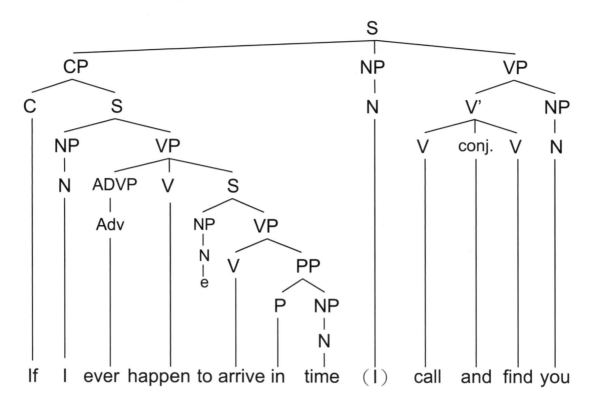

2-J-52: VP → V + S（動詞片語為不及物動詞和不定詞結構句型）

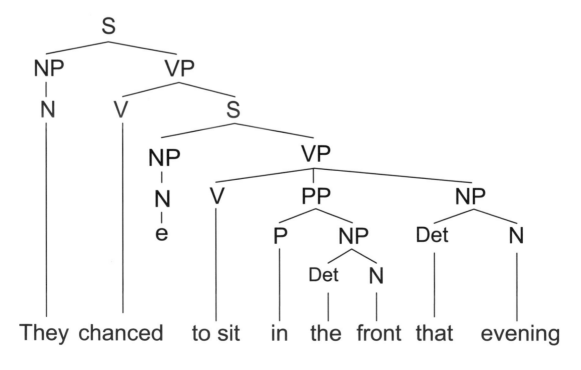

2-K: VP → V + AP/NP + S（動詞片語為不及物動詞和形容詞或名詞片語和動態詞結構句型）

　　2-K 的不及物動詞後接形容詞或名詞片語和動態詞（不定詞、動名詞、分詞）結構。在此樹狀圖結構裡，動詞片語為不及物動詞和形容詞或名詞片語和動態詞結構句型指的是，主動詞 V node 有 AP 或 NP 和有 S sister nodes 的句型：V + AP/NP + S。以下樹狀圖將展示這一類型各種英語句型結構。

2-K-1: VP → V + AP/NP + S（動詞片語為不及物動詞和形容詞或名詞片語和動態詞結構句型）

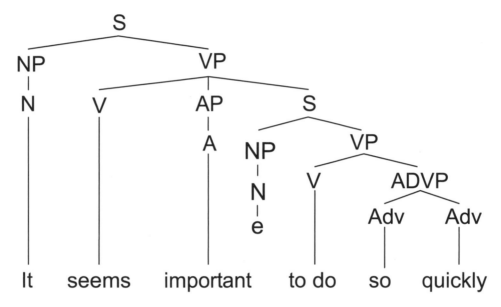

2-K-2: VP → V + AP/NP + S（動詞片語為不及物動詞和形容詞或名詞片語和動態詞結構句型）

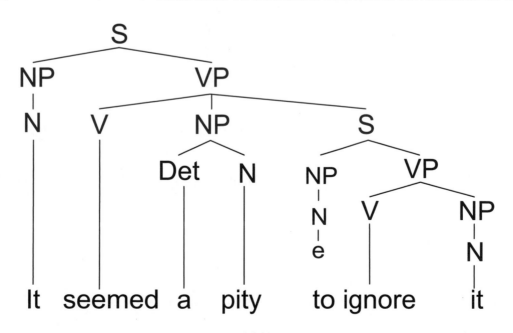

2-K-3: VP → V＋AP/NP＋S（動詞片語為不及物動詞和形容詞或名詞片語和動態詞結構句型）

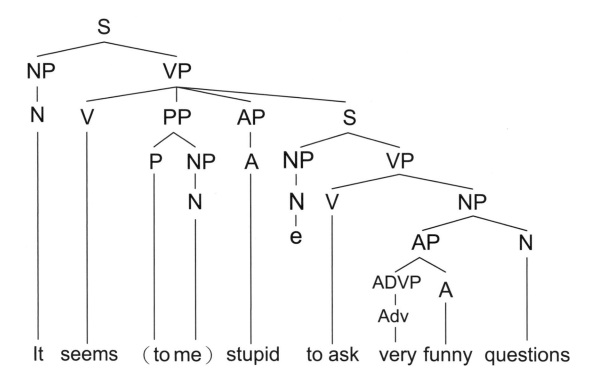

2-K-4: VP → V＋AP/NP＋S（動詞片語為不及物動詞和形容詞或名詞片語和動態詞結構句型）

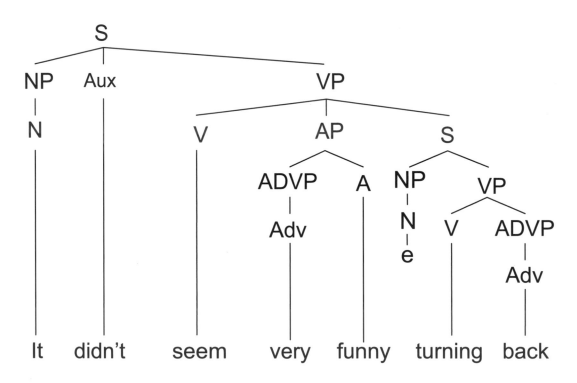

2-K-5: VP → V + AP/NP + S（動詞片語為不及物動詞和形容詞或名詞片語和動態詞結構句型）

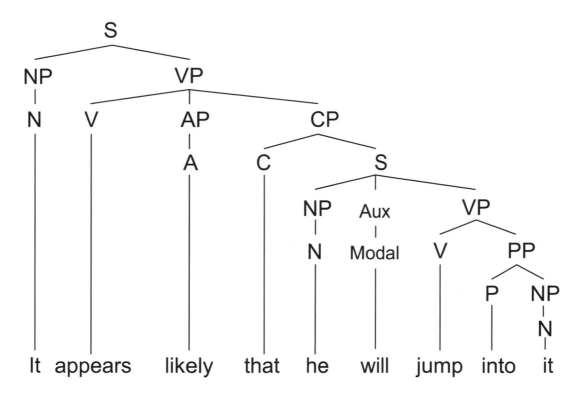

2-K-6: VP → V + AP/NP + S（動詞片語為不及物動詞和形容詞或名詞片語和動態詞結構句型）

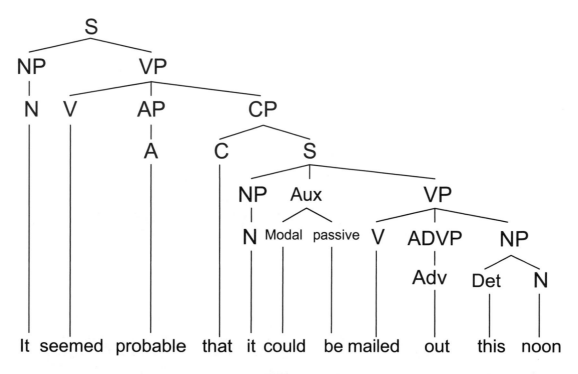

2-L: VP → V +（Adverbial）（動詞片語為特殊不定詞片語結構句型）

　　2-L 的不及物動詞為特殊不定詞結構，亦即，to 永遠不用的不定詞，我們一向稱為「原形」的結構。在此樹狀圖結構裡，動詞片語為特殊不定詞片語結構句型指的是，主動詞 V node 有選擇性副詞功能結構 Adverbial sister node 的句型：V +（Adverbial）。以下樹狀圖將展示這一類型各種英語句型結構。

2-L-1: VP → V +（Adverbial）（動詞片語為特殊不定詞片語結構句型）

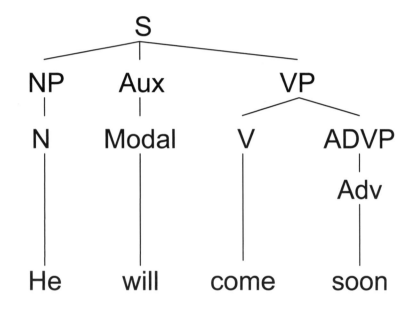

2-L-2: VP → V +（Adverbial）（動詞片語為特殊不定詞片語結構句型）

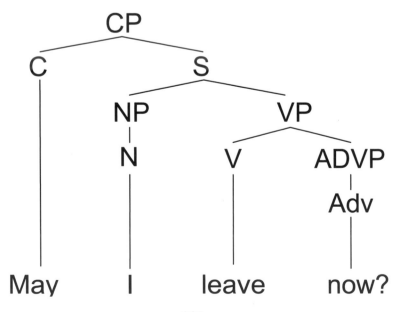

360

2-L-3: VP → V +（Adverbial）（動詞片語為特殊不定詞片語結構句型）

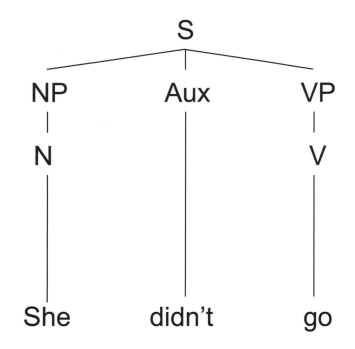

2-L-4: VP → V +（Adverbial）（動詞片語為特殊不定詞片語結構句型）

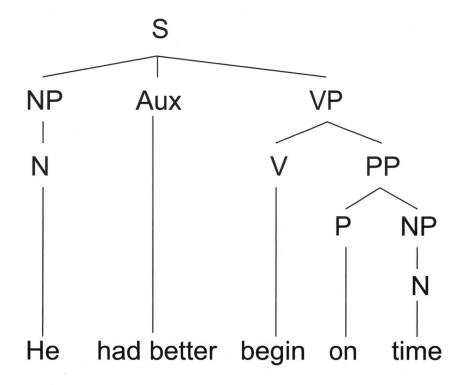

2-L-5: VP → V +（Adverbial）（動詞片語為特殊不定詞片語結構句型）

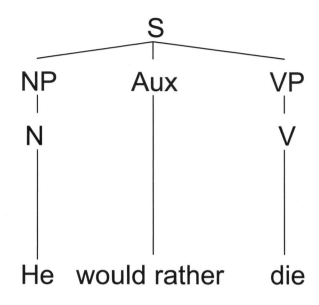

2-L-6: VP → V +（Adverbial）（動詞片語為特殊不定詞片語結構句型）

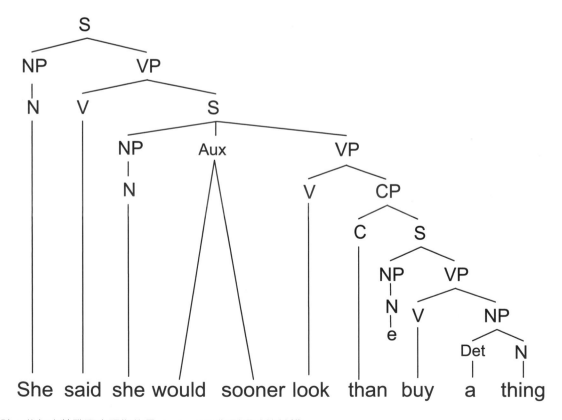

註：此句之特殊不定詞指的是 look，CP 為副詞功能結構。

三、BE 動詞句型

　　BE 動詞句型為本書樹狀圖句構第三種句型。基本特徵在於主要動詞為 Be 動詞，Be 動詞之後為主詞補語位置。以下樹狀圖將展示這一類型各種主詞補語結構。

3-A: VP → V + S（動詞片語為 BE 動詞和不定詞結構句型）

　　3-A 的主詞補語為不定詞結構，亦即，在此樹狀圖結構裡，動詞片語為 BE 動詞和不定詞結構句型，指的是，主動詞 V node 的 sister node 是 S 的句型：V + S 。以下樹狀圖將展示這一類型各種英語句型結構。

3-A-1: VP → V + S（動詞片語為 BE 動詞和不定詞結構句型）

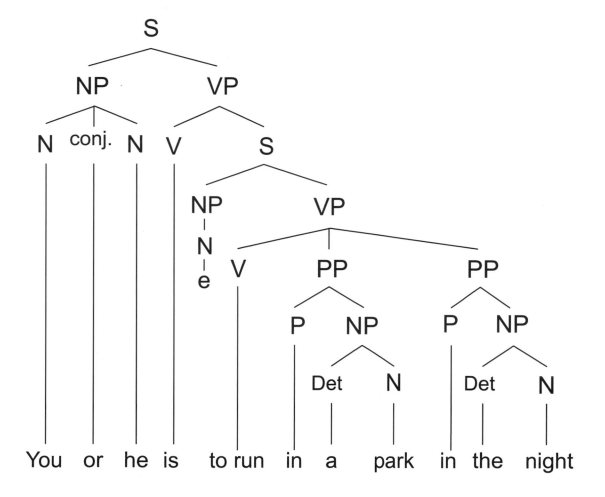

3-A-2: VP → V + S（動詞片語為 BE 動詞和不定詞結構句型）

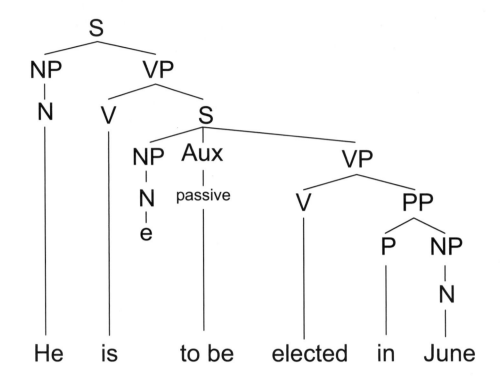

3-A-3: VP → V + S（動詞片語為 BE 動詞和不定詞結構句型）

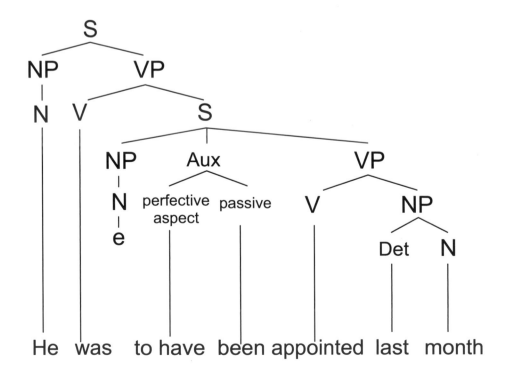

3-A-4: VP → V + S（動詞片語為 BE 動詞和不定詞結構句型）

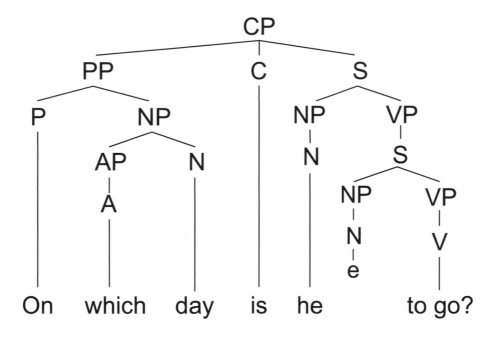

註：此句 BE 動詞 is 已移出原來 V node 位置，所以 surface structure 的樹狀圖上並無 V node 標示。

3-A-5: VP → V + S（動詞片語為 BE 動詞和不定詞結構句型）

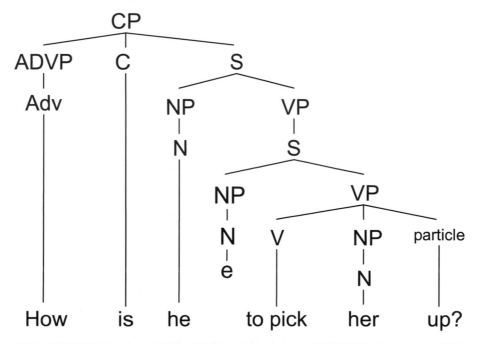

註：此句 BE 動詞 is 已移出原來 V node 位置，所以 surface structure 的樹狀圖上並無 V node 標示。

3-A-6: VP → V + S（動詞片語為 BE 動詞和不定詞結構句型）

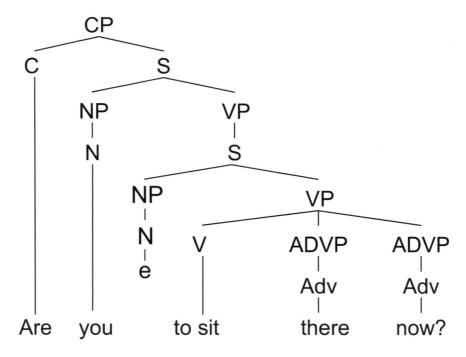

註：此句 BE 動詞 are 已移出原來 V node 位置，所以 surface structure 的樹狀圖上並無 V node 標示。

3-A-7: VP → V + S（動詞片語為 BE 動詞和不定詞結構句型）

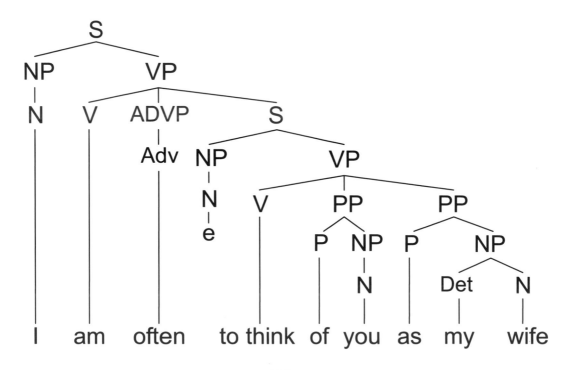

3-A-8: VP → V + S（動詞片語為 BE 動詞和不定詞結構句型）

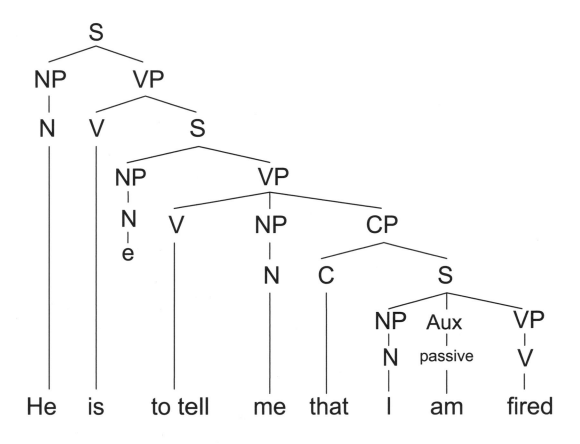

3-A-9: VP → V + S（動詞片語為 BE 動詞和不定詞結構句型）

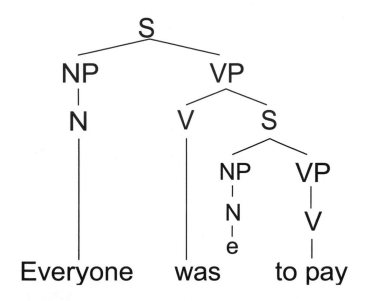

3-A-10: VP → V + S（動詞片語為 BE 動詞和不定詞結構句型）

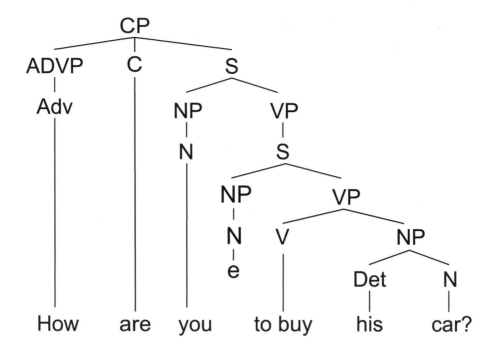

註：此句 BE 動詞 are 已移出原來 V node 位置，所以 surface structure 的樹狀圖上並無 V node 標示。

3-A-11: VP → V + S（動詞片語為 BE 動詞和不定詞結構句型）

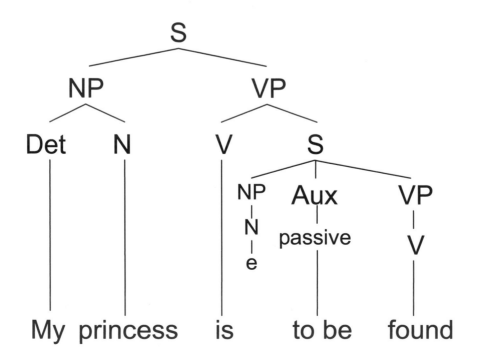

3-A-12: VP → V + S（動詞片語為 BE 動詞和不定詞結構句型）

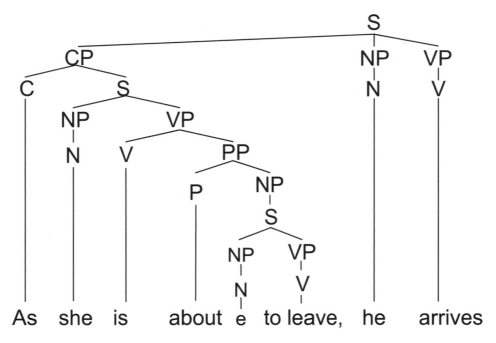

註：此句為 be about to + v 之不定詞結構句型，所以 surface structure 的樹狀圖上為 PP 標示。

3-A-13: VP → V + S（動詞片語為 BE 動詞和不定詞結構句型）

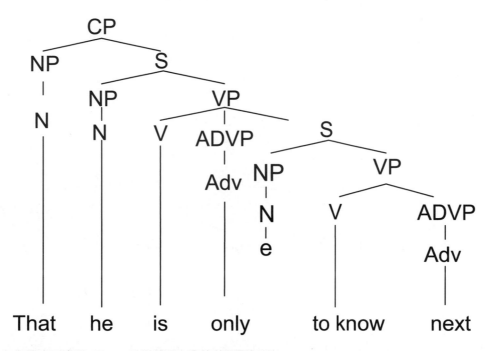

註：That 為原來不定詞 to know 的受詞，移位前移至句首。

3-A-14: VP → V + S（動詞片語為 BE 動詞和不定詞結構句型）

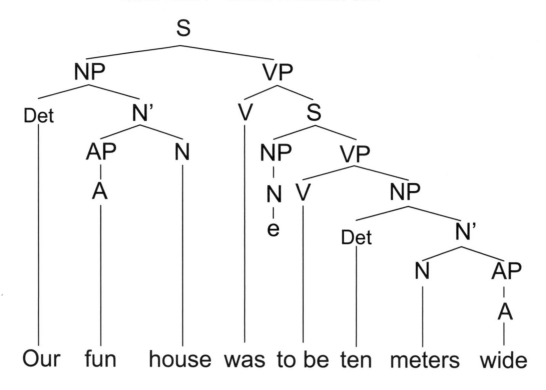

3-A-15: VP → V + S（動詞片語為 BE 動詞和不定詞結構句型）

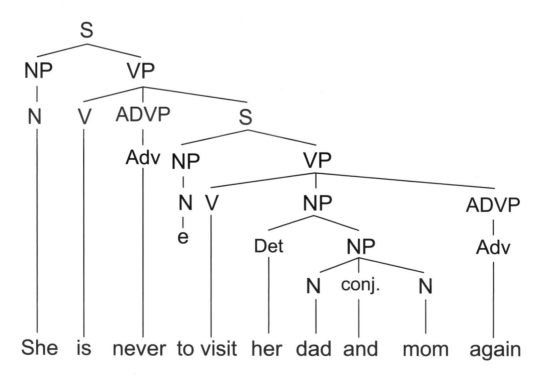

3-B: VP → V + NP（動詞片語為 BE 動詞和名詞片語句型）

　　3-B 的主詞補語為名詞結構，亦即，在此樹狀圖結構裡，動詞片語為 BE 動詞和名詞片語句型，指的是，主動詞 V node 的 sister node 是 NP 的句型：V + NP 。以下樹狀圖將展示這一類型各種英語句型結構。

3-B-1: VP → V + NP（動詞片語為 BE 動詞和名詞片語句型）

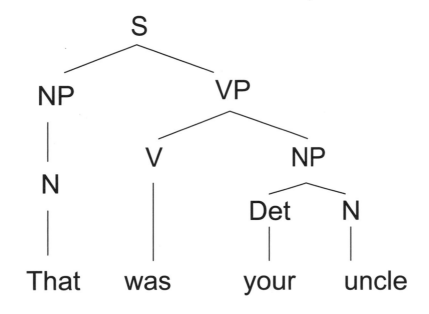

3-B-2: VP → V + NP（動詞片語為 BE 動詞和名詞片語句型）

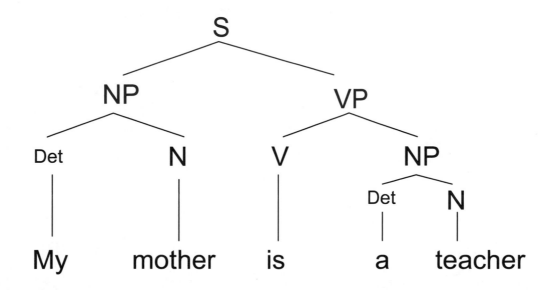

3-B-3: VP → V + NP（動詞片語為 BE 動詞和名詞片語句型）

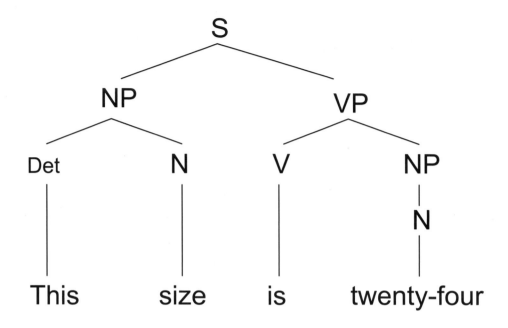

3-B-4: VP → V + NP（動詞片語為 BE 動詞和名詞片語句型）

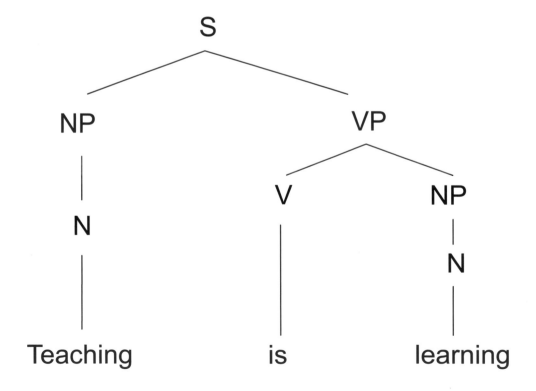

3-B-5: VP → V + NP（動詞片語為 BE 動詞和名詞片語句型）

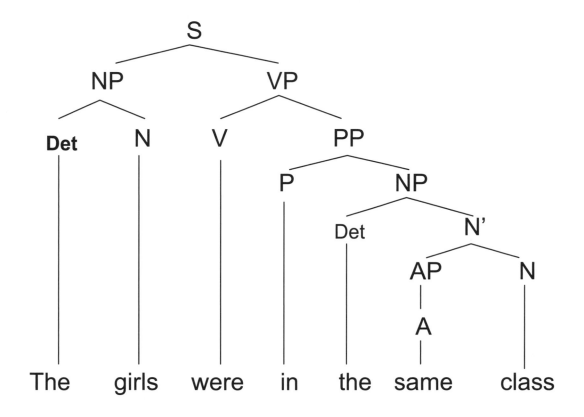

3-B-6: VP → V + NP（動詞片語為 BE 動詞和名詞片語句型）

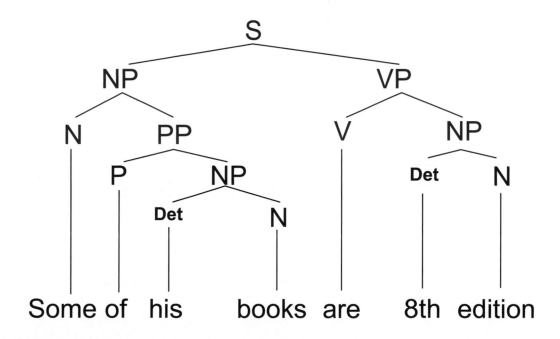

3-B-7: VP → V + NP（動詞片語為 BE 動詞和名詞片語句型）

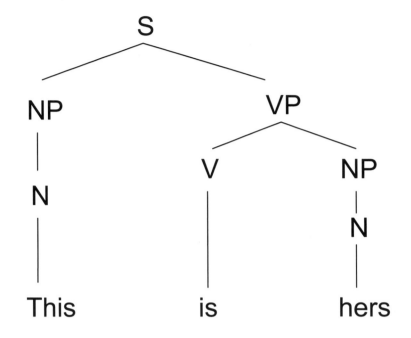

3-B-8: VP → V + NP（動詞片語為 BE 動詞和名詞片語句型）

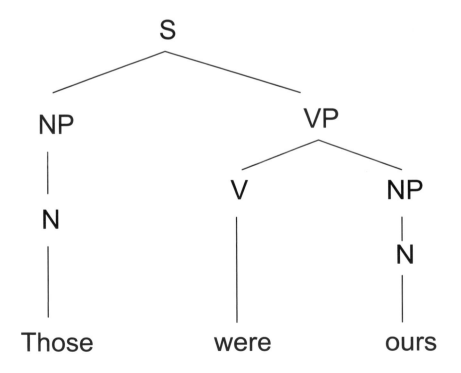

3-B-9: VP → V + NP（動詞片語為 BE 動詞和名詞片語句型）

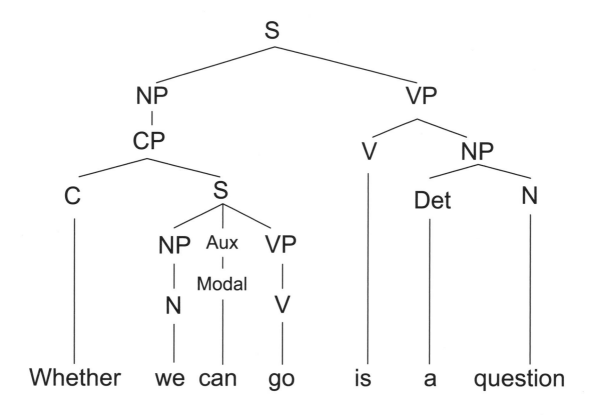

3-B-10: VP → V + NP（動詞片語為 BE 動詞和名詞片語句型）

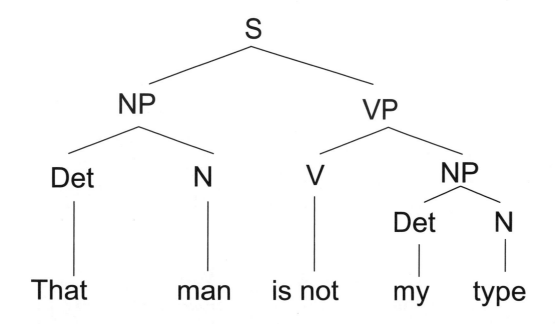

3-B-11: VP → V + NP（動詞片語為 BE 動詞和名詞片語句型）

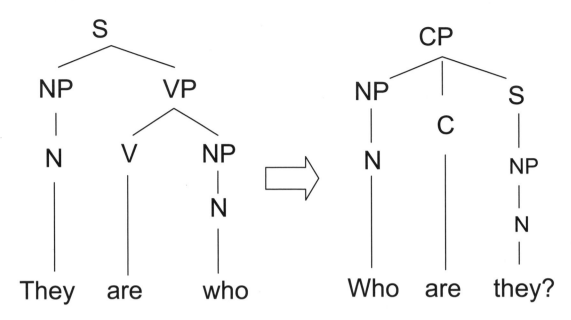

註：本樹狀圖展示 deep structure 基本結構 They are who 移位轉為 surface structure 表面結構 Who are they?的結構變化。

3-B-12: VP → V + NP（動詞片語為 BE 動詞和名詞片語句型）

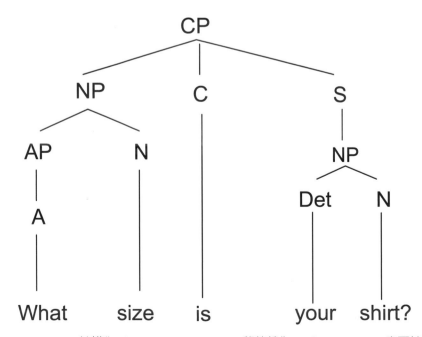

註：此句原來 deep structure 結構為 Your shirt is what size，移位轉為 surface structure 表面結構 What size is your shirt?。

3-B-13: VP → V + NP（動詞片語為 BE 動詞和名詞片語句型）

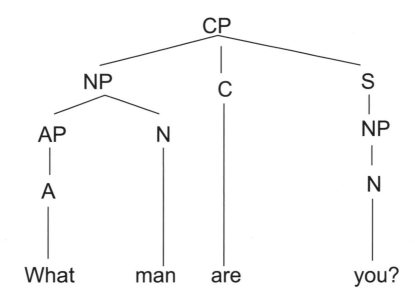

註：此句原來 deep structure 結構為 You are what man，移位轉為 surface structure 表面結構 What man are you?。

3-B-14: VP → V + NP（動詞片語為 BE 動詞和名詞片語句型）

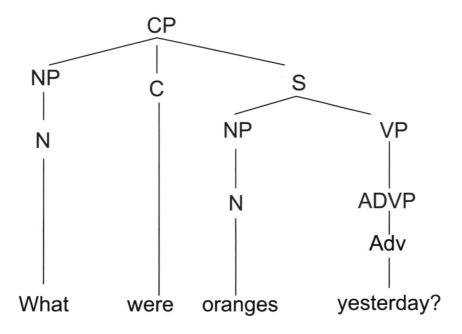

註：此句原來 deep structure 結構為 Oranges were what yesterday?，移位轉為 surface structure 表面結構 What were oranges yesterday?

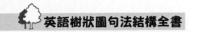
3-C: VP → V + AP（動詞片語為 BE 動詞和形容詞片語句型）

　　3-C 的主詞補語為形容詞結構，亦即，在此樹狀圖結構裡，動詞片語為 BE 動詞和形容詞片語句型，指的是，主動詞 V node 的 sister node 是 AP 的句型：V + AP 。以下樹狀圖將展示這一類型各種英語句型結構。

3-C-1: VP → V + AP（動詞片語為 BE 動詞和形容詞片語句型）

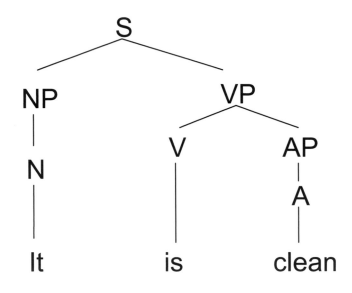

3-C-2: VP → V + AP（動詞片語為 BE 動詞和形容詞片語句型）

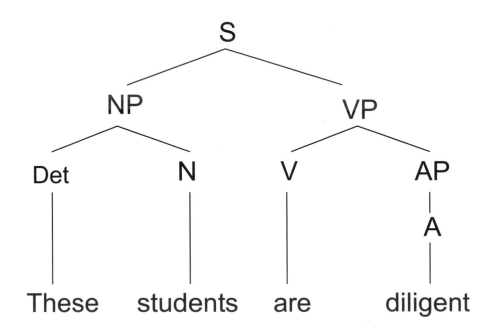

3-C-3: VP → V + AP（動詞片語為 BE 動詞和形容詞片語句型）

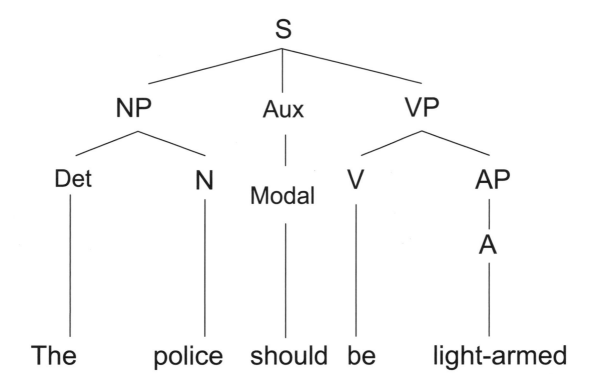

3-C-4: VP → V + AP（動詞片語為 BE 動詞和形容詞片語句型）

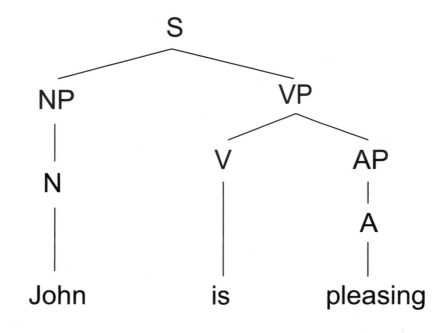

英語樹狀圖句法結構全書

3-C-5: VP → V + AP（動詞片語為 BE 動詞和形容詞片語句型）

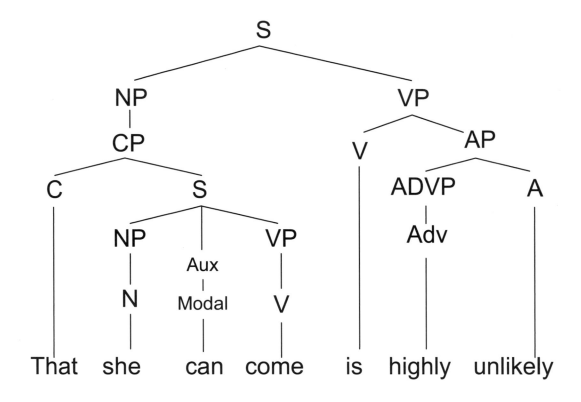

3-C-6: VP → V + AP（動詞片語為 BE 動詞和形容詞片語句型）

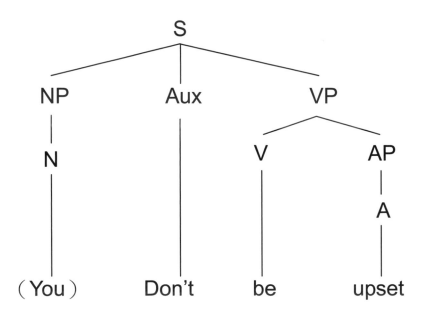

註：You 為祈使句的當然主詞，通常不用，特殊語境下才可能使用。

3-C-7: VP → V + AP （動詞片語為 BE 動詞和形容詞片語句型）

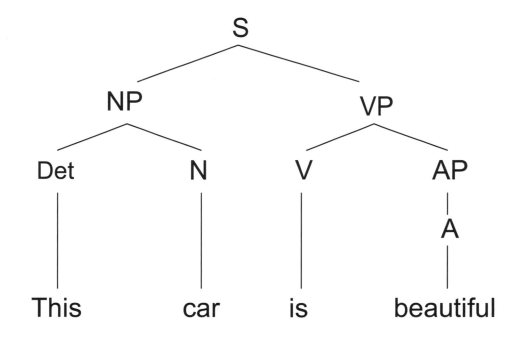

3-C-8: VP → V + AP （動詞片語為 BE 動詞和形容詞片語句型）

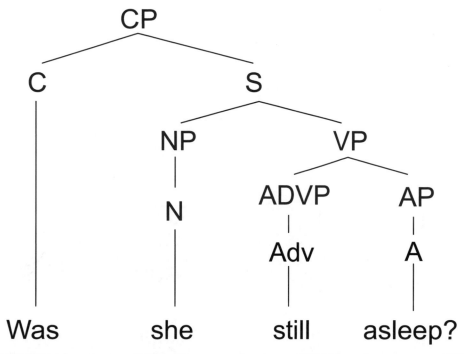

註：此疑問句原來 deep structure 結構為 She was still asleep，移位轉為 surface structure 表面結構 Was she still asleep?

3-C-9: VP → V + AP（動詞片語為 BE 動詞和形容詞片語句型）

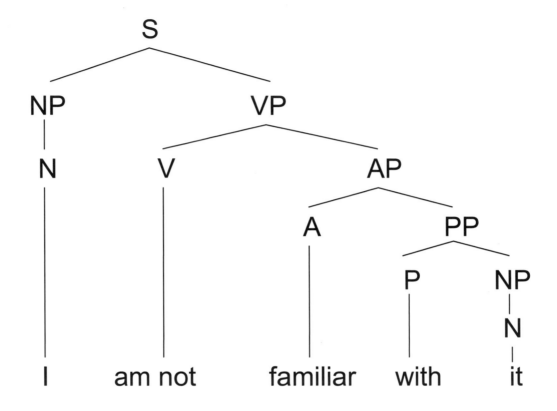

3-C-10: VP → V + AP（動詞片語為 BE 動詞和形容詞片語句型）

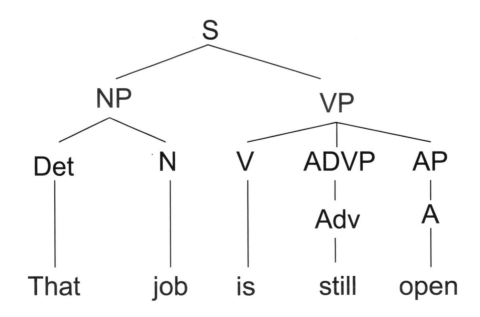

註：副詞片語 still 修飾 BE 動詞，不與形容詞 open 組成形容詞片語。

3-D: VP → V + PP/ADVP（動詞片語為 BE 動詞和介系詞或副詞片語句型）

　　3-D 的主詞補語為介系詞或副詞片語結構，由於兩結構皆具副詞功能，因而列為同句型。亦即，在此樹狀圖結構裡，動詞片語為 BE 動詞和介系詞或副詞片語句型，指的是，主動詞 V node 的 sister node 是 PP 或 ADVP 的句型：V + PP/ADVP 。以下樹狀圖將展示這一類型各種英語句型結構。

3-D-1: VP → V + PP/ADVP（動詞片語為 BE 動詞和介系詞或副詞片語句型）

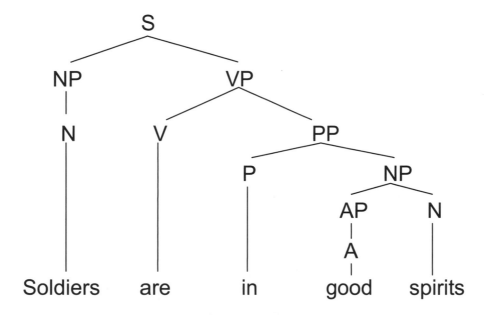

3-D-2: VP → V + PP/ADVP（動詞片語為 BE 動詞和介系詞或副詞片語句型）

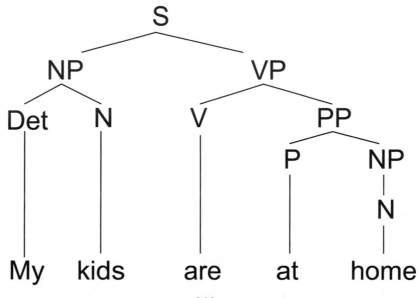

3-D-3: VP → V + PP/ADVP （動詞片語為 BE 動詞和介系詞或副詞片語句型）

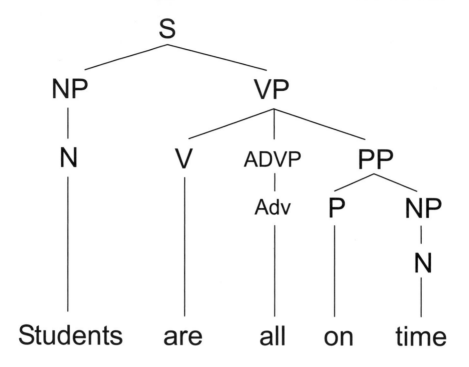

3-D-4: VP → V + PP/ADVP （動詞片語為 BE 動詞和介系詞或副詞片語句型）

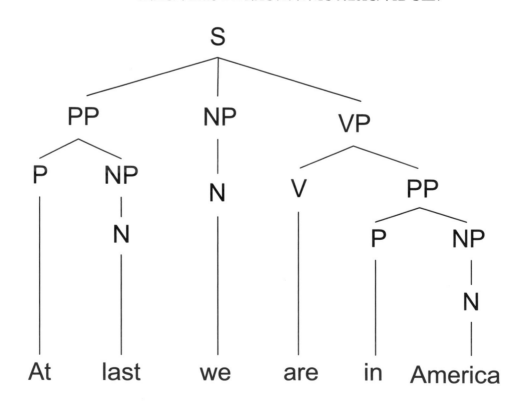

3-D-5: VP → V + PP/ADVP（動詞片語為 BE 動詞和介系詞或副詞片語句型）

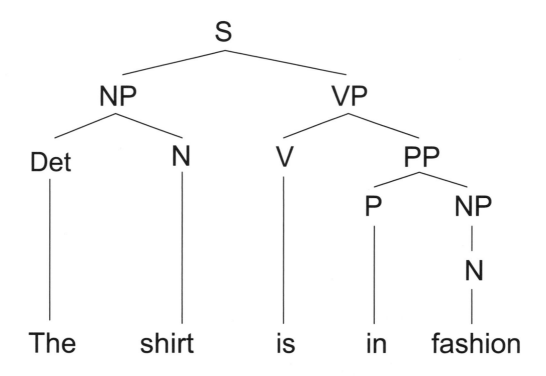

3-D-6: VP → V + PP/ADVP（動詞片語為 BE 動詞和介系詞或副詞片語句型）

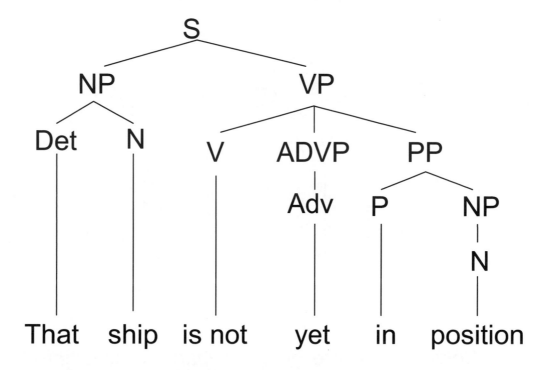

英語樹狀圖句法結構全書

3-D-7: VP → V + PP/ADVP（動詞片語為 BE 動詞和介系詞或副詞片語句型）

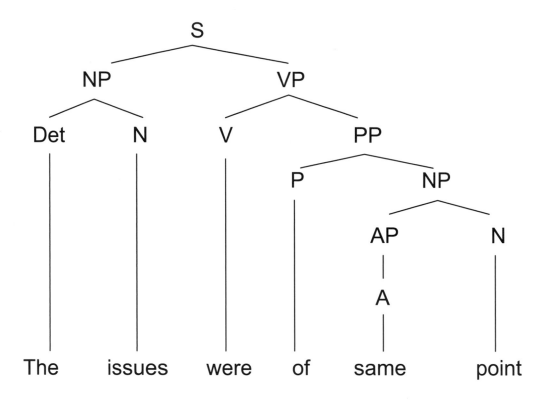

3-D-8: VP → V + PP/ADVP（動詞片語為 BE 動詞和介系詞或副詞片語句型）

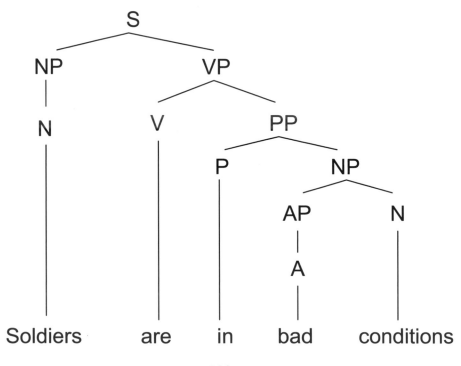

3-D-9: VP → V + PP/ADVP（動詞片語為 BE 動詞和介系詞或副詞片語句型）

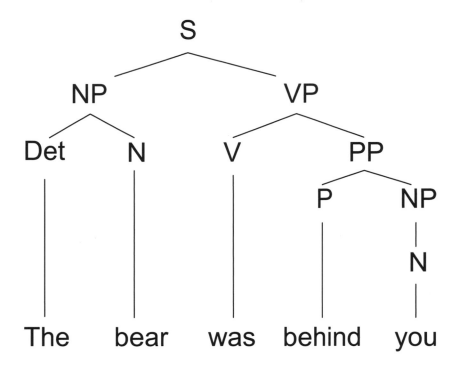

3-D-10: VP → V + PP/ADVP（動詞片語為 BE 動詞和介系詞或副詞片語句型）

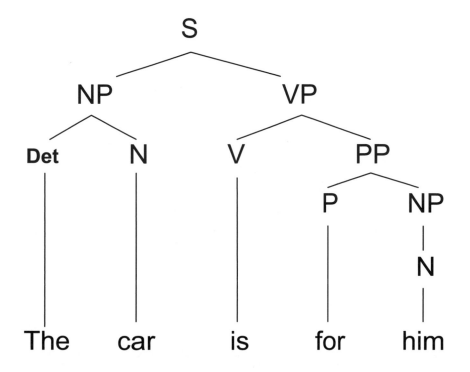

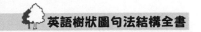

3-D-11: VP → V + PP/ADVP（動詞片語為 BE 動詞和介系詞或副詞片語句型）

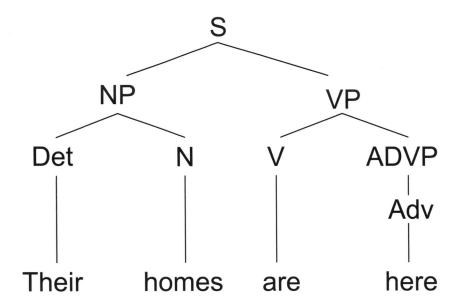

3-D-12: VP → V + PP/ADVP（動詞片語為 BE 動詞和介系詞或副詞片語句型）

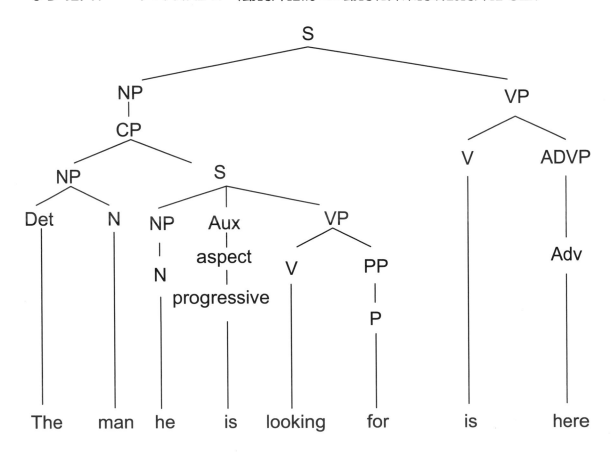

3-D-13: VP → V + PP/ADVP（動詞片語為 BE 動詞和介系詞或副詞片語句型）

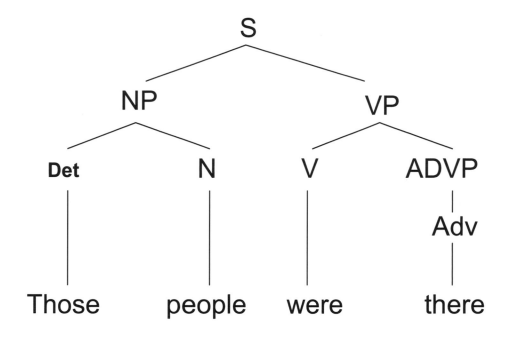

3-D-14: VP → V + PP/ADVP（動詞片語為 BE 動詞和介系詞或副詞片語句型）

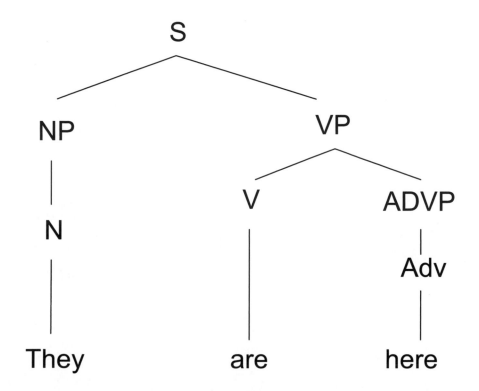

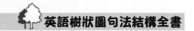
英語樹狀圖句法結構全書

3-D-15: VP → V + PP/ADVP（動詞片語為 BE 動詞和介系詞或副詞片語句型）

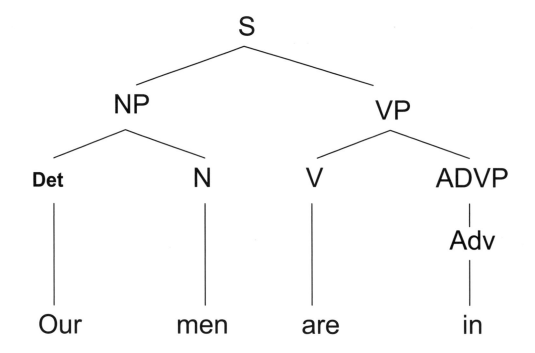

3-D-16: VP → V + PP/ADVP（動詞片語為 BE 動詞和介系詞或副詞片語句型）

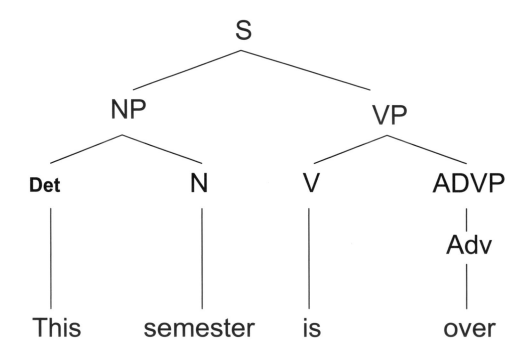

3-D-17: VP → V + PP/ADVP（動詞片語為 BE 動詞和介系詞或副詞片語句型）

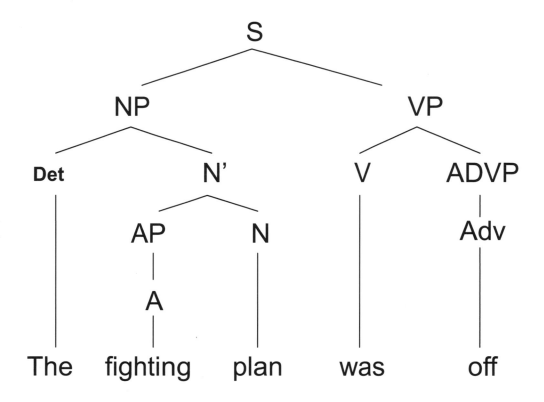

3-D-18: VP → V + PP/ADVP（動詞片語為 BE 動詞和介系詞或副詞片語句型）

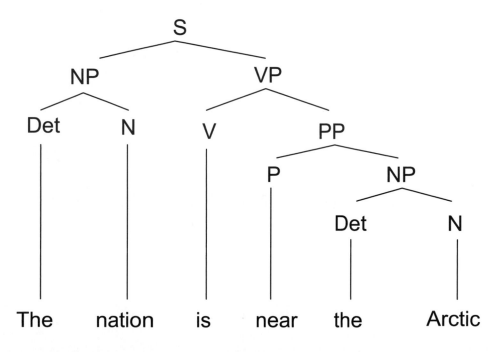

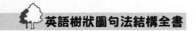

3-D-19: VP → V + PP/ADVP（動詞片語為 BE 動詞和介系詞或副詞片語句型）

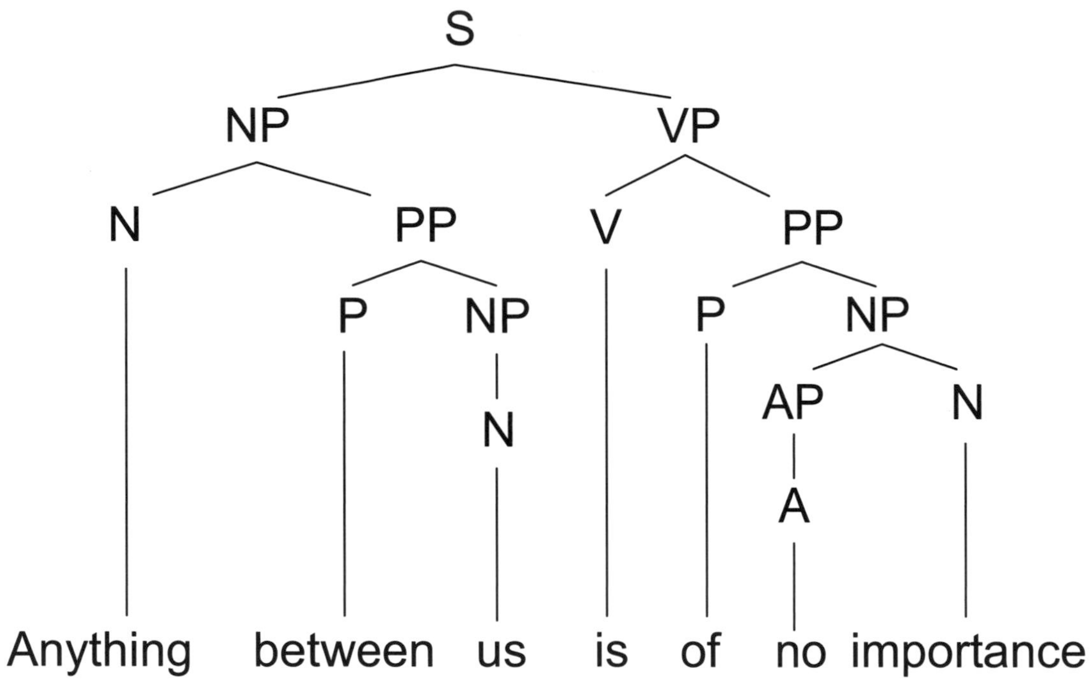
S
NP
VP
N
PP
V
PP
P
NP
P
NP
N
AP
N
A
Anything between us is of no importance

3-D-20: VP → V + PP/ADVP（動詞片語為 BE 動詞和介系詞或副詞片語句型）

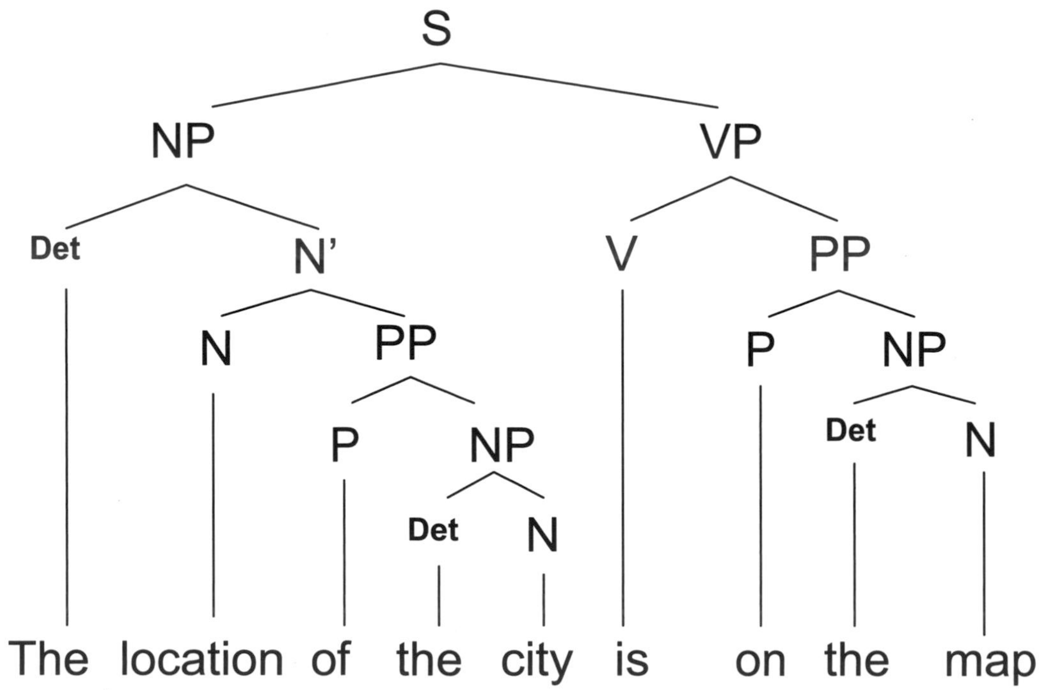
S
NP
VP
Det
N'
V
PP
N
PP
P
NP
P
NP
Det
N
Det
N
The location of the city is on the map

3-D-21: VP → V + PP/ADVP（動詞片語為 BE 動詞和介系詞或副詞片語句型）

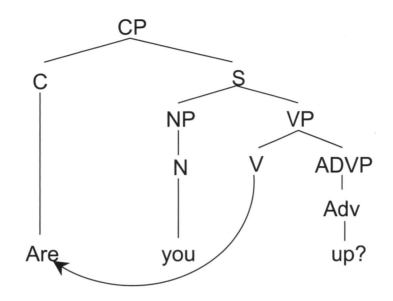

3-E: VP → V + NP +（Adverbial）（動詞片語為 BE 動詞和名詞片語和/或副詞功能結構句型）

　　3-E 的主詞補語為當作真正主詞的名詞片語結構加上選擇性的副詞功能結構。亦即，在此樹狀圖結構裡，動詞片語為 BE 動詞和名詞片語和/或副詞功能結構句型，指的是，主動詞 V node 的 sister nodes 是 NP 和/或 Adverbial 的句型：V + NP +（Adverbial）。There 在此結構是虛主詞，為結構上的主詞。以下樹狀圖將展示這一類型各種英語句型結構。

3-E-1: VP → V + NP +（Adverbial）（動詞片語為 BE 動詞和名詞片語和/或副詞功能結構句型）

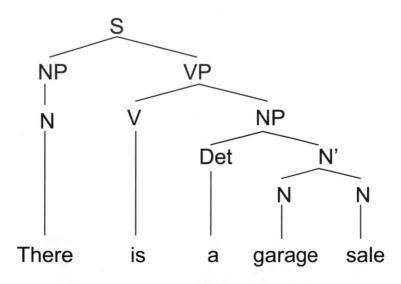

3-E-2: VP → V + NP +（Adverbial）（動詞片語為 BE 動詞和名詞片語和/或副詞功能結構句型）

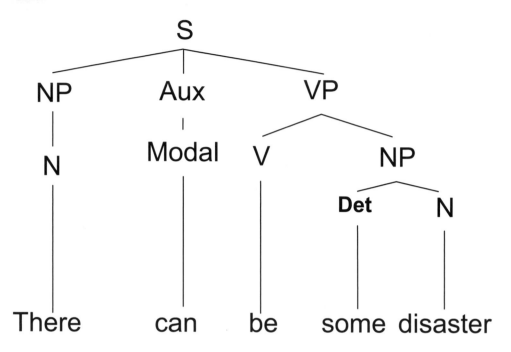

3-E-3: VP → V + NP +（Adverbial）（動詞片語為 BE 動詞和名詞片語和/或副詞功能結構句型）

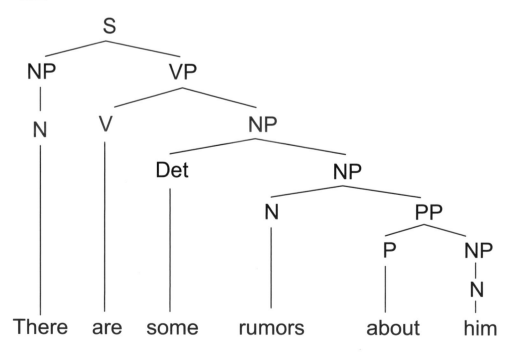

3-E-4: VP → V + NP +（Adverbial）（動詞片語為 BE 動詞和名詞片語和/或副詞功能結構
句型）

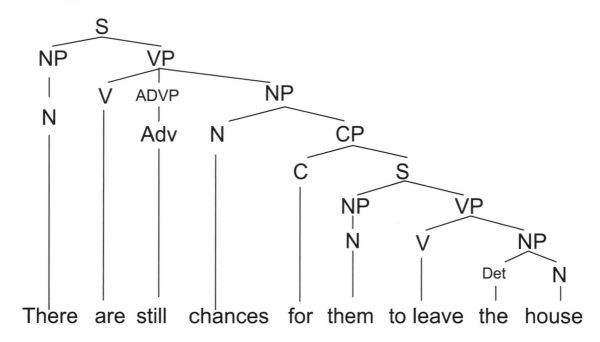

註：for 在此為 complementizer，不是介系詞。

3-E-5: VP → V + NP +（Adverbial）（動詞片語為 BE 動詞和名詞片語和/或副詞功能結構
句型）

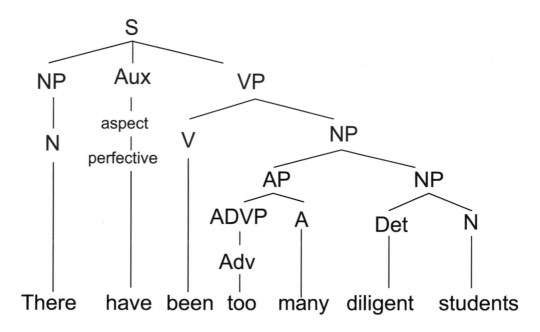

3-E-6: VP → V + NP +（Adverbial）（動詞片語為 BE 動詞和名詞片語和/或副詞功能結構句型）

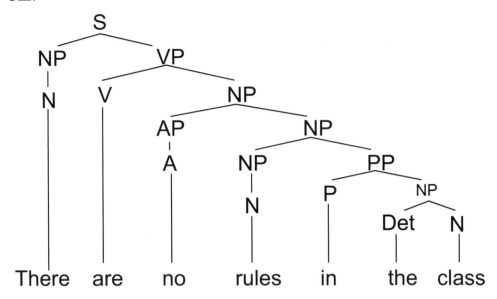

3-E-7: VP → V + NP +（Adverbial）（動詞片語為 BE 動詞和名詞片語和/或副詞功能結構句型）

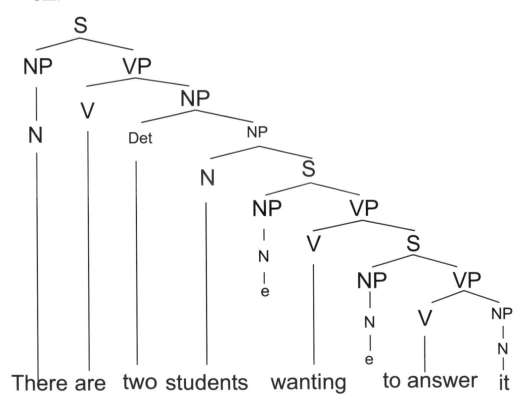

3-E-8: VP → V + NP +（Adverbial）（動詞片語為 BE 動詞和名詞片語和/或副詞功能結構句型）

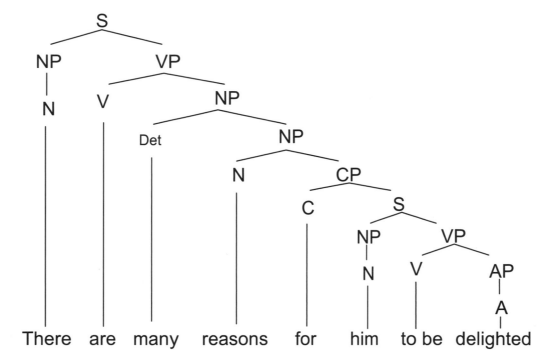

註：for 在此為 complementizer，不是介系詞。

3-E-9: VP → V + NP +（Adverbial）（動詞片語為 BE 動詞和名詞片語和/或副詞功能結構句型）

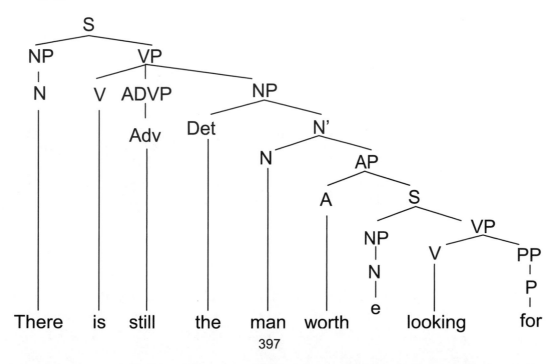

3-E-10: VP → V + NP +（Adverbial）（動詞片語為 BE 動詞和名詞片語和/或副詞功能結構句型）

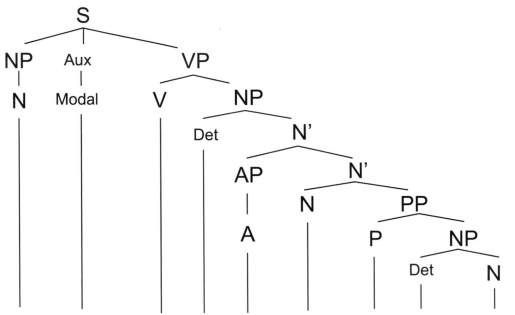

3-E-11: VP → V + NP +（Adverbial）（動詞片語為 BE 動詞和名詞片語和/或副詞功能結構句型）

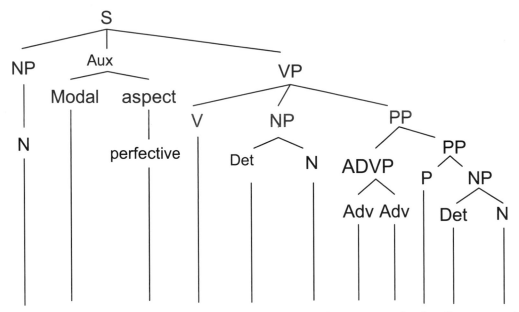

3-E-12: VP → V + NP +（Adverbial）（動詞片語為 BE 動詞和名詞片語和/或副詞功能結構句型）

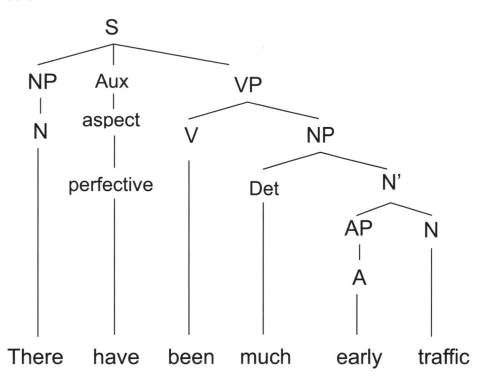

3-E-13: VP → V + NP +（Adverbial）（動詞片語為 BE 動詞和名詞片語和/或副詞功能結構句型）

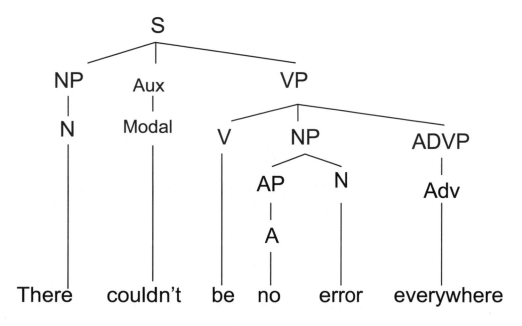

3-E-14: VP → V + NP +（Adverbial）（動詞片語為 BE 動詞和名詞片語和/或副詞功能結構句型）

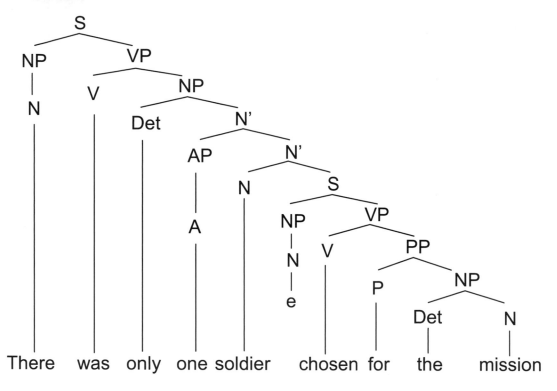

3-E-15: VP → V + NP +（Adverbial）（動詞片語為 BE 動詞和名詞片語和/或副詞功能結構句型）

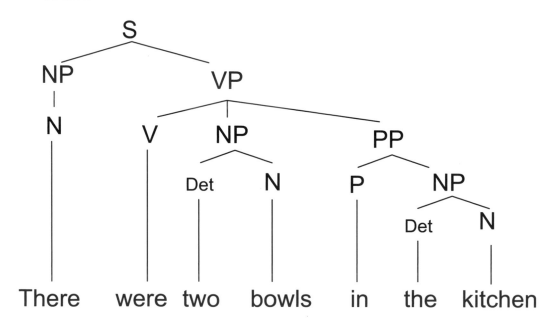

3-E-16: VP → V + NP + （Adverbial）（動詞片語為 BE 動詞和名詞片語和/或副詞功能結構句型）

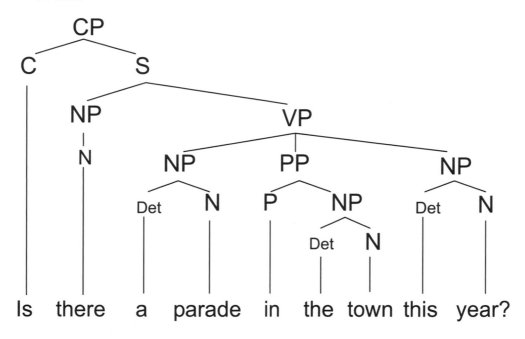

註：本句 BE 動詞已移至句首，名詞片語為 a parade。in the town 和 this year 皆為 adverbials。

3-E-17: VP → V + NP + （Adverbial）（動詞片語為 BE 動詞和名詞片語和/或副詞功能結構句型）

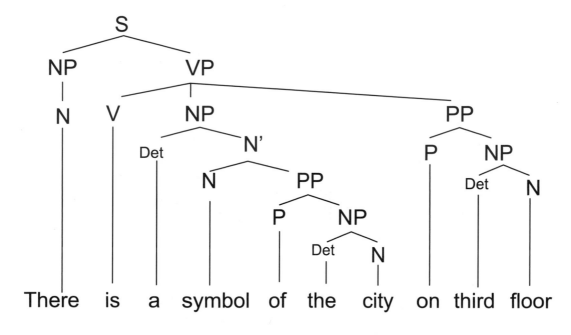

3-E-18: VP → V + NP + （Adverbial）（動詞片語為 BE 動詞和名詞片語和/或副詞功能結構句型）

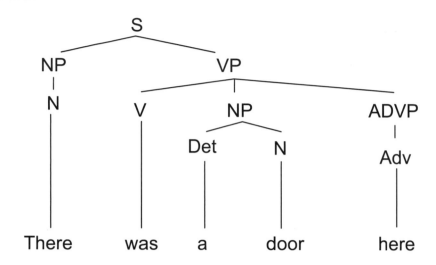

3-F: VP → V + AP/NP + S（動詞片語為 BE 動詞和名詞片語或形容詞片語和動態詞結構句型）

　　3-F 的主詞補語為名詞片語或形容詞片語，和當作真正主詞的動態詞片語結構：不定詞或動名詞。亦即，在此樹狀圖結構裡，動詞片語為 BE 動詞和名詞片語或形容詞片語和動態詞結構句型，指的是，主動詞 V node 的 sister nodes 是 AP 或 NP 和 S 的句型：V + AP/NP + S。It 在此結構是虛主詞，為結構上的主詞。以下樹狀圖將展示這一類型各種英語句型結構。

3-F-1: VP → V + AP/NP + S（動詞片語為 BE 動詞和名詞片語或形容詞片語和不定詞結構句型）

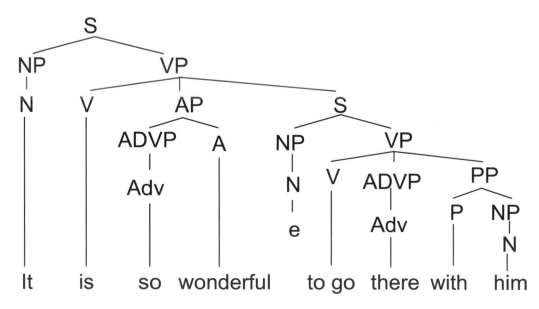

3-F-2: VP → V + AP/NP + S（動詞片語為 BE 動詞和名詞片語或形容詞片語和不定詞結構句型）

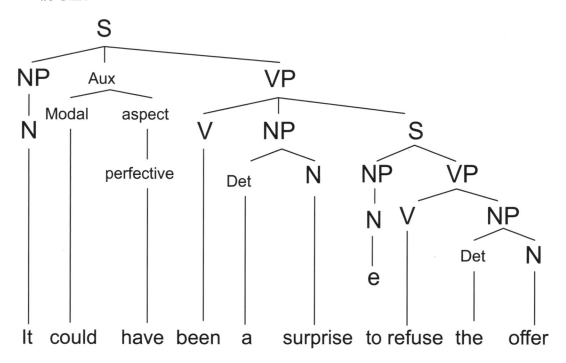

3-F-3: VP → V + AP/NP + S（動詞片語為 BE 動詞和名詞片語或形容詞片語和不定詞結構句型）

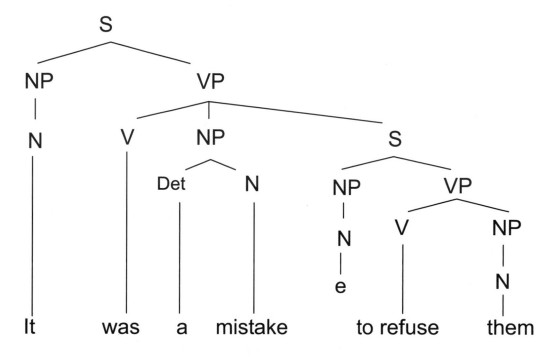

3-F-4: VP → V + AP/NP + S（動詞片語為 BE 動詞和名詞片語或形容詞片語和不定詞結構句型）

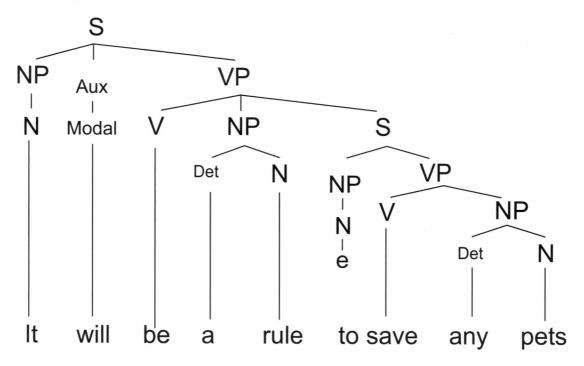

3-F-5: VP → V + AP/NP + S（動詞片語為 BE 動詞和名詞片語或形容詞片語和不定詞結構句型）

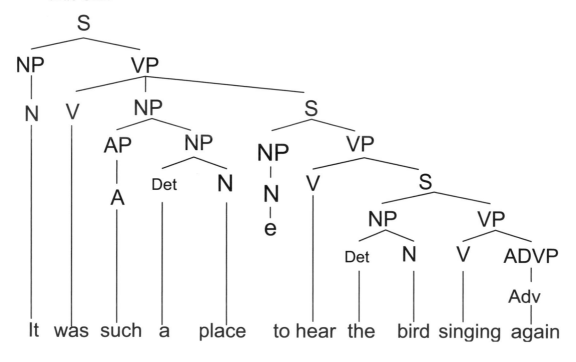

3-F-6: VP → V + AP/NP + S（動詞片語為 BE 動詞和名詞片語或形容詞片語和不定詞結構句型）

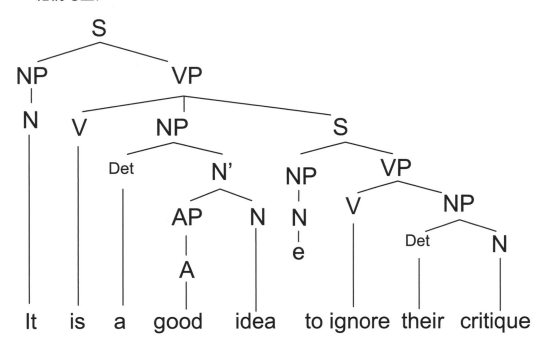

3-F-7: VP → V + AP/NP + S（動詞片語為 BE 動詞和名詞片語或形容詞片語和不定詞結構句型）

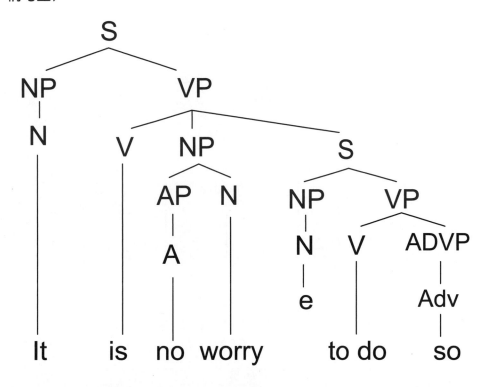

3-F-8: VP → V + AP/NP + S（動詞片語為 BE 動詞和名詞片語或形容詞片語和不定詞結構句型）

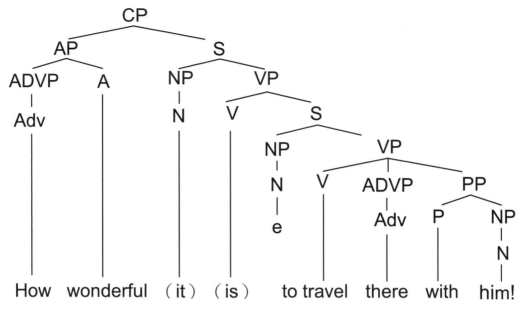

How wonderful （it） （is） to travel there with him!

註：本句型把表示感嘆的形容詞片語移位至句首，形成感嘆句。

3-F-9: VP → V + AP/NP + S（動詞片語為 BE 動詞和名詞片語或形容詞片語和不定詞結構句型）

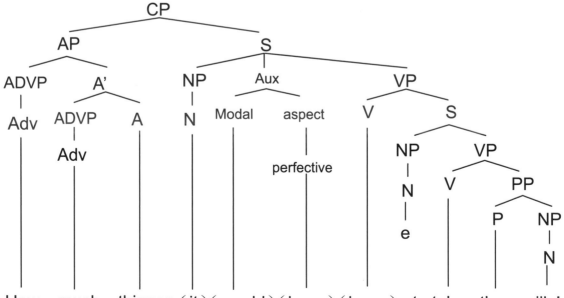

How much thinner （it）（would）（have）（been） to take the pills!

註：本句型把表示感嘆的形容詞片語移位至句首，形成感嘆句。

3-F-10: VP → V + AP/NP + S（動詞片語為 BE 動詞和名詞片語或形容詞片語和不定詞結構句型）

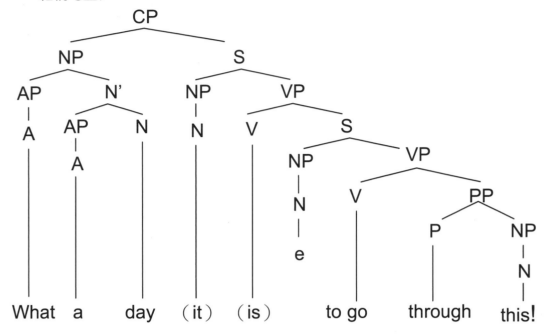

註：本句型把表示感嘆的名詞片語移位至句首，形成感嘆句。

3-F-11: VP → V + AP/NP + S（動詞片語為 BE 動詞和名詞片語或形容詞片語和不定詞結構句型）

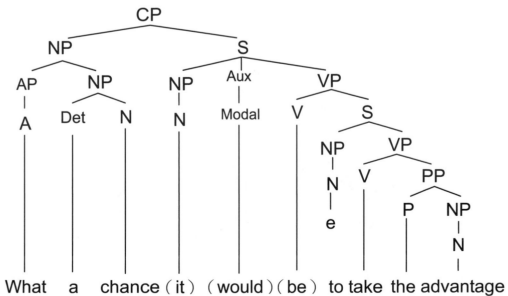

註：本句型把表示感嘆的名詞片語移位至句首，形成感嘆句。

3-F-12: VP → V + AP/NP + S（動詞片語為 BE 動詞和名詞片語或形容詞片語和不定詞結構句型）

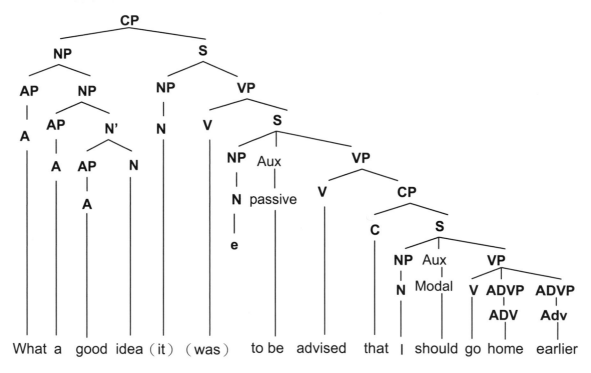

註：本句型把表示感嘆的名詞片語移位至句首，形成感嘆句。

3-F-13: VP → V + AP/NP + S（動詞片語為 BE 動詞和名詞片語或形容詞片語和動名詞結構句型）

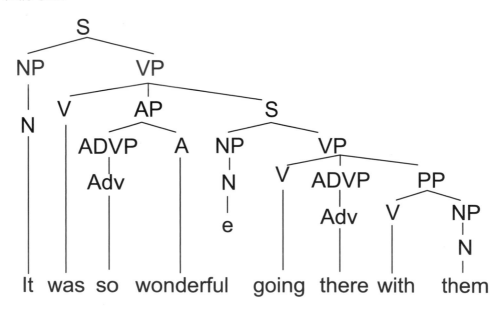

3-F-14: VP → V + AP/NP + S（動詞片語為 BE 動詞和名詞片語或形容詞片語和動名詞結構句型）

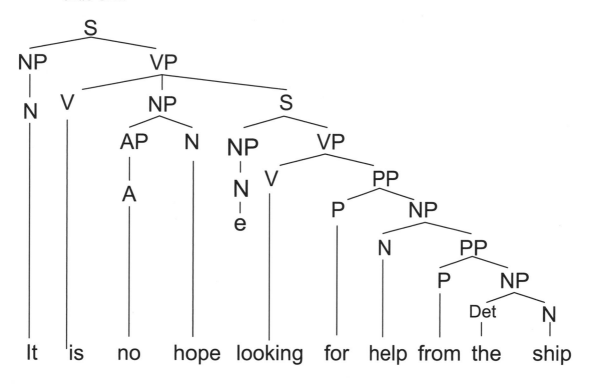

3-F-15: VP → V + AP/NP + S（動詞片語為 BE 動詞和名詞片語或形容詞片語和動名詞結構句型）

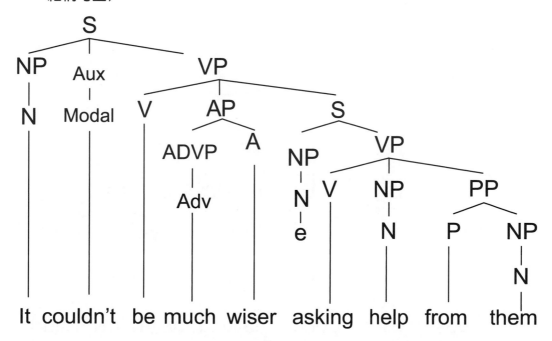

3-F-16: VP → V + AP/NP + S（動詞片語為 BE 動詞和名詞片語或形容詞片語和動名詞結構句型）

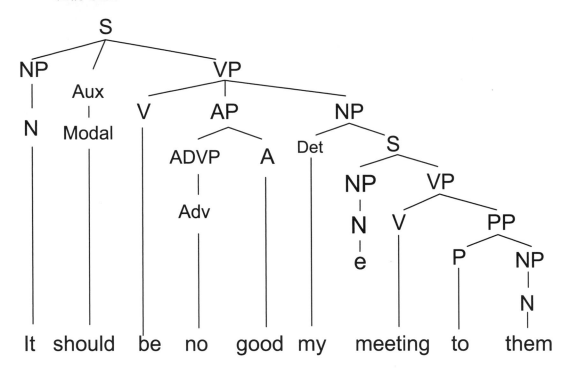

3-F-17: VP → V + AP/NP + S（動詞片語為 BE 動詞和名詞片語或形容詞片語和動名詞結構句型）

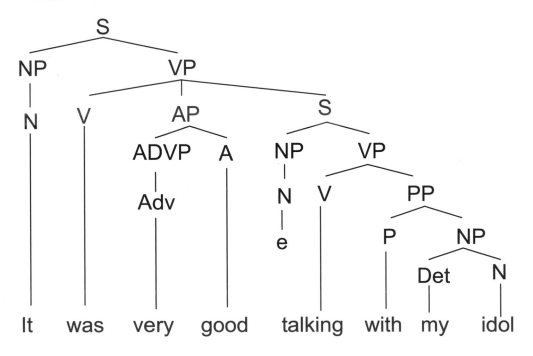

3-F-18: VP → V + AP/NP + S（動詞片語為 BE 動詞和名詞片語或形容詞片語和動名詞結構句型）

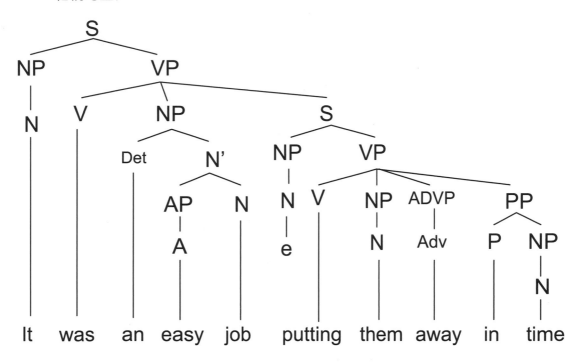

3-F-19: VP → V + AP/NP + S（動詞片語為 BE 動詞和名詞片語或形容詞片語和動名詞結構句型）

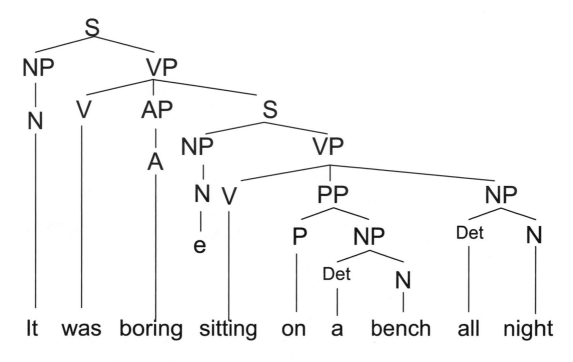

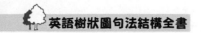

3-F-20: VP → V + AP/NP + S（動詞片語為 BE 動詞和名詞片語或形容詞片語和動名詞結構句型）

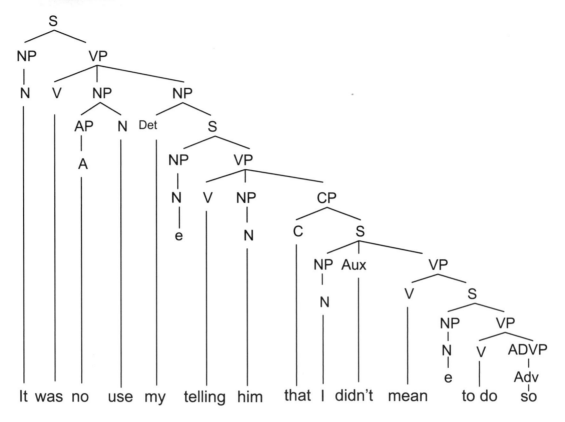

3-F-21: VP → V + AP/NP + S（動詞片語為 BE 動詞和名詞片語或形容詞片語和動名詞結構句型）

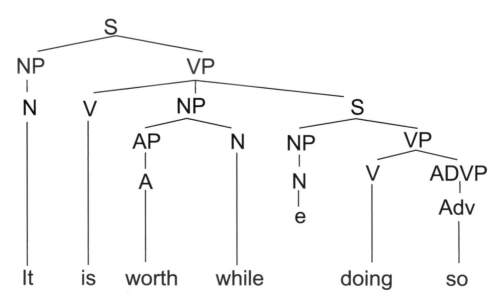

3-F-22: VP → V + AP/NP + S（動詞片語為 BE 動詞和名詞片語或形容詞片語和動名詞結構句型）

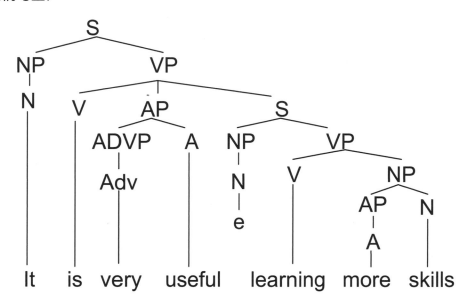

3-G: VP → V + CP（動詞片語為 BE 動詞和名詞子句結構句型）

　　3- G 的主詞補語為名詞子句。亦即，在此樹狀圖結構裡，動詞片語為 BE 動詞和名詞子句結構句型，指的是，主動詞 V node 的 sister node 是 CP 的句型：V + CP。以下樹狀圖將展示這一類型各種英語句型結構。

3-G-1: VP → V + CP（動詞片語為 BE 動詞和名詞子句結構句型）

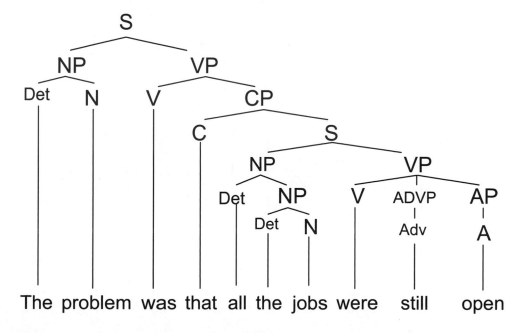

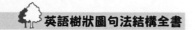
3-G-2: VP → V + CP（動詞片語為 BE 動詞和名詞子句結構句型）

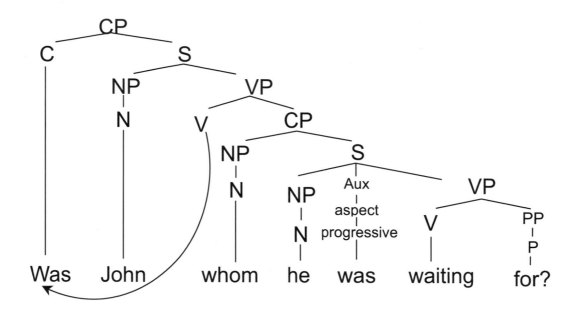

3-G-3: VP → V + CP（動詞片語為 BE 動詞和名詞子句結構句型）

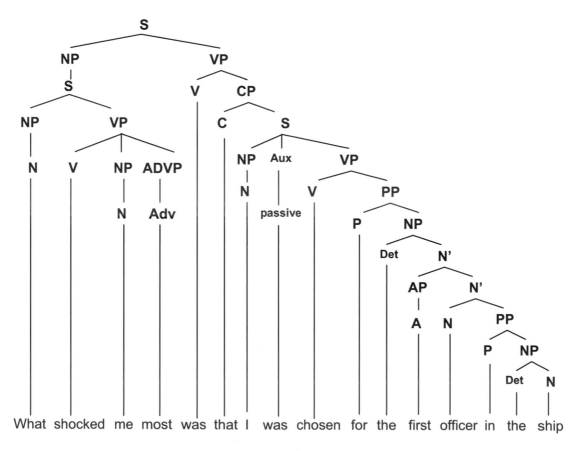

3-G-4: VP → V + CP（動詞片語為 BE 動詞和名詞子句結構句型）

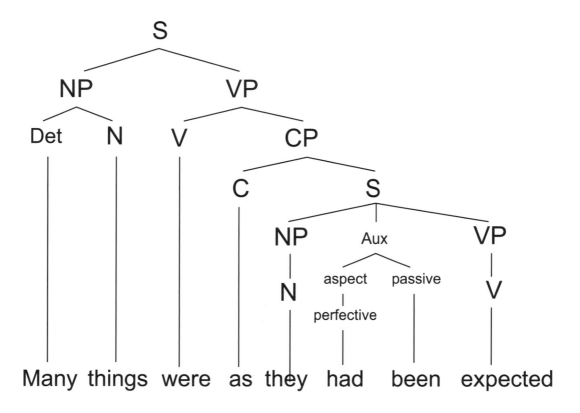

3-G-5: VP → V + CP（動詞片語為 BE 動詞和名詞子句結構句型）

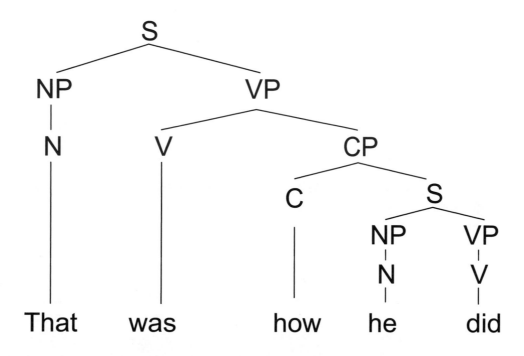

3-G-6: VP → V + CP（動詞片語為 BE 動詞和名詞子句結構句型）

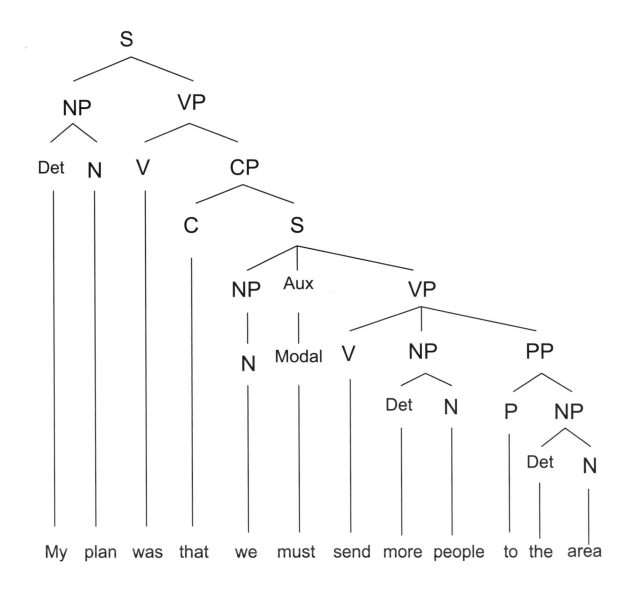

3-H: VP → V + AP/NP + CP/S（動詞片語為 BE 動詞和名詞片語或形容詞片語和名詞子句結構句型）

　　3-H 的主詞補語為名詞片語或形容詞片語，和當作真正主詞的名詞子句結構。亦即，在此樹狀圖結構裡，動詞片語為 BE 動詞和名詞片語或形容詞片語和名詞子句結構句型，指的是，主動詞 V node 的 sister nodes 是 AP 或 NP 或 CP 的句型：V + AP/NP + CP/S。It 在此結構是虛主詞，為結構上的主詞。以下樹狀圖將展示這一類型各種英語句型結構。

3-H-1: VP → V + AP/NP + CP/S（動詞片語為 BE 動詞和名詞片語或形容詞片語和名詞子句結構句型）

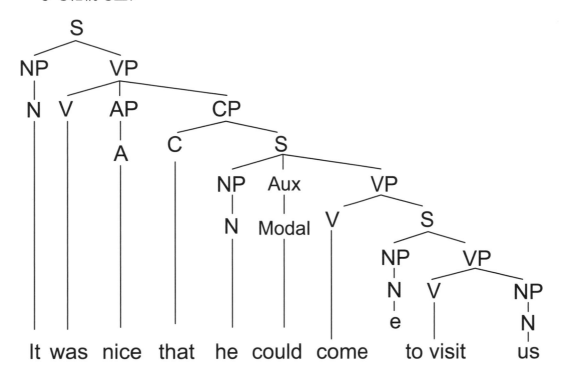

3-H-2: VP → V + AP/NP + CP/S（動詞片語為 BE 動詞和名詞片語或形容詞片語和名詞子句結構句型）

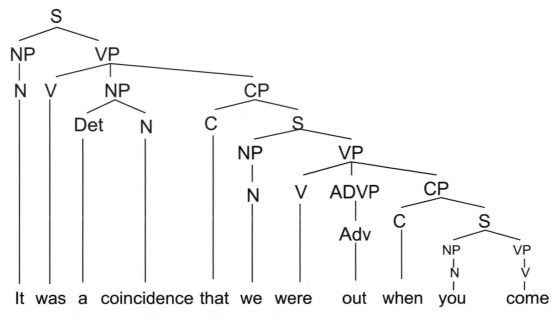

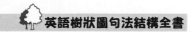

3-H-3: VP → V + AP/NP + CP/S（動詞片語為 BE 動詞和名詞片語或形容詞片語和名詞子句結構句型）

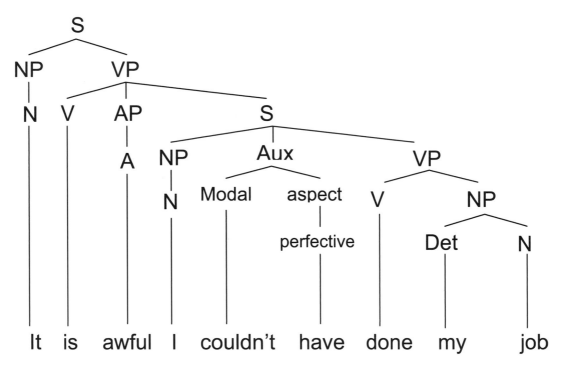

3-H-4: VP → V + AP/NP + CP/S（動詞片語為 BE 動詞和名詞片語或形容詞片語和名詞子句結構句型）

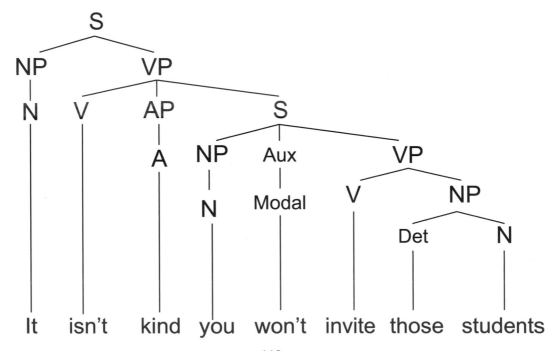

418

3-H-5: VP → V + AP/NP + CP/S（動詞片語為 BE 動詞和名詞片語或形容詞片語和名詞子句結構句型）

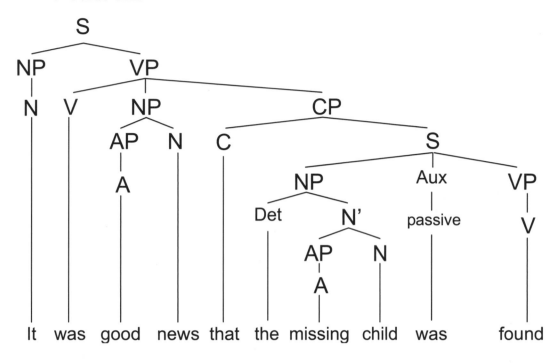

3-H-6: VP → V + AP/NP + CP/S（動詞片語為 BE 動詞和名詞片語或形容詞片語和名詞子句結構句型）

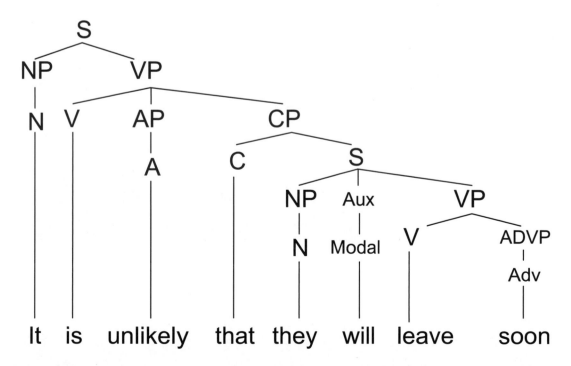

3-H-7: VP → V + AP/NP + CP/S（動詞片語為 BE 動詞和名詞片語或形容詞片語和名詞子句結構句型）

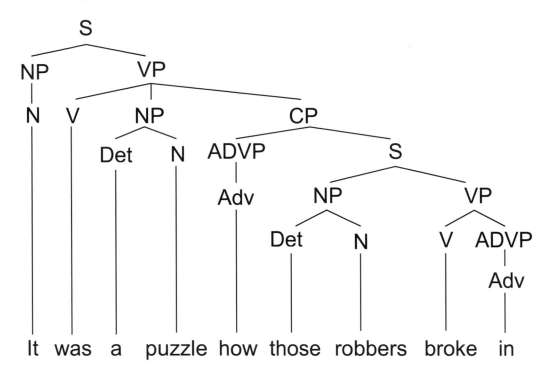

3-H-8: VP → V + AP/NP + CP/S（動詞片語為 BE 動詞和名詞片語或形容詞片語和名詞子句結構句型）

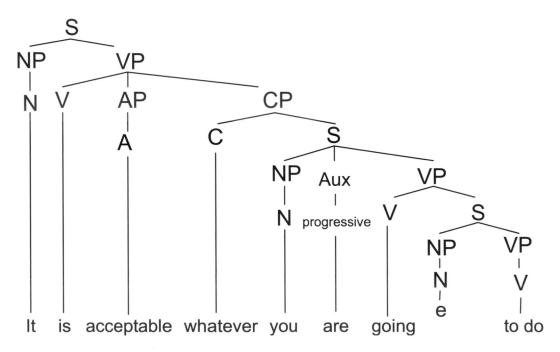

3-H-9: VP → V + AP/NP + CP/S（動詞片語為 BE 動詞和名詞片語或形容詞片語和名詞子句結構句型）

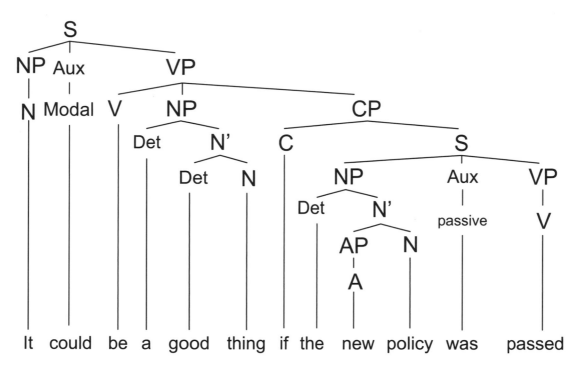

3-H-10: VP → V + AP/NP + CP/S（動詞片語為 BE 動詞和名詞片語或形容詞片語和名詞子句結構句型）

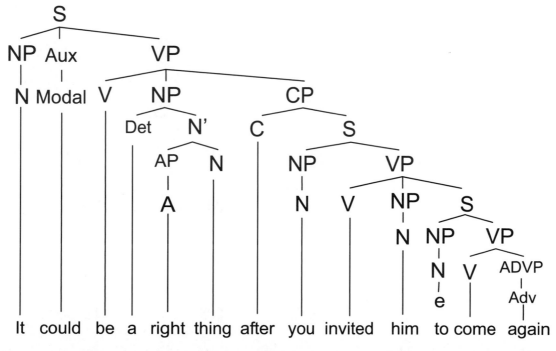

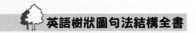
3-H-11: VP → V + AP/NP + CP/S（動詞片語為 BE 動詞和名詞片語或形容詞片語和名詞子句結構句型）

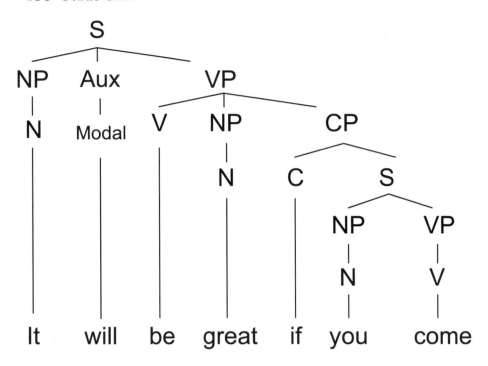

3-H-12: VP → V + AP/NP + CP/S（動詞片語為 BE 動詞和名詞片語或形容詞片語和名詞子句結構句型）

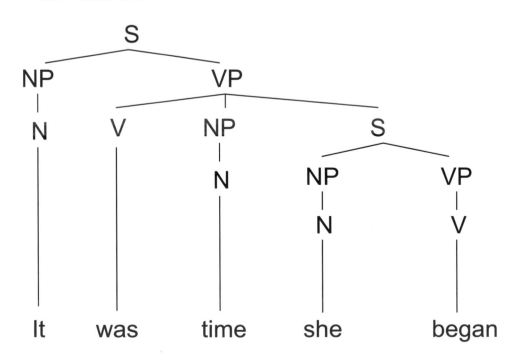

3-H-13: VP → V + AP/NP + CP/S（動詞片語為 BE 動詞和名詞片語或形容詞片語和名詞子句結構句型）

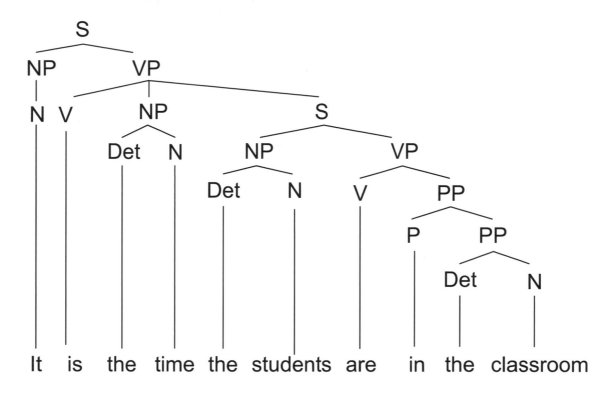

3-H-14: VP → V + AP/NP + CP/S（動詞片語為 BE 動詞和名詞片語或形容詞片語和名詞子句結構句型）

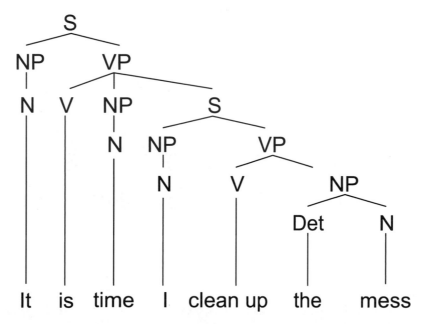

3-J: VP → V + S（動詞片語為 BE 動詞和不定詞結構句型）

3-J 的主詞補語為名詞功能的不定詞片語。亦即，在此樹狀圖結構裡，動詞片語為 BE 動詞和不定詞結構句型，指的是，主動詞 V node 的 sister node 是 S 的句型：V + S。以下樹狀圖將展示這一類型各種英語句型結構。

3-J-1: VP → V + S（動詞片語為 BE 動詞和不定詞結構句型）

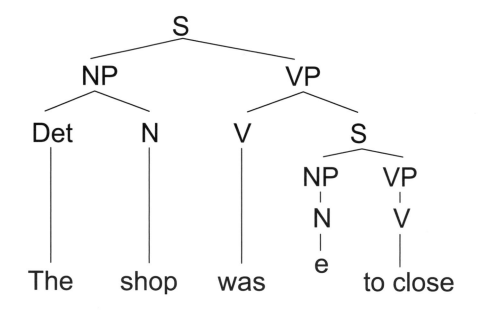

3-J-2: VP → V + S（動詞片語為 BE 動詞和不定詞結構句型）

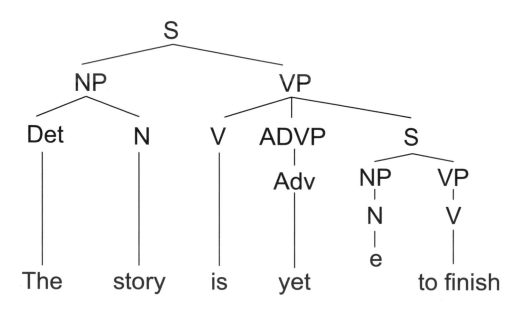

3-J-3: VP → V + S（動詞片語為 BE 動詞和不定詞結構句型）

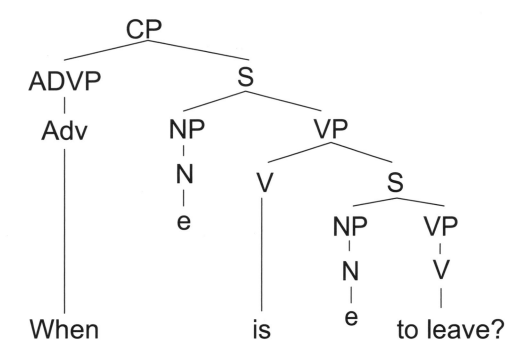

3-J-4: VP → V + S（動詞片語為 BE 動詞和不定詞結構句型）

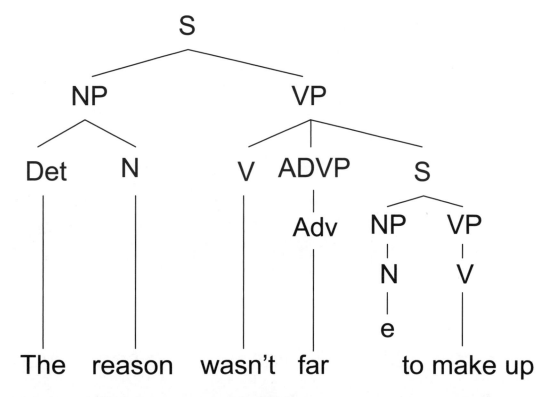

3-J-5: VP → V + S（動詞片語為 BE 動詞和不定詞結構句型）

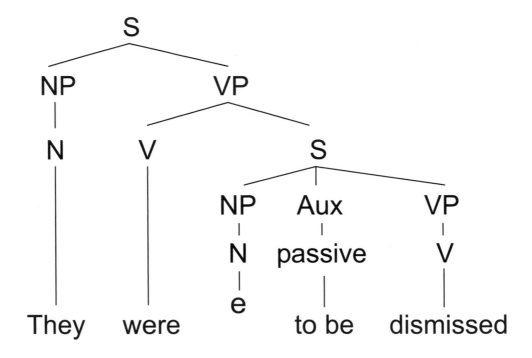

3-J-6: VP → V + S（動詞片語為 BE 動詞和不定詞結構句型）

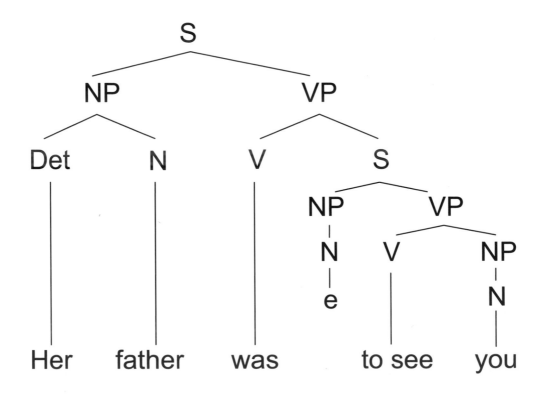

3-J-7: VP → V + S（動詞片語為 BE 動詞和不定詞結構句型）

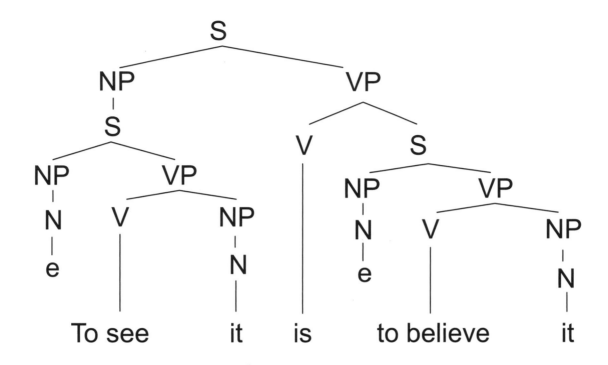

3-J-8: VP → V + S（動詞片語為 BE 動詞和不定詞結構句型）

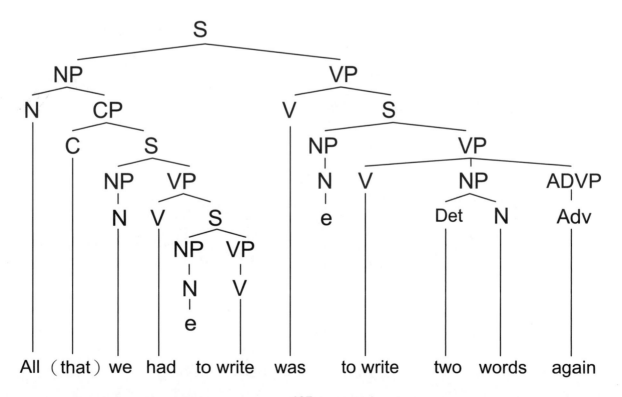

英語樹狀圖句法結構全書

3-J-9: VP → V + S（動詞片語為 BE 動詞和不定詞結構句型）

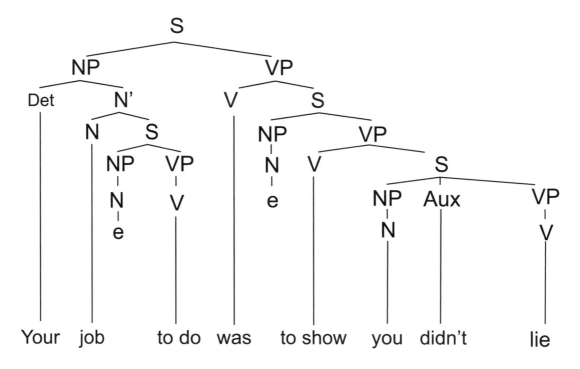

3-J-10: VP → V + S（動詞片語為 BE 動詞和不定詞結構句型）

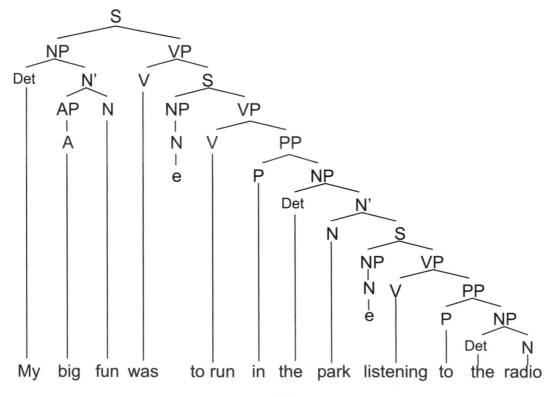

428

3-K: VP → V + AP/NP + CP（動詞片語為 BE 動詞和形容詞片語或名詞片語和名詞子句
　　　 結構句型）

　　3-K 的主詞補語為形容詞或名詞片語和當作真正主詞的名詞子句結構。亦即，在此樹狀
圖結構裡，動詞片語為 BE 動詞和形容詞片語或名詞片語和名詞子句結構句型，指的是，主
動詞 V node 的 sister nodes 是 AP 或 NP 和 CP 的句型：V + AP/NP + CP。以下樹狀圖將展
示這一類型各種英語句型結構。

3-K-1: VP → V + AP/NP + CP（動詞片語為 BE 動詞和形容詞片語或名詞片語和名詞子
　　　　 句結構句型）

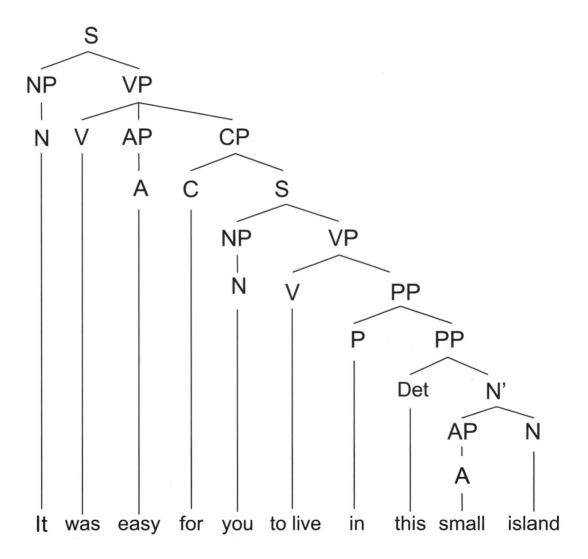

3-K-2: VP → V + AP/NP + CP（動詞片語為 BE 動詞和形容詞片語或名詞片語和名詞子句結構句型）

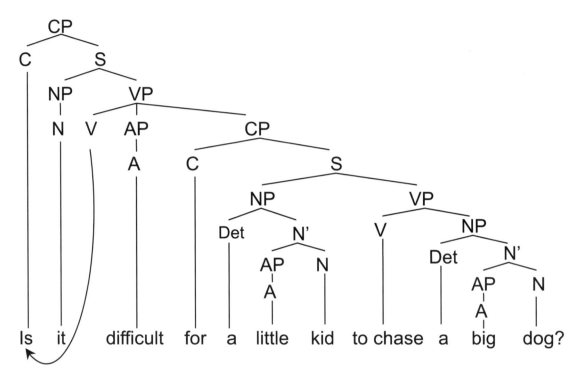

Is it difficult for a little kid to chase a big dog?

3-K-3: VP → V + AP/NP + CP（動詞片語為 BE 動詞和形容詞片語或名詞片語和名詞子句結構句型）

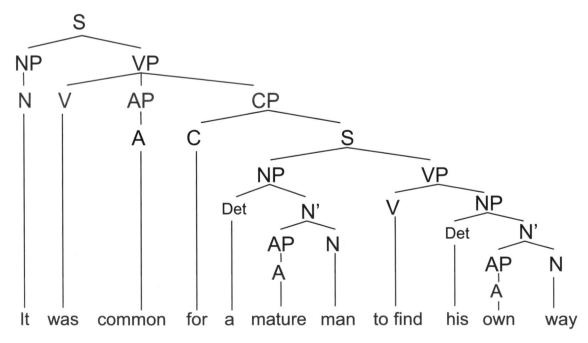

It was common for a mature man to find his own way

3-K-4: VP → V + AP/NP + CP（動詞片語為 BE 動詞和形容詞片語或名詞片語和名詞子句結構句型）

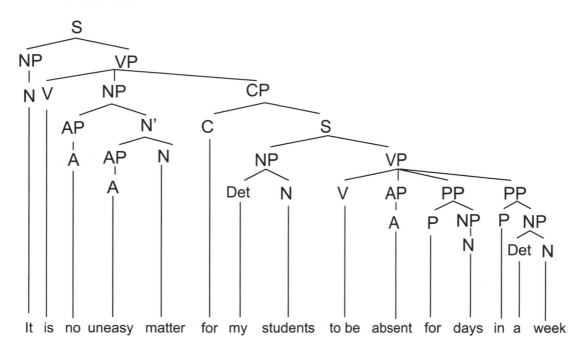

3-K-5: VP → V + AP/NP + CP（動詞片語為 BE 動詞和形容詞片語或名詞片語和名詞子句結構句型）

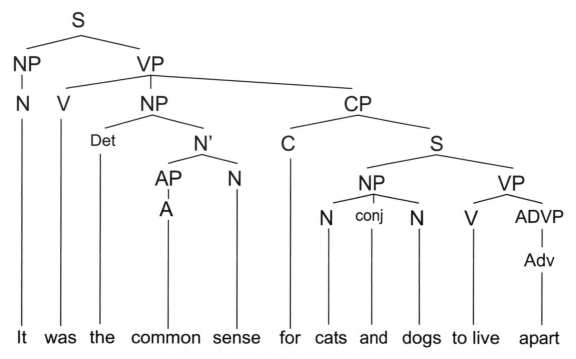

3-K-6: VP → V + AP/NP + CP（動詞片語為 BE 動詞和形容詞片語或名詞片語和名詞子句結構句型）

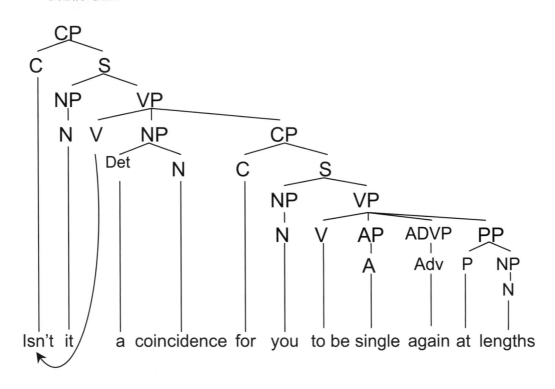

3-K-7: VP → V + AP/NP + CP（動詞片語為 BE 動詞和形容詞片語或名詞片語和名詞子句結構句型）

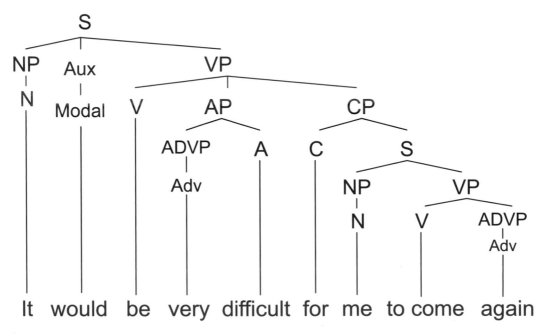

3-K-8: VP → V + AP/NP + CP（動詞片語為 BE 動詞和形容詞片語或名詞片語和名詞子句結構句型）

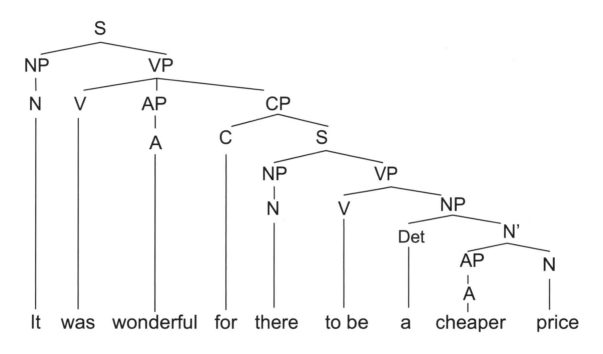

3-K-9: VP → V + AP/NP + CP（動詞片語為 BE 動詞和形容詞片語或名詞片語和名詞子句結構句型）

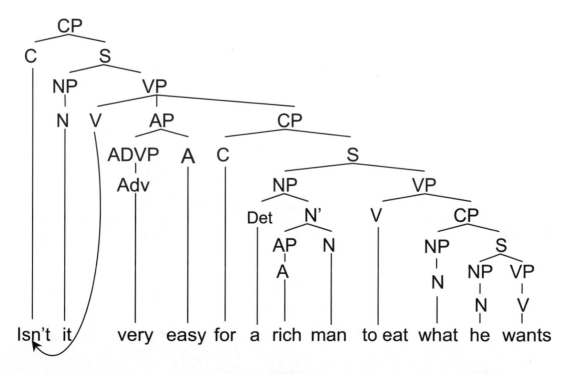

3-K-10: VP → V + AP/NP + CP（動詞片語為 BE 動詞和形容詞片語或名詞片語和名詞子句結構句型）

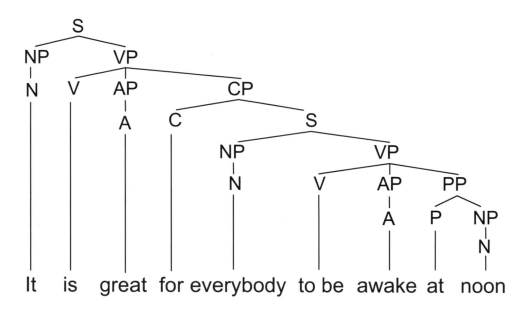

3-K-11: VP → V + AP/NP + CP（動詞片語為 BE 動詞和形容詞片語或名詞片語和名詞子句結構句型）

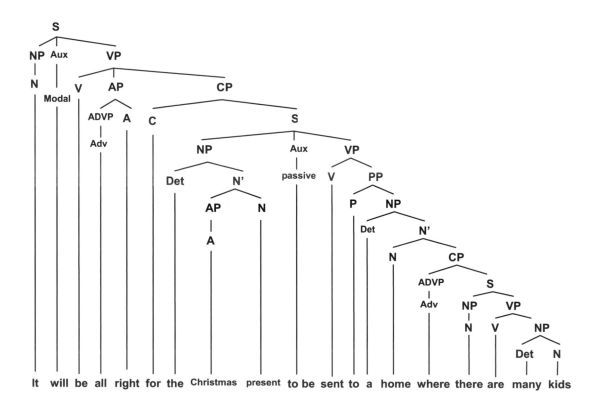

參考文獻

A S Hornby. 1975. Guide to Patterns and Usage in English. 2nd Edition. London Oxford University Press

Fromkin, Rodman, and Hyams. 2007. *An Introduction to Language*. 8th Edition/International Student Edition. Thomson Wadsworth.

Keith Brown and Jim Miller. 1991. *Syntax: A Linguistic Introduction to Sentence Structure*. 2nd Edition. Harper Collins Academic.

Language Files. 2004. 9th Edition. Department of Linguistics, The Ohio State University. The Ohio State University Press. Columbus.

William O'Grady, John Archibald, Mark Aronoff, and Janie Rees-Miller. 2005. *Contemporary Linguistics; An Introduction*. 5th Edition. Bedfore/St.Msartin's.

國家圖書館出版品預行編目

英語樹狀圖句法結構全書 / 吳鸞銘著. -- 一版.
-- 臺北市：秀威資訊科技, 2009. 02
面； 公分. --（學習新知類；AD0010）
BOD 版
ISBN 978-986-221-171-7（平裝）

1. 英語　2. 句法

805.169　　　　　　　　　　　　98002164

學習新知類　　AD0010

英語樹狀圖句法結構全書

作　　者 / 吳鸞銘
發 行 人 / 宋政坤
執行編輯 / 林世玲
圖文排版 / 鄭維心
封面設計 / 蕭玉蘋
數位轉譯 / 徐真玉　沈裕閔
圖書銷售 / 林怡君
法律顧問 / 毛國樑　律師
出版發行 / 秀威資訊科技股份有限公司
　　　　　　臺北市內湖區瑞光路 583 巷 25 號 1 樓
　　　　　　電話：02-2657-9211　　　　傳真：02-2657-9106
　　　　　　E-mail：service@showwe.com.tw

2009 年 02 月 BOD 一版
定價：500 元

讀者回函卡

感謝您購買本書，為提升服務品質，請填妥以下資料，將讀者回函卡直接寄
回或傳真本公司，收到您的寶貴意見後，我們會收藏記錄及檢討，謝謝！
如您需要了解本公司最新出版書目、購書優惠或企劃活動，歡迎您上網查詢
或下載相關資料：http:// www.showwe.com.tw

您購買的書名：_____

出生日期：_____年_____月_____日

學歷：□高中 (含) 以下　　□大專　　□研究所 (含) 以上

職業：□製造業　□金融業　□資訊業　□軍警　□傳播業　□自由業
　　　□服務業　□公務員　□教職　　□學生　□家管　　□其它_____

購書地點：□網路書店　□實體書店　□書展　□郵購　□贈閱　□其他

您從何得知本書的消息？

　□網路書店　□實體書店　□網路搜尋　□電子報　□書訊　□雜誌

　□傳播媒體　□親友推薦　□網站推薦　□部落格　□其他_____

您對本書的評價：(請填代號　1.非常滿意　2.滿意　3.尚可　4.再改進)

　封面設計____　版面編排____　內容____　文／譯筆____　價格____

讀完書後您覺得：

　□很有收穫　□有收穫　□收穫不多　□沒收穫

對我們的建議：_____

_____

_____

_____

11466

台北市內湖區瑞光路 76 巷 65 號 1 樓

秀威資訊科技股份有限公司　　　收

BOD 數位出版事業部

....

（請沿線對折寄回，謝謝！）

姓　　名：_____　年齡：_____　性別：□女　□男

郵遞區號：□□□□□

地　　址：_____

聯絡電話：(日)_____ (夜)_____

E-m a i l：_____